KAREN DUVE
Macht

Buch

Wir schreiben das Jahr 2031: Staatsfeminismus, Hitzewellen, Wirbel-
stürme, Endzeitstimmung und ein Klassentreffen in der Hamburger
Vorortkneipe »Ehrlich«. Dank der Verjüngungspille Ephebo, der auch
Sebastian Bürger sein gutes Aussehen verdankt, sehen die Schulkameraden im besten Rentenalter alle wieder aus wie Zwanzig- bis Dreißig-
jährige. Wen interessiert es schon, wie hoch die Krebsrate von Ephebo
ist. Als Sebastian seine heimliche Jugendliebe Elli trifft, ist es um ihn
geschehen. Alles könnte so schön sein, wäre da nicht Sebastians Frau.
Bei dem Versuch, sie loszuwerden, löst er eine Katastrophe nach der
anderen aus ...

Weitere Informationen zu Karen Duve
sowie zu lieferbaren Titeln der Autorin
finden Sie am Ende des Buches.

Karen Duve

Macht

Roman

GOLDMANN

Die Originalausgabe erschien 2016
bei Galiani Verlag, Berlin,
Verlag Kiepenheuer & Witsch, Köln.

Sollte diese Publikation Links auf Webseiten Dritter enthalten,
so übernehmen wir für deren Inhalte keine Haftung, da wir uns
diese nicht zu eigen machen, sondern lediglich auf deren Stand
zum Zeitpunkt der Erstveröffentlichung verweisen.

Verlagsgruppe Random House FSC® N001967

2. Auflage
Taschenbuchausgabe Mai 2018
Wilhelm Goldmann Verlag, München,
in der Verlagsgruppe Random House GmbH,
Neumarkter Str. 28, 81673 München
Copyright © 2016 der Originalausgabe by
Verlag Kiepenheuer & Witsch GmbH & Co KG, Köln.
Umschlaggestaltung: UNO Werbeagentur, München,
unter Verwendung der Gestaltung des Hardcoverumschlags
von Manja Hellpap und Lisa Neuhalfen, Berlin
Umschlagmotiv: © plainpicture/Bildhuset
mb · Herstellung: kw
Satz: Buch-Werkstatt GmbH, Bad Aibling
Druck und Bindung: GGP Media GmbH, Pößneck
Printed in Germany
ISBN: 978-3-442-47266-6
www.goldmann-verlag.de

Besuchen Sie den Goldmann Verlag im Netz

Schritt 1: Schnapp das Opfer
und lass es verschwinden.

Schritt 2: Isoliere das Opfer und mache es
vollkommen von dir abhängig.

Schritt 3: Beherrsche das Opfer
und lass es sich um deine Anerkennung
und Zustimmung bemühen.

Schritt 4: Instruiere das Opfer
und erziehe es so weit um,
dass es nach deiner Ideologie handelt.

Schritt 5: Verführe das Opfer und vermittle ihm
neue sexuelle Wertvorstellungen.

(»Gehirnwäsche, wie man den menschlichen Verstand in fünf
einfachen Schritten beugt, verwirrt und zerstört«, ein Artikel aus dem
Herrenmagazin OUI, erschienen 1976, zitiert in »Die Leibeigene«,
Christine McGuire, Carla Norton, Bergisch Gladbach 1988)

»Mit Frauen und Untertanen umzugehen ist äußerst schwierig.« (Konfuzius)

1

Ich habe gerade das Telefon installiert, das ich auf dem Dachboden gefunden habe, ein einfacher hellgrauer Fernsprechapparat mit Wählscheibe und ohne technische Fisimatenten – kein Stand-by-Modus, kein Bildschirm, kein integriertes Kopiergerät, dessen Druckerpatrone nur unter Zuhilfenahme einer bebilderten Bedienungsanleitung gewechselt werden kann, und vor allem kein Anrufbeantworter. Nichts als ein altmodisch großer Hörer auf einem robusten Gehäuse, das von jedem Laien mit einem einfachen Schraubenzieher geöffnet und repariert werden kann.

Aber als es jetzt klingelt, ist es nicht dieser Inbegriff der Nachhaltigkeit und Wiederverwertbarkeit, der meine Eltern in den 60er-Jahren mit der Welt verbunden hat, sondern es ist natürlich das schicke, flache, leicht konkave Ego-Smart in meiner Hosentasche, dieser Fluch der Menschheit, der uns zwingt überall und jederzeit verfügbar zu sein, wenn wir noch irgendwo mitmischen wollen. Und dass es dabei den gleichen altmodischen Klingelton von sich gibt wie das Telefon meiner Eltern, ist der reine Hohn.

Ich fürchte, dass es jemand vom Heimatbund sein könnte. Unvorsichtigerweise habe ich zugesagt, beim gemeinschaftlichen Geländeeinsatz gegen den alles überwuchernden Killer-Raps mitzuhelfen. Aber das Gesicht auf dem Display – eine halb kahle, halb ergraute Raubvogelphysiognomie mit Beuteln unter dem unrasierten Kinn – kenne ich von irgendwo anders her, wenn ich auch nicht sofort weiß, woher.

»Hey Basti«, schreit das Gesicht, »es ist wieder so weit! Bist du dabei?«

Kaum jemand sagt heute noch am Telefon seinen Namen. Je langweiliger ein Mensch, desto mehr ist er auch davon überzeugt, dass seine öde Hackfresse überall einen unvergesslichen Eindruck hinterlassen hat. Ich shamme das Bild auf den 80-Zoll-Compunikator über dem Sideboard, hoffe, dass sich wenigstens dort der Name des Anrufers einblendet – aber Fehlanzeige.

»Ich bin's – Norbert! Sag bloß, du erkennst mich nicht? Norbert Lanschick! Weißt du nicht mehr, wer ich bin?«

»Ja, ... schon, ... du hast doch ...«

Ich lasse große Pausen zwischen den Wörtern in der Hoffnung, dass Norbert Lanschick sie füllt.

»Gymnasium Ohlstedt! Abiturjahrgang 1981! Na, fällt der Groschen?«

Er fällt: Norbert – Nobbi – Lanschick, damals ein spindeldürres Elend, dem die Mädchen »Biafra« hinterhergerufen haben, überdurchschnittliche Leistungen in Physik, unterdurchschnittliche bis gar keine in Sport, außerdem etwas kindisch, nie eine Freundin. Heute: Marathonläufer, Rechtsanwalt, BMW-Fahrer, Ehemann, Vater, immer noch langweilig, immer noch dünn, Halbglatze. Alle fünf Jahre organisiert er ein Jahrgangstreffen im »Gasthof Ehrlich«, um die Zeugen seiner erbärmlichen Jugend zu Zeugen seiner wunderbaren Verwandlung werden zu lassen. Was natürlich nicht funktioniert. Seinen ehemaligen Schulkameraden kann man genauso wenig etwas vormachen wie seinen Geschwistern. Auch wenn Biafra Lanschik jedes Mal seine durchaus ansehnliche Ehefrau mitbringt, vergisst deswegen niemand, wie er damals beim Geräteturnen diese unglaublich langen und dünnen Beine, die aus seinen Turnhosen wuchsen, um den Stufenbarren wickelte und Ewigkeiten zwischen dem oberen und unteren Holm hängen blieb, kopfüber wie ein bizarres Insekt, sich mit den Spargelarmen immer wieder hochzustemmen versuchte, dabei aber nur Zentimeter für Zentimeter dem Boden entgegenrutschte.

»Und ich dachte schon, du hättest die Sache aufgesteckt ...«, sage ich zu ihm. Das letzte Treffen ist nämlich ausgefallen. Da hat es wohl einen Karriereknick gegeben. Aber nun wieder! Was wird er uns diesmal vor die Füße legen, wie ein gut abgerichteter Labrador? Eine neue Frau, ein neues Auto?

»Das letzte Mal konnte ich nicht«, sagt Lanschick

mit bebender Stimme, »mein Teilhaber ist gestorben. Das hat mich unheimlich schwer getroffen. Wir haben die Kanzlei über dreißig Jahre zusammen geführt, verstehst du? Mit dem habe ich mehr Zeit verbracht als mit meiner Frau. Jetzt muss ich das alles allein machen.«

Das auf die vierfache Größe aufgeblasene Geiergesicht auf dem Compunikator-Bildschirm versucht, ein selbstzufriedenes Grinsen zu unterdrücken. Eine Haut wie angetrockneter Grießbrei. Alt sieht er aus – alt, alt, alt. Wie kann man sich nur so gehen lassen.

»Aber diesmal mache ich es wieder. Wenn ich es nicht mache, macht es doch niemand. Ist dir das überhaupt klar, dass das diesmal unser fünfzigjähriges Klassentreffen ist? Also: Kneifen kommt nicht infrage. Soll ich für dich ein Zimmer buchen?«

»Nein, ich brauche kein Zimmer«, sage ich. »Ich wohne wieder in Wellingstedt.«

»In Wellingstedt? Wo denn? Du wohnst doch nicht wieder bei deinen Eltern?« Lanschick lacht meckernd. »Seit wann?«

»Schon seit vier Jahren«, sage ich. »Und meine Eltern sind tot. Ich wohne bloß in dem Haus.«

Als die Dinge um mich herum sich aufzulösen begannen, meine Frau mich verließ und mir die Kinder wegnahm, als klar wurde, dass die Klimaerwärmung sämtliche Tipping-Points bereits überschritten hatte und auch der verordnete Staatsfeminismus nichts mehr daran würde ändern können, als meine Lieblingskneipe abbrannte und meine Augen so schlecht wurden, dass ich die Zeitung nur noch lesen konnte, wenn ich sie am ausgestreckten Arm von mir hielt, was dann aber sowieso egal wurde, weil auch die letzte seriöse Printzeitung ihren Druck einstellte, als kurz nacheinander erst meine Mutter und dann mein Vater aus purem Eigensinn starben und meine Geschwister auf mich einredeten, dass wir das Haus, in dem wir aufgewachsen waren, einem unglaublichen Schmierlappen von Makler übergeben sollten, verkaufte ich alles, was sich irgendwie zu Geld machen ließ, nahm einen Kredit auf, zahlte meinen Bruder aus, ließ meine Augen lasern und die Haare wieder wachsen, packte meine Zahnbürste und ein paar Unterhosen in eine Adidastasche und zog dahin zurück, wo ich die glücklichste Zeit meines Lebens verbracht hatte.

»Ist ja eigentlich auch gar keine schlechte Lage«, räumt Lanschick gönnerhaft ein, »habe selbst schon einmal daran gedacht.«

Wellingstedt gilt inzwischen als erstklassige Wohngegend für gut verdienende junge Familien und Angeber wie Lanschick. Eine geringe Kriminalitätsrate, nur zwei – noch dazu bestens integrierte – Asylbewerberheime, grüne Wälder und ein brauner Fluss, der sich durch die Endmoränenlandschaft windet, und nur zwanzig Kilometer bis zur Hamburger Innenstadt. Ende der 50er-Jahre bauten Handwerker und kleine Angestellte hier ihre Häuser auf Grundstücke, die ihnen ein wenig vorausschauender Bauer zu einer unfassbar niedrigen Leibrente überlassen hatte. Unter ihnen meine Eltern, die nach Feierabend Beton mischten und die Ziegelsteine in einer Schubkarre heranschafften. Nachdem die Zufahrtsstraßen asphaltiert worden waren, kamen auch wohlhabendere Leute und bauten ihre großzügigen Flachdach-Bungalows direkt neben die kleinen Backstein- und Walmdachhäuser mit den bunten Glasbausteinen. Und wir, die Kinder von Elektrikergesellen und Waschmittelvertretern, gingen mit den Kindern der Bank- und Versicherungsdirektoren wie selbstverständlich gemeinsam aufs Gymnasium, paddelten im Sommer mit ihnen auf der Alster und lieferten uns Schlachten, in denen vielfach geflickte Schlauchboote auf Kanus aus kanadischem Zedernholz trafen. Unter der Regierung einer sozialliberalen Koalition machten wir später wie selbstverständlich gemeinsam das Abitur – ein kurzes Zeitfenster sozialer Gerechtigkeit hatte sich aufgetan, eine Anomalie der Geschichte, die es so noch nie gegeben hatte und wohl auch nie wieder geben wird.

Damals lebten hier Erdkröten, Eisvögel und Fischotter und selbst heute kann man mit etwas Glück noch einem Spatzen oder einem Kaninchen begegnen. Natürlich hat sich Wellingstedt ganz schön verändert. Die in den 60er-Jahren in die Gärten gepflanzten Koniferen sind so groß geworden, dass die Grundstücke inzwischen aussehen wie die Toteninseln von Böcklin. Außerdem verwandelt sich der Ort langsam, aber unvermeidlich in ein Habitat der Reichen. Vor den letzten kleinen Häusern, in denen noch indigene Bevölkerung vor sich hin wurschtelt, schnüren Makler auf und ab. Und wenn eines dieser alten Häuser frei wird, reißt man es weg und setzt stattdessen einen Klotz von Toskana-Villa auf das dafür viel zu kleine Grundstück, weil so eine Toskana-Villa aus irgendeinem Grund zweistöckig gebaut werden darf, ohne damit die Bauvorschriften, die eigentlich nur einstöckige Bebauung erlauben, zu verletzen.

»Das Gebäude selber hat gar keinen Wert«, sagte der Makler, den mein Bruder damals beauftragt hatte, den Preis unseres Elternhauses für ihn vorteilhaft zu bestimmen. »Im Gegenteil, Sie müssen vom Grundstückswert minus Abrisskosten ausgehen – aber das sind immer noch schöne 500 000 Euro cash – Euro-Nord natürlich.«

Die Grundstückspreise sind explodiert. Weswegen auch das Wollgeschäft und die Scheune, die an meinem Schulweg lagen, längst verschwunden sind. Der etwas schmuddelige Reiterhof ist jetzt ein Sport-Hotel und die Erdbeerfelder, auf denen ich vor Jahrzehnten kleine, sandige und sonnenwarme Früchte in einen Spankorb pflückte, wurden in einen 27-Loch-Golfplatz verwandelt. Im Nachbarort hat sich ein Koi-Züchter niedergelassen. Außerdem gibt es dort jetzt ein Sternerestaurant und zwei Läden für Wohndesign. Meine Vergangenheit löst sich auf wie ein Zuckerstück im Regen.

»Ist deine Frau mitgezogen?«, fragt Lanschicks Riesengesicht. »Ich meine, die muss doch in Berlin anwesend sein, da kann die doch nicht ständig hin- und herpendeln. Wie macht ihr das denn?«

Ich antworte nicht. Lasse ihn einfach schmoren, warte darauf, dass es ihm von selber einfällt.

»Gott«, sagt Lanschick, »Gott, wie *dumm* von mir!

Entschuldige bitte, das hatte ich einfach vergessen. Was bin ich doch für ein Trampeltier! Gibt es denn inzwischen irgendetwas Neues, eine Spur meine ich. Tut mir leid, tut mir echt wahnsinnig leid.«

»Ist schon okay«, sage ich, »ist ja über zwei Jahre her. Außerdem waren wir da schon getrennt. Die Scheidung war da schon lange durch.«

Lanschick murmelt noch mehrmals, was für ein Trottel er sei, und hört gar nicht auf, sich zu entschuldigen.

»Schon gut«, versuche ich die Sache zu verkürzen. »Erzähl mir lieber, wer alles beim Klassentreffen dabei sein wird. Haben schon viele zugesagt? Sind Bernie und Rolf dabei?«

»Ja, beide. Die kommen doch immer.«

»Und von den Frauen? Kommen Kiki Vollert und Elisabeth Westphal?«, frage ich möglichst nebenbei. Elisabeth Westphal ist die Frau, die ich niemals gehabt habe. Elisabeth Westphal ist der Grund, weswegen ich zu den Klassentreffen gehe. Ich habe meine halbe Jugend damit verbracht, mich nach ihr zu sehnen. Selbst heute fehlt sie mir immer noch. Auch wenn mir ihr Fehlen inzwischen so zur Gewohnheit geworden ist, dass ich es meistens gar nicht bemerke. Bis es mir bei einem melancholischen Lied oder dem Anblick einer Frau, die so ähnlich lacht oder sich so ähnlich bewegt wie Elli früher, plötzlich wieder einfällt.

»So weit bin ich noch nicht. Ich bin erst bei ›L‹. Birgit Lammert will aber kommen«, antwortet Lanschick.

»Schön«, sage ich, »prima.«

Ich gebe ihm meine Festnetznummer.

»Ruf mich in Zukunft nur noch mit dieser Nummer an. Ich werde das Handy« – ich sage absichtlich Handy, obwohl das ja heute nicht mal mehr die echten Greise sagen –, »ich werde mein Handy in ein paar Wochen abmelden.«

»Ist nicht dein Ernst«, sagt Lanschick, »wie soll man dich denn dann erreichen? Ich habe schon deine E-Mail-Adresse nicht gefunden. Zum Glück hatte Holger Hasselbladt deine Mobilnummer.«

»E-Mail-Adresse habe ich auch löschen lassen«, sage ich. »In drei, vier Monaten schmeiße ich den Computer raus und dann benutze ich keine Technik mehr, die nach 1980 erfunden worden ist. Wenn du mich erreichen willst, gibt es das Festnetz oder du kannst mir einen Brief schreiben. Oder du kommst vorbei. Alte Adresse: Redderstieg 12. Wie gehabt.«

»Das ist verrückt«, sagt Lanschick. »Das kannst du nicht machen!«

Er klingt empört, aber gleichzeitig klingt er auch beeindruckt.

»Aber sicher doch«, sage ich. »Und komm nicht auf die Idee, mir Briefe mit irgend so einer Billigfirma zu schicken, die ihren Angestellten 4 Westos die Stunde zahlt. Wenn du mir was schickst, dann mit der Post. Oder ich nehme es nicht entgegen.«

Lanschick will mir nicht glauben, er denkt, ich will ihn veralbern, und als er merkt, dass es mir ernst ist, meint er, es wäre wahrscheinlich nur so eine Phase von mir, weil mir gerade alles zu viel sei.

»Geht uns ja eigentlich allen so«, sagt er.

Aber es ist keine Phase, es ist Notwehr. Und wenn

ich mich nicht sehr irre, ist Notwehr eine in sämtlichen Gesellschaftsformen der Welt allgemein anerkannte Ausnahmesituation, die ansonsten nicht gebilligte Handlungen rechtfertigt. Wenn es um »die oder wir« geht, ist alles erlaubt. Manchmal muss man seinen Mitmenschen ein paar Umständlichkeiten zumuten, um nicht zum ausführenden Sklaven einer tyrannischen Maschinendiktatur zu werden. Und manchmal muss man eine Frau zerstören, wenn man nicht von ihr zerstört werden will.

Und nein, keiner der Nachbarn hat etwas gemerkt.

2

Ich bringe die Kinder zu ihrer Großmutter zurück. Zeit wird's. Übers Wochenende haben sich die Abdrücke ihrer klebrigen kleinen Finger im ganzen Haus verteilt. Das 50er-Jahre-Schleiflack-Sideboard, in dessen Schubladen ich unvorsichtigerweise die Hologramm-Spiele aufbewahrt habe, ist so stumpf und fettig, dass es aus der Entfernung geradezu pelzig wirkt. Durchs Torfbeet pflügt sich ein Planwagentreck aus seltsamen Gummifiguren. Auf den Kutschböcken sitzen grüne, gelbe und rote Klumpen mit Knollennasen, Cowboyhüten und Pistolenhalfter um die nicht vorhandenen Hüften, die nach Aussage der Kinder irgendwelche Vitamine oder sonstigen Nährstoffe darstellen sollen – Sheriff Fatty, Vitamity-Jane, Mineral-Kid und so weiter.

Wir haben die Fahrräder genommen, weil das Wetter so schön ist. Was heißt schön – das immerwährende Höllenfeuer! Kein Tag unter 35 Grad, gestern waren es 37 Grad, letzte Woche sogar einmal 41 Grad und es soll noch heißer werden. Seit acht Wochen ist der Himmel blau wie auf einer Postkarte – ohne einen Tropfen Regen. Die Blätter an den Bäumen haben sich eingerollt, die Ginsterbüsche biegen sich unter einer Last aus Staub und das Gras auf den Wiesen sieht aus wie im Spätsommer, braun und vertrocknet raschelt es vor sich hin. Dabei haben wir erst April. Wie soll das im Sommer werden? Nur der Killer-Raps gedeiht auch ohne Wasser prächtig und verbreitet seinen schweren, süßen Geruch. Er blüht in allen Gärten und selbst auf den Fußwegen, blüht auf den Wiesen, in den Wäldern, in der Sonne, im Schatten, hinter den Mülltonnen, einfach überall – außer auf dem Golfplatz, wo sie extra zwei Hilfsgärtner nur für das Rausreißen der Rapspflanzen eingestellt haben. Die ganze Gegend leuchtet gelb. Vergisst man mal für einen Augenblick, was für eine widerliche genmanipulierte Pest das eigentlich ist – vier Mal im Jahr blühend und schneller nachwachsend, als man sie herausreißen kann, resistent gegen jedes bekannte Unkrautvernichtungsmittel und mit jedem Boden und fast jedem Klima zurechtkommend –, ist es geradezu ergreifend schön. Sofern man nicht allzu viel Wert auf Artenvielfalt legt.

Mein Sohn Racke fährt in wilden Schlangenlinien auf seinem Bingo-Rad vor mir her. Er trägt ein rot kariertes Hemd und eine speckige kurze Lederhose mit einem weißen Herzen aus Hirschhorn auf dem Verbindungsstück der Hosenträger – so eine, wie auch ich sie in seinem Alter getragen habe – und seine gebräunten und etwas pummeligen Beinchen strampeln wie Maschinenkolben. Als er den Kopf zu mir umdreht, tɪ ihn der Fahrtwind am Hinterkopf und lässt seine nen weizenblonden Haare senkrecht nach oben stehen. Die Sonnenbrille mit den tropfenförmigen Pilotengläsern rutscht ihm auf die Nasenspitze.

»Kuck mal«, kreischt er, wobei sein kreideweißes, wenn auch rudimentäres, weil mitten im Zahnwechsel befindliches Gebiss aufblitzt, und macht einen so scharfen Schlenker, dass sich der gefederte Fahrradrahmen bis zum Anschlag zusammenschiebt und der rote Wimpel, der an der Spitze einer biegsamen Stange am Gepäckträger des Fahrrads angebracht ist, fast die Straße berührt.

»Sehr schön«, schreie ich zurück, »und jetzt schau gefälligst nach vorn!«

Warmer Fahrtwind streicht über meine Schläfen, die Wellensittiche zwitschern in den Bäumen und die Rapskäfer prasseln uns gegen die Sonnenbrillen. Ich komme mir vor wie einer dieser aussterbenden Groß-Wale, der mit seinem Jungtier durch ein gelbes Meer pflügt.

Meine Tochter fährt mit einigen Metern Abstand hinter uns. Binja-Bathseba schmollt. Eigentlich schmollt sie ständig. Sie ist sowieso nicht besonders hübsch, ihr Gesicht ist ziemlich rund und dann noch diese ständig beleidigte Flappe – an diesem Tag schmollt sie schon zum zweiten Mal. Das erste Mal hat sie aufgehört mit mir zu sprechen, als ich ihr und Racke die pROJEktas abgenommen und weggeschlossen habe, was bedeutete, dass die beiden einen ganzen Nachmittag ohne ihre 3-D-Freunde verbringen mussten. Rackes »Destroyer« hätte ich vielleicht noch ertragen, es ist die gedrosselte Version für das Alter von 7 bis 10 Jahren. Deswegen ist die Projektion nur 1,50 m hoch, ein Roboter mit Krokodilschädel, altägyptisch anmutendem Lendenschurz und einem gigantischen Hammer, der ständig schnarrt: »Ich will dein Freund sein«, oder vorschlägt: »Lass uns Rabatz machen!« Das Wort »Rabatz« betont er auf der ersten Silbe. Wenn mein Sohn Racke ihm durch den langsam und deutlich ausgesprochenen Satz: »Ja, lass uns Rabatz machen«, die Starterlaubnis erteilt, stapft die Blechechse zum nächsten Haushaltsgegenstand und schlägt mit dem Hammer darauf, wobei der pRO-JEkta-Lautsprecher täuschend ähnlich die Geräusche simuliert, die entstehen würden, wenn es sich nicht um eine Projektion, sondern um einen echten Vorschlaghammer handeln würde, der entsprechenden Schaden anrichtet – ein scharfes Klirren bei Glas, gedämpftes Klirren bei Porzellan, ein Bersten und Splittern beim Couchtisch. Schon für den Destroyer braucht man Nerven wie kleine Waldwege, aber wenigstens hat Racke sich durch ihn das Nuscheln abgewöhnt. Die Befehle müssen geradezu übertrieben deutlich ausgesprochen werden. Was mich wirklich fertigmachte, war das lispelnde, regenbogenfarbene Einhorn meiner Tochter Binja-Bathseba. Das Einhorn hat ungefähr Pony-Größe und zwanzig Zentimeter lange Wimpern und es lümmelte sich auf meiner Couch, klapperte mit den Augenlidern und gab zu allem seinen Senf, weil das Sprachprogramm in seinem pROJEkta auf bestimmte Schlüsselwörter reagiert.

»Ich bin Shangri-La, das letzte lebende Einhorn«, nölte es mit seiner Telefonsex-Stimme: »Komm mit mir in den Wald, wo die Schmetterlinge singen, und werde Teil des Großen Ganzen.« Oder: »Das Leben ist ein Fluss, baue ein Boot, damit du nicht nass wirst.«

Das mit dem Boot sagte es, während im Fernsehen eine Sondersendung über die Flutwelle lief, die in Tirol den Reisebus von der Staumauer gespült und zwei talwärts gelegene Dörfer plattgemacht hat, nachdem mehrere Millionen Kubikmeter Geröll und Eis von einem angetauten Gletscher abgebrochen und in den Stausee gerutscht sind. Als ich ihnen die pROJEktas wegnahm, warf Racke sich auf den Boden und brüllte, bis sein Gesicht blau anlief. Binja saß mit verschränkten Armen und untergeschlagenen Beinen auf einem Sessel, aber verkehrt herum, mit dem tränenverschmierten Gesicht zur Lehne, zischte »Faschist« und kniff dann die Lippen zusammen. Das hat mich an Kindern schon immer gestört – diese geringe Frustrationsschwelle und diese Unfähigkeit, Schmerz und Wut dem Anlass gemäß zu dosieren. Bei jeder Kleinigkeit fahren sie gleich das volle Programm ab. Wie laut wollen sie denn bitte heulen, wenn sie mal wirklich einen Grund dazu haben? Wie wollen sie sich noch steigern, wenn die tauenden Permafrostböden der arktischen Tundren und Meere demnächst ihre Milliarden Tonnen Methan an die Atmosphäre abgegeben haben und es auf diesem verdammten Planeten keinen Platz mehr geben wird, wo es nicht entweder brennt oder alles überflutet ist oder gerade eine Dürre herrscht oder so sehr stürmt, dass man sich an den nächsten

Laternenmast klammern muss? Eine halbe Stunde später waren sie wieder ausgeglichen wie die Zen-Mönche und spielten mit Legosteinen.

Jetzt schmollt Binja, weil Racke und ich keine Fahrradhelme aufgesetzt haben, obwohl sie uns selbstzufrieden und rechthaberisch einen viertelstündigen Vortrag über die Gefahren im Straßenverkehr heruntergebetet hat, der wahrscheinlich eine Woche zuvor an ihrer Schule gehalten wurde. »Es ist gesetzlich vorgeschrieben«, holte sie ihren vorletzten Trumpf aus dem Ärmel, und als Racke und ich bloß Faxen machten, packte sie die ganz große Keule aus: »Mama will auch, dass wir die Helme aufsetzen!«

Das ist richtig. Meine Frau hatte mir sogar einmal angedroht, dass ich die Kinder nicht mehr zu sehen bekäme, wenn ich ihre Erziehung weiterhin systematisch unterwandern würde.

»Mach doch«, habe ich zu meiner Tochter gesagt, »niemand hindert dich daran, die Scheiß-Plastikschale aufzusetzen. Aber geh deinem Bruder und mir damit nicht auf die Nerven. Und übrigens, falls es dir noch nicht aufgefallen ist: Deine Mutter ist nicht mehr da. Und solange sie weg ist, gilt, was ich sage!«

Das war vielleicht etwas hart, schließlich ist sie erst zehn, aber der Fahrradhelmzwang ist nun mal das verachtenswerteste Gesetz, das in den letzten Jahren verabschiedet worden ist, darin manifestiert sich für mich alles Lächerliche und Gluckenhafte unserer heutigen Regierung, dieses kleinkarierte Sicherheitsdenken, als wäre auf einem derart kaputten Planeten so etwas wie Sicherheit überhaupt noch möglich. He, tut uns leid, wir wissen zwar immer noch nicht, wie wir den Temperaturanstieg und die Verlangsamung der ozeanischen Strömungen aufhalten sollen, was bedeutet, dass die menschliche Spezies in fünf bis allerhöchstens zehn Jahren elend krepieren wird, lasst alle Hoffnung fahren, aber bis zum endgültigen Untergang setzt bitte unbedingt eure Fahrradhelme auf, sonst zahlt ihr saftige Bußgelder.

Ich weiß, ich weiß, Fahrradhelme hat es auch schon gegeben, bevor die Frauen – mit der Unterstützung nützlicher Idioten wie mir – alle Macht an sich gerissen haben, aber Pflicht waren sie damals noch nicht. Oder jedenfalls nicht für Erwachsene. Ich meine: Schaut sie euch doch an, alle diese feschen jungen und echt-jungen Ministerinnen, mindestens fünf Piercings in jedem Ohr und drei in der Nase, und die Unterarme bis über die Ellbogen tätowiert, als müssten sie vor lauter Unangepasstheit zwischen Dienstschluss und Feierabend immer noch schnell ein paar Handelsschiffe kapern. Und was tun sie in Wirklichkeit? – verderben uns das letzte bisschen Spaß, missgönnen uns das Gefühl von Wind und Sonne im Haar, verlangen von erwachsenen Menschen per Straßenverkehrsordnung, sich zu entwürdigen und ein grellbuntes Stück Plastik aufzusetzen.

Ich will ja gar nicht behaupten, dass unsere Eltern alles richtig gemacht haben, aber wenigstens waren sie nicht tätowiert wie die Piraten und besaßen trotzdem hundertmal mehr Lässigkeit im Umgang mit ihren Kindern und dem Straßenverkehr. Mein Vater zum Beispiel hat meine Geschwister und mich zum

Spaß oft einfach in den Kofferraum gesperrt – meist im Sommer, wenn wir vom Kupferteich kamen und er nicht wollte, dass wir mit unseren sandigen Füßen und nassen Badehosen seinen Opel Rekord eindreckten. Auf der Heimfahrt hielt er zwischendurch immer mal wieder an, stieg aus dem Auto, klopfte auf den Kofferraumdeckel und ließ uns raten, wo wir uns gerade befanden. Außerdem war es für meine Eltern ganz selbstverständlich, dass auf Urlaubsreisen das jeweils kleinste Kind auf der Hutablage transportiert wurde, und kein Zollbeamter oder Polizist hat jemals daran Anstoß genommen. Heutzutage würde man meinen Eltern deswegen die Erziehungsberechtigung entziehen und der Fall würde in den Abendnachrichten auftauchen.

Plötzlich höre ich hinter mir einen erstickten Schrei. Als ich mich umdrehe, liegt Binjas Fahrrad im Gras und sie selber wälzt sich in einer summenden schwarzen Wolke auf dem Boden. Rapskäfer! Unglücklicherweise trägt meine Tochter außer ihrem gelben Helm auch noch eine weiße Bluse, was ihr die ungeteilte Aufmerksamkeit der kleinen schwarzen Biester gesichert hat. Ich springe vom Rad, reiße mir mein Oberhemd herunter, schaufele damit den größten Teil der Käfer aus Binjas Gesicht und drücke ihr den Stoff straff vor die Lippen, damit sie atmen kann, ohne den Mund voller Käfer zu haben. Aber Binja begreift nicht, was ich beabsichtige, sie reißt das Hemd weg, schlägt um sich und schreit und heult inmitten des Insekteninfernos. Ich muss ihr mit einer Hand die Arme festhalten, damit ich ihr mit der anderen den

Helm abnehmen und die Bluse aufknöpfen kann, und dabei muss ich die ganze Zeit die Luft anhalten, weil ich ja auch in der Käferwolke stecke. Das widerliche Viehzeug hat bereits meinen Oberkörper gestürmt und wimmelt meine Arme herauf und herunter. Nur gut, dass meine Haare bis zu den Schultern herabhängen, das schützt mich etwas. Racke steht mit seinem kleinen Kinderrad in gebührendem Abstand neben uns und heult vor Angst oder auch bloß aus lauter Mitgefühl. Endlich halte ich Binjas Bluse und ihren Helm in der Hand und stopfe beides zusammen mit einer Million Rapskäfer in die Fahrradtasche und ziehe den Reißverschluss zu. Auch die anderen Käfer lassen allmählich von uns ab und summen in den nächsten Garten. Binjas Gesicht ist wie gesagt sowieso nicht das hübscheste, und nun ist es auch noch verschwollen und zerbissen von tausend Miniaturmäulern mit mikrometergroßen Kiefern.

»Wie sieht das Kind denn aus«, ruft Oma Gerda auch gleich hysterisch, als wir ankommen, obwohl Binjas Gesicht inzwischen wieder abgeschwollen und nicht halb so rot ist wie mein nackter Rücken, auf dem ein Sonnenbrand zweiten Grades Blasen schlägt. Mein blaues Hemd hat Binja an. Sie trägt es als Kleid über ihren Jeans, mit einem Spanngurt von meinem Gepäckträger als Gürtel. Und offensichtlich geht es ihr nicht so schlecht, dass sie nicht sofort ins Wohnzimmer zum Compunikator gehen und ihre Mails abfragen könnte. Racke wühlt in seinem Rucksack nach dem pROJEkta und lässt den »Destroyer« im Hausflur auferstehen. Ich überreiche Gerda den Fahrradhelm mit der zusammengeknüllten weißen Bluse darin.

»Weiß!«, sage ich. »Denkst du eigentlich überhaupt nicht nach? Genauso gut hättest du meine Tochter mit Honig einschmieren und in einen Ameisenhaufen schubsen können. Die Rapskäfer haben sie beinahe aufgefressen.«

»Du hast nicht gesagt, dass ihr mit den Fahrrädern kommen wollt«, setzt Gerda zänkisch an, aber dann verkneift sie sich den Rest. Wir haben lange und heftig um die Kinder gestritten, nachdem sich abzeichnete, dass Christine wohl nicht so schnell wieder auftauchen würde, und natürlich wurden sie mir zugesprochen. Es gab überhaupt keinen Grund, warum sie nicht bei mir hätten leben sollen. Wenn sie jetzt die meiste Zeit bei ihrer Großmutter wohnen, dann hängt das ausschließlich von meinem Wohlwollen ab. Ich kann sie jederzeit zu mir zurückholen. Und seitdem das geklärt ist, ist mit Gerda sehr viel besser auszukommen.

Das alte Mädchen ist kaum älter als ich, sieht aber wesentlicher älter aus. Ich frage mich, warum sie inzwischen auf Großmutter macht und sich mit dem Erscheinungsbild und der Fitness einer gut konservierten Fünfzigjährigen zufriedengibt. Wie fünfzig sehen heute doch höchstens noch die Neunzigjährigen aus. Dabei war Gerda mal eine der Ersten, die das damals wirklich noch scheißgefährliche Verjüngungsprogramm durchlaufen haben – als die Wahrscheinlichkeit, innerhalb der nächsten fünf Jahre an Krebs zu erkranken, noch bei über 80 Prozent lag. Davon hat sie auch die wässrigen, ständig vor sich hin triefenden und tropfenden Augen und die wulstig hervorstehenden Lymphknoten an ihrem Hals behalten. Immerhin hat sie bis jetzt noch keinen Krebs. Jedenfalls soviel ich weiß. Ich habe sie ein wenig in Verdacht, dass sie mich mit ihrem Großmutter-Look demonstrativ an mein eigenes, hinter der jugendlichen Fassade lauerndes Greisentum erinnern will. Es hat sie immer gestört, dass ihre Tochter einen zwanzig Jahre älteren Mann geheiratet hat. Damit hat sie sich nie abgefunden.

»Ich will dein Freund sein«, schnarrt der Destroyer, klappt sein Krokodilmaul auf und zu, watschelt den Flur entlang und bleibt neben Gerda stehen.

»Oma, du musst antworten!«, ruft Racke.

»Schön. Vielen Dank. Ich will auch dein Freund sein. Wir werden bestimmt gute Freunde«, sagt Oma Gerda. Der Destroyer grunzt zufrieden.

»Lass uns Rabatz machen«, ruft Racke und der Destroyer mustert einen Moment lang unentschieden Oma Gerda und mich, aber dann fällt ihm erfreulicherweise doch noch ein, dass er das entschärfte Programm für Sieben- bis Zehnjährige geladen hat, und er wendet sich ab und schmettert seinen Hammer klirrend in den Flurspiegel.

»Ich muss mal mit dir reden«, sagt Gerda zu mir. Ich sehe, wie viel Mühe es sie kostet, freundlich zu bleiben.

»Oh bitte«, sage ich, »fang nicht schon wieder mit den Punkten an.«

»Aber ich komme einfach nicht aus«, ruft Gerda, »rechne doch mal nach. Binja muss ich zweimal die

Woche zum Reitunterricht fahren und Racke zweimal zum Fußball und einmal zum Klavierunterricht. Und wenn jetzt wieder die Orkane anfangen, muss ich sie auch zur Schule bringen. Ich brauche noch mindestens drei Tankfüllungen. Und Racke hat gesagt, er würde so gern mal wieder Königsberger Klopse essen. Die Kinder sind im Wachstum, aber die paar Marken, die ich habe, die reichen ja nicht mal dafür, dass sie jeden Tag ihre Milch bekommen.«

»Ich habe dir oft genug erklärt, dass Kinder überhaupt keine Milchprodukte brauchen!«

Das habe ich allerdings, und wenn sie ihre CO_2-Punkte für auf tierquälerische Weise hergestellte Joghurts verschleudern will, dann ist das ihr Privatvergnügen. Geht mich nichts an.

Jetzt kann sie sich nicht mehr beherrschen.

»Aber es sind doch die Punkte der Kinder. Und die Kinder wohnen ja nun mal bei mir. Es ist nicht gerecht, dass du das Kontingent der Kinder für dich behältst. Wie soll ich denn mit einem einzigen Kontingent drei Personen satt kriegen?«

»Was willst du damit sagen? Dass ich den Kindern ihr Fleisch wegfresse und ihr Benzin verfahre? Die kriegen schon ihren Anteil, wenn sie bei mir sind. Frag sie, was heute auf dem Tisch stand. Frag sie ruhig. Ich kann es dir sagen: Rindergulasch, das Kilo für 70 Euro und fünf Punkte – dafür hätte ich auch eine Tankfüllung bekommen können.«

»Aber die Kinder waren in diesem Monat nur zweimal bei dir. Und ich hatte sie die ganze übrige Zeit. Es ist einfach nicht gerecht ...«

»Also, wenn es dir zu viel wird ... Die Kinder können auch gerne wieder bei mir wohnen.«

Gerda sackt in sich zusammen. »Bitte«, sagt sie, »bitte, wir sind so furchtbar knapp ... Racke muss immer bei den Eltern seiner Mitspieler fragen, ob er bei ihnen mitfahren darf, die fangen auch schon an zu murren, dass ich nie ...«

Ich habe von Anfang an vorgehabt, ihr ein Kontingent zu geben. Ich bin ja kein Unmensch. Aber ich warte damit immer so lange, bis sie von ihrem hohen Ross heruntergestiegen ist. Ich bin lange genug von Frauen und ihren blöden Argumenten manipuliert worden. Ich habe ein Recht darauf, die letzten paar Jahre vor dem Weltuntergang in Frieden zu verbringen. Gerda bekommt Binjas CO_2-Kontingent, von dem ich noch kaum etwas abgezweigt habe. Ich buche es ihr mit dem Ego-Smart auf ihr Konto rüber. Sie darf dabei zuschauen.

»Danke«, sagt Gerda und ist wieder völlig handzahm. »Danke, das hilft uns sehr weiter. Vielen, vielen Dank.«

Na also. Geht doch.

3

Wieder zu Hause gehe ich als Erstes in den Keller, um Christine Gesellschaft zu leisten, mich ein wenig mit ihr zu unterhalten und ihr die Zeit zu vertreiben. Mir ist bewusst, dass es nicht besonders angenehm sein kann, 48 Stunden lang allein in einem geschlossenen Raum ohne Fenster zu verbringen, und sie lässt ja auch keine Gelegenheit aus, es mir unter die Nase zu reiben. Also räume ich die Konservendosen aus dem Kellerregal, die Erbsen und Wurzeln und die Tortenpfirsiche, schiebe das Regal zur Seite, drehe mit meinem 70er-Jahre-Black-&-Decker die Schrauben aus der Sperrholzplatte, löse sie von der Wand und drücke die Zahlenkombination, um die Stahltür zu öffnen. Voilà, schon bin ich in meinem kleinen, geheimen Reich des Trostes, meiner Schutzzone. Acht mal vier Meter plus eine durch einen Vorhang abgetrennte Nasszelle – die klassische Prepper-Raum-Größe. Genug Platz für ein altmodisches französisches Messingbett, eine kleine gelbe Ikea-Sitzecke inklusive Beistelltischchen und eine Ikea-Kücheninsel mittendrin. Es riecht nach Plätzchen, frisch gebackenen Plätzchen, ein Geruch, den ich sehr liebe. Christine steht in einer rosa-weiß karierten Schürze am Herd und hält mit rosa-weiß karierten Topflappen-Handschuhen das Backblech. Vor vier Monaten hatte sie eine Phase, in der sie sich fürchterlich gehen ließ, aber ich habe einiges klargestellt und jetzt sind ihre Lippen in einem zarten, zu ihrem Nagellack passenden Pastellton geschminkt und die Augenbrauen sind zu einem runden Bogen getrimmt, der ihren Augen einen fragenden und intelligenten Ausdruck verleiht. Unter der Schürze trägt sie ein hellblaues Blümchenkleid und ihre blonden Haare fallen bis zu den Schultern herab, wo sie in schönster Natürlichkeit einen Bogen nach außen beschreiben. Sie lächelt mich an. Aber ich weiß, dass ich ihr nicht trauen kann, und deswegen ziehe ich zuerst die Stahltür zu, und während Christine das Blech auf den Herd stellt – sie hat »Spitzbuben« gebacken, kleine dunkle Teigklumpen mit halbierten Walnusskernen obendrauf, meine Lieblingskekse –, beuge ich mich über die Tastatur, damit sie nicht erkennen kann, welche Zahlenkombination ich eingebe. Dann lasse ich sie dicht an die Wand treten, dorthin, wo ich drei Metallringe mit Karabinerhaken ins Mauerwerk gedübelt habe, einen in Kniehöhe, einen in Schulterhöhe und einen über Kopfhöhe, und hake die Kette, die an Christines Halsband befestigt ist, so straff wie möglich in den mittleren. Ich weiß, das klingt jetzt alles ganz furchtbar,

Kette und Halsband, da denkt man gleich an Inquisition oder SM-Studio, aber ich bin kein Perverser, bloß ein Mann mit seinen ganz normalen Bedürfnissen. Ich würde mit Freuden auf das mittelalterliche Kettengerassel verzichten, aber bei einer Frau wie Christine ist das nun mal nicht möglich. In den beiden Jahren, seit sie hier unten lebt, hat sie elfmal versucht, mich ernsthaft zu verletzen. Sie hat ein Stuhlbein abgeschraubt und mir über den Scheitel gezogen, hat versucht, mir heißes Wasser ins Gesicht zu schütten, mir einen Holzlöffel in den Rücken zu rammen, dessen Stiel sie mit ihren Schneidezähnen spitz geschabt hatte, und einmal hat sie sogar das Starkstromkabel aus dem Herd gerissen und mich unter dem Vorwand, der Herd funktioniere nicht mehr, ob ich mir das nicht einmal ansehen könne, in die Nähe gelockt. Und zwischendurch hat sie mir immer wieder überzeugend vorgespielt, sie würde jetzt einlenken, hätte endlich aufgegeben, sich mit der Situation abgefunden und sei bereit zu kooperieren. Über Wochen, ja Monate hat sie das jedes Mal durchgezogen, bis ich mich in Sicherheit wiegte, ihr beinahe schon vertraute, und bei der ersten kleinen Nachlässigkeit von mir – zack – schon hat sie wieder zugeschlagen. Es lässt sich also vielleicht nachvollziehen, weswegen ich sie bei jedem Besuch zuerst an der Wand fixiere, nach Waffen abtaste und danach gründlich den Raum inspiziere, ob irgendwo ein Stuhlbein locker ist, ein Kabel aus der Wand schaut oder sonst eine Veränderung mein Misstrauen verdient. Nachdem sie mich ein halbes Jahr lang terrorisiert hatte, habe ich dann noch einmal richtig investiert und das Sicherheitsschloss mit der Geheimzahl eingebaut. Obwohl ich handwerklich ja eher ungeschickt bin. Aber wenn man etwas wirklich will, entdeckt man plötzlich ungeahnte Fähigkeiten an sich. Bei der Kontrolle des Raumes gehe ich systematisch, konzentriert und schweigend vor. Auch Christine darf mich währenddessen nicht ansprechen. Erst danach lasse ich ihr wieder die volle Kettenlänge, mit der sie sich in zwei Dritteln des Raumes frei bewegen kann, und erst dann begrüße ich sie.

»Hallo Christine.«

Und sie senkt den Kopf und sagt, ohne mich anzusehen, »mein Gebieter«, wie ich es ihr beigebracht habe, und es ist keine unterdrückte Wut dabei in ihrer Stimme und allerhöchstens ein Hauch von Ironie.

Ich habe diese Anrede etwa vier Wochen, nachdem ich sie hier heruntergebracht hatte, eingeführt. Ich weiß noch, dass ich mir dabei damals selber etwas albern vorkam. Aber jedes Mal, wenn sie mich mit meinem Namen ansprach, wenn sie Sebastian zu mir sagte, war das mit zig Erinnerungen an Situationen verknüpft, in denen sie früher Sebastian zu mir gesagt hatte. »Sebastian, das ist doch wohl nicht dein Ernst?« Oder als sie sich von mir trennte – *sie* hat *mich* verlassen! – und wie selbstverständlich die Wohnung für sich beanspruchte: »Sebastian, du willst doch nicht wirklich den Kindern die Wohnung wegnehmen? Willst du, dass Binja die Schule wechseln muss? Weißt du nicht mehr, wie lange Racke gebraucht hat, um sich an den Kindergarten zu gewöhnen? Was auch immer wir einander angetan haben, die Kinder sollten dafür nicht büßen müssen. Können wir uns darauf einigen, Sebastian?«

Letztlich war es nur konsequent, dass sie sich die Wohnung unter den Nagel riss. Schließlich hatte sie ja auch all die vorangegangenen Jahre ganz allein bestimmt, wie unsere Wohnung eingerichtet und gestrichen wurde – mit ihrem fliederfarbenen Weibergeschmack hatte sie das bestimmt, der keine freie Fläche ertragen konnte, ohne eine dämliche Holzschale daraufzustellen und sie mit polierten Halbedelsteinen oder den vertrockneten Schlauben irgendwelcher afrikanischen Pflanzen zu füllen. Und als ich einwilligte, was sagte sie da? Dankte sie mir? Ach woher denn. Sie meinte, dass ich bei meinem Gehalt sowieso Schwierigkeiten gehabt hätte, die Miete allein zu stemmen. Erst im Nachhinein ist mir klar geworden, wie sehr diese Frau mich demoralisiert hat. Schon die Art, *wie* sie Sebastian sagt, und ich falle sofort in tiefe Resignation und drohe wieder zu dem Mann zu werden, den sie von früher kennt und den zu manipulieren eine ihrer leichtesten Übungen war.

Als ich ihr damals vorschlug, sie solle mich von nun an »mein Gebieter« nennen, biss Christine sich auf die Unterlippe und sah an mir vorbei.

»Was hast du denn?«, sagte ich. »Es ist doch nicht mehr als eine Formalie. Du hast ja auch ›Herr Meier‹ zu Herrn Meier gesagt, ohne dass du ihn als deinen Herrn angesehen hast. Dann kann es doch wohl nicht so schwer für dich sein, zu deinem richtigen Gebieter ›Mein Gebieter‹ zu sagen. Im Grunde benennst da damit bloß die bestehenden Machtverhältnisse in diesem Raum.«

»Klingt ein bisschen nach 1001 Nacht, findest du nicht?«, sagte Christine.

Oh, dafür liebe ich sie, dass sie solche Dinge sagt, selbst wenn sie eine Kette um den Hals hat. Sie ist ein tapferer kleiner Terrier. Die Kette lässt sich ja nun mal nicht vermeiden, aber ansonsten versuche ich, ihr den Aufenthalt hier so angenehm wie möglich zu machen.

Christine bindet ihre Schürze ab, und wir setzen uns nebeneinander auf das gelbe Sofa, ich lege meinen Arm hinter sie auf die Lehne. Vor uns auf dem Beistelltisch steht die Keksschale mit den warmen Spitzbuben und die Walnusshälften darauf sehen aus wie Mäusegehirne. Daneben steht ein gelb gestreifter Krug mit Limonade – Limburger Dom-Keramik. Meine Mutter benutzte früher den gleichen Krug, bloß mit rosa Streifen, aber ich habe nur noch einen gelben gefunden. Erst hatte ich ihn oben in meiner Küche, aber irgendwann hat mich die falsche Farbe so gestört, dass ich ihn zu Christine ausgelagert habe. Und hier passt er ja auch ganz hervorragend zur Sitzecke.

Wir plaudern, und ich erzähle Christine, was für ein Wetter draußen ist – dasselbe wie seit Wochen, sie soll bloß froh sein, hier schön kühl unter der Erde zu hocken – und dass Racke eine »Sonne mit Wolke« in »Tanzen und Turnen« bekommen hat und Binja ein »Beachtlich« in »Chinesisch«, und von dem Gletscher erzähle ich, der in den Stausee gerutscht ist. Wir fragen uns beide, warum das keiner vorhergesehen und die nötigen Evakuierungsmaßnahmen in den beiden

Dörfern eingeleitet hat, und dabei kommen wir auf die neuesten politischen, geologischen und klimatischen Entwicklungen, und es ist richtig nett, so nett wie ewig nicht mehr.

Es ist fast wie damals, als wir gerade erst im Demokratiekomitee aufeinandergestoßen waren und begannen, uns ineinander zu verlieben, während wir mit den anderen ganze Nächte durch Pläne schmiedeten, wie dieser Staat umstrukturiert werden könnte, ohne die Grundsätze der Demokratie dabei aufzugeben. Ich nehme mir einen Spitzbuben aus der Keksschale, knabbere die Walnuss herunter und lege den Keks wieder zurück. Und während Christine sich ereifert, dass die Möglichkeit, das Klima durch die Produktion künstlicher Wolken herunterzukühlen, immer noch eher halbherzig umgesetzt wird – »... dem müsste allererste Priorität eingeräumt werden, haben die das denn *noch* nicht begriffen?« –, lasse ich meinen Arm auf ihre Schulter gleiten, greife mir eine Strähne ihres Haares und drehe sie zwischen den Fingern.

»Ich finde dich immer noch schön«, sage ich und das ist die reine Wahrheit. Ich gebe ihr ein Drittel meiner täglichen Ephebo-Dosis. Ich kann sie hier unten ja schließlich nicht verschimmeln lassen. Sie ist 48, sieht mithilfe der Ephs aber wie Mitte dreißig aus, während ich mit der doppelten Dosis als Ende dreißig durchgehe. Kein Mensch würde jetzt noch vermuten, dass ich eigentlich zwanzig Jahre älter bin.

Es ist schon eine merkwürdige Vorstellung, dass Christine ohne die Medikamente so alt wie ihre Mutter aussehen würde. Sie lächelt mich an und wir stehen gemeinsam auf und gehen zum Bett hinüber. Wegen der Kette trägt sie nur noch Kleider, die durchgehend geknöpft sind, dieses hier auf der Vorderseite. Ich knöpfe sie bis zur Hüfte auf und greife unter den Stoff, lasse meine Hände über ihre warme Haut und den raffinierten schwarz-roten Slip wandern, den ich ihr bei einem Versand bestellt habe. Sie fühlt sich gut an, diese glatte, junge Haut, und ich versuche mir vorzustellen, wie sie sich wohl anfühlen würde, wenn ich Christine mal für ein oder zwei Monate die volle Ephebo-Dosis geben würde. Ich schiebe ihr das Kleid über die Hüften herunter und ziehe mich ebenfalls aus.

»Wann lässt du endlich deine Brusthaare wieder wachsen«, sagt Christine. »Kein Mensch trägt heute noch rasiert.«

»Na, du musst es ja wissen«, sage ich.

Wir legen uns ins Bett und ich ziehe ihren Körper eng an mich. Sie küsst meinen Hals und streicht über meine Brust.

»Schon seit zehn Jahren trägt niemand mehr rasiert. Ich würde gern wissen, wie das bei dir aussieht.«

»Blöd«, sage ich, »das würde völlig blöd aussehen. Da und dort eine Insel und um jede Brustwarze einen Kranz von Borsten. Das willst du gar nicht sehen.«

Wir schlafen miteinander, haben den liebevollen, routinierten und geschmeidigen Sex eines alten Ehepaars mit jungen Körpern. Hinterher liegt Christine in meinem Arm und zupft und krault in meiner nicht vorhandenen Brustbehaarung herum. Ich werde ganz sentimental dabei.

»Genau wie früher«, sage ich.

Aber Christine kann es nicht gut sein lassen, sie muss mal wieder die Stimmung versauen. Ruckartig setzt sie sich auf und schiebt meinen Arm von ihrer Hüfte, als wäre er ein zudringliches Haustier.

»Sieh mich an«, sagt sie. »Es ist *nicht* wie früher! Nichts ist wie früher! Ich bin mit einer Kette angebunden. Das ist nicht normal. Dir muss doch klar sein, dass es krank ist, was du hier tust?«

Geht das also wieder los. Christine schafft es nie länger als ein paar Tage, sich zusammenzureißen. Wir haben dieses Gespräch schon hundertmal geführt und wir werden immer besser dabei. Das heißt: Ich werde besser, von Mal zu Mal geschliffener in der Argumentation. Christine sagt eigentlich immer bloß das Gleiche: dass es krank sei, dass *ich* krank sei.

»In sehr vielen Ländern sperren Männer ihre Frauen ein«, erwidere ich geduldig, »und es ist gesellschaftlich vollkommen akzeptiert, ja, es wird geradezu erwartet. Warum soll ich meine ureigenen männlichen Bedürfnisse verleugnen, bloß weil ich das Pech habe, ausgerechnet in diesem winzigen Zeitfenster geboren zu sein, in dem man den Frauen hier allen Ernstes die Regierung überlässt? Nur ein paar Jahre früher und die Sache hätte völlig anders ausgesehen. In den meisten Ländern sieht es ja auch heute noch anders aus. Oder wieder. Männer herrschen seit Jahrtausenden über Frauen. Und sie würden es auch die nächsten tausend Jahre tun, wenn die Menschheit noch so lange Bestand hätte. Das, was gerade in Europa und Nordamerika passiert, diese Verweiblichung der Kulturen und dass ihr jetzt überall mitmischen dürft, ist eine kurzzeitige historische Abnormität. Ein Ausrutscher in der Geschichte der Menschheit. Der Islam wird diese jämmerlich toleranten und entscheidungsschwachen Schwuchtel-Demokratien hinwegfegen. Und wenn es die Muslime nicht machen, dann tun es die Chinesen. Jedenfalls würden sie es tun, wenn sie noch die Zeit dazu hätten und nicht gerade der ganze Planet den Bach hinunterginge. Gesellschaften, die von Frauen regiert werden, sind zum Untergang verurteilt.«

Sie lässt mich ausreden, wie ich ihr das beigebracht habe, eine Sache, die früher undenkbar war. Ständig hat sie dazwischengeplappert, nichts blieb unwidersprochen. Aber nun kann ich mich ausbreiten, wie ich will, und sie lässt mir alle Zeit der Welt, wartet notfalls minutenlang, bis ich fertig bin, bevor sie antwortet.

»In keinem Land der Welt werden Frauen an die Kette gelegt«, sagt Christine. »Selbst in Saudi-Arabien laufen sie frei auf der Straße herum.«

»Ja, aber bloß, weil es keinen Ort gibt, wohin sie fliehen könnten. Sie haben gar keine andere Möglichkeit, als wieder nach Hause zu kommen. Wenn ich mich darauf verlassen könnte, dass du wieder zu mir zurückkommst, würde ich dich auch einkaufen gehen lassen. Aber solange das noch nicht geht, freu dich doch, dass ich dir diese Arbeit abnehme.«

Darauf sie: »Niemand darf seine Frau an einer Kette halten, das gibt es in keiner Kultur, das ist überall ein Verbrechen. Das ist krank!«

»Das bezweifle ich«, sage ich sehr ruhig, »aber

selbst, wenn es in einigen Kulturen als Verbrechen angesehen werden mag – deswegen ist es noch lange nicht krank.«

»Doch. Es ist krank, krank, krank!«

Sie quetscht sich zwei erpresserische Tränen aus den Augen.

»Unsinn«, sage ich, und obwohl sie sich so aufführt, bin ich immer noch geduldig, antworte höflich und gefasst. »Denk doch bloß an den Mädchenhändler-ring, der aufgeflogen ist, als ihr schon geglaubt habt, die böse, böse Prostitution endgültig abgeschafft zu haben. Die hatten ihre Mädchen doch auch den ganzen Tag in Ketten gelegt. Aber soweit ich mich erinnere, ist keiner von den Jungs deswegen als psychisch gestört in eine Irrenanstalt eingewiesen worden. Die wurden alle zu Gefängnis verurteilt. Und erzähl mir nicht, dass diese Männer die Mädchen bloß des Geldes wegen angekettet hatten – die haben da auch jede Menge Spaß dabei gehabt. Warum sind die Richter also nicht auf die Idee gekommen, diese Männer als psychisch krank einzustufen? Wo es deiner Meinung nach doch nur einem kranken Hirn entspringen kann, eine Frau in Ketten zu halten? Ich sag es dir: Weil jeder Richter den Spaß daran nachvollziehen kann. Weil er auch heimlich davon träumt, so viel Macht zu besitzen. Für einen Mann ist es nämlich etwas sehr Schönes, eine Frau ganz und gar zu beherrschen. Und vor allem ist es etwas völlig Normales – ein gesundes männliches Bedürfnis.«

»Ist es nicht, und das weißt du auch, Sebastian. Und außerdem war es eine Richterin, die das Urteil gesprochen hat. Und du willst ja wohl nicht ernsthaft behaupten ...«

»Halt den Mund«, sage ich. »Du solltest dir abgewöhnen, immer das letzte Wort haben zu wollen. Und nenn mich nicht Sebastian!«

Ich verlange keinen Kadavergehorsam – wie man gerade sehen konnte, lasse ich ihr sogar ziemlich viele Frechheiten durchgehen –, aber mein Name ist absolut tabu.

»Oh, Verzeihung, Gebieter«, antwortet sie, wobei sie die Hände hebt, auf eine alberne Weise mit den Fingern wedelt und das Wort »Gebieter« affektiert betont. »Ich habe ganz vergessen: Wenn ich den verbotenen Namen ausspreche, dann verwandelst du dich womöglich in das arme Würstchen, das du in Wirklichkeit bist, und kannst hier nicht mehr als der tolle Hecht und Frauenbändiger auftreten.«

Ich betrachte sie kalt. Da sitzt sie neben mir, nackt, eingesperrt, angekettet, ausgeliefert. Die Scheiße steht ihr wahrlich bis zum Hals, aber sie denkt immer noch, sie könnte Wellen machen. Ich könnte jetzt wütend werden. Ich könnte sonst was mit ihr anstellen. Aber ich bin ganz ruhig. Ohne ein Wort steige ich aus dem Bett und greife sie mir. Sie zuckt zurück, hebt reflexhaft die Hände vors Gesicht. Dabei habe ich gar nicht die Absicht, sie zu schlagen. Ich packe einfach bloß die Kette dicht neben ihrem Hals und schleife sie daran zur Wand, zu den Karabinerhaken. Sie versucht, sich zu wehren, nach mir zu treten und mit den Fäusten nach mir zu boxen. Ich bin genauso nackt wie sie und dadurch verletzlicher als sonst. Aber ihre Versuche sind rührend schwach. Ich brauche bloß einmal kräftig an der Kette zu ziehen und sie gerät sofort aus dem Gleichgewicht und stolpert brav neben mir her. Ich ziehe die Kette wieder in den mittleren Karabiner, bis sie nur noch einen Meter lang ist, sodass Christine sich weder setzen noch irgendwohin gehen kann, sondern einfach an der Wand stehen bleiben muss. Es tut gut, sie so zu sehen, ihre penetrante Ich-erklär-dir-mal-was-mit-dir-los-ist-Arroganz hat einen tüchtigen Sprung bekommen. Sie schluchzt, schluchzt die ganze Zeit, während ich zum Bett zurückgehe, mich wieder anziehe, meine Schuhe zuschnüre, zur Kücheninsel gehe, die Schublade aufziehe und nach einem Kabelbinder wühle.

»Tu das nicht«, schluchzt sie, während ich ihr die Hände mit dem Kabelbinder auf den Rücken fessele. Ohne Schuhe hängen da nur noch kümmerliche 1,69 an der Kette. Wie klein sie ist! Zusammengesunken steht sie da mit hängenden Schultern und bebenden Lippen. Aber das hätte sie sich vorher überlegen müssen. Ich drehe die Heizung herunter und gehe wortlos hinaus.

4

Als ich aufwache, liege ich im Wohnzimmer auf dem Cordsofa in vollen Klamotten und der Fernseher läuft. Ein schwarzes Zeichentrickdings wird von einer Wippe senkrecht in die Luft geschleudert. Eine helle Kinderstimme – vielleicht sind es auch mehrere Stimmen oder doch nur eine, das ist schwer zu sagen – singt ein Lied, irgendetwas mit Sombrero.

»... mit Sombrero ... mit Sombrero«, singt die Stimme und jetzt erkenne ich auch die Zeichentrickfigur. Es ist Calimero, das Fernsehküken. Kennt das noch einer? – Die Zeichentrickserie aus den 70ern mit einem schwarzen Küken namens Calimero, das als Symbol seiner unvollständigen Entwicklung und eines übergroßen Schutzbedürfnisses auch nach dem Schlüpfen immer noch ein verdammtes Stück Eierschale auf dem Kopf spazieren trägt. So, wie sich das unsere fürsorgliche Regierung auch für ihre schutzbedürftigen Untertanen wünscht: allen Radfahrern

43

eine Calimeroschale auf den zerbrechlichen Schädel, dann kann niemandem mehr etwas geschehen. Nur, dass Calimero jetzt irgendwie anders aussieht ... die Augen! Die Zeichner haben ihm widerliche Manga-Augen verpasst, mit denen Calimero in die Gegend glotzt, als würde er Drogen nehmen. Die rote Digitalanzeige am unteren Rand des Bildschirms zeigt 7:12 Uhr. Ich schaue auf meine Armbanduhr – jawohl, ich besitze noch eine –, tatsächlich, es ist bereits nach sieben. Gestern Nacht muss ich vor dem Fernseher eingeschlafen sein. Sieben Uhr morgens, das ist noch zu früh, um sich fürs Büro fertig zu machen, vor neun erscheint dort niemand. Die meisten kommen erst nach zehn. Dann fällt es mir siedend heiß ein: sieben Uhr morgens, das bedeutet, dass Christine seit sieben Stunden im Keller steht und auf mich wartet, die Hände auf den Rücken gefesselt. Das war nicht meine Absicht. Ich hatte vor, nach zwei Stunden zurückzukommen und die Kette wieder länger zu machen, vielleicht nicht gleich die volle Länge, aber wenigstens so lang, dass sie hätte sitzen können. Ich will sie ja nicht quälen. Ich will ihr bloß zeigen, was in meinen Möglichkeiten liegt, und ihr ein wenig das Mütchen kühlen. Respekt – darum geht es. Aber ehrlich gesagt, habe ich sie wohl einfach vergessen. Jedes Mal, wenn ich die Kellertür hinter mir geschlossen und das Regal wieder angebracht und die Konservendosen eingeräumt habe, wird der geheime Raum dort unten, wird auch Christines Existenz für mich schlagartig so unwirklich, als wäre alles bloß eine Phantasie von mir. Selbst in der allerersten Zeit, in den beiden Wochen, nachdem ich sie eingesperrt hatte, war es irgendwie unwirklich. Obwohl ich Tag und Nacht an Christine dachte und die Tatsache, dass sie dort unten saß, in einer Welt, in der ich die Regeln vorgab und sie nicht Nein sagen konnte, mich geradezu euphorisierte. Und dennoch war diese zweite, geheime Welt schon damals für mich so unwirklich, dass ich mehrmals täglich hinuntergehen, das Regal ausräumen, die Sperrholzplatte lösen und die schalldichte Tür aufschließen musste, um mich immer wieder davon zu überzeugen, dass der Ort tatsächlich existierte. Jedes Mal, wenn ich eintrat und Christine an der Kette vorfand, traf mich wieder ein Glücksflash. Das war real! Das war so was von real!

Leider gewöhnt man sich ja an alles. Es gibt Untersuchungen darüber, dass selbst das Glück, das ein Lottogewinn einem bereitet, nur drei Monate anhält. Danach ist man wieder genauso depressiv wie vorher.

Gestern Nacht habe ich mir auf DFS ein Formel-1-Rennen angesehen. Pullman führte vor Lambert, der ihm die ganze Zeit an der nicht vorhandenen Stoßstange klebte und einfach nicht vorbeikam. Er versuchte es rechts, links, wieder rechts, in der Kurve, auf der Geraden, während die Fliehkräfte an seinem Helm ruckten, und dann muss ich irgendwann eingeschlafen sein.

Und jetzt ist es sieben. Ich habe ein entsetzlich schlechtes Gewissen. Um die Wahrheit zu sagen: Ich fürchte mich, hinunterzugehen und ihr gegenüberzutreten. Fast so sehr wie damals, als ich das erste Mal zu ihr hinuntergehen musste. In der Theorie hört sich das ja ganz leicht an – seine alten Rollenmuster aufzugeben und ein Machtverhältnis umzudrehen, indem man sich einfach wie ein komplett anderer und sehr dominanter Mensch benimmt. Aber praktisch bedeutete es, meiner eigenen Frau gegenüberzutreten, die seit zwanzig Jahren bestens darin trainiert war, auf mir herumzuhacken und mich auf die perfideste Art zu manipulieren. Die es vor allem richtig gut draufhatte, mir Schuldgefühle einzureden. Und da ich sie gerade betäubt, entführt, eingesperrt und angekettet hatte, drängte sich der eine oder andere Vorwurf ja geradezu auf. Ich brauchte damals zwei volle Tage, bis ich genug Mut gesammelt hatte, und beim Entfernen der Sperrholzplatte rutschte ich mehrmals mit dem Schrauber ab, so schweißig waren meine Hände. Nichts erklären, nicht argumentieren und vor allem: nicht entschuldigen, hatte ich mir vorgenommen. Ihr musste von Anfang an klargemacht werden, dass ich von nun an ihr Herr und Meister sein würde. Als ich die Tür öffnete und sie mit der Kette am Hals so klein und schmächtig auf der Bettkante sitzen sah, bereute ich sofort, was ich getan hatte. Sie trug das kurze Hemd, das ich ihr aus taktischen Gründen angezogen hatte. Um ihr die eigene Verwundbarkeit bewusst zu machen. Christine starrte mich mit aufgerissenen Augen an. Die weiße Bettdecke lag über ihren Beinen. Ehrlich, in diesem Moment wünschte ich, ich hätte die Uhr zurückdrehen und alles ungeschehen machen können. Wieder zu dem Punkt zurückkehren, wo wir zusammen in dem Restaurant gegessen hatten, kurz bevor ich ihr das Zeug ins Glas schüttete.

Zum Glück machte sie mir die Sache leicht. Sie krallte ihre Finger in die Bettdecke, wartete gar nicht erst ab, dass ich irgendetwas erklären konnte, sondern legte sofort los: »Hör zu«, sagte sie mit schlecht gespielter Gefasstheit, »du kannst noch raus aus der Sache. Was immer du vorhattest, man kann es dir nicht beweisen. Du kannst immer noch sagen, alles war nur ein Spaß. Du wolltest mich ein bisschen erschrecken oder so etwas. Die deutschen Gerichte sind doch völlig unfähig. Die verurteilen doch nie jemanden. Solange du mich noch nicht umgebracht hast, kann man dir gar nichts beweisen. Im schlimmsten Fall kriegst du ein Jahr auf Bewährung ... aber wahrscheinlich wird die Sache sowieso niedergeschlagen. Ja, ganz bestimmt. Wenn du mich jetzt losmachst, gehen wir beide zusammen auf die Straße und sind frei. Wir lachen darüber. Wir können unser Leben genauso weiterführen wie bisher. Aber wenn du jetzt irgendetwas tust ...«, hier brach ihre Stimme und ihr Gesicht verzog sich gegen ihren Willen zu einem Greinen wie bei einem Kind, aber sie weinte nicht, noch weinte sie nicht, sondern fuhr mit fester werdender Stimme fort, »... wenn du mir jetzt etwas tust, dann kommst du aus der Sache nicht mehr raus. Dein ganzes Leben wird sich verändern. Und du musst es dann zu Ende bringen, und wenn man dich erwischt, wirst du jahrelang im Gefängnis sitzen, dein ganzes Leben ist verpfuscht, das lohnt doch nicht ...«

Wenn sie eines kann, dann reden, argumentieren, Lösungen anbieten. Das muss man ihr lassen. Sie war nicht so dumm, mir zu versprechen, dass sie mich nicht anzeigen würde. Wir wussten beide, dass es das Erste wäre, was sie tun würde: schnurstracks zur nächsten Polizeiwache und petzen. Also versuchte sie, mir einzureden, dass es trotzdem noch einen Ausweg gab, versuchte, mich mit den Kindern zu erpressen, die doch nichts dafür könnten. »Wofür auch immer du dich an mir rächen zu müssen glaubst ... denk doch nur daran, was du den Kindern damit antust.«

Während sie quasselte und quasselte, gewann ich immer mehr an Sicherheit. Ich schnappte mir einen Stuhl, setzte mich ihr gegenüber vor das Bett und sah ihr dabei zu, wie sie die Argumente abspulte, die sie sich in den vergangenen beiden Tagen zurechtgelegt hatte, und wie dabei ihre Finger an dem Bettbezug zerrten. Kein Vorwurf kam von ihren Lippen. Kein einziges: »Wie konntest du nur, Sebastian«. Sie hatte bereits begriffen, dass hier andere Spielregeln herrschten. Ich brauchte es gar nicht mehr zu sagen. Ich brauchte bloß hier zu sitzen.

»Aber Chrissi«, sagte ich schließlich lächelnd, »Chrissi, Liebes. Was hast du denn für eine Angst? Du denkst doch nicht, dass ich dir etwas tun werde?«

Mein freundlicher Ton ließ sie Hoffnung schöpfen. Ihre Finger lösten sich von der Bettdecke. Sie griff nach der Eisenkette, hob sie an und versuchte ebenfalls ein Lächeln.

»Und was soll dann ...?«, versuchte sie in dem gleichen munteren Plauderton hervorzubringen wie ich, aber ihre Stimme versagte mittendrin. Nur noch ein Gurgeln kam aus ihrem Hals. Jetzt schluchzte sie, verlor vollkommen die Fassung, Rotz lief ihr aus der

Nase. Ihr Köper zuckte und bebte. Ich wartete, bis sie sich wieder beruhigt hatte.

»Geht es dir jetzt besser?«, fragte ich.

»Warum?«, stieß sie hervor.

Ich musste wieder lächeln. Natürlich gab ich ihr nicht die richtige Antwort. Wenn man jemanden ganz und gar beherrschen will, ist es wichtig, ihn erst einmal im Unklaren zu lassen, warum passiert, was passiert. Stattdessen sagte ich: »Das habe ich mich auch schon gefragt, ob das nicht ein Fehler war. Ich hätte mir ja auch eine Hübschere oder eine Echt-Junge aussuchen können. Aber du hast es mir so furchtbar leicht gemacht. Dieses heimliche Treffen, damit dein neuer Kerl nichts merkt. Außerdem bin ich wohl irgendwie vernarrt in dich.«

Ich beugte mich vor und streckte die Hand nach ihr aus, wollte sie einfach bloß berühren – eine zärtliche und versöhnliche Geste. Das konnte man überhaupt nicht missverstehen. Aber Christine schrie auf und zuckte zurück, als hätte ich sie verbrannt. Völlig übertrieben. Die alte Schuldgefühlnummer. Das machte mich wütend.

»Ohgottogottogott«, sagte ich genauso theatralisch, »ich bin ein Mann, ich unterdrücke die Frauen durch meine Begierden.«

Und dann konnte ich es. Ich stand auf und packte ihren Kopf, presste meine Handballen hinter ihre Ohren. Dann zog ich Christines Gesicht so dicht an meines, dass unsere Nasen sich beinahe berührten.

»Seine Männlichkeit zu verleugnen bedeutet, sie zu beschneiden«, sagte ich sehr ruhig und souverän. Ich sah ihre Angst, das viele Weiß in ihren Augen. Sie versuchte nicht einmal eine Gegenwehr, und ich spürte – vielleicht zum ersten Mal –, wie stark ich war. Ich bin kein besonders kräftiger Typ, 1,82 Meter groß und eher schlaksig. Aber im Vergleich zu ihr – und so gut wie allen anderen Frauen – bin ich stark, enorm stark. Faktisch ist da nun mal eine körperliche Überlegenheit. Ich begriff, wie einfach es eigentlich war, Christine zu beherrschen, und bevor es wieder schwierig werden konnte, ließ ich sie schnell los, drehte mich um und ging. An der Tür nahm ich die Sicherung aus dem Sicherungskasten und ließ sie in schwarzer Dunkelheit zurück. Das machte ich noch die nächsten zwei Wochen so.

Um gar nicht erst Diskussionen aufkommen zu lassen, beschließe ich, so zu tun, als hätte ich Christine absichtlich sieben Stunden warten lassen. Ich öffne die Tür mit Schwung, soweit das bei einer tonnenschweren Sicherheitstür möglich ist, und betrete den Raum mit einem munteren Gesichtsausdruck, leise vor mich hin pfeifend. Christine ist in einem üblen Zustand. Sie kniet auf dem Boden – knien lässt die Kette gerade noch zu – in einer Urinpfütze. Nackt und jämmerlich wie ein frisch geschlüpfter Vogel. Sie tut mir wirklich leid, aber ich darf mir jetzt keine Blöße geben und darum baue ich mich vor ihr auf und frage möglichst hart, ob sie denkt, dass sie es verdient hätte, wieder mehr Kette zu bekommen.

»Bitte«, flüstert Christine, »bitte, mach mich los. Ich tue, was du willst.«

Ihr Flüstern ist kaum zu verstehen. Sie fährt sich mit einer trockenen Zunge über die trockenen, rissigen Lippen, dass man meint, es rascheln zu hören. Es sieht aus, als hinge sie hier schon seit einer Woche und wäre kurz vor dem Verdursten. Sie hat es immer noch drauf, anderen Leuten Schuldgefühle zu machen. Ich muss mir vergegenwärtigen, dass sie ja nun bitte schön gerade mal seit sieben Stunden so angekettet ist. Genau genommen sind es sogar nur sechs Stunden und vierzig Minuten. Das ist sicher unangenehm, und dass sie in ihrer eigenen Pisse kniet, tut mir auch leid, aber das liegt natürlich bloß an ihrer ständigen Tee-Schlürferei. Ein normaler Mensch hält es ja wohl aus, mal ein paar Stunden lang nicht zu pinkeln. Und die Kette war lang genug, dass sie abwechselnd stehen und knien konnte. Die Schmerzen in der Muskulatur werden sich also in Grenzen halten.

Da sie es mir ja praktisch angeboten hat, sage ich, gut, ich werde ihr zwei Meter mehr geben, wenn sie mir einen bläst. Ich hätte ihr sofort die volle Kettenlänge gegeben, wenn sie nicht so eine Show abgezogen hätte, aber sie will ja unbedingt das arme Opfer spielen. Kann sie haben. Ich verlängere ihre Kette nicht ganz um zwei Meter, nur um so viel, dass sie bequem vor mir knien und ihren Job erledigen kann. Ihre Hände bleiben auf dem Rücken gefesselt. Dann gehe ich zur Sicherheitstür zurück, die ich nach meinem schwungvollen Eintreten offen gelassen habe, lege die linke Hand schützend über die Tastatur und gebe mit der rechten demonstrativ den Zahlencode ein.

»Ich möchte dich daran erinnern, dass du ohne mich hier niemals rauskommst«, sage ich und drehe mich zu ihr um, »also überleg dir gut, was du tust.«

Christine nickt bloß, ohne den Kopf zu heben. Kniend und auf ihren Fersen sitzend, die Hände auf dem Rücken gefesselt, hat sie Mühe, das Gleichgewicht zu halten.

Inzwischen verstehe ich etwas besser, was in den Konzernbossen der Agrar- und Öl-Industrien damals vorgegangen sein muss, warum sie so eisern darauf beharrten, ihr katastrophales, uns alle in den Untergang führendes Verhalten durchzuziehen. Es ging ihnen gar nicht darum, noch ein oder zwei Dollar mehr herauszupressen, und es war auch nicht Dummheit oder Ignoranz. Es war das Vergnügen, das mit dem Benutzen von Schwäche einhergeht. Die wussten ganz genau, was sie mit ihren CO_2-Emissionen und mit ihren Abwässern und Regenwaldabholzungen anrichteten. Es muss ein berauschendes Gefühl sein, etwas so durch und durch Böses zu tun, etwas von so entsetzlichen Ausmaßen, wie es das noch nie zuvor gegeben hatte. Und niemand hält einen auf, weil es niemand mitbekommt oder weil denen, die einen durchschauen, niemand glaubt. Die Typen haben sich vor Vergnügen auf die Schenkel geschlagen, wenn in den Nachrichten Demos von hilflos-wütenden Umweltschützern zu sehen waren. Oder wenn verzweifelte Wissenschaftler in kurz vor Mitternacht ausgestrahlten Sendungen auftraten und versuchten, der Menschheit und ihren halbdoofen Politikern die Dringlichkeit der Situation zu erklären, ihnen klarzumachen, dass dieser Planet in kürzester Zeit unbewohnbar sein würde – das Ganze unterbrochen von Werbepausen, in denen die Milliardenindustrie der Bosse den Zuschauern versicherte, dass Fleisch, Milch, Plastik und Autobenzin die unverzichtbaren Grundlagen für eine gesunde und glückliche Lebensführung darstellten. Die haben sich dabei vor dem Fernseher einen runtergeholt. Die steckten nicht nur mit der Regierung unter einer Decke – sie waren die Regierung.

Ich stelle mich vor Christine, öffne den Reißverschluss meiner Hose und packe ihren Kopf an den Kieferknochen, hebe ihn an, dass ich ihr noch einmal ins Gesicht, in die Augen sehen kann, ob da irgendeine Heimtücke, ein böser Wille zu erkennen ist. Denn ich liefere mich ihr ja praktisch aus. Und das nach all den Mordanschlägen, die sie bereits versucht hat. Wahnsinn eigentlich. Aber sie ist körperlich viel zu fertig, um noch gefährlich zu sein. Sie will nur noch zum Ende kommen, damit sie auf dem Boden liegen und sich ausstrecken kann. Wasser trinken. Oder was auch immer. Ich ziehe ihren Kopf rhythmisch an mich heran, übernehme die Pumpbewegungen für sie, weil sie echt wackelig auf den Knien ist.

»Gib dir mehr Mühe«, sage ich, »sonst sind wir morgen noch nicht fertig.«

Nie spürt man die eigene Macht so sehr wie in jenen Momenten, in denen man sie missbraucht. Erst wenn man etwas richtig Gemeines tut, etwas, das so gut wie alle Menschen verurteilen würden, und man tut es trotzdem und kommt damit auch noch durch – erst das ist wirkliche Macht. Die Industriebosse zum

Beispiel, das waren ja angesehene, wenn nicht sogar bewunderte Mitglieder genau jener Gesellschaft, deren Untergang sie betrieben. Teilweise bis heute. Die sitzen immer noch in ihren klimatisierten Büros und sehen händereibend dabei zu, wie die Kinder immer fetter werden und die Umwelt immer schmutziger, wie das Wetter verrückt spielt und die Gletscher schmelzen und die lebenserhaltenden Systeme dieses Planeten eines nach dem anderen ausfallen.

Na ja, ich will jetzt auch nicht übertreiben. Mein Verhalten gegenüber Christine lässt sich natürlich nicht wirklich mit der Bösartigkeit großer Konzernbosse vergleichen. Schließlich vernichte ich weder die Lebensgrundlagen der Menschheit, noch tue ich Christine irgendetwas Schlimmes an. Im Grunde habe ich von ihr nichts verlangt, was sie nicht schon früher bereitwillig diverse Male für mich getan hat, nichts, wodurch ich sie zerstören würde. Außerdem hat sie es mir ja selbst angeboten. Dennoch bringt es Spaß, dabei den Aspekt der Unfreiwilligkeit zu betonen, Christine ihre Hilflosigkeit spüren zu lassen. Sehr machtvoll ist das und, nun ja, eben auch ein bisschen böse, und ich werde in Zukunft vielleicht noch das eine oder andere in diese Richtung versuchen.

Ich bin gerade fertig geworden, wische meinen Schwanz in ihren Haaren trocken, als plötzlich mein Ego klingelt. Christine erstarrt, wir erstarren beide. Aber ich fange mich früher und springe sofort von ihr weg, taumel rückwärts, bis ich außerhalb ihrer Reichweite, also der Reichweite ihrer Kette bin. Wieder klingelt es. Ich hole das Ego-Smart aus der Hosentasche und stelle es mit zitternden Fingern aus. Nicht zu fassen. Ich habe vergessen, es herauszunehmen, bevor ich zu Christine hinuntergegangen bin. So eine blöde kleine Nachlässigkeit kann mir das Genick brechen. Wenn das Ego nur eine Minute früher geklingelt hätte ... Oh Gott! Die hätte mir glatt den Schwanz abgebissen. Da kennt die doch nichts! Und während ich mich blutend auf dem Boden gewunden hätte, hätte sie mit den Zähnen die Hosentasche von meiner Jeans gerissen, das Ego-Smart herausgeholt und mit der Nase den Notruf eingetippt. Das wäre es dann gewesen.

Ein kühler Hauch von der Lüftungsanlage trifft meinen Penis, der immer noch vorn aus der Hose hängt. Ich packe ihn wieder ein und ziehe den Reißverschluss hoch. Ich schaue Christine an. Sie kniet, die Hände auf dem Rücken, den Kopf vornübergebeugt, sodass ihr die Haare übers Gesicht fallen. Hilflos und unterwürfig und ziemlich sexy sieht sie aus, aber mich kann sie damit nicht täuschen. Ich weiß, was gerade in ihrem kleinen Kopf vorgeht: Sie bereut die vertane Chance. Was für ein bodenloser Leichtsinn von mir! Ich will mir überhaupt nicht ausmalen ... Außerdem wirft uns das um Monate zurück. Natürlich macht sich Christine jetzt wieder Hoffnungen, dass ihr doch noch irgendwann die Flucht gelingt. Es wird wieder schwieriger werden mit ihr.

»Meine Hände«, flüstert sie unter der Gardine ihrer Haare hervor. »Meine Hände tun so weh und die Schultern. Bitte ...«

Da geht es schon los. Aber ich bin ja nicht blöd. Erst einmal gehe ich schnurstracks mit dem Ego-Smart aus dem Raum, verschließe die Sicherheitstür und bringe die Sperrholzplatte wieder an. Ich räume sogar das Regal wieder ein und überprüfe jeden Handgriff, den ich tue, drei- und vierfach. Nicht, dass mir wieder irgendein blöder Fehler unterläuft. Christine muss leider noch ein wenig auf ihre Befreiung warten. Ihre Kette ist jetzt lang genug, dass sie auf dem Boden liegen kann, wenn sie ganz nah an die Wand rückt. Und gepinkelt hat sie ja sowieso schon. In einer Stunde bringe ich ihr Wasser und eine Decke und dann schneide ich ihr auch die Hände los – und vielleicht gebe ich ihr sogar gleich die volle Kettenlänge. Aber zuerst muss ich mich beruhigen und alles genau durchdenken. Ich trau ihr nicht! Ich trau ihr einfach nicht. Wenn ich mir ausmale, was da eben alles hätte passieren können. Oh Gott!

Der Anruf ist von Lanschick. Ausgerechnet Biafra Lanschick wäre beinahe mein Untergang gewesen. Ich rufe ihn aus dem Wohnzimmer zurück.

»Hatte ich dir gesagt, dass du ein Gesundheitszeugnis mitbringen musst«, will Lanschick wissen, »wegen der Araucana-Grippe.«

»Oh Mann«, sage ich. »Du rufst mich morgens um acht an, um mir das zu sagen? Das Treffen ist doch erst in zwei Monaten. Bis dahin hat es vielleicht längst Entwarnung gegeben.«

»Niebel besteht darauf. Wenn du kein Gesundheitszeugnis hast, lässt er dich nicht in seine Kneipe. Und es darf höchstens fünf Tage alt sein.«

»Wer weiß, was bis dahin wieder grassiert.«

Lanschick denkt einen Augenblick nach.

»Am besten, du lässt dich auf alles untersuchen, was dann gerade aktuell ist, aber auf jeden Fall auf Ebola und Araucana. Oder ich frage Niebel noch mal zwei Wochen vorher und dann mail ich das an alle, was auf dem Gesundheitszeugnis draufstehen soll. Ich habe übrigens immer noch nicht deine Mailadresse. Gib mir die doch endlich. Dann muss ich dich auch nicht mehr anrufen.«

Ich erkläre ihm noch einmal, dass ich meine Mailadresse abgemeldet habe. Offenbar hat er es das letzte Mal einfach nicht ernst genommen. Auch diesmal wieder: dümmliches Lachen und Infrage-Stellen meines Geisteszustands.

»Außerdem brauche ich noch CO_2-Punkte von dir. Die musst du mir vorher rüberbuchen. Es wird ein Fleischbuffet geben. Richtig viel Fleisch – wie früher. Niebel macht das aus eigener Schlachterei. Ein ganzes Schwein. Wie findest du das? Also mindestens vier Punkte, aber du kannst natürlich auch freiwillig mehr geben. Nach oben hin sind dir da keine Grenzen gesetzt.«

»Vier Punkte? Gilt das auch für die Frauen?«

Ich stelle mir vor, wie da dieses ganze Schwein mit Kopf und Ringelschwanz und Herz und Leber auf einem Tisch liegt und wie die Frauen das finden werden. Die sind doch fast alle Vegetarierinnen.

»Von den Mädels verlang ich bloß drei. Niebel macht auch Salate und so 'n Zeug. Die Mädels können dann die Salate essen.«

»Ruf mich nicht mehr auf dem Handy an«, sage ich. »Nimm die Festnetznummer, das Handy melde ich demnächst auch ab.«

»Oh Mann, ich bin wirklich gespannt, wie die Mädels diesmal aussehen«, sagt Lanschick. »Ich meine, wie jung die diesmal sind. Ob die aussehen wie damals oder irgendwie anders, verstehst du?«

»Ja«, sage ich, »geht mir auch so. Wer hat denn alles schon zugesagt?«

»So gut wie alle. Ich warte eigentlich bloß noch auf die Antworten von Maybrit Möller und Kerstin Ahlrichs.«

»Und Kathrin Kessler und Elisabeth Westphal?«, frage ich so uninteressiert wie möglich, »sind die auch dabei?«

»Die ist tot«, sagt Lanschick. »Die ist an Krebs gestorben.«

Mir wird schlecht. Der Boden schwankt unter meinen Füßen. Für einen Augenblick komme ich mir vor wie diese Eisbären-Animation auf der Außenalster. Für alle, die noch nie in Hamburg waren und nicht das Außenalster-Hologramm kennen, muss ich das vielleicht erklären: Zu jeder vollen Stunde wird das Hologramm eines Eisbären auf einer Eisscholle über die Wasseroberfläche am Harvestehuder Ufer projiziert. Eisbär und Eisscholle treiben dann im Laufe einer Stunde einmal quer über die Außenalster, wobei der Bär verschiedene Faxen macht, kleine Steppeinlagen, Handstand und solche Sachen, während das Eis unter seinen Tatzen beständig schmilzt. Kurz vor der nächsten vollen Stunde, wenn der Eisbär bis vors Atlantikhotel getrieben ist, zieht er plötzlich einen riesigen Wecker aus einer imaginären Hosentasche in seinem Fell und hält ihn heulend und trampelnd empor, und auf diesem Wecker ist es immer fünf vor zwölf. Dann bricht der schäbige Rest Eis unter seinen Füßen und der Bär fällt in die Alster, wobei große Mengen Wasser in die Luft gespritzt werden. Kein Hologramm diesmal, sondern – das ist der Clou – echtes Wasser, das mit einer an dieser Stelle versenkten Unterwasserpumpe in die Luft geschossen wird, sodass bei starkem Wind – und jetzt weht es ja ziemlich oft – auch mal die Fußgänger und Radfahrer am Ufer etwas abbekommen. Direkt danach erscheint das Eisbärenhologramm dann wieder am Harvestehuder Ufer – mit vollständiger, großer Eisscholle – und die Reise geht erneut los.

So fühle ich mich: als hampelte ich auf einer ständig schmelzenden Eisscholle herum. Ich verliere alles, was mir wichtig ist. Alles entgleitet mir. Nichts bleibt mir, nichts.

»Elli?«, würge ich hervor. »Woran ist Elli gestorben?«

»Nicht Elli – Kathrin Kessler.«

Ich versuche, mir die Erleichterung nicht anhören zu lassen.

»Und Elisabeth Westphal? Kommt die zum Abi-Treffen.«

»Na, besonders scheint dir Kathrins Tod ja nicht nahezugehen. Ich war völlig fertig, als mir ihr Bruder das gemailt hat.«

»Ich kannte sie ja kaum.«

»Das war die mit dem tollen Busen.«

»Aber Elisabeth Westphal kommt – oder?«

»Das konnte sie noch nicht genau sagen, aber wahr-

scheinlich ja. Das scheint dich ja mächtig zu interessieren?«

»Geht so«, sage ich, »ich bin bloß neugierig, wie die
jetzt aussieht.«

»Ja«, sagt Lanschick, »diesmal wird das echt span-
nend.«

5

Es war klar, dass es irgendwann auch Wellingstedt treffen würde. Wenn es bisher keine nennenswerten Superstürme bei uns gegeben hat, dann ist das einfach Glück gewesen, eine ungerechte Bevorzugung durch das Schicksal, aber letztlich war es natürlich bloß ein Aufschub. Nun also im Juni. Ausgerechnet heute, zwei Tage vor dem Klassentreffen, ist für ganz Hamburg Warnstufe violett ausgegeben worden. Die Kinder haben schulfrei, Behörden, Geschäfte, Fabriken und Büros sind geschlossen, die Angestellten wurden nach Hause geschickt, Flughafen und Bahnhöfe haben den Betrieb eingestellt und wer noch nicht daheim ist, muss sich von seinem Ego-Smart den Weg zum nächsten öffentlichen Schutzraum zeigen lassen. Jedenfalls offiziell. Tut natürlich keiner. Ich hätte das Haus längst sichern müssen, aber ich habe zwischendurch zu lange bei einer Internet-Auktion herumgetrödelt. Es ging um einen perfekt erhaltenen weißen

Opel Rekord Coupé von 1965, so einen, wie mein Vater ihn einmal gefahren hat. Mein Vater stand auf sportlich aussehende Wagen und vergaß beim Autokauf regelmäßig, dass er eine fünfköpfige Familie samt Gepäck darin unterbringen sollte. Weswegen mein kleiner Bruder und später meine kleine Schwester auf Urlaubsreisen ja auch immer auf der Hutablage transportiert werden mussten. Ich habe bis 7888,89 Euro-Nord mitgeboten und der Opel ist dann für 8065,70 weggegangen. Kurz ärgere ich mich, andererseits schluckt so ein alter Opel dermaßen viel Benzin, dass ich mit ihm wieder zum Vegetarier werden müsste, um noch mit meinen CO_2-Punkten auszukommen. Gerda könnte ich dann auch keine Punkte mehr abgeben und ihr ewiges Genörgel wäre mir sicher. Ich hätte den alten Opel natürlich auch in die Garage stellen können und nur für Sonntagsfahrten benutzen, und für den Alltag hätte ich dann meinen kleinen Wasserstoff-Flitzer behalten. Aber dann hätte der draußen stehen müssen und das ist bei den derzeitigen Witterungsbedingungen ja eigentlich gar nicht mehr möglich. An diesem Punkt meiner Überlegungen fällt mir wieder der drohende Orkan ein. Ich shamme das Wetter: Ankunft des Orkans in einer Stunde und 23 Minuten. Hamburg ist inzwischen auf Blau hochgestuft worden, Blau bedeutet Windgeschwindigkeiten von über 150 Stundenkilometern. Lanschick ruft an, bestätigt, dass das Treffen übermorgen auf jeden Fall stattfinden wird. Ein ganzes Schwein, das sei jetzt schon geschlachtet, das könne man nicht mehr rückgängig machen. Und im Hotel habe er auch schon ein-

gecheckt. Während wir telefonieren, werden die nörd-
lichen Stadtteile Hamburgs auf Schwarz hochgestuft.
Ich habe keine Ahnung, was ich mir unter Warnstufe
schwarz vorstellen soll. Jedenfalls wird es Zeit, auf
den Trockenboden zu steigen und von dort aus über
eine Leiter auf das Dach.

Als ich die Luke aufstemme, reißt sie mir der warme
Wind sofort aus der Hand. Krachend schlägt sie über
mir auf die Dachpfannen. Das Glas ist gesprungen, immerhin hängt es noch vollständig im Rahmen. Wie ein
böser Geist saust die aufgeheizte Luft heulend an mir
vorbei, flitzt um mich herum, wenn nicht sogar durch
mich hindurch, heult durch den Trockenboden, reißt
die Deckel der Kartons auf, in denen meine alten Bücher, Spielsachen und Schulhefte lagern, und lässt die
Deckelhälften knattern. Dann ist es plötzlich wieder
still und ich stecke vorsichtig den Kopf ins Freie und
taste mich auf die Dachpfannen hinaus. Es ist bru-
tal heiß. Und schwül. Auf dem Dach ist es immer noch
windstill, aber weiter oben jagen ausgefranste Wolken-
schichten in allen Grauschattierungen über den Himmel, reißen kurz auseinander und lassen ein Bündel
greller Sonnenstrahlen durch, um sich gleich darauf
wieder aufeinanderzuschieben und alles zu verfins-
tern. Auf Händen und Füßen krieche ich die drei Meter bis zum Dachfirst. Schon geht es wieder los. Der
warme Wind peitscht wellenförmig über mich hinweg,
zerrt an meinen Füßen und drückt mir gleichzeitig die
Schultern aufs Dach herunter, lässt meine Füße wieder
los und zerrt an meinen Armen. Eine Ladung trockener Blätter flattert mir ins Gesicht. Ich hätte wirklich

früher heraufsteigen sollen. Das ist jetzt nicht ganz ungefährlich. Oben angekommen versuche ich gar nicht erst, mich aufzurichten, sondern robbe auf dem Hosenboden Richtung Schornstein. Es rumpelt hinter den immer schwärzer werdenden Wolken. In den Gärten meiner Nachbarn winden und schütteln sich die riesigen Koniferen. Unter mir, auf der Straße, wirbeln Blätter, Plastikfolie und gelber, genetisch optimierter Blütenstaub im Kreis. Ein runder, vertrockneter Busch rollt aus der gegenüberliegenden Einfahrt, überquert hüpfend die Fahrbahn, überspringt eine flache Natursteinmauer und wälzt sich unentschlossen im Vorgarten von Familie Pickard. Kein Mensch ist auf der Straße, kein Kind in den Gärten, nicht mal ein Hund. Die Welt geht unter.

Endlich habe ich den Schornstein erreicht, und nachdem ich mich eine Minute lang daran festgeklammert und neuen Mut geschöpft habe, steige ich langsam und vorsichtig auf den Metallstufen der Schornsteinfegertreppe die rückwärtige Dachseite hinunter und zupfe an den Stahlseilen, die wie gigantische Zahnspangen um jede vierte Dachpfannenreihe und über die Solarkollektoren gezurrt sind. Die Solarkollektoren habe ich leider nicht verhindern können, aber die drohende Zwangswärmedämmung konnte ich gerade erst wieder zwei Jahre hinausschieben, indem ich einfach behauptet habe, dass ich demnächst das ganze Haus abreißen und durch ein vorbildliches, seelenloses Niedrigenergiehaus im Schwedendesign ersetzen will. Die Drahtseile sitzen fest, fester geht's gar nicht. Trotzdem gebe ich mit dem dicken Inbusschlüssel, den mir die Dachsicherungsfirma dagelassen hat, auf jeden Spanner noch einmal einen Ruck. Und die ganze Zeit zerrt der Wind an mir, zerrt von rechts und von unten, hört schlagartig auf und zerrt gleich darauf von links. Das Rumpeln hinter den schwarzen Wolken kommt in immer kürzeren Abständen, und von der anderen Dachseite, wo die Straße liegt, steigt jetzt auch noch ein anderes Geräusch auf, ein beunruhigendes Brummen. Als ich wieder zum Schornstein hochsteige, sitzt dort ein zersauster Wellensittich, ein blauer mit blutig verklebtem Gefieder, duckt sich ans Mauerwerk und sieht mir zunehmend besorgt entgegen. Ich kann es leider nicht ändern, ich muss genau dort vorbei, wo er sitzt. Er hüpft ein Stück zur Seite und schon pustet es ihn vom Dach wie einen Krümel vom Teller. Er saust ein Stück waagerecht durch die Luft, dann stürzt er ab, gerät ins Trudeln, fängt sich wieder und versucht ein paar Flügelschläge, dann packt ihn die nächste Böe und drückt ihn in ein Gebüsch. Der gelbe Staubwirbel auf der Straße ist inzwischen auf die doppelte Größe angeschwollen. Er dreht sich jetzt mit wahnwitziger Geschwindigkeit, wie ein Brummkreisel, das merkwürdige Geräusch stammt von ihm und er hat außer Kieseln, Papierfetzen und Müll nun auch noch den rollenden Busch in sich aufgenommen. Mitten hindurch gleitet wie ein weißer Nachen das veraltete Hybrid-Geländemobil von Herrn Priesack, dem Kaugummifabrikanten. Der einzige Wellingstedter, der sich jetzt noch auf der Straße herumtreibt. Ja, unsere Unternehmer, immer hoch motiviert, noch schnell einen kleinen Ver-

trag abschließen, einen kleinen Gewinn einsacken, da
kann man den Weltuntergang um sich herum schon
einmal vergessen. Der rollende Busch verkeilt sich
unter dem Spoiler seines Wagens und er schleift ihn
mit sich in seine Grundstückseinfahrt, die sich drei
Häuser weiter befindet und von zwei riesigen Säulen-
zypressen flankiert wird. Die Zypressen werden von
entgegengesetzten Winden gebeutelt und gegenein-
andergedrückt. Es sieht aus, als würden sie miteinander rangeln. Ein Blitz flackert auf, beunruhigend
nah, zwei Sekunden später kracht es. Er scheint also
doch noch weit genug entfernt zu sein. Kaugummi-
fabrikant Priesack hat Mühe, aus seinem Gelände-
mobil zu steigen. Die Fahrertür schlägt ihm wieder
entgegen und klemmt sein Bein ein. Mit flatternden
Sakkoschößen humpelt er auf seinen marmorhellen
Klotz von Toskana-Villa zu. Dann zieht er plötzlich
den Kopf ein und beginnt zu rennen. Von Humpeln
keine Spur mehr. Ich sehe noch einmal genauer hin.
Tatsächlich: über der Toskana-Villa regnet es in Strömen, während ich keine fünfzig Meter entfernt völlig
trocken neben dem Schornstein sitze. Dann plötzlich
sinkt die Lufttemperatur um mich herum schlagartig um mehrere Grad, die Haare in meinem Nacken
stellen sich auf und schon ist der Regen da. Tropfen
groß wie Kaulquappen pladdern gnadenlos auf mich
herunter, zerplatzen auf meinem Schädel, klatschen
mir die Haare an die Schläfen und laufen in meinen
Kragen. In weniger als einer Minute klebt mir das
Hemd luftdicht am Körper. Ich krieche auf Händen
und Knien den glitschig gewordenen Dachfirst wieder

zurück. Wasser rinnt über meine Stirn, perlt aus meinen Augenbrauen, tropft von meiner Nase. Der Sturm schlägt mir eine nasse Haarsträhne ins Nasenloch, gerade, als ich einatme, sodass ich die Strähne bis ins Gehirn hinaufsauge, jedenfalls fühlt sich das so an und es juckt ganz grauenhaft in den Nebenhöhlen. Aber ich kann nichts tun, denn ich brauche beide Hände, um mich an den schleimig gewordenen Firststeinen festzuklammern. Wie lange würde es Christine wohl noch machen, wenn mir jetzt etwas zustieße? Fließend Wasser hat sie ja und die Vorräte in ihrem Keller reichen für knapp zwei Wochen – wenn sie streng rationiert. Unten auf der Straße segelt eine braune Gartenliege aus Kunststoffgeflecht vorbei.

Ich habe mir trockene Sachen angezogen, mein altes, ausgeblichenes Superman-T-Shirt und eine Jogginghose, rubbel mir gerade die Haare mit einem Handtuch trocken und freue mich schon darauf, zu Christine hinunterzugehen, um mit ihr zu plaudern und etwas beiderseits erwünschten und erfreulichen Sex zu haben, als es an der Tür klingelt. Oh bitte nein! Nicht jetzt! Aber der Regen prasselt wie Kies gegen die vernagelten Fenster, falls es nicht sogar Kies ist, was da draußen durch die Luft fliegt, und der Sturm wird von Minute zu Minute lauter, das ganze Haus dröhnt, röhrt und klappert. Jemanden bei diesem Wetter nicht hereinzubitten, wäre unterlassene Hilfeleistung. Also öffne ich die Tür und zusammen mit einem Schwall Wasser, einem kleinen Ast, einem Viertelpfund nassem Sand und einem gelben Wellensittich spuckt der Sturm einen dicken, bärtigen Mann in einem knöchellangen schwarzen Latex-Regenmantel in den Hausflur.

»Wehe, wehe, du große Stadt Babylon, in einer Stunde kommt dein Gericht«, röhrt er und wringt sein widerwärtiges Gestrüpp von Bart aus. Dann bemerkt er den toten Wellensittich, der auf den schwarzen Linoleumfliesen liegt, und stupst ihn mit einem seiner Bikerstiefel an.

»Mach ihn nicht kaputt«, sage ich und hebe den Vogel auf. »Ich will ihn einfrieren und an den Naturschutzbund schicken.«

»Immer noch der alte Öko«, sagt mein Bruder.

Bei dem dicken Mann handelt es sich nämlich um meinen bescheuerten, religiösen Bruder Uwe. Bescheuert war er schon immer. Religiös ist er seit etwa acht Jahren. Uwe gehört zu den »Johannesjüngern der sieben Posaunenplagen«, eine jener kaum voneinander unterscheidbaren, völlig humorlosen und latent gewaltbereiten Splitterreligionen, die in den letzten Jahren wie die Pilze aus dem Boden geschossen sind. Allerdings verfügen die Johannesjünger der sieben Posaunenplagen über deutlich mehr Geld als die meisten Sekten, sie haben einen eigenen Fernsehsender mit 24-stündigem Erbauungsprogramm und unterhalten diverse Hospize, deren kostenlose Sterbebegleitung jedem offensteht, der bereit ist, sich von ihnen volllabern und taufen zu lassen. Die Johannes-Hospize sind alle überfüllt, denn obwohl jeder Mann und jede Frau, die ich kenne, von sich selber behauptet, nur die als Höchstmenge empfohlene Drittel-Dosis Ephebo zu nehmen, ziehen sich die meisten ganz offensichtlich die halbe oder sogar die volle Dosis rein, was bedeutet, dass die Wahrscheinlichkeit, dass sie innerhalb der nächsten fünf Jahre an Krebs erkranken werden, bei mindestens 25 Prozent liegt. Die Wahrscheinlichkeit, innerhalb der nächsten zehn Jahre daran zu erkranken, liegt bei 60 Prozent. Prognosen über diese Zeit hinaus sind noch nicht bekannt. Weswegen wir ja auch bei der Entgegennahme der schönen grünen Pillen jedes Mal unterschreiben müssen, dass wir im Falle einer Krebserkrankung auf jeden Behandlungs-Anspruch gegenüber der staatlichen Krankenkasse verzichten und uns mit der Mindestversorgung in Zwölfbettzimmer-Hospizen begnügen werden. In diese Versorgungslücke sind die Johannesjünger der sieben Posaunenplagen gesprungen. In ihren Hospizen gibt es zwar ebenfalls Gruppenschlafsäle wie im neunzehnten Jahrhundert, aber wenigstens darf man auf eine anständige Versorgung mit Schmerzmedikamenten hoffen und die Schwestern setzen sich zu den Patienten und verteilen etwas Mitgefühl. Außerdem verteilen sie auch noch ein buntes Heft, das Buch der unanfechtbaren Erkenntnisse, in dem das Ziel der Johannesjünger, nämlich die vollständige Umgestaltung von Staat und Gesellschaft nach den bizarren Vorstellungen ihres Anführers, Sir Bunbury, niedergeschrieben ist. Sir Bunbury stammt unüberhörbar aus dem bayerischen Sprachraum und hat unsere künftigen Gesetze vom Himmel persönlich diktiert bekommen, weswegen mein Bruder jedes Mal ekstatisch die Augen verdreht, wenn er aus dem

Buch der unanfechtbaren Erkenntnisse zitiert. Was er lang und breit und häufig tut. Ich bin nicht besonders erpicht auf seinen Besuch.

»Was machst du hier«, frage ich so freundlich, wie mir das möglich ist, und lege den Wellensittich auf den Schuhschrank, »ich dachte, du wolltest dich nicht mehr von meinem Unglauben besudeln lassen?«

Nach guter alter Sektentradition verbietet Sir Bunbury seinen Anhängern den Kontakt zu ihren unbekehrten Familienmitgliedern, damit sie sich bei ihnen nicht mit dem Keim der Vernunft infizieren. Allerdings ist Uwe inzwischen in die vierthöchste Führungsriege aufgestiegen, gehört also zum auserwählten Kreis der »Bunburyaner« und kann seitdem machen, was er will. Aber man sieht es natürlich immer noch nicht gern, wenn er mich besucht.

Mein Bruder zieht unbeirrt seinen Latex-Mantel aus und legt das tropfende Ungetüm über das filigrane, weiße Metallgeländer, das den Flur gegen den Schlund der Kellertreppe sichert. Darunter trägt er ein schwarzes Hemd, eine graue Weste und eine schwarze Jeans mit einem schwarzen Ledergürtel, dessen massive Gürtelschnalle den Gekreuzigten nachbildet, wobei das untere Ende des Kreuzes leicht erhöht auf der Wölbung seiner Hose liegt.

Ich habe meine eigene Theorie, warum die Neuen Religiösen so oft wie Mitglieder sich prügelnder Straßenbanden aussehen. Es ist der gleiche Grund, weswegen die jugendlichen Gangs immer mehr religiösen Fanatikern ähneln, vor den großen Straßenschlachten beten, in Sweatshirts mit Mönchskapuzen herumlaufen und sich immer verkniffenere und asketischere Rituale ausdenken. (Wer bei den Monks (!) aufgenommen werden will, muss die ersten vier Wochen ein aus Glaswolle gestricktes Hemd unter seinen Kleidern tragen, das ihm die Ellbogen bis auf die Knochen runterschmirgelt und aus Brust und Rücken zwei riesige nässende Wunden macht.) Beide wenden sich an die gleiche Kundschaft: unausgeglichene, chrono-junge Verlierer unseres Bildungssystems, die durch die Zugehörigkeit zu einer dogmatischen und tyrannischen Männertruppe eine Bedeutung wiederzuerlangen hoffen, die ihnen in dieser frauenbestimmten Gesellschaft vorenthalten wird.

»Ich bin auf dem Rückweg von einem meiner Glaubensbrüder in Sasel«, sagt Uwe und streichelt selbstgefällig den schwarzen Jeansstoff, der über seinem Bauch spannt. »Wir werden dort ein neues Hospiz errichten. Du warst für mich die nächstgelegene Adresse. Der Sturm sollte doch eigentlich erst morgen kommen. So stand es jedenfalls im Internet.«

»In deinem vielleicht, aber da steht ja auch, dass die Erde eine Scheibe ist.«

»Wenn ich gewusst hätte, dass du wieder meinen Glauben beleidigst, wäre ich das Risiko eingegangen, direkt nach Hause zu fahren«, erwidert Uwe hoheitsvoll, »aber dafür ist es jetzt leider zu spät. Ich kann mich dieser Gefahr nicht mehr aussetzen.«

Seine Anwesenheit könnte zum Problem werden, denn irgendwann könnte der Sturm eine Stärke erreichen, die uns zwingt, in den Keller zu gehen. Und dort will ich Uwe auf gar keinen Fall haben. Wahrscheinlich ist er viel zu selbstbezogen, als dass ihm die Veränderungen darin auffallen würden, aber man muss sein Schicksal ja nicht auch noch herausfordern.

»Ach was«, sage ich hoffnungsvoll, »das schaffst du. Wenn du dich sofort wieder ins Auto setzt, kannst du längst bei Frau und Kindern sein, bevor das Unwetter richtig losgeht.«

Uwe hat in seinem ganzen Leben nur vier Freundinnen gehabt, von denen nur eine länger als ein Jahr mit ihm zusammengeblieben ist. Geheiratet hat er erst vor sechs Jahren, die Tochter eines seiner Sektenbosse, eine Echt-Junge, keine dreißig Jahre alt. Sie haben bereits vier Kinder in die Welt gesetzt und das fünfte ist unterwegs, weil die beiden der Meinung sind, dass es von Prachtexemplaren wie ihnen gar nicht genug auf dieser Erde geben kann. Alle Kinder – ich habe die ganze unerträgliche Bande einmal in einem Supermarkt getroffen – sind erschreckend pausbäckig, aber vollkommen gesund. Was mich wundert, denn ich gehe davon aus, dass auch Uwe Ephebos nimmt, obwohl das bei den Johannesjüngern der sieben Posaunenplagen wie überhaupt bei den meisten Sekten verpönt ist. Er behauptet, er täte es nicht, aber er ist jetzt 65 Jahre alt und sieht aus wie höchstens fünfzig. Natürlich verdeckt sein Bart das halbe Gesicht, doch der Bart müsste eigentlich viel grauer sein und die Stirn ist selbst für einen so dummen und selbstzufriedenen Mann wie ihn zu glatt. Es kann nicht mit rechten Dingen zugehen. Dann wäre es allerdings ein kleines Wunder, dass keines der Kinder Missbildungen hat.

Uwe zieht ein Ego-Smart an einer Uhrenkette aus der Westentasche und drückt eine Nummer. Eine blinkende Lichterborte in Grün und Violett flitzt rund um sein Smart.

»Hallo«, schreit Uwe, »Babro? ... hörst du mich? Ich bin bei meinem Bruder ... was? ... ich verstehe dich nicht ... du kommst hier nur ganz abgehackt an. Sind die Kinder im Haus? ... was? Jetzt bist du ganz weg. Hörst du mich noch? Hallo? Wink mal, wenn du mich hören kannst ... hallo? Ja, ich höre dich wieder ... was? ... Hallo? Hallo? Hallo?...«

Man sollte es nicht für möglich halten. Jetzt schreiben wir das Jahr 2031, aber die Telefonverbindungen sind noch schlechter als in den Lassie-Filmen des frühen letzten Jahrhunderts, wenn der Vater von Timmy an einer Kurbel drehte und »Hallo? Hallo Verbindung?« rief.

Uwe drückt sein Ego-Smart dunkel und versenkt es wieder in der Westentasche.

»Wo bleibt dein Gottvertrauen?«, versuche ich noch einmal, ihn loszuwerden, »ein Auserwählter der Johannesoffenbarung, ein echter Bunburyaner wird sich doch nicht vor ein bisschen Sturm fürchten.«

In diesem Moment heult es ganz barbarisch im Gebälk, eiskalte Zugluft zischt unter der Haustür durch und eine unsichtbare Riesenhand zupft einen metallischen Akkord auf den Eisenseilen, die um das Dach gezurrt sind.

»Und der Engel blies die zweite Posaune und ein großer Berg stürzte ins Meer«, ruft Uwe, die Augen verzückt zur Zimmerdecke erhoben. Mein Bruder kann es gar nicht abwarten, dass die Welt untergeht und minderwertige Ungläubige wie ich in weißglühenden Höllenfeuern schmoren müssen, bis ihnen das geschmolzene Fleisch von den Knochen tropft, während so tolle Typen wie er ihren Platz direkt neben dem Ohrensessel von Jesus Christus zugewiesen bekommen und den ganzen Tag Eis schlecken dürfen.

»Ich muss mal dein Klo benutzen«, sagt er, stapft in seinen Bikerboots zum Badezimmer und schließt die Tür hinter sich. Etwas Zeit vergeht. Ich höre die Toilettenspülung und dann Duschgeräusche. Wahrscheinlich bemerkt mein ignoranter Bruder überhaupt nicht, dass ich das Badezimmer wieder in jenen Zustand zurückversetzt habe, in dem es sich von 1958 bis etwa 1975 befunden hat: große graue Kacheln, fleischfarbenes Waschbecken und fleischfarbene Toilette, fleischfarbene Eckbadewanne (sogenannte Sitzbadewanne) mit einem schwarz-weiß gestreiften Duschvorhang, einem fleischfarbenen Allibert ohne Spiegel und einem relativ neutralen Spiegel aus den 60ern. An den Spiegel konnte ich mich einfach nicht mehr erinnern – wie der damals ausgesehen hat. Ein Spiegel halt. Welches Kind achtet schon auf solche Details. Als Sahnehäubchen hängt über dem Badewannenrand ein Geldschein-Handtuch, eine überdimensionierte 50-DM-Banknote aus Frottee – die alte 50-DM-Banknote natürlich mit dem schmallippigen, finster schauenden Kerl, der einen fusseligen Pelzkragen trägt und ein dunkles Barett tief in die Stirn gezogen hat.

Die Badezimmertür fliegt auf.

»Wie früher! Sieht ja aus wie früher!«, brüllt Uwe. Er ist splitternackt. Sein Anblick ist mir unangenehm, obwohl er mein Bruder ist. Er hält das kostbare 50-Mark-Schein-Handtuch, nach dem ich jahrelang auf eBay gefahndet habe, in Händen und trocknet sich ungeniert seine auffallend großen Hoden und seinen haarigen Hintern ab, während er mit mir spricht. So war er schon immer. Schamlos und widerwärtig.

»Wann hast du das gemacht?«

»Letztes Jahr. Ich habe das ganze Haus wieder wie damals hergerichtet. Den Flur hier auch. Ist dir gar nicht aufgefallen, was?«

»Oh, doch, doch! Jetzt sehe ich es!«

Mein Bruder trampelt in den Flur und seine großen, roten Hoden baumeln wie die Kinnlappen eines Puters unter der prallen Trommel seines Bauches. Er legt den Kopf in den Nacken und dreht sich, als stünde er in einer Kathedrale. Dabei ist die Decke der einzige Teil des Raumes, an dem es überhaupt nichts Sehenswertes gibt.

»Hast du auch solche hellblauen Waschlappen mit Punkten darauf, wie wir früher hatten?«

»Die Flurtapete war am schwierigsten zu bekommen«, sage ich – es ist eine rote 50er-Jahre-Tapete, auf der feine weiße und graue Striche Segelschiffe andeuten –, »genauer gesagt habe ich sie eigentlich gar nicht bekommen. Ich war schon kurz davor, sie nach alten Fotos neu anfertigen zu lassen, als mir einer der Fliesenleger den Tipp gab, einfach mal unter der letzten Tapete nachzusehen. Und da war sie wirklich drunter.

Das war natürlich eine Heidenarbeit, die freizulegen, ohne sie dabei zu zerreißen.«

»Weißt du noch, wie wir als Kinder vor dem Badezimmer Schlange gestanden haben, weil Papa immer viel zu lange darin geblieben ist?«, sagt Uwe, holt sich den Föhn aus dem Bad, stöpselt ihn im Flur unter dem 50er-Jahre-Mosaikstein-Spiegel ein und beginnt, sich den Hintern zu föhnen. Ich versuche, nicht hinzusehen.

»Erkennst du den Linoleumboden wieder?«, frage ich und zeige auf die schwarz melierten Fliesen. »Wusstest du, dass es in ganz Europa noch genau drei Werke von zwei verschiedenen Firmen gibt, die Linoleumfliesen herstellen?«

»Fünf Personen«, schreit mein Bruder gegen den Föhn an und wuschelt mit einer Hand die schwarzen Haare auf seinem Hintern gegen den Strich, »die alle zur selben Zeit in dieses eine winzige Bad wollten. Eigentlich völlig verantwortungslos von unseren Eltern, so viele Kinder in die Welt zu setzen – wir alle in diesem winzigen Häuschen! Findest du nicht auch?«

Das ist sein Thema, dass unsere Eltern zu wenig Geld hatten beziehungsweise uns zu wenig Geld gegeben haben, insbesondere ihm. Uwe, der ewig zu kurz Gekommene. Dahinter steckt, dass unsere Eltern mich ihm immer vorgezogen haben – das kann man leider nicht anders sagen. Sogar meine Schwester haben sie ihm vorgezogen. Ihn haben sie einfach übersehen, soweit das bei einem so dicken Kind möglich war. Man muss meinen Eltern allerdings zugutehalten, dass Uwe schon von klein auf verlogen, hypochondrisch und ewig beleidigt war. Es wäre für jedes Elternpaar außerordentlich schwierig gewesen, dieses Kind zu lieben.

»Unsinn«, sage ich und drehe mich angeekelt weg. »Mama hat uns doch immer in Zehn-Minuten-Abständen geweckt. Sag mal – musst du dir deine Arschhaare unbedingt in meiner Anwesenheit föhnen. Das ist eine Zumutung. Was soll das überhaupt?«

»Die müssen ganz trocken sein«, sagt Uwe. »Ich habe da eine Pilzinfektion, seit bei uns das Haus unter Wasser stand. Und wenn das nur minimal feucht ist, bricht die sofort wieder aus. He, du hast ja sogar wieder die Sitzbadewanne eingebaut. Stell dir bloß vor, da haben wir mal zu dritt dringesessen. Und hinterher hat Papa das Wasser noch zum Nachbaden gebraucht.«

Er schaltet den Föhn aus, trampelt wieder ins Badezimmer und zieht sich an. Als er gerade auf dem Badewannenrand sitzt und sich die Bikerboots anzieht, rumpelt es lautstark auf dem Dach, etwas Schweres scheint dagegengeflogen zu sein, eindeutig größer als eine Schubkarre, vielleicht eine der Koniferen, denn, was immer es ist, es schabt großflächig über die gesamte Dachlänge, bevor es sich wieder verabschiedet.

»Sollten wir nicht in den Keller gehen«, fragt mein Bruder.

»Aber nein, wozu? Gott passt doch auf dich auf.«

»Gott hat mir diesen Keller geschickt«, sagt Uwe, ohne zu zögern.

»Wie wäre es mit etwas zu essen«, versuche ich ihn abzulenken.

»Zu essen? Was hast du denn? Hast du Fleisch da? Also wenn du Fleisch hast ... Oder bist du immer noch Vegetarier?«

Mit der Aussicht auf ein Kotelett locke ich ihn in die Küche, den einzigen Raum, den ich so belassen habe, wie ich ihn vorfand, als ich das Haus übernahm. Eigentlich war es ja meine Absicht, jedes einzelne Zimmer in diesem Haus wieder in den Zustand zurückzuversetzen, in dem es sich in den späten 60ern befand, Stoffe und Möbel der 50er- und 60er-Jahre aufzutreiben, die denen entsprechen, mit denen sie damals eingerichtet waren, und jedes Zimmer mit ganz genau solchen Schüsseln und Vasen und Buchclub-Büchern und Lurchi-Spielzeugfiguren zu bestücken, wie sie sich damals dort befunden haben – bis hin zum letzten winzigen Miniatur-Grammophon im Setzkasten meiner Schwester. Aber mit der Küche habe ich dann doch eine Ausnahme gemacht, weil sie sich noch in dem wundervollen Originalzustand von 1976 befindet: blaue Arbeitsplatte, blau-braun-weiße Gardinen und orange Kacheln, in die sich die Anwesenheit des fünfzehnjährigen Jungen, der ich einmal war, eingebrannt hat. Eine Version meiner selbst, die ich schmerzlich vermisse, der ich aber wieder ähnlicher werde, wenn ich in der Küche mein Frühstücksbrot schmiere. Außerdem wäre es Frevel gewesen, eine echte 70er-Jahre-Küche zu zerstören, um sie durch eine auch noch so gelungene Nachbildung einer 60er-Jahre-Küche zu ersetzen. Nur die Durchreiche zum Wohnzimmer habe ich wieder in die Wand brechen lassen. Und ich habe den Kühlschrank, der natürlich nicht mehr aus den 70ern stammte, sondern ein modernes, energiesparendes Gerät war, durch einen noch moderneren, noch sparsameren Single-Kühlschrank mit der Frontverkleidung eines 60er-Jahre-AEG-Geräts ersetzt.

»Finde ich gut, dass du das nicht mehr so verkniffen siehst«, sagt mein Bruder mit einem gierigen Blick auf das fettige Papier im Kühlschrank. Natürlich findet er das gut. Alle, die noch Fleisch essen, sind ganz begeistert darüber, dass ich es jetzt auch wieder tue. Es bestätigt sie in ihrer eigenen Gier und Gemeinheit. Ich lege das Kotelett, das mich in Punkten gut eine viertel Tankfüllung gekostet hat, auf ein Brett und gebe Uwe einen kleinen Holzhammer, mit dem er darauf herumprügeln darf. Währenddessen gieße ich Öl in die Pfanne.

»Ja, ganz prima«, sage ich, »die frische Brise da draußen, die könnten wir jetzt auch nicht genießen, wenn wir nicht immer brav unseren Fleischteller leer gegessen hätten ...«

»Na, na ...«, sagt mein Bruder und verpasst dem Kotelett noch einen finalen Hammerschlag, bevor er es mir reicht. Im heißen Fett rollt sich das Kotelett sofort von seiner knochenlosen Seite her auf, das rosa Gewebe verfärbt sich gräulich und das Fett spritzt bis zur Dunstabzugshaube.

»Was ich nicht verstehe«, sage ich, während ich die aufgerollte Fleischseite mit einem Kochlöffel wieder platt drücke, »ist, warum ihr Johannesjünger mit all euren Regeln und Vorschriften nicht eine einzige Zeile in eurem heiligen Heftchen den Tieren gewidmet habt. Ich meine, ihr dürft nicht einmal Frauen die Hand geben, aber Tiere umbringen und aufessen ist vollkommen okay, oder was? Du meine Güte, ihr habt doch inzwischen über 300 000 Anhänger, auf die du jetzt richtig Einfluss ausüben könntest, und was erzählst du denen? Wie viele Knöpfe ihr Hemd haben muss und dass sie unsere Ministerinnen mit Eingaben zur Wiedereinführung des Blasphemie-Paragraphen nerven sollen. Erzähl denen doch mal was Nützliches. Sag ihnen, wochentags gibt's ab jetzt kein Fleisch mehr.«

»Es ist völlig in Ordnung, Tiere zu töten«, sagt mein Bruder mit dem Ausdruck amüsierter Gelassenheit, den er immer aufsetzt, wenn er sein Gehirn an der Garderobe abgegeben hat und bloß noch die Weisheiten seines Sektenführers wiederkäut, »das hat Sir Bunbury auf der letzten Synode noch einmal zweifelsfrei festgestellt. Menschen wissen um ihre Zukunft, Tiere nicht. Darum erleiden Tiere auch keinen Verlust, wenn man sie tötet. Und es ist erlaubt, sie zu essen.«

Er lässt sich auf einen der filigranen Küchenstühle plumpsen und flicht seine riesigen, roten Wurstfinger ineinander.

»Das ist doch Unsinn«, sage ich. »Was wäre denn, wenn ich hier im Haus noch irgendwo ein Bündel Geldscheine oder ein Scheckbuch gefunden hätte? Deiner Philosophie zufolge bräuchte ich meinen Geschwistern davon dann ja nichts abzugeben. Da ihr nicht wisst, dass es dieses Scheckbuch gibt, könnt ihr also auch keinen Verlust erleiden und ich kann guten Gewissens alles allein behalten.«

»Du hast ein Scheckbuch gefunden?«, ruft mein Bruder und springt vom Stuhl auf. »Natürlich musst du es mit mir teilen!«

»Und mit Sybille«, sage ich. »Vergiss nicht, dass du auch noch eine Schwester in China hast.«

»Wie viel war drauf?«

»Jetzt krieg dich wieder ein. Ich habe überhaupt kein Scheckbuch gefunden. Ich wollte dir nur an einem Beispiel ...«

»Ich habe mir das die ganze Zeit schon gedacht: Mama hat dir vor ihrem Tod noch heimlich was zugesteckt, damit du mehr kriegst als ich. Sonst hättest du das Haus ja auch gar nicht kaufen können. Wie viel war es?«

»Ich habe nichts ...«

»Oh, ich wusste es schon lange. Sag doch einfach, wie viel! Ich beschwere mich auch nicht.«

»Nichts. Gütiger Gott! Es gibt kein Scheckbuch und Mama hat mir auch nichts zugesteckt.«

Endlich scheint er mir zu glauben. Ich ziehe die Ausziehtischplatte unter der Besteckschublade hervor und stelle einen Teller darauf.

»Willst du noch Erbsen oder Bohnen dazu?«

»Nur wenn sie frisch vom Markt sind. Nicht wenn du sie im Supermarkt gekauft hast.«

»Das ist doch bloß ein Vorurteil, dass frische Sachen grundsätzlich besser schmecken«, sage ich, »wenn du ehrlich bist, sind Dosenerbsen viel besser als frische oder tiefgekühlte. Als Kinder haben wir doch fast ausschließlich Dosenzeugs vorgesetzt bekommen und es hat uns immer geschmeckt.«

»Darum geht es nicht«, sagt mein Bruder, »es geht um den Barcode darauf. Wenn du dir die Barcodes auf den Supermarktprodukten einmal genauer ansiehst, wirst du feststellen, dass es drei verlängerte Doppelreihen darauf gibt – das Zeichen des Tieres.«

»Das Zeichen des Tieres?«

»Ja, die Doppelreihen stehen für die Sechs, dreimal die Sechs – das Zeichen des Tieres. So ist es angekündigt: In den letzten Jahren der Apokalypse wird auf allen Waren die Zahl 666 stehen. So etwas esse ich natürlich nicht.«

»Dann kannst du ja gar nichts mehr kaufen.«

»Doch. Nur bei Lebensmitteln passe ich auf.«

Ich verkneife mir eine Antwort, die nur einen Zitaten-Tsunami aus dem Buch der unanfechtbaren Erkenntnisse auslösen würde. Was für ein Albtraum, wenn diese Verrückten eines Tages tatsächlich Einzug in den Bundestag halten sollten. Was gar nicht *so* unwahrscheinlich ist. Genug Endzeit-Spinner, die sie wählen würden, gibt es inzwischen. Glücklicherweise sind aber Sir Bunbury und fünf seiner Sektenführer ersten Ranges mit Pauken und Trompeten durch das Auswahlverfahren gerasselt (hat mir ein Kollege gesteckt, der mir leider nicht verraten wollte, mit welchen Begründungen Sir Bunbury und seiner Bande das Recht zu kandidieren verweigert wurde. Aber man kann es sich ja denken: Größenwahn, Realitätsverlust, Geldgier – vielleicht noch Pädophilie). Natürlich ist es nur eine Frage der Zeit, wann sie einen Johannesjünger innerhalb der niederen Ränge finden, der nicht ganz so bekloppt ist wie die anderen, und wenn der dann den Test besteht und sich wählen lässt, gnade uns Gott! Diese Brüder werden uns die Hölle bereits auf Erden bereiten. Alle müssen neu getauft werden und wer die falsche Anzahl von Knöpfen an seinem Hemd trägt, wird öffentlich ausgepeitscht. Immerhin wollen sie auch die Polygamie wieder einführen, wie im Alten Testament angeblich empfohlen. Damit könnte ich mich anfreunden.

»Du selber isst nichts?«, fragt mein Bruder und legt schützend den Arm um seinen Teller. »Willst du dich wenigstens zu mir setzen und das Tischgebet sprechen?«

Ich ziehe den zweiten Küchenstuhl heran. Uwe faltet seine fleischigen Finger, senkt den massigen Kopf und schließt die Augen. Selbst seine Augenlider sind fleischig.

»Vater im Himmel«, beginne ich wie in Kindertagen zu beten, »vielen Dank, dass mein Bruder ein Kotelett fressen kann, und mach, dass es uns auch zukünftig besser geht als den Völkern, auf deren Kosten wir leben, vor allem besser als denen, die nicht an dich glauben, denn die sind alle Ungeziefer. Amen.«

»Denk nicht, dass ich deine Absichten nicht durchschaue«, sagt mein Bruder und säbelt ein Stück von seinem Kotelett ab. »Du kannst mich nicht provozieren. Jawohl, ich glaube an einen Herrgott, der sich um unsere unsterblichen Seelen sorgt. Und ich glaube mit einer so großen Gewissheit und Hingabe, wie es dir wohl nie möglich sein wird.«

Das Kotelett ist nicht ganz durch. Etwas roter Saft sickert auf den Teller. Uwe stippt einen Finger hinein und zieht eine Schliere bis zum Tellerrand. Er beginnt von den Roten Tiden zu faseln und von dem zweiten Posaunenengel, der dafür sorgt, dass ein Drittel des Meeres zu Blut werden wird. Für alle, die nicht ganz im Bilde sind, wie es laut der Johannesoffenbarung beim Weltuntergang zugehen wird: Sieben Engel werden nacheinander in sieben Posaunen blasen, woraufhin jedes Mal schreckliche Dinge geschehen, um den unchristlichen Sündern das Ende der Welt anzudrohen – unter anderem wird auch ein Drittel des Meerwassers zu Blut. Nach Meinung der Johannesjünger der sieben Posaunenplagen ist es jetzt so weit, weil sich vor einem Drittel der Mittelmeerküste rote Algenteppiche ausgebreitet haben, ein giftiges Zeug, das jeden Fisch, der auch nur in die Nähe dieser trüben Wolken kommt, sofort killt. Die Strände sind gesperrt. Absolutes Badeverbot. Auch die Ausdehnungen der *dead zones* im Golf von Mexiko und vor Dubai haben dieses Jahr wieder neue Rekordgrößen erreicht.

»Hast du das von den Touristen gelesen«, frage ich, »die in Spanien einen Strandausritt gemacht haben und ins Krankenhaus mussten, weil sie über die angeschwemmten Algen geritten sind? Zwei sind gestorben. Die Pferde mussten alle eingeschläfert werden.«

»Für den Bibelkundigen ist das keine Überraschung«, sagt Uwe. »Wenn alle sieben Posaunen geblasen sind, werden noch einmal sieben Engel kommen und diesmal werden sie Zornschalen ausgießen und der zweite Engel wird seine Schale ins Meer gießen und dann wird sich nicht nur ein Drittel, sondern *al-*

les Wasser zu rotem Leichenblut wandeln und *alle* Wesen im Meer werden sterben. Und dann auch bald *alle* *Menschen*.«

Er hakt seinen linken Zeigefinger über den Nasenrücken und gräbt mit dem Daumen sinnend erst im linken und dann im rechten Nasenloch.

Mein Bruder liegt mit seinen Prophezeiungen nicht ganz falsch. Auch wenn die Roten Tiden keine überirdische Ursache haben, sondern bloß die Folge der Klimaerwärmung und der von den Feldern über die Flüsse ins Mittelmeer gespülten Phosphat- und Stickstoffdünger sind. Aber wenn das Phytoplankton als erstes Glied in der Nahrungskette stirbt, wenn all die mikroskopisch kleinen Panzergeißler und nahrhaften Kiesel- und Grünalgen und fleißig Sauerstoff produzierenden Kleinstlebewesen unter einer Algenblüte erstickt sind, dann werden auch alle Fische und Krebse und was da sonst noch rumpaddelt sterben, dafür müsste die Algenblüte noch nicht einmal giftig sein. Was nicht verhungert, erstickt. Und da Phytoplankton nicht nur das Fundament des ozeanischen Lebens ist, sondern auch den größten Teil des Sauerstoffs produziert, der sich in der Atmosphäre befindet, werden letztlich auch alle Landtiere sterben und damit auch die Menschen. Die Roten Tiden sind also tatsächlich Vorboten unseres Untergangs. Eigentlich ein Witz, dass diese Spinner, die einem am Hauptbahnhof immer ihre öden Heftchen entgegengehalten und mit dem Weltuntergang gedroht haben, am Ende nun auch noch recht behalten werden.

»Es gibt keinen einzigen Fall, in dem die Wissenschaft die Heilige Schrift widerlegt hätte«, sagt mein Bruder.

Sieht aus, als ob das hier ein sehr, sehr langer Nachmittag werden wird. Ich stelle mir vor, wie gemütlich ich jetzt bei Christine sitzen könnte. Natürlich ist sie immer noch sauer wegen der Sache neulich, als ich sie warten ließ. Aber sie kann es sich nicht leisten, lange nachtragend zu sein. Schließlich hat sie niemanden außer mir, wenn sie Trost braucht, und sei es Trost wegen etwas, das ich verschuldet habe. Außerdem sind wir ziemlich gut aufeinander eingespielt. Ein altes Ehepaar halt.

Wieder heult es und kracht im Gebälk. Das tut es schon die ganze Zeit, aber diesmal geht dabei auch eine Erschütterung durchs Haus, als wäre es bloß ein Spielzeughaus, eine Puppenstube und ein Riesenbaby würde am Dach ruckeln, um es abzureißen.

»Gott wird seine schützende Hand über dein Heim halten, solange ich bei dir bin«, sagt Uwe ohne einen Funken Ironie, »dennoch möchte ich noch einmal für den Keller plädieren. Es hat einen Sinn, dass der Herr meine Schritte zu einem Haus mit Keller gelenkt hat.«

Er steht auf und wischt sich die fettigen Lippen mit dem Handballen ab. Ich nicke und stehe ebenfalls auf. Weiter hinausschieben lässt es sich nicht.

»Bist du eigentlich noch versichert?«, fragt mein Bruder auf der Kellertreppe.

»40 Prozent, wenn mir das Dach davonfliegt«, sage ich, »aber auch nur, weil ich die Spannseile angebracht habe, sonst wären es bloß 33 Prozent. Für Schäden am

Fundament oder überhaupt Wasserschäden gibt es gar nichts.«

»Was? Wieso kriegst du so viel? Wir kriegen jetzt gerade noch zwölf Prozent, allerdings auf alle Schäden – außer Wasser natürlich.«

Ich öffne die Kellertür. Jetzt wird sich zeigen, ob die Dämmung rund um Christines Verlies etwas taugt.

»Die 40 Prozent habe ich bloß, weil ich als Erbe Papas Hausversicherung übernehmen konnte. Ich glaube nicht, dass auch nur ein einziger der Neubauten hier in der Straße noch versichert ist.«

Wir setzen uns auf den Boden. Direkt gegenüber vom Konservendosenregal. Ich gebe mir Mühe, nicht hinzusehen.

»Das hätten wir eigentlich mit einkalkulieren müssen, als du uns ausgezahlt hast«, sagt mein Bruder. »Das ist doch im Grunde viel besser als Bargeld, so eine Vertragsübernahme, nachdem die Versicherungen sich sonst überall aus der Verantwortung geschlichen haben.«

»Hör auf!«, sage ich. »Du kriegst keinen Pfennig mehr von mir. Außerdem haben wir gerade andere Sorgen. Vielleicht ist das hier ja schon der Weltuntergang, auf den du dich so freust.«

»Das Weltende kommt nicht, bevor nicht die 144 000 Auserwählten vom Heiligen Geist auf ihrer Stirn versiegelt worden sind«, sagt mein Bruder. »Sag mal, war hier vorne nicht mal Papas Arbeitszimmer?«

Mir bricht der kalte Schweiß aus. Ich tue so, als wenn ich die Frage gar nicht gehört hätte.

»Da bin ich aber beruhigt«, sage ich mit gespielter

Gereiztheit, »und ich hatte schon Angst, dass jetzt auch Hamburg von einem Megasturm verwüstet wird, wie das bereits mit 80 Prozent aller deutschen Städte geschehen ist.«

»Wenn du willst, kannst du meine Hand nehmen und wir beten zusammen«, sagt mein Bruder. »Solange ich bei dir bin, kann dir nichts passieren. Da – wo die Regale sind, da war doch Papas ...«

»Na, wenn Gott die Hand am Regler hat und so ein dufter Kerl wie du neben mir sitzt – da kann mir ja gar nichts passieren«, rufe ich aufgesetzt wütend. Wenn es mir gelingt, einen Streit anzuzetteln, kann ich ihn vielleicht ablenken. »Die achtzig Toten letztes Jahr in Essen, das waren bestimmt alles Sünder, die es nicht besser verdient haben. Alle selber schuld, ja? Wenn sie mehr gebetet hätten, wären ihnen auch keine Dachpfannen und Bäume auf die Köpfe gefallen. Willst du das sagen?«

Mein Bruder schüttelt betrübt den Kopf.

»Du armer Ungläubiger, aus dir spricht der Zorn. Aber wenn du dich nicht mäßigst und weiter so lästerst, wirst du für alle Zeiten in der Hölle schmoren.«

Aha, endlich hat er angebissen. Ich lege mich noch einmal richtig ins Zeug.

»Und das findest du okay, ja?«, sage ich. »Das ist für dich eine prima Lösung, ja? Ich, der ich mir ein Leben lang den Arsch aufgerissen habe, um die Schöpfung deines Gottes zu bewahren, der ich bis ins Packeis gefahren bin, um das Abschlachten der Wale zu verhindern ... ich soll in der Hölle schmoren, bloß weil ich keiner von euch bin?«

»Es ist noch nicht zu spät, die Taufe anzunehmen.«

»Und du, du miese kleine Kanalratte, die schon in der Schule alles geklaut hat, was nicht niet- und nagelfest war, du kommst in den Himmel, bloß weil du im richtigen Verein bist, oder was?«

Bevor mein Bruder das Frömmeln anfing und in den vierten Rang seiner unsympathischen Sekte aufstieg, hat er achtzehn Semester Philosophie studiert und dann mehrere Firmen gegründet und wieder aufgegeben, zuletzt ein Unternehmen, das Toilettenservice für Kaufhäuser und Raststätten anbot, was in der Praxis bedeutete, dass sie Seifen- und Handtuchspender lieferten und Klofrauen anstellten. Er hat seinen Toilettenfrauen 4 Euro Stundenlohn gezahlt (alte Währung) und ihnen das ganze Trinkgeld abgeknöpft. All die 50-Cent- und Ein-Euro-Münzen, die den Afrikanerinnen und Griechinnen auf die Untertasse gelegt worden waren. Und warum auch nicht? Schließlich hatte seine Firma ja auch die Untertassen gestellt. Selbst als die neue Frauenregierung einen Mindestlohn von 15 Euro die Stunde durchsetzte, hat er weiterhin 4 Euro gezahlt. Und er hat sich einen feuchten Kehricht darum geschert, dass ihm das Abkassieren der Trinkgelder gerichtlich untersagt worden war. Als man seine Wohnung durchsuchte, standen vierzehn Säcke voller Münzen in der Küche. Wie bei Dagobert Duck. Die Beamten konnten sie kaum heben. Weil er bereits auf Bewährung war, ist er dafür ein Jahr ins Gefängnis gewandert, wo er dann mit einem Johannesjünger die Zelle teilte. Ich erinnere ihn sacht an die Zusammenhänge.

»Unser Herr ist ein verzeihender Gott«, sagt Uwe, rot um die Ohren, aber grundsätzlich immer noch mit sich zufrieden.

»Ja«, brülle ich, »aber doch nur, wenn du bereust und dich änderst. Doch nicht, wenn du immer noch dasselbe verlogene Arschloch bist, das du schon immer warst. Jemand wie du kann doch nur beten, dass es keinen Gott gibt! Weil ich nämlich kaum jemanden kenne, der die Hölle mehr verdient hätte als du!«

»Du brauchst dich gar nicht künstlich zu echauffieren«, sagt mein Bruder, stemmt sich vom Boden hoch und geht zum Konservenregal. »Ich weiß, wovon du ablenken willst. Das hast du schon früher so gemacht. Immer wenn du so unmotiviert einen Streit angefangen hast, wolltest du davon ablenken, dass du wieder eins von meinen Modellautos kaputtgespielt hattest. Hier, genau hier« – er schiebt die Konservendosen zur Seite und klopft mit den Fingerknöcheln an die Wand –, »genau hier war Papas Arbeitszimmer.«

»Ja und?«, sage ich kühl, während das Blut in meinen Ohren rauscht. »Das musste ich zuschütten lassen, um dem Haus mehr Fundament und Stabilität zu geben. War eine Auflage der Versicherung.«

»Erzähl mir nichts«, sagt mein Bruder, »hier klingt das ganz hohl. Du bist wirklich ein enorm schlechter Lügner.«

Er schiebt die Dosen noch weiter zur Seite, steckt den halben Oberkörper ins Regal, legt das Ohr an die Spanplatte und klopft mit der Faust dagegen. Mir bleibt fast das Herz stehen. Kann Christine ihn hören? Wird sie versuchen, sich bemerkbar zu machen?

Und wird Uwe dann sie hören? Oder reichen Stahltür und Dämmung?

Ich greife mir eine Dose Wachsbohnen. Wahrscheinlich nicht hart genug, um meinem Bruder den Schädel einzuschlagen. Wenn es zum Äußersten kommt, muss ich einen Vorwand finden, in die Garage rüberzugehen, um mir den Hammer zu holen.

»Oh, ich weiß, was du getan hast«, triumphiert mein Bruder, »ich weiß es!«

Ich packe die Konservendose fester.

»Du hast dir auch einen von diesen Prepper-Räumen zugelegt! Gib es zu! Du denkst, du kannst dich am Weltende vor deinem Schöpfer in der Erde verkriechen! Du denkst, Gott findet dich dort nicht und du kannst seinem Gericht entgehen. Oh, wie armselig!«

Ich atme aus und stelle die Dose mit den Wachsbohnen wieder ins Regal.

»Falsch«, sage ich, »wenn ich mich hier vor jemandem verkriechen werde, dann sicher nicht vor deinem Herrgott, sondern vor den marodierenden Horden, die mir wegen einer solchen Dose Bohnen den Schädel einschlagen wollen.«

»Und mir, deinem eigenen Bruder, hast du nichts davon gesagt? Du willst mir und meiner Familie keinen Platz in deinem Überlebens-Raum anbieten?«

»Wozu? Du hast mir doch selber erzählt, dass ihr zu den 144 000 Auserwählten gehört. Wozu braucht ihr dann noch einen Schutzbunker?«

»Nun, vielleicht möchte ich meinem Herrn beim Jüngsten Gericht unversehrt und lebendig entgegentreten? Ist das so schwer nachvollziehbar? Jetzt zeig mal, wie es darin aussieht.«

Den Rest des Nachmittags verbringen wir damit, dass ich mich weigere, meinem Bruder den vorgeblichen Prepper-Raum zu zeigen, während mein Bruder nicht müde wird, im Fünf-Minuten-Takt eine Besichtigung zu verlangen. Schließlich schraube ich die Spanplatte ab, zeige ihm wenigstens die Stahltür und verspreche ihm Aufnahme in Krisenzeiten, wenn er als Gegenleistung – und natürlich auch im eigenen Interesse – niemandem davon erzählt.

»Wehe«, sagt mein Bruder, »wehe, wenn du dich nicht daran hältst.«

»Natürlich halte ich mich daran«, sage ich. »Du bist mein Bruder. Ich hätte dich schon noch benachrichtigt. Aber erst später. Aus Sicherheitsgründen.«

Uwe setzt sich wieder auf den Fußboden und grunzt mürrisch. Er traut mir nicht. Weswegen sollte er auch? Er weiß genauso gut wie ich, dass – zumindest langfristig – niemand mehr die Konsequenzen seiner Lügen und Schandtaten fürchten muss. Auch wenn es keinen allverzeihenden Gott gibt, kann ich sagen und tun, was ich will. Wir können alle tun, was wir wollen, ohne uns vor den Folgen fürchten zu müssen. Das ist das Gute daran, wenn es keine Zukunft gibt.

6

Ich habe einen tragbaren Fernseher (noch mit An-
tenne!) zu Christine in den Keller hinuntergetragen,
damit sie sich mit eigenen Augen ein Bild von den Schäden in Hamburg machen kann. Vielleicht gibt es sogar
ein paar Bilder aus Wellingstedt. Ein Filmteam war bei
uns in der Straße. Es ist ja auch ganz schön spektaku-
lär, wie die gewaltigen Koniferen kreuz und quer über
der Fahrbahn liegen und die Männer vom Technischen
Hilfswerk wie kleine Nagetiere mit kleinen Nagetier-
Motorsägen darauf herumklettern. Nicht ein einziger der alten Baumriesen ist stehen geblieben. Die beiden kämpferischen Zypressen von Herrn Priesacks
Einfahrt liegen so ergeben nebeneinander, als hätten
sie, nachdem sie umgestürzt sind, noch auf dem Boden weitergerangelt, um dann irgendwann völlig er-
schöpft auseinanderzurollen. Auch die große Birke in
meinem Vorgarten hat es erwischt. Sie ist ins Dach gegenüber geschlagen und das Ehepaar Möller ist stink-

sauer. Seit ich eingezogen bin, haben sie mir damit in den Ohren gelegen, dass ich die Birke fällen soll – viel zu groß, zu gefährlich, der nächste Sturm ... Na, nun steht sie ja nicht mehr. Mein eigenes Haus ist glimpflich davongekommen: zwei abgerissene Solarkollektoren, ein paar verrutschte Dachpfannen und das zerbrochene Glas in der Dachluke. Um die Birke ist es allerdings wirklich schade. Sie stand schon neben der Garageneinfahrt, bevor ich auf die Welt kam. Überhaupt wird Wellingstedt fürchterlich kahl und fremd aussehen, wenn erst einmal die ganzen Baumstämme weggeräumt sind. Andererseits wird es dadurch dem Wellingstedt meiner Kindheit wieder ähnlicher werden, als die Grundstücke gerade erst bebaut und frisch bepflanzt waren. Ich nehme mir vor, nachher noch eine junge Birke zu kaufen. Und wenn ich wüsste, dass morgen die Welt unterginge, ich würde heute noch ein Birkenbäumchen pflanzen.

Ich schalte – per Hand, denn dieser wunderbare Fernseher hat keine Fernbedienung und hat auch nie eine besessen – zwischen den Nachrichten verschiedener Sender hin und her, aber der Sturm über Hamburg wird überhaupt nicht erwähnt, von Wellingstedt mal ganz zu schweigen. Nun ja, dass es nicht die erste Meldung sein würde, nicht einmal die erste Meldung bei den Naturkatastrophen, damit habe ich gerechnet. Aber es überhaupt nicht zu erwähnen, das ist schon ein starkes Stück. Zwar ist das ganz große Unwetter an Hamburg vorbeigezogen und die Windgeschwindigkeiten blieben auch deutlich unter dem Erwarteten, aber es muss Verletzte gegeben haben, Tote und

Schäden in Millionenhöhe. Allein hier in Wellingstedt habe ich acht abgedeckte Dächer gezählt. Das kann man doch nicht einfach unter den Tisch fallen lassen. Stattdessen ist die ganze Zeit nur von Hannover, Köln und irgendeiner brennenden russischen Torflandschaft die Rede und von 1,2 Millionen Hochwasserflüchtlingen aus Bangladesch, die an der Indischen Mauer nur noch mit Waffengewalt in Schach gehalten werden können. Die Hannoveraner hat es heftig erwischt. Die haben den Supersturm abgekriegt, der eigentlich für Hamburg erwartet wurde. Manche Straßenzüge sehen aus wie nach dem Zweiten Weltkrieg. Ein Eindruck, der noch dadurch verstärkt wird, dass wir die Bilder auf einem Schwarz-Weiß-Fernseher anschauen. Und Köln ist komplett abgesoffen. Schäden in Milliardenhöhe. Zwar sind die mobilen Hochwasser-Schutzwände in der Altstadt alle rechtzeitig aufgestellt worden, aber es ist ja nicht nur der Rhein, dessen Wasser hineindrückt, in den letzten drei Tagen sind dort über 200 Liter Regen pro Quadratmeter gefallen und nun kann man in den Gassen Schlauchboot fahren, und in den wenigen Straßen, die noch nicht zu Flüssen geworden sind, quellen Wasserbeulen aus den Gullis. Eine Aufnahme zeigt, wie Bischof van Elst vor dem Kölner Dom steht, der wie eine Insel von allen Seiten umspült wird. Dann wieder Einspieler von den Weindörfern, an denen das Rheinhochwasser schon vorbeigerauscht ist. Einheimische in Gummistiefeln, die ihre potthässlichen und jetzt auch noch von Feuchtigkeit aufgequollenen Sofagarnituren und Schrankwände an den Straßenrand stellen.

»Es ist mir ein Rätsel«, sagt Christine, »warum die Leute es nie schaffen, ihren Hausrat auf den Dachboden oder wenigstens in den zweiten Stock zu tragen. Die zweiten Stockwerke sind diesmal doch gar nicht betroffen. Und das Hochwasser war tagelang vorher angekündigt. Da war doch Zeit genug.«

»Unverhältnismäßiger Optimismus«, erkläre ich, »eine genetisch angelegte Grundeinstellung, dass schon alles nicht so schlimm kommen wird. War in der Steinzeit vermutlich nützlich – gut gegen Magengeschwüre. Heutzutage natürlich fatal.«

Im Fernseher erscheint jetzt ein Landtagsabgeordneter und verspricht rasche finanzielle Hilfe. Darf der das so einfach? Danach Großaufnahme eines weinenden Omchens, eines echt-alten Omchens in geblümter Kittelschürze. Da haben die Kameraleute ihr Glück wahrscheinlich gar nicht fassen können, als sie auf dieses mitleiderregende, Ephebo-freie und über und über mit Runzeln durchfurchte Omchengesicht gestoßen sind. O-Ton Omchen: »Wie soll das bloß werden?! Jetzt alles wieder neu kaufen und renovieren und in zwei, drei Jahren kommt dann schon die nächste Flut. Wenn uns keiner hilft, dann weiß ich auch nicht!« Dann Großaufnahme eines verschwitzten und verbitterten Latzhosenträgers, der in Gummistiefeln vor seinem überfluteten Gartengrundstück steht und mit beiden Händen einen straff gespannten Geldschein Richtung Kamera hält.

»Wir werden hier völlig alleingelassen. Mit den 100 Euro Soforthilfe kann man sich doch gerade mal den Kühlschrank vollmachen.«

»Interessant«, sage ich zu Christine, »dass diesen Typen als Erstes einfällt, sich wieder den Kühlschrank vollzumachen. Genau das ist es, was sie mit den 100 nordischen Euro tun werden, schön CO_2-intensive Schnitzel kaufen und sich damit die Bäuche vollschlagen, auf dass die Klimaerwärmung noch ein wenig schneller voranschreitet und die nächste Überschwemmung noch schlimmer wird. Und dann wieder rumjaulen, warum sie nicht mehr Unterstützungsgeld für noch mehr Schnitzel bekommen.«

Die Nummer eines Spendenkontos für die Opfer der Flutschäden wird eingeblendet. Und gleich darunter noch eine Kontonummer für die Opfer der Sturmschäden in Hannover.

»Gibt es eigentlich noch Spendengalas?«, fragt Christine, »oder diese Spenden-Aufrufe im Internet? Meinst du, es gibt überhaupt noch Menschen, die für andere spenden?«

»Was für ein Blödmann sollte das sein?«, sage ich. »Es reicht ja wohl, wenn unsere hart erarbeiteten Steuergelder an solche Typen verteilt werden! Die hatten die Fakten! Die hatten die Informationen! Die wussten ganz genau, was sie anrichten. Und jetzt tun sie so, als hätte ihnen ein unvorhersehbares und unvermeidliches Schicksal übel mitgespielt – als hätten die Überschwemmungen nichts mit ihrer Wurstfresserei zu tun, mit ihrem Herumgeheize in Autos und dem kleinen Wochenendtrip mit dem Flugzeug nach Barcelona.«

Ich rede mich in Rage und Christine hört mir mit großen Augen zu, lacht an den richtigen Stellen, hängt geradezu an meinen Lippen. Und das nach zwölf Jahren Ehe.

»Was denn«, sage ich und lache ebenfalls, wenn auch bitter, »soll man etwa auf die schönen praktischen Plastiktüten verzichten, das flotte Auto, jeden Tag Fleisch, morgens, mittags, abends – bloß, um die Erde zu retten? Sie hätten nur ein Drittel so viel Fleisch essen dürfen, um solche Überschwemmungen zu vermeiden, oder besser noch gar keins. Aber sie haben es ja nicht einmal auf die Reihe gekriegt, freiwillig auch nur einen einzigen Tag in der Woche auszusetzen. Hör dir doch an, wie sie auch jetzt noch rumjaulen, die Fleisch- und Heizölzuteilung nach CO_2-Punkten würde in ihre Persönlichkeitsrechte eingreifen. Wie Kinder, die sich vor der Supermarktkasse schreiend auf den Boden werfen, wenn sie ihren hellblauen Schlumpf-Lolli nicht bekommen. Und erzähl mir nicht, die hätten nicht gewusst, welchen Schaden sie anrichten. Die haben das ganz genau gewusst, und es war ihnen völlig egal. Sie haben bloß gedacht, die Klimakatastrophe würde erst nach ihrem Tod stattfinden. Es träfe erst die Urenkel. Und scheiß auf die Urenkel! Sie haben gedacht, die Überschwemmungen träfen bloß die Inder und Pakistani. Und scheiß auf die Inder und Pakistani! Ihnen war einfach nicht klar, dass schon sie selber die volle Breitseite abbekommen würden. Sie waren nicht nur niederträchtig, sondern auch noch dämlich. Und jetzt jaulen sie rum und fühlen sich ungerecht behandelt und wollen vor allem erst mal den Kühlschrank wieder vollgemacht haben. Und dafür soll ich spenden?«

Christine rutscht unbehaglich auf ihrem Sessel nach vorn.

»Fass das jetzt bitte nicht als Kritik auf«, sagt sie, »es ist natürlich ganz und gar deine Entscheidung – aber du selber isst doch seit zwei Jahren auch wieder Fleisch. Deswegen verstehe ich nicht ganz, wieso du ...«

Sie verstummt und sieht auf den Boden. Christine ist in letzter Zeit sehr vorsichtig geworden. Manchmal vermisse ich ihre spitze Schlagfertigkeit, andererseits darf sich eine Frau auch ruhig ein wenig vor ihrem Mann fürchten.

»Stimmt schon«, sage ich gelassen, »aber ich habe damit erst angefangen, als der Unumkehrbarkeitspunkt bereits überschritten war. Wenn ich schon zusammen mit den ganzen Idioten, die den Schlamassel angerichtet haben, untergehen muss, dann will ich wenigstens auch denselben Spaß dabei haben wie die. Dann will ich es noch schlimmer treiben als die rücksichtslosesten Schweinehunde.«

»Ist das der Grund?«, fragt Christine und sieht an mir vorbei ins Leere.

Ich brauche einen Moment, bis ich verstehe, was sie meint.

»Einer von mehreren«, antworte ich.

»Ich möchte so gern raus«, sagt sie leise und plötzlich rinnen Tränen aus ihren Augen. Es hört gar nicht wieder auf. »Ich möchte jetzt durch Hamburg laufen und sehen, was der Sturm angerichtet hat.«

»Du weißt, dass das nicht geht«, sage ich nachsichtig. »Sei vernünftig.«

Sie zieht kurz die Nase hoch, wischt sich mit dem Handrücken die Rinnsale aus dem Gesicht.

»Wenn ich mir wenigstens die Bilder auf einem Smart ansehen könnte?«

»Ich habe ja nicht mal mehr meinen alten Laptop«, lüge ich, »und selbst wenn ich noch einen hätte, wäre es zu gefährlich, ihn herunterzubringen: Eine Sekunde nicht hingeschaut und schon hast du einen Notruf abgesetzt. Das geht nicht. Du musst vernünftig sein.«

Sie nickt und starrt wieder ins Leere. Dieses Verhalten ist mir neulich schon aufgefallen. Entweder hat sie dazugelernt und spielt mir inzwischen sehr viel überzeugender etwas vor oder sie hat diesmal tatsächlich aufgegeben. Jetzt muss ich nur aufpassen, dass daraus keine ausgewachsene Depression wird.

Als ich wieder oben im Haus bin, setze ich mich an den Compunikator, um für Christine ein paar Hamburg-Bilder und Artikel auszudrucken. Beim Shammen stoße ich auf eine kleine Sensation. Aufgrund der schlimmen Verwüstungen überall in der Stadt hat sich das HAMBURGER ABENDBLATT entschlossen, eine Sonderausgabe herauszubringen – und zwar in gedruckter Form. Ach, das gute alte HAMBURGER ABENDBLATT! Endlich mal wieder eine richtige Zeitung lesen. Das wird auch Christine aufmuntern. Ich werfe meine rot-schwarz karierte Holzfällerjacke über, springe ins Auto und fahre nach Poppenbüttel. Ich muss durch drei Läden des Alstertal-Einkaufszentrums, bis ich im Supermarkt in der Kelleretage das gedruckte ABENDBLATT endlich entdecke. In den Kiosken gibt es überhaupt keine Ta-geszeitungen mehr, dafür aber mindestens acht ver-schiedene Magazine für Fleischesser: BEEF-EATER, MAN'S RIGHT, CARNE und so weiter, aber auch die Hardcore-Hefte wie STIRB-VEGANER-STIRB und MASSIV METZGER, in denen es weniger um Rezepte als um den Akt des Tötens und Zerteilens geht. Sei-tenlange Fotostrecken über ausblutende Rinder mit verdrehten Augen und gepiercte Veganer-Mädchen, die heulend danebenstehen, am Ende der Fotostre-cke aber dem bulligen Heavy-Metal-Typen verfallen, der die Kuh mit einer Kettensäge zerteilt hat. Das HAMBURGER ABENDBLATT ist kaum halb so dick, wie es früher einmal gewesen ist, ansonsten sieht es wieder ganz genauso aus: mit grünem Balken oben-drüber und Zeitungsnamen in Grabsteinschrift und so weiter. Und die Redakteurinnen haben sich nicht nur darauf beschränkt, über die Unwetterkatastrophe zu berichten, sondern die ganze Zeitung mit Klatsch-seite in der Mitte und dem schlechten Witz auf Seite 3 wiederauferstehen lassen. Und unter dem Witz gibt es auch wieder das Foto von einem Tierheimhund aus der Süderstraße, einem melancholischen Chow-Chow diesmal, der vermittelt werden soll. Ich nehme aus lauter Begeisterung gleich fünf Zeitungen auf ein-mal, eine für mich, eine für Christine, eine für Christi-nes Mutter und die anderen beiden – ... na, man kann ja nie wissen. Und dann, um Christine eine zusätz-liche Freude zu machen, kaufe ich für sie auch noch eine Frauenzeitschrift, die BRIGITTE. Bisher habe ich ihr keine Zeitschriften und keinen Fernseher erlaubt und nicht mehr als ein Buch im Monat (oder zwei sehr schmale Bände), damit sie nicht allzu große Sehnsucht nach der Welt da draußen bekommt und sich mehr auf mich konzentriert. Eine Interpretation der Tagesereignisse kann sie schließlich auch von mir direkt bekommen.

Mit dem Stapel physischer Medien unter dem Arm stehe ich in der Kassenschlange und natürlich dauert es wieder mal ewig, bis die Typen vor mir ihre Waren durch den Scanner gezogen haben. Gerade kämpft dort ein studentisch gekleideter Endzwanziger. Auf den ersten Blick könnte man ihn für einen echten, einen Chrono-Zwanziger halten – gescheckte Animal-Mood-Jacke, stylische Android-Nickelbrille und überhaupt keine Ausbuchtungen am Hals –, aber sein Getüdel am Scanner entlarvt ihn – mindestens neunzig, die Generation, die ihre Einkäufe früher einmal komplett an ihre Frauen delegieren konnte. Grade, Mensch, grade halten! Und nicht den Barcode gegen das Fenster knallen, sondern dein Toastbrot auf die Schale darunter legen! Er versucht lässig zu tun, aber die Haare seiner Animal-Mood-Jacke haben sich vor Nervosität aufgestellt. Ich frage mich wirklich, wie man so blöd sein kann. Kein Wunder, dass dieser Planet nicht mehr zu retten ist. Als Nächstes ist ein dicker Kerl in einer Jeanskutte dran. Sein schmieriges rotes Haar ist zu einem Pferdeschwanz gebunden, der auf die Rückenstickerei seiner Kutte herunterhängt. »Moto Racing« ist dort eingestickt, »Ehre« und ganz groß in der Mitte »Fat Rats«. Natürlich kommt auch er nicht zurecht. Bei der Aufschnittpackung geht der

Pieper los, weil unser Motorradfreund offenbar sein CO_2-Kontingent überzogen hat. Aber er will es einfach nicht wahrhaben, knallt das Wurstpaket immer wieder und immer wütender auf die Schale und löst fünfmal hintereinander den Pieper aus. Ich überlege schon, ob ich zu ihm gehen und ihm einen Tipp geben soll, da erkenne ich im letzten Moment, mit wem ich es da zu tun hätte: Ingo Dresen! Meine ganze Kindheit hindurch bin ich Ingo Dresen aus dem Weg gegangen, so, wie bereits mein Vater in seiner Kindheit versucht hatte, dem Vater von Ingo Dresen aus dem Weg zu gehen. Kriminelle und Hauer seit Generationen. Meine erste Begegnung mit Ingo fand auf dem Kaiserberg statt, einem kleinen Hügel, der sich zur Alster hinabschwingt. Damals diente der Kaiserberg im Winter als Rodelbahn, deren Nervenkitzel weniger auf dem nicht allzu steilen Gefälle beruhte als auf dem Umstand, dass man noch rechtzeitig die Kurve kriegen musste, wenn man nicht im eisigen Fluss landen wollte.

Ich war fünf und baute mit meinem Freund Wilfrid einen Schneemann und Ingo Dresen kam, seifte uns ein, zerstörte den Schneemann und schlug mir mit der Kufe meines Schlittens den Eckzahn aus. Er war acht. Als ich in die Grundschule kam, war der Weg dorthin immer eine Angstpartie, weil er an Ingo Dresens Haus vorbeiführte, und wenn Ingo dich erwischte, hängte er sich an deinen Ränzel, bis du hintenüber fielst, und dann setzte er sich auf deine Brust und rubbelte mit den Knien über deine Arme, bis du heulend zugabst, dass du eine Memme wärst oder Pisse trinken würdest oder in Sylvia Klumpfuß (die in Wirklichkeit Sylvia Klundus hieß) verliebt wärest oder welches Geständnis Ingo Dresen gerade von dir hören wollte. Ein gemeingefährliches Arschloch. Ich war starr vor Entsetzen, als er nach mehrfachem Sitzenbleiben in meine Klasse kam. Die ganze Klasse war starr vor Entsetzen. Das war schon auf dem Gymnasium, in der Sechsten. Gott sei Dank flog er im Jahr darauf endgültig. Er hatte ohnehin ständig geschwänzt, und wenn er anwesend war, hatte er die meiste Zeit damit verbracht, seine Todesliste auf den neuesten Stand zu bringen. Auf der Todesliste standen Leute, die er umbringen wollte, wenn er eines Tages die Zeit dazu hätte. Ich stand auch drauf. Ein Drittel aller Schüler und sämtliche Lehrer standen auf der Todesliste, außer unserem Sozialkundelehrer, Herrn Ritterle. Wahrscheinlich, weil Ritterle immer sagte: »Ingo, in dir steckt mehr. Du bist ein kluger Kopf. Du musst nur endlich wollen.« Dann lieferte Ingo Dresen einen Aufsatz ab, in dem er erklärte, warum er Adolf Hitler verehrte. Es lief darauf hinaus, dass Adolf Hitler der einzige Politiker wäre, der kein Waschlappen sei. Ritterle sagte, dass er Ingo wohl überschätzt habe, er nehme das jedenfalls zurück, das mit der Intelligenz. Danach kam auch Ritterle auf die Todesliste.

Ingo Dresen ist ganz schön fett geworden. Früher war er so ein langer, schlaksiger Kerl ohne Hintern. Aber das Gemeine und Verkommene in seinen Gesichtszügen hat sich trotz Doppelkinn und Hängebacken erhalten. Ingo hat ein Bio-Alter von Mitte vierzig. Vermutlich nimmt auch er die Mitte-dreißig-Dosis und das Ephebo hat bei seinem Lebensstil einfach bloß keine Chance, seine volle Wirkung zu entfalten. Ingo Dresen sah schon mit vierzehn völlig verlebt aus.

Ich schiebe mich langsam aus der Kassenschlange, um so unauffällig wie möglich zurück zwischen die Supermarktregale zu schlendern. Als hätte ich etwas vergessen. In diesem Moment dreht sich Ingo Dresen um und fixiert mich, als hätte er die ganze Zeit gewusst, dass ich hinter ihm stehe. Zum ersten Mal bereue ich mein jugendliches Aussehen. Dadurch kann ich natürlich viel leichter wiedererkannt werden.

»Basti, alter Bastard«, brüllt Ingo Dresen über die Süßigkeitenregale hinweg, »komm her, kannst deinen Klumpatsch mit bei mir durchziehen.«

Ich bemühe mich, erfreut zu lächeln, während ich nach vorn gehe, durchlöchert von den hasserfüllten Blicken aller Kunden, die vor mir dran gewesen wären. Aber mit einem Typen wie Ingo wagt keiner, Streit anzufangen.

»Basti Bastard«, sagt Ingo Dresen noch einmal, als ich neben ihm stehe, und schaut mich so nostalgisch an, als wären wir früher die allerdicksten Freunde gewesen. »Was machst du denn hier?«

Er schiebt sich die CO_2-lastigen Wurstwaren in die Hosentasche, nimmt meine Zeitungen und haut sie für mich unter den Scanner. Ich zucke die Schultern. Wenn man was anderes sagt als das, was Ingo Dresen gerade von einem hören will, wird er schnell unangenehm. Auch bei so harmlosen Fragen wie danach, was man gerade in einem Supermarkt mache. Also lieber gar nichts sagen.

»Mensch«, sagt er, »Mensch, Mensch, Mensch. Das ist ja 'n Ding. Basti Bastard im Supermarkt.«

Wir gehen vom Scanner zur Kasse. Ingo Dresen hält der Kassiererin den Bon hin. Sie weiß, dass er die Wurst nicht gebongt hat, sie kann es gar nicht überhört haben, so oft, wie er den Pieper ausgelöst hat, aber sie tut, als wäre nichts. Auch kein Privatdetektiv erscheint, um ihn aufzuhalten. Alle müssen gerade fürchterlich beschäftigt sein. Hoch erhobenen Bulldoggenhauptes stampft er aus dem Supermarkt. Ich versuche, mit ihm Schritt zu halten.

»Hier«, sag ich, »das Geld für die Zeitungen«, und halte ihm einen orangen Schein hin. Ingo Dresen knurrt ungehalten und wischt meine Hand mitsamt dem Geldschein zur Seite, gibt mir allerdings auch nicht die Zeitungen. Stattdessen schaut er sich, ohne seinen Schritt zu verlangsamen, an, was ich da gekauft habe.

»BRIGITTE«, sagt er, »bist du schwul?«

Ich beantworte sein selbstgefälliges Lachen mit einem gequälten Grinsen.

»Hast du immer noch so Öko-Weiber oder hast du jetzt endlich mal 'ne vernünftige Braut am Start? Was ist denn das für 'ne Rinde, die du da nagelst.«

Ich zucke wieder mit den Schultern. Mir geht auf, wie unvorsichtig es war, als Male-Solitär eine Frauenzeitschrift zu kaufen. Dass das Fragen aufwerfen muss.

»Nichts für ungut«, sagt Ingo Dresen, »aber wenn du die Nase mal voll von deiner Alten hast ... Wir treffen uns nächsten Mittwoch im Vereinshaus.«

Nichts für ungut? Seit wann benutzt Ingo Dresen solche Redewendungen? Seit wann spricht er überhaupt in ganzen Sätzen? Wenn ich nicht so viel Angst vor ihm hätte, wäre ich jetzt neugierig.

Er holt eine postkartengroße Visitenkarte aus seiner Jeansweste und überreicht sie mir. Vorn ein schwarz-weiß-rotes Wappen mit zwei blutrünstigen, aber ansonsten ganz niedlichen Ratten, die Doppeläxte in den Pfoten halten, hinten die Adresse seines Vereinshauses in Bargteheide.

»Im ehemaligen Atahualpa«, sagt Ingo, und als ich ihn verständnislos ansehe, ergänzt er: »Was damals abgebrannt ist.«

Manchmal verstehe ich, warum die Echt-Jungen uns so verachten. »Damals« – das kann vor zehn Jahren gewesen sein oder vor fünfzig. Und er sieht mich an, als müsste ich sofort wissen, was gemeint ist.

»Das ehemalige Tam-Tam.«

Ich nicke. »Tam-Tam«. Die Proll-Disco, in die man kurz hereingeschaut hat, wenn man auf dem Weg ins »Auenland« war. Späte 70er. Ich sehe den jugendlichen Ingo Dresen vor mir, den nackten Oberkörper nur mit einer Lederweste bedeckt, wie er auf der Tanzfläche des Tam-Tam ein imaginäres Lasso über seinem Kopf schwingt, zusammen mit einem seiner asozialen Freunde. Wahnsinnig cool, aber eigentlich auch ein ziemlich schwuler Tanz, wie mir jetzt im Nachhinein auffällt.

»Wir treffen uns da. Männerrunde ohne Biester. Endlich mal unter uns sein.«

Unter uns? Uns? Ingo Dresen betrachtet sich und

mich als ein Wir? Soll ich geschmeichelt sein oder verzweifeln?

»Wir brauchen noch gute Leute. Dich zum Beispiel.«

»Mich? Ihr braucht Leute wie mich?«

Jetzt muss ich doch lachen. Zum Glück lacht Ingo Dresen mit.

»Klar doch. Wir brauchen auch Leute zum Repräsentieren und für den legalen Überbau. Du bist doch noch in der Demokratiezentrale?«

Woher weiß er das, verdammt noch mal? Wieso weiß Ingo Dresen, dass ich in der Demokratiezentrale arbeite? Er muss mich geshammed haben. Das bedeutet, dass er auch weiß, wo ich wohne. Er weiß alles über mich. Scheiße, Scheiße, Scheiße.

»Was ist denn das für ein Verein?«

Eigentlich will ich es gar nicht wissen. Warum frag ich bloß?

»Na, wir sehen das hier mit Deutschland und Europa ein bisschen anders als die meisten. Bei uns gibt es noch die alten Werte.«

Die alten Werte? Erpressung? Anderen aufs Maul hauen? Oder geht es bloß um diesen Stammtischmist, dieses Schwitzige, Achselhaarige – obwohl Achselhaare jetzt ja auch wieder modern sind, man muss die Moden nur lange genug aussitzen, wie Ingo Dresen.

»Wirst du schon sehen, wenn du vorbeikommst. Bring deinen Jogginganzug mit. Am Anfang jeden Treffens gibt es ein Körpertraining – Selbstkontrolle, Disziplin, Rituale.«

Er gibt mir endlich meine Zeitungen.

»Ich rechne auf dich.«

Zurück im Keller warte ich ab, bis Christines Begeisterung über das HAMBURGER ABENDBLATT sich etwas gelegt hat, und dann nehme ich so ganz nebenbei die BRIGITTE aus dem Einkaufsbeutel und lege sie auf den Tisch.

»Übrigens ... da habe ich noch etwas für dich.«

Ich weide mich an ihrem Gesichtsausdruck, die weit aufgerissenen Augen, das fassungslose runde Mündchen. Ihre erste Zeitschrift seit zwei Jahren.

»Danke. Oh, danke, danke, danke, danke.«

Endlich sehe ich sie wieder einmal lächeln.

»Dass ihr Frauen euch aus diesem oberflächlichen bunten Unfug so viel macht!«

Ich streiche ihr sanft über den Kopf und sie lässt es geduckt und etwas verspannt geschehen. Dann machen wir es uns beide gemütlich, sie mit dem HAMBURGER ABENDBLATT auf dem Sofa und ich setze mich in den Sessel, blättere ebenfalls ein ABENDBLATT durch und nehme mir dann die alten Schulhefte vor, die ich mir vom Dachboden mitgebracht habe – mein Mengenlehreheft aus der vierten Grundschulklasse und ein Geographieheft aus der sechsten Klasse Gymnasium. Sie lagen in einem der Kartons, deren Deckel der Sturm aufgerissen hat.

Das Geographieheft ist ein DIN-A4-Schulheft der Firma Zewa, dessen Umschlag aus dünner schwarzer Pappe besteht. Ein stumpfes Schwarz. Wie zurückhaltend, wie geradezu distinguiert wirkt dieser Umschlag gegen die knallbunten Hefte meiner Kinder, auf denen sich Kätzchen, fette Pandabären, die Star-Wars-Crew, angebliche Topmodels oder die Einwohnerschaft von

Entenhausen tummeln. Geographieunterricht scheint im Gymnasium Ohlstedt allerdings auch Rassismusausbildung beinhaltet zu haben. »Der peruanische Indio ist mit seiner schlechten wirtschaftlichen Situation und dem Tragen von Lasten aber durchaus zufrieden. Das liegt an seinem Phlegma.« Diesen Mist wird sich mein zwölfjähriges Ich ja wohl kaum selber ausgedacht haben. Das Mengenlehreheft aus der Grundschulzeit ist dagegen die reinste Poesie auf eingeklebten Zetteln: *In der Mathematik nennt man eine Zusammenfassung von Dingen, die sich deutlich voneinander unterscheiden, eine Menge. Die einzelnen Dinge, die eine Menge bilden, nennt man die E l e m e n t e der Menge.*

Ich schnuppere unwillkürlich an den violetten Buchstaben, versuche einen Rest des bereits vor Jahrzehnten verflogenen Matrizendufts einzusaugen. Darunter steht ein Lückentext, ausgefüllt mit krakeliger Bleistiftschrift: *Opium ist Element von Menge der Rauschgifte. Pistole ist Nichtelement von Besteck. Göhte ist Nichtelement von Menge der Hippies. Frau Semel ist Element von Menge der berufstätigen Ehefrauen.* Na, schau an! Was für ein kleiner Schlaumeier mit Sinn fürs Sonderliche ich einmal war. Wobei mir auffällt, dass »∈«, das Zeichen für »ist Element von«, verdammt dem alten Euro-Zeichen ähnelt.

` *Eine Menge kann man auch durch ein Mengenbild darstellen (Mengendiagramm). Wir zeichnen die Elemente und umranden sie mit einer geschlossenen Linie. Menge der Kleidungsstücke:* Unter diesen Satz habe ich – ganz schön unbeholfen für einen Zehnjährigen – eine Hose mit starkem Schlag, eine sogenannte Veddelhose, ge-

malt und meine damalige blaue Badehose (erkenn-
bar am Freischwimmerabzeichen). Aber auch überraschend viele weibliche Kleidungsstücke sind mir
eingefallen, ein oranger Minirock und – das überrascht
mich jetzt etwas – eine hellblaue Bluse mit Puffärmeln.
War das so? Wurden in den späten 60er-Jahren dermaßen häufig Puffärmelblusen getragen, dass sie einem zehnjährigen Jungen als repräsentatives Element
für die Menge der Kleidungsstücke einfiel?

Bei der *Menge der in der Bundesrepublik gültigen Münzen* habe ich mich nicht länger auf mein dürftiges Zei-
chentalent verlassen, sondern die Groschen und Pfen-
nigstücke einfach unter die Heftseite gelegt und mit
einem weichen Bleistift darübergerieben. Dann noch
einen krummen Kreis drumgemalt und fertig. Wie ver-
traut mir die Münzen immer noch sind, ich würde nicht
eine Sekunde stutzen, wenn ich sie wieder in der Hand
hielte, obwohl ich inzwischen zwei Währungsumstel-
lungen hinter mir habe.

Ich gähne und werfe einen Blick hinüber zu Christine, die sich auf dem Sofa ausgestreckt hat und jetzt
völlig in der BRIGITTE versunken ist. Ich gehe zu ihr
hinüber und beuge mich über sie. Prompt schlägt sie
die Seiten vor mir zu.

»Was liest du denn gerade?«

»Alles. Ich lese alles.«

»Und jetzt gerade?«

»Nichts, ich habe mir die Mode angesehen.«

Während sie das sagt, zieht sie den Zeigefinger,
den sie als Lesezeichen zwischen die Seiten geklemmt
hatte, heraus, aber es bleibt eine Wölbung an der Stelle,

wo er gelegen hat. Ich stecke meinen eigenen Zeigefinger hinein und nehme ihr die Zeitschrift aus der Hand, schlage sie an dieser Stelle auf. Es ist tatsächlich die Modestrecke: »Die zehn wichtigsten Frauen in Deutschland und was ihr Kleidungsstil verrät«. Was wundere ich mich denn überhaupt noch? Ich werfe einen Blick auf die Titelseite. Hätte ich beim Kauf der BRIGITTE nur genauer hingesehen. Das Bild lässt noch nichts Böses ahnen, es ist wie immer das Foto einer attraktiven Frau, elegant, aber nicht zu auffällig gekleidet. Sie lacht und das Leben scheint ihr zu gefallen. Aber dann die Titelüberschriften: »Wie man fair bleibt und trotzdem ganz nach oben kommt« oder »Das neue Zeitmanagement« oder »Wie uns die Krise stark macht – Selbstcoaching«. Christine wartet mit gesenktem Kopf, ob ich ihr die BRIGITTE wieder zurückgebe.

»Kuck dir das mal an«, sage ich. »Wenn du dieses Heft mit einer Frauenzeitschrift von sagen wir mal der Jahrtausendwende – ach, so weit müssen wir gar nicht gehen – sagen wir mal noch von 2020 vergleichst. Was fällt dir dann auf? Ich meine die Titelthemen.«

Christine beugt sich vor und liest sich die Überschriften durch, streicht nervös eine Haarsträhne aus ihrem Gesicht.

»Die schönsten Sommerkleider«, liest sie vor, »das neue Zeitmanagement«, und sieht mich fragend an.

»Ja, und sonst? Fehlt da nicht irgendetwas. Fällt dir gar nicht auf, was da fehlt?«

Sie zuckt mit den Schultern, sieht mich jetzt eher genervt als verängstigt an.

»Die Psycho-Themen«, sage ich. »Früher gab es doch immer Artikel wie »Was meint mein Mann, wenn er nichts sagt?« oder »Warum Gefühle für ihn bedrohlich sind«.

»Vielleicht steht trotzdem etwas drin und es ist bloß nicht auf den Titel gekommen?«

Christine nimmt mir die Zeitschrift aus der Hand und beginnt hilfsbereit in den hinteren Seiten zu blättern.

»Gib's auf«, sage ich und stemme die Hände auf die Sofalehne, »seit ihr Frauen die gut bezahlten Jobs an euch gerissen habt, interessiert es euch auch nicht mehr, was in uns vorgeht. Ihr habt uns abgeschrieben. Knallhart seid ihr geworden. Ich glaube, euch ist gar nicht klar, was für einen Schaden ihr damit anrichtet.«

Christine lächelt süffisant.

»Aha. Und was wäre das für ein Schaden?«

»Ich weiß, beim Bildungsministerium kommt ihr Weiber euch immer alle wahnsinnig engagiert und männerfreundlich vor, weil ihr ein Jungenförderprogramm nach dem anderen startet und männlichen Schülern kostenlos Nachhilfe spendiert. Anti-Aggressions-Workshops und Geldprämien bei Schulabschluss. Aber das, was diese Jungen eigentlich wollen, kriegen sie von euch nicht: Bedeutung. Die würden alles tun, nur um bemerkt zu werden. Das ist es, was ihr Weiber nämlich nie begriffen habt, dass für uns nicht Gerechtigkeit oder Freiheit oder Reichtum, ja nicht einmal Sex das Wichtigste ist, sondern Bedeutung – in den Augen anderer bedeutend zu sein.«

»Du hast für mich immer Bedeutung gehabt, immer, auch als wir schon getrennt waren«, sagt Christine leise.

»Gelogen«, sage ich barsch. »Du warst doch viel zu sehr mit dir und deiner tollen Karriere beschäftigt. Frau Minister! Und du wärst es immer noch, wenn ich nicht selber dafür gesorgt hätte, dass du dein Interesse an mir neu entdeckst.«

Sie will widersprechen, aber ich bringe sie mit einer Handbewegung zum Schweigen. Wir wissen beide, dass ich recht habe. Natürlich ist es für Christine jetzt überaus relevant, wie ich gerade drauf bin. Es ist existenziell für sie, mich zu verstehen. Aber doch erst, seit sie hier im Keller sitzt. Nichts hat im Leben so viel Bedeutung wie die Person, von der man abhängig ist – insbesondere, wenn es die einzige Person ist, zu der man Kontakt hat.

7

Als ich kurz vor acht durch die bernsteingelbe Glastür des Gasthofs Ehrlich trete, sind etwa ein Drittel meiner ehemaligen Schulkameraden bereits da. Das langweiligste Drittel, wie zu befürchten steht. Denn die wichtigen und interessanten Leute – ich meine die Leute, die damals, also 1981, für mich interessant und wichtig waren – kommen ja immer erst kurz vor Schluss. Oder gar nicht. Die pünktlichen Langweiler haben sich in kleinen Grüppchen im Saal verteilt, einem Raum mit schwarzem Gebälk und Stühlen mit grauenhaft gemusterten Stoffbezügen, wie man sie auch in Reisebussen findet. Verhaltenes Gejohle begrüßt mich, am lautesten vom Buffet. Dort lehnen meine alten Kumpel Bernie und Rolf unter einem rustikalen Balken an der rustikalen Theke, und obwohl das Buffet noch nicht eröffnet ist, kaut Bernie bereits mit vollen Backen. Nickend, grinsend und händeschüttelnd arbeite ich mich durch einen Wald von in die Luft gehaltenen Ego-Smarts zu ihnen vor, verfolgt von einem Schwarm Smart-Drohnen, die wie fette Käfer über meinem Kopf schwirren. Im ersten Moment ist es ein Schock, ein richtiger Schock, dass sie jetzt wieder so jung aussehen, nicht nur Bernie und Rolf, sondern alle, einfach alle, die Sympathischen und die Unsympathischen, die Streber und Drückeberger und Klassenclowns, die Angeber und die Langweiler, die Schulhuren und die unerreichbaren Mädchen – Maybrit Möller, Kerstin Ahlrichs, Jürgen Kleinschmidt, Silke Groß, Norbert Misselwitz, Kai Gorny. Das letzte Abi-Treffen liegt ja schon zehn Jahre zurück und zu diesem Zeitpunkt hatten erst zwei aus unserem Jahrgang das damals noch wahnsinnig teure Ephebo-Programm durchlaufen. Frauen natürlich. Und die Ephebos der ersten Generation waren ja auch lange nicht so effektiv. Yvonne Garzin und Maybrit Möller sahen beim letzten Mal bestenfalls wie vierzig aus. Jetzt sieht Maybrit aus wie zwanzig – wie früher sieht sie aus, wie 1981. Natürlich nicht ganz. Maybrits Haare, die damals wild toupiert waren, sind jetzt glatt geföhnt und dunkelblau gefärbt und sie ist etwas dicker geworden und irgendetwas an ihrem Gesicht ist auch anders, wenn es auch schwer zu sagen ist, was. Aber auf jeden Fall erkenne ich sie sofort und muss nicht wie das letzte Mal herumrätseln, wen ich wohl gerade vor mir habe. Norbert Lanschick tritt mir in den Weg, unter dem Arm etwas Kantiges, Schwarzes.

»Schön, dass du da bist. Gibst du mir bitte dein Gesundheitszeugnis? Und schreib doch gleich was ins

Gästebuch, sonst vergisst du es nachher wieder – was Lustiges. Einen Spruch oder so.«

Seine Kinnbeutel schlackern, als er mir das aufgeklappte Buch reicht. Bestimmt bereut er es inzwischen, dass er einer von den wenigen ist, die älter als vierzig aussehen. Ich blättere, versuche einen Spruch zu finden, der mir die Idee zu einem eigenen Satz eingibt. Aber den Leuten fällt ja nur Müll ein und eh ich mir jetzt etwas Dummes oder gewollt Lustiges aus den Fingern sauge, schreibe ich lieber einen förmlichen Dank, für all die Mühen, die Norbert auf sich genommen hat, um dieses Treffen zu ermöglichen und so weiter und so fort.

Lanschick ist tatsächlich mit einer neuen Frau erschienen, einer rothaarigen und deutlich jüngeren – aber ich glaube nicht, dass sie chrono-jünger ist. Wahrscheinlich ist sie einfach nur risikobereiter als seine erste Frau. Bevor ich ihm den Folianten zurückgebe, blättere ich noch einmal schnell bis zum Buchstaben W, um herauszufinden, ob Elisabeth Westphal schon etwas eingetragen hat, ob sie also vielleicht schon eingetroffen ist und ich sie bloß noch nicht entdeckt habe. Da steht ihr Name, Norbert Lanschick hat ihn in seiner winzigen, pingeligen Handschrift in die rechte obere Ecke gequetscht. Ansonsten ist die Seite noch leer. Beim letzten Klassentreffen vor zehn Jahren ist Elli gar nicht gekommen. Wie gesagt, das ist ja oft so, dass die interessantesten Leute sich nichts aus Klassentreffen machen. Vermutlich denken sie, dass eine solche Veranstaltung ihren Nimbus ankratzen könnte, wenn sie kein fettes Bankkonto, keinen

Ehepartner, kein Haus und keinen irgendwie hippen Job vorweisen können. Deswegen überlassen sie lieber den Norbert Lanschicks das Feld. Ich habe das schon immer für einen Denkfehler gehalten. Auf Klassentreffen geht es überhaupt nicht darum, was aus einem geworden ist, sondern es geht um das, was man einmal war. Je älter man wird, desto wichtiger ist es, Menschen zu treffen, die einen schon gekannt haben, als man noch jung war, ich meine: echt-jung. Die wissen, wer man in Wirklichkeit ist. Deswegen bin ich auch immer zu den Abi-Treffen gegangen, immer – selbst in jenem Jahr, als ich bereits fünfzig war und noch mal ganz von vorn als Praktikant bei Foodwatch anfing.

Endlich habe ich mich zu Bernie und Rolf durchgearbeitet. Rolf hat jetzt einen Patriarchenbart und trägt einen etwas konventionellen Anzug, der wohl beweisen soll, dass er es im Leben zu etwas gebracht hat. Bernie ist ziemlich pummelig geworden und trägt einen Kapuzenpullover und eine schwarze Lederjacke, die verdammt jener Jacke ähnelt, die er vor fünfzig Jahren getragen hat. Beide haben sich – genau wie ich – für eine moderate Form der Verjüngung entschieden und sind als gut abgehangene Enddreißiger aufgetaucht. Sie stehen strategisch günstig direkt vor dem Buffet, in dessen Mitte eine obszöne Pyramide aus Fleischplatten aufgebaut ist, gekrönt von einem rot gerösteten Schweineschädel, der seine menschenähnlichen Zähne in eine Apfelsine geschlagen hat.

»Öko«, schreit Bernie, »Öko, komm her«, grapscht nach meinen Schultern und umarmt mich. Dann umarmt mich Rolf, und Bernie zieht ein liniertes und mit Greisenschrift bekrakeltes DIN-A4-Blatt vom Tresen und sagt, ich könne noch mit einsteigen, sie würden darum wetten, welcher Mitschüler in welchem biologischen Konservierungszustand hier auftaucht.

»Pro Tipp ein Westos. Die Einsätze werden dann unter denen, die richtigliegen, aufgeteilt.«

Bernie drückt mir die Namensliste in die Hand, grapscht sich einen Teller, den er offensichtlich schon mehrmals benutzt hat, und schaufelt sich Schweinesülze, Mozzarella-Tomaten und etwas Fischartiges darauf. Ich schaue genauer hin. Die Fischstücke sehen aus wie Scholle. Nicht zu fassen! Ich lege das DIN-A4-Blatt wieder auf den Tresen.

»Danke nein«, sage ich. »Außerdem ist die Sache bei den Frauen doch sowieso schon klar.«

So gut wie alle, die bisher aufgetaucht sind, sind als Anfang-Zwanzigjährige gekommen, haben herausgeholt, was herauszuholen war. Wenn es möglich gewesen wäre, hätten sie vermutlich die Pubertät rückgängig gemacht und sich alle wieder in langbeinige Teenager verwandelt. Nur zwei – Isolde Pinzgau und Susanne Stein – haben eine gemäßigtere Version von knapp dreißig gewählt.

»Bin gespannt, wie Kathrin Kessler jetzt aussieht, ob die jetzt wieder so einen tollen Busen hat. Der stand ja geradezu waagerecht ab, wie aus Plastik war der, wie in einer Comiczeichnung«, sagt Rolf.

»Ich tippe auf ganz jung«, sagt Bernie, »hält jemand dagegen?«

»Kathrin Kessler ist tot«, sage ich.

»Tot?«

»Ja, Krebs.«

»Yvonne Garzin und Miriam Krüger auch«, sagt Rolf. »Weiß ich von Yogi. Und Kathrin Hoffman. Erst dieses Jahr. Die soll allerdings an multiresistenten Keimen gestorben sein. Die Einschläge kommen jetzt dichter.«

»Schaut euch das an«, sagt Bernie und reibt seine Hände, »schaut euch bloß all diese kleinen, heißen Sprotten mit ihren straffen und glatten Körpern an. Letztes Mal waren das noch alte Tanten ohne Taillen.«

»Fünf Jahre«, sagt Rolf und mustert die Frauen, die Mädchen, mit einem hässlichen Grinsen, »fünf Jahre gebe ich ihnen noch, deinen kleinen heißen Sprotten. Dann werden sie auch alle an irgendeinem Krebs krepieren und kein Krankenhaus der Welt wird sie aufnehmen.«

»Allerhöchstens fünf Jahre«, sage ich. »Wer weiß, wie lange die schon dabei sind? Und das auch nur, wenn sie sämtliche Ephebos und das Seneszens-Repair-Dingsda sofort absetzen.«

»Und glauben wir, dass sie das machen werden?«, fragt Rolf und gibt sich gleich selbst die Antwort: »Nein, das glauben wir nicht. Wer will schon vor den Augen seiner unschuldigen Enkelkinder im Zeitraffer dahinwelken?«

»Kann ja alles sein«, sagt Bernie und klappt den Kragen seiner Lederjacke hoch, »aber jetzt sehen die geil aus.«

Oh Gott, er sagt tatsächlich »geil«. In diesem Rahmen ist das natürlich auch irgendwie rührend nostal-

120

gisch. Rolf verzieht abfällig das Gesicht und streicht über seinen Patriarchenbart.

»Das ist nur der Lack – das Chassis ist völlig hinüber.«

»Und bei dir nicht, oder was?«

»Nee, bei mir nicht.«

Was die Männer betrifft, so haben die allermeisten die Schlittenfahrt des Alterns an einem biologischen Aggregatzustand zwischen dreißig und vierzig gestoppt – gesundheitlich sehr viel vernünftiger. Vier einschließlich Lanschick haben sich dafür entschieden, dass etwa fünfzig Bio-Jahre eine völlig ausreichende Verjüngung sei. Körperlich noch einigermaßen fit und doch diese gewisse Seriosität des Mannes in den besten Jahren. Das bilden die sich jedenfalls ein. Allerdings weiß man bei jemandem, der wie fünfzig aussieht, natürlich nie, ob das jetzt ein Siebzigjähriger ist, der nur geringfügige Ephebo-Dosen nimmt, oder ob es ein fünfzigjähriger religiöser Fanatiker ist, der gar keine nimmt.

Bernie stößt mich an.

»Mumienalarm«, presst er wie ein Bauchredner hinter geschlossenen Zähnen hervor, legt die Hand vor die Brust und spreizt nur den Zeigefinger ab, um so unauffällig wie möglich zum Eingang zu zeigen, durch den gerade Reinhard Hell und Guido Lehmann eintreten. Die zwei sind tatsächlich als die Greise gekommen, die wir ohne die Hilfe der Pharmaindustrie jetzt alle wären. Sie tragen sogar Brillen – Sehhilfe-Brillen. Eigentlich erkenne ich bloß Guido und das auch nur, weil ich mich noch vom letzten Treffen an ihn erinnere. Er sieht aus wie das, was man früher einen gut erhaltenen, sportlichen Opa nannte. Und wenn die eine Mumie Guido Lehmann ist, dann muss die andere Reinhard Hell sein, die beiden waren früher dicke befreundet.

»Lass gut sein«, sage ich zu Bernie, weil mir die Greise irgendwie leidtun – ich weiß auch nicht, wieso.

»Guido sieht doch ganz akzeptabel aus«, lüge ich. »Früher hätte so jemand in einer Werbung für Kinderschokolade oder Rentenversicherungen oder Treppenlifte auftreten können.«

»Und?«, sagt Bernie. »Wer will denn das? Wer will denn den lieben Opa spielen?«

»Und kuck dir Hello an«, stöhnt Rolf, »wie die Moorleiche aus Schloss Gottorf. Kommt der muffige Geruch von seinem Anzug oder von ihm selbst?«

Er hebt die Nase und schnüffelt demonstrativ.

Reinhard Hell sieht tatsächlich noch schlimmer aus als Guido, total scheiße – sogar für einen unbehandelten Siebzigjährigen: wie eine verschrumpelte Kastanie, gelbliche Haut und ungesund bläuliche Lippen, oben Glatze und Augenbrauen wie Balkongeranien. Außerdem trägt er einen Cordanzug mit Lederflicken auf den Ärmeln.

»Gegen die beiden ist ja sogar Lanschick das blühende Leben«, sagt Bernie. »Eigentlich eine Zumutung, dass die hier so auftauchen.«

»Guido ist jetzt religiös«, sage ich. Das hat mir mein Bruder erzählt. Die beiden sind im selben Verein. »Gott hat es so gewollt, dass wir bei lebendigem Leib verschimmeln, also finden die Johannesjünger das ebenfalls eine prima Sache.«

»Aber was hat Hello geritten?«, fragt Bernie. »Kann mir mal jemand erklären, warum jemand freiwillig wie hundert aussehen will? Ist euch eigentlich klar, dass wir jetzt alle so aussehen würden, wenn es nichts dagegen gäbe? Stellt euch das mal vor! Was das hier für ein Zombie-Haufen wäre.«

Er schüttelt sich.

Guido und Reinhard stehen ziemlich allein vor einem Fensterbrett mit Messingblumentöpfen, aus denen lange schlappe Blattzungen hängen. Ab und zu stellt sich eine mitleidige Seele zu ihnen. Das sieht jedes Mal aus, als begrüße da ein ehemaliges Schulkind seinen ehemaligen alten Lehrer, der nun noch älter geworden ist, und es werden nur wenige Worte gewechselt, dann machen sich die ehemaligen Schulkinder schleunigst wieder aus dem Staub, schießen vielleicht noch verstohlen ein Mumienfoto. Die beiden Greise verderben einem einfach die Stimmung. Auf der Straße hat man sich ja daran gewöhnt, dass da neuerdings wieder mehr Bio-Alte zwischen uns herumlaufen, arme Schweine, die sich die Ephs einfach nicht mehr leisten können – schlechte Zähne und alt, daran erkennt man die Armut, gute Zähne und alt, das sind die religiösen Fanatiker –, aber bei einem Klassentreffen möchte man so etwas echt nicht sehen.

Inzwischen sind fast alle da, nur Elisabeth Westphal ist immer noch nicht eingetroffen. Ich versuche, mich an den Gedanken zu gewöhnen, dass sie wohl nicht mehr kommen wird, aber das ist, als würde ich die Farbe aus der ganzen Veranstaltung herausdrehen. Dabei kenne ich Elli eigentlich gar nicht richtig.

Sie ging in eine Parallelklasse. Selbst in der Oberstufe
hatten wir keinen einzigen gemeinsamen Kurs. Trotzdem habe ich mein Leben lang an sie denken müssen.
Es ist ein Unsinn, eine fixe Idee, habe ich mich über die
Jahre und Jahrzehnte immer wieder zur Ordnung gerufen. Wie kannst du jemanden vermissen, mit dem
du kaum je ein Wort gewechselt hast?

Als die bernsteinfarbene Eingangstür sich öffnet,
setzt mein Herz für einen Augenblick aus.

»Eh, eh ... kuckt mal«, zischelt Rolf und zerrt an
meinem Ellbogen.

Doch es ist nur Dr. Dr. Thomas Bergheim, Fach-
chirurg für Gastric-Sleeve-Resection, der den Saal
betritt. Bei jedem Klassentreffen versucht Thomas
Bergheim, uns so gönnerhaft entgegenzutreten wie
seinen verfetteten, auf seine chirurgischen Fähigkeiten angewiesenen und vor Dankbarkeit triefenden
Patienten. Aber damit kann er nicht ungeschehen machen, dass er 1979 nach einer Party bei Birgit Lammert durchs Fenster eingestiegen ist und sie angebet-
telt hatte: »Du, Birgit, darf ich es dir mit dem Mund
machen? Nur mit dem Mund.« Das wurde zum geflü-
gelten Wort bei uns, wenn Thomas vorbeikam: »Nur
mit dem Mund«. Denn die Geschichte war natürlich
schneller herum, als ein Ferkel blinzelt. Wenn Thomas Bergheim sich heute Abend wieder über die Vor-
züge seiner Operationsmethode gegenüber der alten
Magenband-OP ausbreiten wird, werden wir immer
noch denken: »Nur mit dem Mund«, und wenn er
Pech hat, spricht es sogar einer laut aus. In Wirklichkeit sind wir nämlich allesamt immer noch dieselben

Pappnasen, die wir früher waren. Kaum einer hat sich tatsächlich geändert. Das ist ja das Erschreckende an Klassentreffen: Da wird einem plötzlich klar, dass die Typen, die jetzt verantwortungsvolle Posten besetzen, Regierungsämter womöglich, dieselben wichtigtuerischen, verkorksten und unzuverlässigen Typen sind, die früher in der Schule neben einem gesessen haben. Zappelige Jungen, die mit Drogen gedealt haben, leiten plötzlich Krankenhäuser. Mädchen, die sich Pferdeposter über das Bett gehängt haben, sollen den Finanzhaushalt in Ordnung bringen. Kein Wunder, dass dieser Planet nicht mehr zu retten ist. Allein die Vorstellung, dass ein Loser wie Thomas Bergheim einem ein Loch in die Bauchdecke schneidet und in den Eingeweiden herumwühlt – da wird einem schon ganz anders.

Bergheim hat sich allen Ernstes wieder in einen Zwanzigjährigen verwandelt. Nicht nur, dass er sich die volle Ephebo-Dosis reingezogen hat und die Elastizität unbedarfter Jugend sein Gesicht überzieht, er trägt auch noch Halbstarkenkleidung – eine Animal-Mood-Pantalon und das dazu passende Hemd im Tiger-Print. Bernie streckt den Kopf vor und klimpert ungläubig mit den Augen.

»Ist etwas bei meiner Laserung schiefgegangen oder trägt Bergheim allen Ernstes eine Schwanzhose?«

»Das, was mit dieser Welt nicht stimmt, hieß schon immer Thomas Bergheim«, sagt Rolf zutiefst angeekelt über die Schulter.

Ich will ebenfalls einen Kommentar abgeben, aber das Wort bleibt mir im Hals stecken, denn in diesem

Moment kommt Elisabeth Westphal herein. Es ist Elli. Oh Gott, es ist Elli – aber nicht die Elli, die ich vor fünfzehn Jahren zum letzten Mal gesehen habe und die schon fast eine alte Frau war und die ich trotzdem nicht ansprechen konnte, weil mein Hals in ihrer Gegenwart sofort so trocken wurde, als wäre er mit Löschpapier tapeziert. Es ist die alte Elli, also die junge, meine ich natürlich: die alte junge Elli, in die ich mein Leben lang verliebt gewesen bin, ohne dass ich ihr das jemals sagen konnte. Ellis ellenlange Beine stecken in einer tiefblauen Röhrenjeans, sie trägt Westernstiefel aus Neopren und ein graues Jeanshemd und sie sieht aus, als wäre sie gerade einer Zeitmaschine entstiegen: eben noch im Jahr 1981 – jetzt hier bei uns. Sogar Ellis Frisur sieht aus wie damals, aber das ist bei ihr kein Problem, weil sie immer schon der Mode der wuscheligen Dauerwellen getrotzt und ihre Haare einfach glatt und lang getragen hat.

Thomas Bergheim schmeißt sich sofort an sie ran. Er versucht seine alte Masche wieder, die doch vor fünfzig Jahren so gut funktioniert hat, der treuherzige Augenaufschlag, der viel zu lange Blickkontakt. Er tatscht, begeistert von sich selbst, an Ellis Arm herum und einmal fasst er sogar in ihre Haare, und dabei peitscht ihm der anderthalb Meter lange Tigerschwanz, der ihm in Steißbeinhöhe aus der Hose wächst, erstaunlich lebensecht um die Beine.

»Wie ich diese Scheiß-Schwanzhosen hasse«, sagt Bernie. »Ich kann schon diese Öhrchen-Mützen nicht leiden, wie diese Bälger da immer in der U-Bahn sitzen und sich gegenseitig mit ihren Öhrchen anwackeln und einer dem anderen versichert, wie süß er aussieht. Und wie immer gleich die ganze Blase angetrabt kommt, wenn einer mal die Schlappohren hängen lässt, und ihn dann tätschelt und tröstet, bis er die Ohren wieder aufstellt, und dann applaudieren sie. Da muss ich echt an mir runterkotzen.«

In diesem Moment lacht Elli über etwas, das Bergheim gerade gesagt hat, und sofort bereue ich, dass ich nicht auch die volle Ephebo-Dosis genommen habe – zumindest fürs Klassentreffen hätte ich sie ja kurzfristig heraufsetzen können. Denn bio-mäßig passen die beiden natürlich hervorragend zueinander. Sie sind die hübschesten jungen Leute, die man sich nur denken kann. Elli sowieso, aber auch Bergheim mit seinen blitzweißen geraden Zähnen, der gleichmäßigen leichten Bräune und der wilden Haarlocke, die ihm ins Gesicht fällt. Was macht es da schon, dass er ein Idiot ist. Und was sollte ein Bio-Mädchen wie Elli auch mit einem von uns Enddreißigern anfangen?

Bernie legt mir die Hand auf die Schulter.

»Denkst du eigentlich, es kriegt keiner mit, wie du Elli anstarrst?«

Ich will es im ersten Moment abstreiten, aber dann denke ich: Ach was, in spätestens zehn Jahren geht die Welt unter, wem will ich eigentlich noch etwas vormachen.

»Nun denn«, sage ich und klappe meinen Hemdkragen hoch. Jetzt sofort muss ich hingehen oder ich werde mich den ganzen Abend nicht mehr trauen. Bernie bleibt an meiner Seite.

»Ich komme mit und halte dir den Rücken frei.«

Er steuert geradewegs Bergheim an und quatscht im selben Moment los, in dem ich zu Elli »Hallo« sage.

»Na, Jungchen«, sagt Bernie, legt Bergheim gönnerhaft den Arm um die Schulter und dreht ihn von Elisabeth weg, »gut siehst du aus, wenn man mal von deiner Tigerhose absieht. Warst du im Urlaub? Oder nimmst du Selbstbräuner?«

Bergheim zieht irritiert die Schultern hoch, ein wulstiges V gräbt sich in die glatte Pfirsichhaut seiner Stirn. Man merkt, wie unwohl er sich neben einem Bio-Älteren, einem richtigen Mann, fühlt. Sein Tigerschwanz sinkt schlaff zu Boden.

»Griechische Inseln«, sagt er und versucht den Blickkontakt zu Elli wiederherzustellen, aber die hat sich schon mir zugewandt.

»Sebastian« – (sie kennt noch meinen Namen!) –, »schön dich zu sehen.«

»Aber auch ein bisschen unheimlich, nicht wahr – ich meine, dass jetzt alle wieder wie früher aussehen?«

Sie lächelt, ohne zu antworten. Wahrscheinlich findet sie überhaupt nicht, dass ich wie früher aussehe, sondern wie ein alter Sack.

»Am Mittelmeer«, plärrt Bernie auf Bergheim ein, »ich dachte, da wären die Strände alle gesperrt, wegen der Algenpest?«

»Mich bringt es ganz schön durcheinander, dich so zu sehen«, sage ich zu Elisabeth. »Überhaupt, dich zu sehen.«

Bin das tatsächlich ich, der das sagt? Ich werde ein bisschen rot, aber das macht nichts, denn Elli errötet auch und sieht verlegen zur Seite. Wir sind schüchtern und unbeholfen wie Vierzehnjährige. Das darf man echt niemandem erzählen, dass wir beide schon fast siebzig sind.

»Ach Quatsch, Algen«, sagt Bergheim, »Quallen, alles voller Quallen. Du konntest praktisch übers Wasser laufen. Die totale Verglibberung. Vor Naxos hat es sogar diese Zwei-Meter-Quallen gegeben.«

»Apropos Verglibberung«, sagt Bernie jetzt zu uns gewandt und erlöst uns damit aus unserer Verlegenheit, »ist euch eigentlich aufgefallen, dass Niebels angebliche Fischplatte zur Hälfte aus Quallendreck besteht: Quallensalat, Quallensushi und Quallenlasagne. He, muss ich das haben? Muss ich dafür vier CO_2-Punkte abdrücken?«

»Immer noch besser, als wenn da jetzt noch mehr Schollenfilets draufliegen würden«, sage ich, dankbar für die Ablenkung. »Ich verstehe nicht, wie jemand Fische in die Pfanne hauen kann, die praktisch schon ausgestorben sind.«

»Aber das ist doch gerade das Reizvolle«, tönt Bergheim, »man isst es doch besonders gern, wenn man weiß, dass es bald aussterben wird.«

Bernie kichert albern. Elli sieht mich an. Ich bleibe vollkommen ruhig. Trotzdem dreht sich Bergheim zu mir um und sagt gehässig: »Gleich regt sich unser Öko wieder auf, dass deswegen jetzt die ganze Welt untergeht.«

»Keineswegs«, sage ich würdevoll und ohne Elli dabei aus den Augen zu lassen. »Ich habe überhaupt nichts dagegen, dass unbelehrbare Konsumidioten wie du demnächst auf die jämmerlichste Weise aussterben. Mich stört bloß, dass jemand wie ich, der bereits eine evolutionäre Stufe der Intelligenz erreicht hat, auf der es durchaus möglich gewesen wäre, noch ein paar Jahrhunderte als Spezies zu überdauern, mit euch Trotteln untergehen muss.«

»Öko nun wieder«, lacht Bergheim. »Du glaubst das wirklich, nicht? Du denkst, demnächst geht die Welt unter?«

»Das sollte sich allmählich sogar bis zu dir herumgesprochen haben«, kommt mir Elli unerwartet zu Hilfe.

»Ach hört doch auf«, stöhnt Bergheim genervt. »Öko hat uns schon vor fünfzig Jahren das Ende der Welt prophezeit. Und? Wo ist es denn, dein großes Inferno?«

Ein absonderliches Phänomen: Jahrzehntelang haben sich die Leute eingeredet, dass es so schlimm schon nicht kommen wird, und jetzt, wo alles eintrifft, was man ihnen vorhergesagt hat, sind sie weder überrascht noch erschrocken, sondern behaupten einfach, es wäre alles wie immer, und machen es sich in der Katastrophe gemütlich. Wenn ihnen das Dach über dem Kopf wegfliegt oder drei Monate lang kein Regen fällt, führen sie es auf die natürliche Schwankungsbreite der Wetterstatistik zurück. Alles schon mal da gewesen.

»Ich halte diese ganze Schwarzseherei ja ehrlich gesagt auch für übertrieben«, sagt Bernie, »das war doch schon immer so: Die Politiker warten, bis es fünf vor zwölf ist, und dann wird doch noch etwas gefunden, was die Meeresströmungen wieder schneller macht.«

»Ihr begreift es anscheinend echt nicht«, erwidert Elli. »Der Zug ist bereits abgefahren. Oder denkst du im Ernst, dass deine Kinder das Geld, das sie für ihre Rente einzahlen, jemals zu sehen bekommen? Die verteilen CO_2-Punkte, als wäre das Klima noch zu retten. Aber habt ihr euch schon mal gefragt, warum die Banken keine langfristigen Kredite mehr vergeben?«

Nanu? Seit wann ist Elli so engagiert? Soweit ich weiß, hat sie BWL studiert, dann in rasender Geschwindigkeit Karriere gemacht und irgendwann ein Nobelhotel geleitet. Hat man mir jedenfalls so erzählt.

»Das ist doch Quatsch«, sagt Bernie, »natürlich kriegst du einen Kredit. Kredite für Solaranlagen werden ja sogar staatlich gefördert.«

»Hast du schon mal versucht, einen zu bekommen?«, höhnt Elli.

»Also jetzt bleibt mal geschmeidig, Leute«, sagt Bergheim, ganz überlegene Gelassenheit. »Na gut, es wird allmählich wärmer, das ist nicht zu übersehen, aber doch erst allmählich. Bis es hier richtig rundgeht, sind wir längst tot. Und jetzt mal ehrlich: Interessiert euch das wirklich, was hier abgeht, nachdem wir tot sind? Ich möchte natürlich auch nicht, dass meine Kinder darunter zu leiden haben, das will doch keiner, aber wahrscheinlich erwischt es ja auch erst die Enkel, nun ja, die Enkel wird es eiskalt erwischen, aber was soll's, irgendwen erwischt es nun mal.«

Lanschick kommt zu uns rübergetrabt und drückt

mit seinen riesigen Skeletthänden Bergheim das Gästebuch gegen die Brust.

»Schreibst du was rein? Vielleicht einen lustigen Spruch? Oder so? Und ich brauch noch dein Attest.«

»Schreib doch, wie lecker das Schollenbuffet ist«, sage ich, »so lecker, dass deine Enkel dafür gern krepieren dürfen.«

»Glaubst du ernsthaft, du hättest noch Zeit – richtig viel Zeit«, raunzt Elli Bergheim an, »die Welt, wie du sie kennst, wird in fünf Jahren nicht mehr existieren.«

Lanschick sieht irritiert von einem zum anderen und hält Bergheim immer noch das Gästebuch entgegen. Aber der denkt gar nicht daran, es zu nehmen.

»Uhhhh, jetzt krieg ich es aber mit der Angst«, sagt er stattdessen, hebt die Arme und schlottert mit den Händen wie ein Gespenst in einer Geisterbahn. »Wir müssen alle sterben! Los, Leute, Massenpanik!«

Er sieht in die Runde, wo der Abiturjahrgang 1981 gequältes Schwein oder aussterbenden Fisch mampft und friedlich miteinander quasselt. Hinterm Tresen steht Niebel, der Wirt, Bio-Alter etwa fünfzig, und poliert im Zeitlupentempo die Gläser.

»Vielleicht hast du ja Glück«, sagt Elli, »vielleicht einigen sich China und Indien endlich, wer die Kosten dafür tragen soll, Wolken aus Meerwasser herzustellen, und wir kriegen noch ein paar Monate Aufschub. Möglicherweise lebst du sogar in zehn Jahren noch, aber dein Leben wird nicht der Rede wert sein. Du wirst nicht mehr besonders viel Spaß daran haben.«

Ihre Augen funkeln Bergheim böse an, dann sieht sie sich zu mir um, erwartet wahrscheinlich Unterstützung. Aber ich bin viel zu hingerissen von Elli, um jetzt noch einen klugen Kommentar abzugeben. Wie ich sie vermisst habe. Ich fühle mich wie ein Zootier, das man jahrzehntelang in Einzelhaft gehalten hat und das nun zum ersten Mal auf ein anderes Exemplar seiner eigenen Spezies trifft.

»Soll uns die Erde nur ein dunkles Grab sein?«, deklamiert Bernie und starrt düster zu den geschwärzten Deckenbalken.

»Warum musst du eigentlich jedes Mal mit diesem Thema anfangen«, sagt Lanschick zu mir, dem Einzigen, der ja nun überhaupt nichts gesagt hat, und trifft dabei exakt den Ton meiner Mutter. »Du weißt doch, dass dabei immer bloß Streit herauskommt.«

Er klemmt sich das Gästebuch wieder unter den Arm und geht zu einem anderen Opfer.

»Ihr müsst auch die guten Seiten sehen«, sagt Bernie. »Unsere Generation hat immerhin die beste Zeit gehabt, die die Menschheit im Laufe ihrer Geschichte je erleben durfte: keinen Krieg, Alkohol und Essen in Hülle und Fülle, Dope, Autos, Fernsehen, Internet, Picture-Phones, Ego-Smarts, überhaupt jeden erdenklichen Luxus. Die ganze Zeit ging es aufwärts. Und bis vor Kurzem hatten wir ja sogar noch eine ziemlich gute medizinische Versorgung. Außerdem sind wir jetzt alle wieder jung. Dafür können wir eigentlich dankbar sein ...«

»Au contraire«, fällt ihm Rolf ins Wort, der plötzlich auch bei uns steht und Margitta Kleinwächter mitgebracht hat.

»Die besten Zeiten haben wir vermutlich gerade

knapp verpasst. Wenn die das eines Tages mit den Krebsauslösern beim Ephebo in den Griff bekommen, kannst du richtig alt werden – richtig ... richtig ... alt: 150, 200 Jahre, vielleicht auch 300. Aber wir werden das wohl kaum erleben.«

»Da hat sich Gott vielleicht etwas dabei gedacht, dass wir nicht so alt werden sollen.«

Margitta – die Stimme der genügsamen, frömmelnden Weiblichkeit. Dabei hat auch sie sich die volle Ephebo-Dröhnung gegeben, ohne sich um Gottes Absichten zu scheren.

»Das macht doch jetzt gar keinen Sinn mehr, so alt zu werden«, sage ich, »oder möchtest du hautnah miterleben, wie Tornados alle zwei Tage über Deutschland fegen, alles überschwemmt ist und sich die Leute gegenseitig an die Gurgel gehen? Die Ephebo-Zulassung ist übrigens ein weiteres Indiz dafür, dass wir es nicht mehr allzu lange machen werden. Habt ihr euch noch nie gefragt, warum unsere ansonsten so übervorsichtigen Ministerinnen das fast einstimmig durchgewunken haben – noch vor England und Polen? Und das bei der Krebsrate! Das hätten die nie getan, wenn es noch die allergeringste Hoffnung auf Zukunft gäbe.«

»So ein Quatsch«, sagt Bergheim, »die Ephs sind doch inzwischen völlig sicher. Man darf es nur nicht übertreiben.«

»Möglicherweise wurde die unerwartete Risikobereitschaft unserer Ministerinnen ja auch von dem Umstand gestützt, dass ihnen gerade das Gesundheitssystem um die Ohren flog«, wirft Rolf ein. »Eine völlig überalterte und verfettete Gesellschaft auf einen Schlag um zwanzig, dreißig oder sogar fünfzig Jahre zu verjüngen – das hat schon was!«

»Genau«, sagt Bergheim, »Demenz, Osteoporose, Diabetes 2, Rheuma und Parkinson: weg. Oder doch so gut wie weg. Jedenfalls kein relevanter Kostenfaktor mehr. Und wenn du Krebs bekommst, hält dir dein Krankenhaus den Vertrag unter die Nase, in dem du unterschrieben hast, dass du im Gegenzug für die Ephebo-Zuteilung die Staatskrankenkasse davon entbindest, eine kostspielige Chemotherapie für dich zu stemmen. Eine Win-win-Situation, sollte man meinen.«

»Ich glaube das auch nicht, dass die ganzen Krebserkrankungen alle vom Ephebo ausgelöst worden sind«, fällt mir ausgerechnet Elli in den Rücken. »Das war vielleicht am Anfang so, aber dann haben die doch zweimal die Zusammensetzung verändert und es hätte eigentlich nicht mehr auftreten dürfen. Aber im selben Jahr sind ja auch diese neuen Pestizide auf den Markt gekommen.«

Bergheim gähnt mit weit aufgerissenem Maul.

»Ich glaube, ich gehe jetzt mal zum Buffet, bevor die anderen die ganzen Schollen weggefressen haben.«

»Wir kommen mit«, sagt Bernie, der Gute, und packt Rolf und Margitta an den Ärmeln, »die Schollen sind wahrscheinlich sowieso schon weg, aber vielleicht gibt es ja noch ein bisschen Baby-Delphin. Außerdem will ich Niebel fragen, ob er mir nicht 'n Tuppertopf mit Quallenlasagne für zu Hause abfüllen kann.«

Elli und ich bleiben am Eingang zurück.

»Ich weiß gar nicht, warum ich mich über Thomas so aufrege«, sagt Elli.

»Aber ich«, sage ich, »mir steht seine geballte Dummheit nämlich bis hier.« Ich zeige mit der Handkante, bis wohin.

»In Wirklichkeit bin ich eigentlich froh, dass die Menschen jetzt aussterben«, sagt Elli. »Was sie den armen Tieren angetan haben – ich kann kaum atmen, wenn ich daran denke. Und einander. Und wie selbstzufrieden und dämlich und verlogen sie sind. Und wie hässlich.«

Bernie, der eigentlich schon außer Hörweite sein müsste, dreht sich noch einmal um.

»Wieso? Die, die Ephebo nehmen, sehen doch jetzt alle ganz passabel aus.«

»Ist trotzdem besser, wenn sie verschwinden«, rufe ich zurück, »und hoffentlich stirbt auch alles andere gleich mit aus.«

Elli sieht mich schräg von unten an. Ihre grünen Augen verengen sich zu Schlitzen.

»Mir ist es vollkommen ernst«, sagt sie.

»Mir auch«, antworte ich. »Was für eine Idee, eine Welt zu erschaffen, in der sich die Geschöpfe dadurch ernähren, dass einer den anderen auffrisst. Was für eine unglaubliche Scheiß-Idee. Je eher das aufhört, umso besser.«

Ellis Augen tauchen tief in die meinen.

»Es ist unwahrscheinlich, dass alles stirbt«, sagt sie, »irgendetwas wird übrig bleiben, und wenn es bloß ein schwarzer Bakterienschleim ist.«

Ich halte ihrem Blick stand. So etwas hätte ich früher nie gekonnt. Bevor ich mir Christine in den Keller geholt habe, bin ich eher der schüchterne Typ gewesen. Aber jetzt. Jetzt geht es plötzlich. Alles in mir wird ganz friedlich. Mit einem Mal weiß ich es so klar und eindeutig, wie man etwas nur wissen kann: Elli ist alles, was ich vom Leben will. Mehr brauche ich nicht.

»Oh nein«, antworte ich mit gespieltem Entsetzen, »heißt das, dass dann alles wieder von vorne losgeht? Fressen und Gefressen-Werden, die ganze sinnlose Grausamkeit, bei der die intelligenten und netten Geschöpfe ständig untergebuttert werden und verrecken, während die halbdoofen und aggressiven das große Sagen haben ...«

»Na ja«, sagt Elli, »ein paar Hunderttausend Jahre wird vermutlich schon Ruhe sein ...«

Wir schweigen, sehen uns immer noch an. Um uns herum das Gemurmel und das Lachen unserer früheren Mitschüler. Ich muss etwas sagen, bevor sich wieder irgendein Idiot zu uns stellt.

»Ich war mein Leben lang in dich verliebt«, sage ich. »Du hast ja keine Ahnung, wie sehr ich immer in dich verliebt gewesen bin. Ich habe selber nie gewusst, wieso – weil ich dich ja eigentlich überhaupt nicht gekannt habe. Aber jetzt, jetzt weiß ich es.«

8

Gegen zwei Uhr morgens sitzen außer Elli und mir nur noch Bernie, Rolf und Margitta, Thomas Bergheim, Hanno Scholz und Yogi Putfarken zusammen an einem Tisch und sind mehr oder weniger betrunken. Der nüchterne Lanschick kommt gerade vom Klo zurück. Er gähnt und sieht auf sein Watch-Smart. Seine Frau ist bereits vor drei Stunden ins Hotel zurückgefahren. Selbst Niebel ist irgendwann verschwunden. An seiner Stelle steht jetzt eine männliche Aushilfskraft in einem verwaschenen grauen T-Shirt hinter dem Tresen – langhaarig und echt-jung. Er zapft mit abwesendem Blick ein Bier. Lanschick lässt sich auf einen Stuhl fallen und sieht zu, wie Bernie und Rolf mit dem OP-Laser von Bergheims Mediziner-Smart ihre Initialen in die Tischplatte brennen. Bis etwa 23 Uhr haben sie sich noch einigermaßen zusammengerissen, aber seitdem benehmen sie sich wieder wie mit zwölf. Margitta ist deutlich von Rolf weg

hin zu Elli gerückt und lutscht enttäuscht an ihrem
Cola-Glas. Yogi Putfarken, der früher mal Punker
und Hausbesetzer war, sich jetzt aber das braun ge-
brannte und blondierte Aussehen eines dreißigjähri-
gen Surfers zugelegt hat, spielt mit der abscheulichen
Hängelampe, zieht sie so weit wie möglich herunter,
um sie dann wieder hochschnellen zu lassen, bis etwas in der spiralförmigen Aufhängung bricht und der
braun glasierte Keramikschirm etwa einen Zentimeter über der Tischplatte hängen bleibt. Hanno Scholz,
dicklich und bleich, brütet stumm vor sich hin. Er ist
der zweite Mann neben Bergheim, der sich ganz offensichtlich die volle Ephebo-Dosis reinzieht. Kaum
zu verstehen, denn Hanno Scholz hat überhaupt keinen Grund, wieder so wie 1981 aussehen zu wollen.
Damals war er nämlich einer von den unscheinba-
ren Typen, die nicht richtig zählten. Nicht so würdelos wie Lanschick, bloß zurückhaltend, etwas nichts-
sagend. Er hat dunkle drahtige Haare auf dem Kopf,
fast wie Schamhaar, und er war auch der Erste von
uns, der einen Bart tragen konnte. Wir nannten ihn
Scholli, und eine Zeit lang machten wir uns einen
Spaß daraus, ihm die Haare zu verwuscheln. Fünfmal, zehnmal an einem Vormittag schlich sich einer
an ihn heran – »He, Scholli! Wuscheltag!« – und fuhr
ihm mit den Händen durch die Haare, bis sie abstan-
den wie bei einem verrückten Professor. Scholli ist
inzwischen Physiker an einer renommierten ameri-
kanischen Universität. Ich habe vergessen, welche.
Aber als ich ihn auf dem Abi-Treffen vor zehn Jahren wiedersah, dachte ich eben nicht daran, sondern

daran, wie wir ihn verwuschelt hatten, und ich sagte: »He, Scholli«, und legte ihm die Hand auf die Schulter. Scholli hat angewidert auf meine Hand gesehen, die immer noch seinen Körper berührte, und mir dann kalt in die Augen.

»Diese Anrede wollen wir jetzt nicht mehr benutzen, nicht wahr?«

Eine Stimme wie sprödes Plastik. Ich zog sofort meine Hand zurück und murmelte eine Entschuldigung. Es war nicht sein Beruf oder sein Kontostand, der mich einschüchterte, und es waren auch nicht seine Doktor- und Professorentitel. Es war diese leicht aggressive Sicherheit, die von ihm ausging, diese Aura unerschütterlichen Selbstwertgefühls, die er plötzlich besaß. Scholli hielt sich nicht nur für etwas Besseres als mich, sondern er konnte das auch so überzeugend rüberbringen, dass ich sofort ins Grübeln kam, ob er damit womöglich recht haben könnte. Er war der einzige meiner Schulkameraden, dem es gelungen war, sich zu seinem Vorteil zu verändern. Völlig gleichgültig, welche alten Bilder von ihm noch durch meinen Kopf wirbelten, es war Hanno Scholz gelungen, seinen Status von Scholli, dem Verwuschelten, innerhalb von fünf Sekunden in Professor Doktor Scholz, den Einschüchternden, zu verändern, allein dadurch, wie er mir gegenüber auftrat. Durch ihn war ich damals überhaupt erst auf die Idee gekommen, dass es möglich sein könnte, das Machtverhältnis zwischen mir und Christine umzudrehen. Ich verstehe nicht, warum Scholli jetzt wieder ein dicklicher Jugendlicher sein will. Er sieht aus, als hätte er Depressionen. Die einschüchternde Aura ist jedenfalls verschwunden. Sogar den Bart hat er sich abgenommen.

Ich erzähle Elli und Margitta gerade, wie ich in meiner Greenpeace-Zeit auf einem Schiff in die Antarktis gefahren bin, um den Walfang der Japaner zu stören, und gebe ein wenig an.

»Das Polarmeer ist gnadenlos«, sage ich, »ein unerträglicher Wellengang. Nach den brüllenden 40ern kommen die rollenden 50er, einmal habe ich direkt auf die Tastatur meines Laptops gekotzt.«

Yogi Putfarken packt die viel zu tief hängende Lampe und leuchtet mir mit der Glühbirne direkt ins Gesicht.

»Wer ist das eigentlich«, lallt er und zeigt auf mich. »Kann mir mal jemand sagen, wer der Typ da eigentlich ist?«

Ich spüre, wie Zorn in mir aufsteigt. Dieser arrogante kleine Pisser will mich herausfordern. Die männliche Aushilfe kommt, einen blau karierten Lappen über die muskulöse Schulter geschwungen, und stellt Yogi das Bier hin und Yogi lässt den Lampenschirm wieder los und schlürft den Schaum vom Glasrand. Die Lampe pendelt über der fleckigen Tischplatte.

»Aber wenn man erst einmal angekommen ist, ist es in der Antarktis unwahrscheinlich schön und friedlich«, sage ich in Ellis und Margittas Richtung, »das Licht, das sich im Eis bricht, Pinguine, die auf Eisbergen an dir vorbeitreiben. Und gleichzeitig weißt du, dass hier jemand mit Harpunen auf Wale schießt, dass da irgendwo diese riesigen, schwimmenden Walmetzgereien herumkreuzen. Und du fragst dich unwillkürlich, wie diese Typen wohl drauf sind, wie die auf all diese Schönheit schauen, ob die das auch bewundern oder ob die das gar nicht mehr wahrnehmen können.«

»Ich habe mal eine Hurtigrouten-Kreuzfahrt gemacht«, wirft Bergheim ein, »phantastisch, all das viele Blau. Man denkt ja immer, Eis ist weiß, aber in Wirklichkeit ist das meistens ein ganz helles Blau. Das Schönste, was ich je gesehen habe.«

»Du hast überhaupt kein Recht, das schön zu finden«, gebe ich ihm eins drüber. »Iss du man lieber Schollenfilets.«

»Wenn man Fisch isst, darf man Eisberge nicht mehr schön finden, oder was?«

»Nee«, sage ich, »darf man nicht. Das hast du endlich mal richtig verstanden.«

»Ich verstehe es nicht, ich habe es nie verstanden«, sagt Elli etwas zusammenhanglos. »Die Leute sehen sich doch mit Begeisterung Filme an, in denen die Guten gegen die Bösen kämpfen. Sie fiebern mit den Guten mit, sind auf ihrer Seite, und wenn die Bösen kurzzeitig obenauf sind, sind sie ganz angespannt und total erleichtert, wenn die Guten am Ende doch noch gewinnen. Und dann gehen dieselben Leute hin und wählen Menschen, die aussehen wie die Bösen im Film und sich genauso benehmen wie die Bösen im Film. Und dann wundern sie sich, wenn die sie mit in den Abgrund reißen. So blöd kann man doch gar nicht sein.«

»Als Aktivist musst du Optimist sein«, sage ich, »professioneller Optimist. Auch wenn nicht zu übersehen ist, dass die Zustände immer schlimmer und schlimmer werden, muss man daran glauben, dass man die Sache doch noch zum Guten wenden kann. Ich konnte das irgendwann einfach nicht mehr. Eine Zeit lang habe ich noch so getan, als würde ich daran glauben. Aber das hat mich auf die Dauer kaputtgemacht. Und da bin ich dann irgendwann ganz ausgestiegen.«

Yogi Putfarken gibt der Keramiklampe einen Schubs, dass sie in meine Richtung schwingt und zurück und wieder auf mich zu.

»Eh, wer bist du eigentlich? Kenn ich dich? Ich kenn dich überhaupt nicht!«

Als mir die Lampe zum dritten Mal entgegenschwingt, greife ich einfach zu und halte sie fest.

»Macht nichts«, sage ich, »du musst nicht alles wissen.«

Ich versuche die spiralförmige Aufhängung zusammenzuschieben, aber als ich sie wieder loslasse, sinkt der getöpferte Lampenschirm abermals bis auf die Tischplatte herunter.

»Dich will ich gar nicht kennen«, sagt Yogi und schlürft weiter an der Oberfläche seines Biers. Ich habe noch einen Kabelbinder in der Hosentasche, der bei meinem Besuch bei Christine nicht zum Einsatz gekommen ist. Damit lässt sich die widerspenstige Spirale zusammenfassen und die Lampe wieder in ihrer ursprünglichen Höhe fixieren. Die Frauen applaudieren.

»Ein praktischer Mann«, sagt Bernie, »einer mit Kabelbinder in den Taschen.«

Es ist ein seltsames Gefühl, etwas aus dem Keller in

diese Welt hinaufgebracht zu haben. Der Keller wird dadurch auf eine penetrante Weise real. Ich will den Kabelbinder hier nicht haben. Nicht auf meinem Klassentreffen. Ich möchte jetzt einfach nicht an Christine erinnert werden.

Als hätte Lanschick irgendwelche Wellen aus meinem Gehirn empfangen, fragt er prompt: »Hast du inzwischen eigentlich etwas von deiner Frau gehört.«

Alle starren mich an. Ich schaue auf den Tisch und schüttle langsam den Kopf.

»Ehrlich gesagt, glaube ich gar nicht, dass es diese Gelben Mönche waren, die deine Frau entführt haben«, sagt Bernie. So wie er lallt, hat er schon ganz schön einen intus. »Die muss bei ihrem Job doch völlig ausgebrannt gewesen sein. Ich könnte mir vorstellen, dass die sich irgendwo das Leben genommen hat und aus irgendeinem Grund bloß noch nicht gefunden worden ist.«

»Wie? Das waren die Gelben Mönche? Wieso laufen die dann noch frei herum und dürfen Werbung machen?«, sagt Margitta.

Rolf rückt wieder näher an sie heran.

»Das war eine radikale Splittergruppe von denen, die sich dazu bekannt hat. Und das ist überhaupt nicht raus, dass die das wirklich waren. Die wollten sich vielleicht bloß wichtigmachen.«

Ich stütze die Ellbogen auf und berühre mit den Fingerspitzen meiner aneinandergelegten Hände meine Nase.

»Macht es euch etwas aus, wenn wir das Thema wechseln«, schlage ich vor.

Eine viertel Minute lang sind alle still. Nur Yogis Schlürfgeräusche, wie er den Schaum von seinem Bier saugt, sind zu hören. Dann hebt Bernie sein Glas und prostet in die Richtung von Elli und Margitta.

»Auf die beiden hübschesten Frauen des Klassentreffens.«

Bergheim kann nicht mehr an sich halten: »Nichts für ungut«, sagt er zu Elli und Margitta, »ihr seht ja wirklich ganz passabel aus, aber irgendwie ist das mit euch auch irgendwie ... na, ihr wisst schon ... Also ich würde nie bei einer Bio-Jungen beigehen. Wenn schon, dann will ich eine Echt-Junge. Meinetwegen kann die auch schon dreißig sein – wenn es chrono-dreißig ist!«

Elli lacht. »Wie großzügig!«

»Ja, ganz toll«, sagt Margitta.

»Mal ehrlich«, sage ich zu Bergheim, »du willst doch nicht behaupten, dass du das wirklich erkennen kannst, ob eine Frau chrono-jung ist oder Ephebos nimmt? Ich meine, wenn die jetzt zum Beispiel einen Rollkragenpullover trägt und du sie noch nie zuvor gesehen hast.«

»Natürlich kann ich das«, sagt Bergheim mit einem miesen Zug um den Mund. »Den Frauen, die heute Abend hier waren, denen fehlt nämlich allen etwas. Denen fehlt dieser Schimmer von Unschuld, dieser zarte Schmelz im Gesicht, das Staunen vor dem Leben ...«

Den ganzen Abend über hat er vergeblich versucht, eine Frau nach der anderen anzugraben. Jetzt sollen Elli und Margitta dafür büßen.

»Ich verstehe nicht, warum ihr euch das antut«,

wendet er sich wieder an sie. »Wisst ihr eigentlich, was in Ephebo alles drin ist? Das ist scheißgefährlich. Warum könnt ihr nicht einfach in Würde altern?«

»Alt werden?«, sagt Elli. »Schlägst du uns das gerade ernsthaft vor? Wir sollen als Einzige alt und hässlich werden?«

»Du nimmst doch selber die volle Dosis«, knurrt Margitta.

»Es nützt euch doch sowieso nichts«, legt Bergheim nach. Auch er lallt bereits etwas. »Was ist denn, wenn einer auf dich hereinfällt«, wendet er sich wieder an Elli, »und mit dir noch einmal eine Familie gründen will, häh? Du kannst doch gar keine Kinder mehr kriegen – es sei denn, du legst Wert darauf, ein wasserköpfiges Monster aufzuziehen. Ich habe selbst mal so eins gesehen. Das hatte 'ne richtige Schweineschnauze. Ihr seid vielleicht ganz gut aufgepimpt, aber das ist auch alles.«

»Wie kommst du darauf, dass hier jemand eine Familie gründen will?«, sagt Elli und zieht eine Scheibenwischerhand vor dem Gesicht hin und her. »Außerdem ist Ephebo für Frauen mit einem Verhütungsmittel versetzt, falls dir das nicht bekannt ist.«

»Ja, aber dagegen wird ja schon wieder prozessiert, das müssen die ja wahrscheinlich wieder rückgängig machen, weil das angeblich ethisch oder so bedenklich ist.«

»Jetzt hör endlich mal auf«, sage ich zu Bergheim, und langsam werde ich richtig sauer. »Das Einzige, was dich an den bio-jungen Frauen stört, ist doch, dass sie nicht mehr die hilflosen, verunsicherten Häschen sind, die du früher mit deiner Masche beeindrucken konntest. Du kannst bei erwachsenen Frauen eben nicht landen.«

»Hört euch unseren kleinen Schleimi-Schleim-Öko an«, sagt Bergheim gehässig und sein Tigerschwanz peitscht wütend die Beine des Stuhls, auf dem er sitzt, »versucht sich bei den Weibern anzubiedern, weil er sonst nichts hat, mit dem er punkten kann.«

»Und?«, sagt Elli zu ihm. »Hat Bassi recht?«

»Na klar, die Weiber schlagen sich natürlich auf Ökos Seite. Das war ja zu erwarten. Schließlich ist er ja auch einer von denen, die euch an die Macht gebracht haben. Ihm habt ihr schließlich alles zu verdanken.«

»Was«, sagt Margitta, »wie bitte? Was habe ich Sebastian zu verdanken?«

»Na alles – dass du jetzt mehr Geld verdienst als die meisten Männer, die viel härter schuften, und dass du selbst dann befördert wirst, wenn du alles falsch machst – einfach bloß, weil du eine Frau bist und weil das deswegen überhaupt schon so toll ist, wenn du irgendetwas machst ...«

»Was du für ein dummes Zeug redest«, sagt Margitta, »du kennst doch mein Leben überhaupt nicht.«

Yogi hat den Kopf auf die Tischplatte gelegt und schläft.

»Seit wann verdiene ich mehr Geld als irgendwelche Männer?«, schnaubt Elli. »Das erklär mir bitte mal. Ich glaube, du hast nicht die geringste Vorstellung davon, wie mies die Lehrerinnengehälter inzwischen sind.«

Ich horche auf. Das mit dem Hotel und ihrer Riesenkarriere scheint wohl doch nicht zu stimmen.

»... und dass ihr Weiber euch jetzt praktisch die gesamte Regierung mit euren lackierten Fotzenpfoten gekrallt habt ...«, fährt Bergheim fort.

»Jetzt ist mal gut mit deinen Chauvisprüchen«, sagt Rolf.

»Wieso? Als Frau mit einem Chauvispruch bedacht zu werden ist doch heute das ganz große Los. Was Besseres kann Elli doch gar nicht passieren. Damit kann sie doch jetzt unsere nächste Verteidigungsministerin werden.«

»Vielleicht solltest du mal aufhören zu trinken«, sagt Rolf und schiebt die dickbauchige Rotweinflasche zum anderen Ende des Tisches, wo Bernie sitzt, der als Einziger noch schlimmer betrunken ist als Thomas Bergheim.

»Nicht mal die Hälfte der Ministerien werden von Frauen geführt«, sagt Elli. »Und kann es sein, dass du nicht mitbekommen hast, dass wir zurzeit eine männliche Bundeskanzlerin haben?«

»Habt ihr das gehört? Habt ihr gehört, was sie eben gesagt hat?«

Aufgeregt sticht er mit dem Zeigefinger in Ellis Richtung und starrt dabei uns anderen jedem einzeln nacheinander glasig in die Augen, um sicherzugehen, dass wir es auch ja mitbekommen haben.

»Eine männliche Bundeskanzlerin ... schon allein deine Wortwahl, das verrät alles ...«, giftet Bergheim.

Bernie kleckert beim Einschenken etwas Rotwein neben sein Glas und leckt die Pfütze mit der Zunge von der Tischplatte. Dann sieht er zu uns hoch.

»Ich finde das gut, dass die Frauen jetzt das ganze Schlamassel übernehmen. Sollen sie doch. Meinetwegen sofort: Wirtschaft, Umweltschutz, Finanzen.

Dann können wir Männer endlich in Ruhe herumlungern.«

»Wenn ihr Frauen auch nur einen Funken Stolz in euch hättet, dann hättet ihr euch geweigert, den Dreck hinter uns aufzuräumen«, sagt Rolf.

»Haben sie aber nicht«, höhnt Bergheim. »Das muss einem zu denken geben.«

»Es gibt da nämlich diesen männlichen Hang zum Herumlungern«, redet Bernie unbeirrt weiter. »Spät aufstehen, Wein trinken, in der Sonne sitzen, Figuren schnitzen. Das entspricht dem wahren Wesen eines Mannes. Sollen die Frauen doch den Rest erledigen.«

»Bernie, du redest Quatsch«, sage ich. »Was redest du da bloß?«

»Doch«, ruft Bernie, »ich meine, kuck dir doch mal die typischen Männerhobbys an: Briefmarkensammeln zum Beispiel oder Angeln. Das sind doch in Wirklichkeit bloß Vorwände, um herumzusitzen und nichts zu tun. Dafür sind wir Männer nämlich geschaffen.«

»Du redest so einen Quatsch«, sagt Bergheim, »ich kenne keinen einzigen Mann, der Briefmarken sammelt.«

»Ist euch noch nie aufgefallen, dass an Kiosken immer Männer herumstehen, eine Bierflasche in der Hand halten und sonst nichts tun? Das ist genetisch. Frauen siehst du da nie. Immer nur Männer.«

Hanno Scholz erwacht aus seinem depressiven Stupor, starrt Bernie völlig verblüfft an und macht zum ersten Mal den Mund auf. »Ja, stimmt, bei uns stehen die immer vor dem Supermarkt unter dem Dach, wo die Einkaufswagen sind.«

»Eh, Mann«, ruft Bergheim, »das sind Alkoholiker!«

»Ja, aber das ist bloß ein Vorwand«, sagt Bernie. »In Wirklichkeit sind die bloß deswegen Alkoholiker, damit sie einen Grund haben herumzulungern, wie es ihrer Natur entspricht. Sonst könnten die ja auch zu Hause Alkoholiker sein.«

Elli legt ihre Hand auf Bernies linke Schulter und drückt sie leicht.

»Na, wenn du das sagst ...«

Bernie schmiegt seine Wange so innig an diese Hand, dass ich einen eifersüchtigen Stich verspüre.

»Elli versteht mich eben.«

Sie lacht und wuschelt Bernie mit der anderen Hand durch die Haare.

Mit Elli kann ich mir plötzlich wieder eine Zukunft vorstellen. Sie ist zupackend und mutig und ich sehe mich schon mit ihr durch Wälder schleichen, Beeren sammeln, Wurzeln ausgraben und Tankstellen überfallen. Wie es auch immer kommen mag, mit Elli ist jede Art von Zukunft lebenswert.

»Ja, ja, heute kraulen sie dir den Kopf und morgen früh servieren sie dich eiskalt ab«, sagt Yogi, plötzlich wieder zu neuem Leben erwacht.

»So ist es«, sagt Bergheim, »heutzutage sind sie grausam. Sie haben alle diese Rechte und Freiheiten, aber sie können nicht damit umgehen. Sie merken nicht, wie sie einen Mann dadurch kaputt machen.«

»Ach Thomas, bloß weil du wahrscheinlich gerade Pech gehabt hast«, sagt Margitta.

»Ich nicht«, antwortet Bergheim finster. »Aber

mein Freund, der ist ganz verdammt von einer Frau demoliert worden.«

»Soll das Feminismus sein, wenn man sich von Frauen anbrüllen lassen muss?«, mault Yogi.

»Wir Männer sind zum Spielzeug geworden«, fängt jetzt auch noch Rolf an. »Die Frauen können plötzlich viele haben, und damit sind wir bloß noch Schachfiguren.«

Ich muss lächeln. Dieses Gejammer darüber, dass sich die Frauen ganz und gar unserer Verfügungsgewalt entzogen haben – was für Waschlappen. Ich schaue zu Elli hinüber und sie lächelt zurück.

»Ich bestell jetzt mal 'ne Runde Kaffee«, sagt sie, »bevor hier noch einer in Tränen ausbricht.«

9

Elli hält ihr Handgelenk mit dem Watch-Smart ans Schloss und die Hotelzimmertür springt mit einem luxuriösen Schmatzen auf und öffnet sich, als würde sie von einem unsichtbaren Lakaien nach innen gezogen. Der Raum selber ist allerdings weniger luxuriös, hier herrscht eher Jugendzimmerflair. Helles Furnier, 140-Zentimeter-Bett, klitzekleiner Schreibtisch, der gerahmte Billigdruck irgendeiner Alsterschleuse und Compunikator-Bildschirm. Elli geht vor und zieht mich an der Hand hinter sich her. Sie steuert direkt die Mini-Bar an und nimmt eine kleine Weinflasche mit Schraubverschluss heraus.

Der Bildschirm flackert auf: »Guten Abend, Frau Westphal«, sagt das Gesicht eines elfengleichen, fast menschlichen Wesens, das von einer Wolke violetter, fast realistischer Schmetterlinge umflattert wird. »Schön, dass Sie wieder da sind. Haben Sie noch jemanden mitgebracht? Bitte vergessen Sie morgen nicht, den Zuschlag für die Nutzung als Doppelzimmer zu bezahlen. Ich verabschiede mich und wünsche eine gute Nacht. Unsere Spezial-Filme finden Sie auf Kanal drei.«

Elli kichert. Ich ziehe meine Jacke aus und hänge sie über das grün leuchtende Auge in der eiförmigen Verdickung am oberen Rand des Compunikators. Das erste Kleidungsstück wäre ich damit schon mal los.

»Da ist keine Kamera, das ist wahrscheinlich ein Sensor«, sagt Elli.

Sie dreht die beiden Wassergläser um, die auf dem Schreibtisch stehen, und schenkt den Wein ein, reicht mir ein Glas. Wir trinken im Stehen und schauen uns an.

»Seit wann bist du Lehrerin«, frage ich. Ich sage das nicht nur, um zu zeigen, dass ich mir Zeit nehmen will. Es interessiert mich tatsächlich. Ich will alles von ihr wissen.

»Genau genommen bin ich ja bloß Hilfslehrerin. Ich habe das nicht studiert.«

Ich stelle mein Glas auf den Schreibtisch zurück, trete hinter sie und ziehe ihr die Jacke aus, was beinahe schiefgeht, da Elli ihr Glas noch immer in der Hand hält. Sie lacht, nimmt das Weinglas in den Mund, hält es am Rand mit den Zähnen fest, während ich die Jeansjacke über ihre Arme streife. Ich drehe sie zu mir um. Elli nimmt das Glas wieder in die Hand.

»Studiert habe ich BWL, dann Hotelmanagement, ich habe sogar mal ein Hotel geleitet. Bis ich mich irgendwann gefragt habe, ob das wirklich mein Lebensinhalt sein soll – dafür zu sorgen, dass sowieso schon völlig verwöhnte, reiche Leute jeden Wunsch von den Lippen abgelesen bekommen.«

Sie öffnet die Knöpfe meines Hemdes, einen nach dem anderen, von oben nach unten, zieht es aus meiner Hose und streicht mit der Hand sanft und langsam über das Schiesser-Unterhemd.

»Danach war ich im Tierschutz, über zwanzig Jahre, zuletzt auf einem Rettungsschutzhof, aber irgendwann konnte ich das körperlich einfach nicht mehr. Das war noch vor Ephebo.«

Ich küsse sie, ziehe sie an mich und fühle ihre Wärme, die weinsüße Nässe ihres Mundes. Unsere Zungen schlingen sich umeinander und ich lasse meine Hände unter ihr Jeanshemd wandern und den perfekten, warmen Rücken hochstreichen. Kann das wahr sein? Kann sich der Traum eines Teenagers fünfzig Jahre später erfüllen, und zwar genau so, wie er sich das damals vorgestellt hat. Lässt sich die Zeit einfach auf *reverse* schalten wie ein Kassettenrekorder?

Ich öffne Ellis Gürtel, stecke meine Hand in ihre Hose und tue, was ich mich damals niemals getraut hätte. Souverän und charmant mache ich das, nicht mit der zittrigen Gier eines Zwanzigjährigen, sondern behutsam, und dabei sehen wir uns die ganze Zeit in die Augen.

»Zeig mir deinen jungen Körper«, sage ich, öffne die Knöpfe ihrer schwarzen Jeans und ziehe sie ihr in einer einzigen gleitenden Bewegung mitsamt dem Slip bis auf die Fußknöchel herunter. Ein schwarzer Slip, aber ganz einfach, aus Baumwolle. Die Bewegung bringt es mit sich, dass ich nun vor ihr knie, und diese Stellung entspricht haargenau dem, was ich gerade empfinde. Andächtig nehme ich erst ihren rechten, dann den linken Fuß in die Hände und befreie sie von Jeans, Unterhose und den schwarz und grau geringelten Socken. Sehr unschuldig. Und da mein Gesicht sowieso schon auf Höhe ihrer rasierten Scham ist – da ist sie genauso altmodisch wie ich –, presse ich meinen Mund auf Ellis kleine, jugendliche Spalte. Ich habe noch nie mit einer Bio-Zwanzigerin geschlafen. Christine war ja immer so gesundheitsbewusst und hat nie mehr Ephebo genommen, als man für einen Körperzustand von Anfang dreißig benötigt. Außerdem hat sie sich nach dieser neuen Schlampenmode überall Haare stehen lassen. Elli hingegen fühlt sich so zart und jungfräulich an, dass mir kurz der Gedanke durch den Kopf flitzt, ob die Brötchenform ihrer Scham allein durch Ephebo wiederhergestellt wurde oder ob dabei auch noch ein plastischer Chirurg seine Finger im Spiel hatte. Ihr Körper zuckt bei meiner Berührung wie nach einem elektrischen Schlag. Das Weinglas fällt auf den Teppichboden. Sie muss sich mit einer Hand am Schreibtisch festhalten. Ich lege meine Arme um ihre Beine, greife mir mit jeder Hand einen Oberschenkel und drücke meine Zunge zwischen die Brötchenhälften, drücke gegen eine ungeheure Elastizität an. Ich lecke sie, lecke sie mit Zunge, Kopf und Nacken, von hinten nach vorn, von unten nach oben, dringe so tief ein, wie es nur geht. Elli stöhnt und zittert. Sie hat die freie Hand auf meinen Kopf gelegt und krallt sich in meinem Haar fest. Ich bearbeite sie schneller, kräftiger und Elli stöhnt nun unkontrolliert und versucht meinen Kopf wegzuschieben und ihre kleine Muschi vor mir in Sicherheit zu bringen. Aber ich packe mit der rechten Hand ihren Hintern, ziehe sie fest an mich heran – kein Entkommen für Elli. Als ich ihr den Finger hineinstecke, sacken ihr die Beine weg und sie rutscht mir auf dem Finger entgegen, bis ich sie nicht mehr halten kann und wir beide auf den Boden fallen.

»Alles okay?«, frage ich. »Hast du dir weh getan?«

Sie schüttelt mit glasigem Blick den Kopf. Plötzlich überwältigen mich Versagensängste. Es ist zu gut. Es ist zu viel. Sie ist zu schön. Es ist nicht möglich und steht mir nicht zu, weil ich eigentlich von Grund auf schlecht bin. Zum Glück steht auf dem Schreibtisch immer noch mein Weinglas. Ich angle es mir herunter und trinke es aus und dann öffne ich den Reißverschluss meiner Jeans, streife Jeans, Unterhose, Socken und das bereits aufgeknöpfte Hemd ab und ziehe mein Unterhemd über den Kopf. Ich sage mir, dass das Mädchen meiner Träume bereits keuchend und verschwitzt vor mir liegt. Ich rufe mir ins Gedächtnis, dass ich kein zwanzigjähriger, unbeholfener Idiot mehr bin. Als Elli ihr graues Jeanshemd auszieht, steht er mir wieder. Ich beuge mich zu ihr und öffne ihren BH, ein altmodisches Teil aus einem neoprenähnlichen Stoff voller winziger Löcher und Nieten, ein richtiger Panzer in Gelb und Schwarz, aber trotzdem ziemlich scharf. Oh, verdammt – Elli hat sich die Brüste machen lassen. Ach warum nur! Perfekt und rund trotzen sie jeglicher Schwerkraft und können einfach nicht echt sein. Mir wäre es lieber, wenn sie ihre richtigen, vermutlich viel kleineren Brüste behalten hätte. Aber gut sieht es natürlich trotzdem aus. Schließlich rege ich mich ja auch nicht auf, dass sie rasiert ist, obwohl sie das 1981 garantiert nicht gewesen ist. Ich ziehe Elli auf meinen Schoß und dringe in sie ein. Wie toll das alles mit Ephebo funktioniert. Wie das wohl erst läuft, wenn man die volle Dosis nimmt? Wahrscheinlich muss ich es mir dann jeden Tag dreimal machen. Chrono-junge Menschen sind viel zu dumm, um die sexuellen Fähigkeiten, die sie besitzen, gebührend schätzen zu können. Erst mit siebzig, wenn man einen Teil davon bereits eingebüßt und dann unverhofft wiedergewonnen hat, weiß man, was für ein Geschenk das ist. Schön zu sein, wenn man bereits hässlich war, wieder jung werden, wenn man das Alter bereits kennengelernt hat, das macht einen weise und demütig. Vielleicht macht es einen sogar zu einem besseren Menschen.

Ich streiche Elli mit der Zungenspitze über den Hals und bewege mich sanft in ihr, wir bewegen uns beide, wir lieben uns von Angesicht zu Angesicht. Von gleich zu gleich. Tauchen gegenseitig in unsere Augen. Sosehr ich es auch schätze, Christine zu dominieren – irgendwie ist das ja auch eine furchtbar einsame Angelegenheit, dieses Dominieren. Ich greife Elli mit beiden Händen an die falschen Brüste und drücke sie vorsichtig. Als sie keucht, quetsche ich noch ein bisschen mehr, bis ich die Implantate spüre. Gleichzeitig bewege ich mich in ihr, stoße in sie hinein, bis sie kommt, schreiend, und komme selber, stumm, und wir fallen beide nach Atem ringend auf den Teppichboden und wenden einander sofort wieder die Gesichter zu. Wie ich sie liebe! Wie ich sie liebe! Ich könnte gleich noch einmal mit ihr schlafen. Am liebsten von hinten. Aber das werde ich nicht tun. Jedenfalls nicht beim ersten Mal. Nein, überhaupt nicht. Nicht mit Elli! Dafür habe ich Christine.

»Du kuckst so ernst«, sagt Elli. »Ist alles in Ordnung?«

»Natürlich. Mehr als in Ordnung.«

»Hast du an deine Frau gedacht?«

»An meine Frau? Ganz bestimmt nicht. Wie kommst du denn jetzt da drauf?«

Sie schaut mich ganz ruhig und lieb an. Schon die Art, wie sie schaut, macht mich zu einem besseren Menschen.

»Als deine Frau verschwunden ist ... Das war sicher nicht leicht.«

»Nein«, sage ich, »das war schlimm. Ich werde es dir später einmal erzählen. Aber jetzt habe ich wirklich nicht an meine Frau gedacht.«

»Woran denn?«

»In der Schule damals ...«, sage ich, »... ich hatte immer das Gefühl, du kannst mich nicht leiden. Du hast sofort in eine andere Richtung geschaut, wenn wir einander begegnet sind. Du fandst mich blöd, stimmt's?«

»Ich fand dich nicht blöd. Mir hat das sogar imponiert, deine Vorträge und Unterschriftenaktionen und so. Aber irgendwie warst du auch schwer einzuschätzen. Das hat mich in der Schule immer eingeschüchtert, wie schlau du bist. Ich glaube, ich hatte ein bisschen Angst vor dir. Du hast immer so fies gekuckt.«

»Fies gekuckt – ich? Ich war hoffnungslos in dich verliebt. Ich habe nicht mal gewagt, dich überhaupt anzusehen, geschweige denn fies.«

Sie schmiegt sich in meinen Arm.

»Aber du hattest doch ständig Freundinnen. Also auf mich hast du nicht besonders schüchtern gewirkt.«

»Das waren doch alles bloß solche Öko-Weiber«, sage ich und kämme mit meinen Fingern durch ihr Schläfenhaar. »Die waren nicht wie du. Ich war bei den Aufrüstungsgegnern und du ... du warst wunderschön und oberflächlich, du hast zu den Poppern gehört. Ich hätte niemals gewagt, dich anzusprechen. Stattdessen habe ich versucht, dich zu verachten, aber das hat nicht funktioniert. Ich hätte alles dafür gegeben, dich nur berühren zu dürfen.«

»So, so, ich war also wunderschön und oberflächlich. Das ist ja ein tolles Kompliment«, sagt Elli und streicht mit ihrer Nasenspitze über meine Brustwarze. Eine Weile liegen wir beide schweigend auf dem Teppich, dann fängt Elli an zu frieren und wir stehen auf und legen uns in das Jugendzimmerbett, wühlen uns unter die Decke. Ich taste nach dem Radioknopf, aber stattdessen schaltet der Compunikator seine Fernseher-Zufallsfunktion ein. Haie schwimmen auf uns zu, einer zerteilt das Meeresblau, um aus dem Bildschirm heraus mitten ins Hotelzimmer zu flitzen. Oberhalb des Fußendes vom Bett macht er eine schnelle

Wendung in der Luft und stürzt sich dann wieder in den Bildschirm.

»Entschuldigung«, sage ich. »Ich wollte eigentlich Musik anstellen.«

»Lass ruhig an«, sagt Elli. »Das ist vielleicht gar nicht so schlecht, wenn wir uns ein bisschen ablenken lassen. Das ist sonst zu intensiv. Ich fühle so viel, ich bin jetzt schon fix und fertig. Halt mich ein wenig fest.«

Ihr Wille ist mir Befehl. Und so liegen wir da, Elli in meinem Arm, und schauen fern. Allerdings handelt es sich nicht um einen Naturfilm, wie wir dachten, sondern um eine Folge der Serie »Hein Arsch«, in der fünf Schwerbehinderte – ein Rollstuhlfahrer, ein Kleinwüchsiger, ein Einarmiger und ein Paar an der Hüfte zusammengewachsener siamesischer Zwillinge – sich regelmäßig in idiotische und verletzungsträchtige Situationen begeben. Diesmal fahren sie auf einem gecharterten Boot aufs Meer hinaus und füttern Haifische an, indem sie Fischblut ins Meer schütten und dann halbe Hähnchen hineinwerfen. Das Schiff ist schnell von Haien umzingelt, sie sind nicht übermäßig groß, vielleicht zwei bis drei Meter, aber groß genug, dass man einen Herzinfarkt bekommen könnte, wenn sie einem beim Schwimmen begegnen. Der Kleinwüchsige hat sein Grillhähnchen an einen Strick gebunden und zieht es immer im letzten Moment wieder heraus, wenn ein Hai danach schnappt, sodass auch die Haie aus dem Wasser schnellen, worauf der Kleinwüchsige ihnen mit einer Fliegenpatsche eins über die Nase zieht. Die siamesischen Zwillinge gesellen sich zu ihm. Sie haben Banderillas dabei, wie spanische Toreros, allerdings mit Saugnäpfen statt Widerhaken, und versuchen, sie den Haien auf die Rücken zu platzieren, wobei sie sich jedes Mal abwechseln, weil sich ja immer nur einer vorbeugen kann, während der andere sich zurücklehnen muss, um das Gleichgewicht zu halten. Die Saugnäpfe halten natürlich überhaupt nicht auf den nassen Fischen. Währenddessen hilft der Einarmige dem Rollstuhlfahrer, einen Taucheranzug anzuziehen, sich im Rollstuhl festzuschnallen und die Sauerstoffflaschen an der Stuhllehne zu befestigen. Dann kippen ihn alle gemeinsam über Bord und wollen sich totlachen, weil er mit seinem Rollstuhl sofort wie ein Stein Richtung Meeresgrund sinkt. Die Unterwasserkamera zeigt, wie der Rollstuhl schließlich an einem Korallenriff hängen bleibt. Jetzt umkreisen Haie den Querschnittgelähmten, die er sich mit einem Krückstock vom Leib zu halten versucht.

»Komisch. Hatte der den Stock schon dabei, als sie ihn reingeworfen haben?«, fragt Elli.

»Wäre mir aufgefallen«, sage ich und wickle eine ihrer Locken um meinen Zeigefinger. Inzwischen springt der Einarmige nur mit einer Taucherbrille ausgerüstet von Bord und einem der größeren Haie direkt auf den Rücken. Er hält sich mit seinem einen Arm an der Rückenflosse fest, knallt dem Hai die Hacken in die Seiten und schreit »Jappa«, bis er unter Wasser gezogen wird, wo er weiterkrakeelt, ohne dass man es verstehen kann. Der Hai ist beunruhigt, der ist echt verstört, der kann die Situation nicht einschätzen, und als der Einarmige ihn loslässt, macht er sich schleunigst aus dem Staub. Inzwischen hat sich dafür ein Hammerhai in die Lehne des Rollstuhls verbissen und schüttelt den ganzen Rollstuhl mitsamt dem darin angeschnallten Rollstuhlfahrer hin und her. Aber kaum hört der Hai damit eine Sekunde auf, rammt ihm der Rollstuhlfahrer über die Schulter hinweg zwei kleine Deutschlandfahnen, solche, wie man sie in Käsehäppchen steckt, nebeneinander in die Nase und da dreht auch der Hammerhai völlig bedient ab. Und es ist gut, so gut, hier mit Elli in meinem Arm zu liegen und diesen Quatsch zu kucken.

10

Als ich in den Prepper-Raum komme – ich nenne diesen Kellerteil bei mir jetzt immer den Prepper-Raum; diese Funktion wird er ja auch eines Tages übernehmen müssen –, als ich also eintrete, macht mir Christine eine Szene. Sie behauptet, ich hätte sie absichtlich fünf Tage nicht besucht, »um sie fertigzumachen«. So drückt sie das aus.

»Warum tust du mir das an? Ich habe nichts gemacht. Was habe ich denn gemacht? Habe ich nicht alles gemacht, was du gesagt hast?«

Sie keucht hysterisch, während ich den Karabinerhaken in ihre Halskette einklinke und sie nach Waffen abtaste.

Mir ist durchaus klar, welche Bedeutung Regelmäßigkeit und Verlässlichkeit im Leben einer Gefangenen haben. Ich besitze ein überdurchschnittliches Einfühlungsvermögen, auch wenn Christine das nie wahrhaben will. Es ist schon früher einige Male vorgekommen, dass ich sie für zwei, drei Tage sich selbst überlassen habe, aber dann hat es immer einen triftigen Grund dafür gegeben. Ich habe es nur getan, wenn alle anderen Strategien, Christine zur Kooperation zu bewegen, versagt haben. In den letzten Tagen hatte ich einfach bloß keine Lust, zu ihr hinunterzugehen. Zuerst haben Elli und ich auch noch den Sonntag im Hotel verbracht, und in den Tagen darauf haben wir ständig telefoniert, zweimal war ich bei ihr, und nächsten Montag will sie mit ihrer Klasse in der Demokratiezentrale eine Besichtigungstour machen. Ich bin über beide Ohren verliebt. Deswegen war mir einfach nicht danach zumute, Christine zu sehen.

»Wie kommst du eigentlich darauf, dass es bei allem immer nur um dich gehen muss«, sage ich ungehalten. »Vielleicht habe ich ja auch einmal Wichtigeres zu tun, als hier unten bei dir zu sitzen und mir dein Geschwätz anzuhören. Viel Neues hast du ja nicht zu berichten. Und hast du mir nicht neulich erst in deiner erfrischend offenen Art gesagt, dass du schreien möchtest, wenn ich dich nur berühre? Also freu dich doch, wenn ich nicht da bin.«

»Du hast eine andere, stimmt's? Wieso hast du plötzlich dein bestes Hemd an? Das hat doch einen Grund. Gib es doch zu, dass du eine andere hast!«

»Quatsch«, sage ich. Ich habe nicht die allergeringste Lust, mit ihr über Elli zu sprechen. »Und wenn es so wäre, geht es dich auch nichts an.«

»Sag es mir wenigstens, wenn du mal wieder vorhast, mich für ein paar Tage zu vergessen. Ich weiß doch nicht, was los ist. Ich denke doch, du hast einen Autounfall gehabt und ich muss hier verhungern.«

Christine heult jetzt beinahe.

»Wird nicht passieren«, sage ich. »Dafür habe ich doch das Schriftstück beim Notar hinterlegt.«

Bisher hat sie zur Aufrechterhaltung des Friedens immer so getan, als würde sie die Geschichte von dem verschlossenen Umschlag, der ihr im Falle eines Falles das Leben retten soll, glauben. Nicht heute.

»Du verlogenes Arschloch.« Sie spuckt vor mir auf den Boden. »Du bist doch wirklich ein armes Schwein.«

Sie sagt es mit dieser kalten Verachtung in der Stimme, die sie auch draufhatte, als ich sie das erste Mal geschlagen habe. Diesmal bleibe ich ruhig.

»Du verstehst da etwas ganz falsch«, sage ich heiter. »Du kannst mich nämlich gar nicht verachten. Du kannst mich hassen und verabscheuen, aber verachten kann man nur Menschen, die unter einem stehen. Es ist schlichtweg gar nicht möglich, dass du jemanden verachtest, dem du ausgeliefert bist und von dessen Wohlwollen dein Schicksal abhängt.«

»Wenn du dich da mal nicht täuschst«, sagt Christine.

»Erinnerst du dich noch an den FAZ-Fragebogen«, antworte ich – ach, die gute alte FAZ mit ihrem guten alten Fragebogen, in dem die kulturlosen Politiker auf die Fragen nach ihren Lieblingsbüchern und -malern immer so geantwortet haben, als wären sie die totalen Leseratten und würden jeden Sonntag stundenlang durch Museen streifen –, »erinnerst du dich noch, dass auf die Frage: ›Welche Person der Geschichte verachten Sie am meisten‹, alle immer brav ›Adolf Hitler‹ geantwortet haben? Das hat mich damals schon geärgert. Ich behaupte ja nicht, dass man den Mann mögen muss. Aber Verachtung ist einfach das falsche Wort für jemanden, der mächtig und gefährlich war.«

»Hältst du dich für mächtig und gefährlich? Willst du das gerade sagen? Vielleicht verachte ich dich ja dafür, dass du es nötig hast, mich hier einzusperren, um dich mächtig und gefährlich zu fühlen«, antwortet Christine giftig.

»Das ist auch Quatsch«, sage ich geduldig. Ich bin viel zu sehr in Hochstimmung, um mich provozieren zu lassen. »Genauso gut könntest du einen Millionär dafür bemitleiden, dass er es nötig hat, Millionär zu sein.«

»Wenn er es nötig hat, ist er dafür auch zu bemitleiden«, beharrt mein Weib.

»Es stellt sich doch gar nicht die Frage, ob ich es nötig habe. Es ist einfach eine Tatsache, dass die Grundverschiedenheit zwischen den Geschlechtern vor allem darin besteht, dass Männer körperlich stärker sind. Und wenn du nicht mehr den Schutz einer Frauen bevorzugenden Gesellschaft genießt, sondern wir beide uns so gegenüberstehen, wie wir nun einmal beschaffen sind, dann ist doch wohl völlig klar, wer hier das Sagen hat.«

»Du wagst ja nicht einmal das«, keift Christine. »Du traust dich ja gar nicht, es mit mir aufzunehmen, ohne dass ich an eine Kette gefesselt bin. Und du musstest mich erst betäuben, damit du mich anketten konntest. Wow, super Leistung das – echt! Weißt du eigentlich, dass Gift als typische Frauenwaffe gilt?«

Sie steht mit verschränkten Armen vor mir. Ihre Augen blitzen. Auf einmal begehre ich sie wieder. Wer weiß, wie lange ich sie überhaupt noch haben werde.

»Na gut«, sage ich, »du willst Streit? Dann wollen wir mal sehen.«

Ich gehe zur Panzertür, gebe den Zahlencode ein, öffne die Tür sperrangelweit, nehme den Schlüssel für die Halsschelle vom Haken und komme damit zu Christine zurück. Sie schaut mich mit offenem Mund an.

»Halt still«, sage ich.

Sie beugt gehorsam den Kopf zur Seite. Ich sehe, wie ihre Arme zittern. Sie glaubt, dass sie mich hereingelegt hat und dass jetzt ihre Chance gekommen ist. Ich lege es nicht darauf an, ihr wehzutun, aber ich muss ihr eine Lektion erteilen. Damit sie endlich begreift. Behutsam klappe ich die Schelle auf und ziehe sie von ihrem Hals herunter, lege das Metallding vorsichtig auf den Couchtisch. Christine steht mit gesenktem Kopf vor mir und reibt sich den Nacken. Ich kann es geradezu sehen, wie es in ihrem kleinen Kopf rattert, und balle schon mal die Fäuste. Unsere ganze Ehe hindurch hat sie mir ihr verdammtes Innenleben aufgedrängt, hat mich immer wieder gezwungen, ihre banalen Gefühlswelten nachzuvollziehen, und jetzt kenne ich sie in- und auswendig und bin ihr immer einen Schritt voraus. Von mir weiß sie praktisch nichts.

Mit einem heiseren Schrei springt sie mich an. Sie hat es auf meinen Hals abgesehen, versucht, mich in den Adamsapfel zu beißen. Kein schlechter Einfall. Aber der Aufprall ihres Körpers gegen den meinen ist von rührender Schwäche. Ich treffe sie mit der Faust am Kinn. Ihr Kopf fliegt zur Seite. Spätestens in diesem Moment muss ihr klar geworden sein, dass ich an jenem Tag, an dem ich sie angeblich unkontrolliert geschlagen habe, in Wirklichkeit äußerst kontrolliert, ja geradezu behutsam vorgegangen bin. Jetzt kennt sie den Unterschied. Sie taumelt, gibt ein würgendes Geräusch von sich, fängt sich zu meiner Überraschung aber, bevor sie fällt, und versucht, zur offenen Tür zu rennen. Ich trete ihr von hinten in die Kniekehle. Sie geht zu Boden und ich knie mich mit einem Bein auf ihren Rücken und drehe ihr die Arme nach hinten. Wir keuchen beide, aber keiner von uns schreit oder sagt auch nur etwas. Christine versucht, ihre Fingernägel in meine Hände und Arme zu graben, und da habe ich es endgültig satt, lasse ihre Handgelenke los, packe ihren Kopf und schlag ihn zweimal kräftig gegen den Fußboden, einmal mit der Stirn, einmal mit dem Gesicht. Jetzt schreit sie. Beim zweiten Mal schmiert Blut über das Laminat. Christine wehrt sich nicht mehr, auch nicht, als ich sie wieder zur Kette hinüberschleife. Sie sitzt bloß da und schluchzt, während ich ihr die Halsschelle wieder anlege und den Schlüssel umdrehe und abziehe. Ich streichle ihr beruhigend den Kopf, dann stehe ich langsam auf und gehe in aller Ruhe zur Sicherheitstür, schließe sie, gebe den Zahlencode wieder ein und hänge den Schlüssel für die Halsschelle an den Haken.

»Setz dich aufs Bett«, sage ich und sie steht auf und

setzt sich wie eine willenlose Puppe auf das Bett. Ich hole einen Waschlappen aus dem Schrank und halte ihn unter den Wasserhahn der Spüle. Mit dem nassen Lappen wische ich ihr vorsichtig das Blut von der Nase und von der aufgeplatzten Unterlippe.

»Mach mal den Mund auf.«

Als ich ihr mit beiden Daumen die Oberlippe hochziehe, sehe ich, dass ihr linker Schneidezahn ganz schief steht. Der Eckzahn daneben ist zur Hälfte abgebrochen. Ich schiebe den Schneidezahn wieder einigermaßen in die richtige Position. Christine jammert leise.

»Zieh dich aus«, sage ich.

Gibt es etwas Schöneres als den Anblick einer Frau, die sich auszieht? Während Christine mit gesenktem Kopf ihr Kleid aufknöpft, spüre ich, wie mein Herz das Blut mit kräftigen, gleichmäßigen Schlägen durch meine jugendlichen, völlig kalk-und-thromben-freien Adern treibt und wie die Freude am Leben und Herrschen darin mitschwimmt und jedes einzelne Körperteil erreicht. Es gibt keine Gleichheit zwischen Männern und Frauen, es gibt nur Sieger und Besiegte.

Christine sitzt nackt neben mir auf der Bettkante, den Blick nach unten gerichtet, die zitternden Hände zwischen die Knie gepresst.

»Leg dich auf den Bauch«, sage ich. Sie fängt wieder an zu weinen.

»Bitte nicht. Ich glaube, ich habe eine Gehirnerschütterung.«

Ihre Stimme ist so leise, dass ich sie kaum verstehen kann.

»Leg dich auf den Bauch.«

Es gefällt mir, grausam zu sein. Diesmal gehorcht Christine widerspruchslos. Ich lege mich schwer auf sie, angle nach einem Kissen, um es ihr unter die Hüfte zu stopfen, und dann ficke ich sie absichtlich grob, während sie weint. Ständig verlangen Frauen, dass man Rücksicht auf sie nimmt. Weil sie Kopfschmerzen haben oder weil sie schneller frieren oder langsamer sind oder schwächer. Selbst in Seenot erwarten sie eine Extrawurst. Lasst mich zuerst ins Rettungsboot – ich bin eine kostbare Frau! Wieso sollte das minderwertiger ausgestattete Exemplar einer Spezies bevorzugt werden? Wieso sollte ich Rücksicht darauf nehmen, dass jemand körperlich schwächer ist als ich? Das ist evolutionäres Pech. Damit hat das Schicksal demjenigen seinen Platz zugewiesen: unter meinen Stiefeln. Alles, was Frauen tun, können sie nur mit der Erlaubnis von uns Männern tun. Und wenn sie sich jetzt in der Regierung breitgemacht haben, diese ehrgeizigen, kleinen Biester, dann liegt das nur daran, dass sie niemand daran gehindert hat. Es ist eine Laune unserer Zivilisation, dass wir Frauen in den letzten Jahrzehnten wie gleichwertige Menschen behandelt haben, bloß eine Laune, keine Selbstverständlichkeit. Zivilisation beruht nicht auf Freundlichkeit oder Gerechtigkeitsempfinden. Eine Zivilisation fördert das, was sie stärker macht, was ihr nützt. Und Frauen gesellschaftlich mitbestimmen zu lassen hat nur so lange Sinn gemacht, wie wir hofften, dass die Frauen mit ihren sozialen Kompetenzen und ihrem Verantwortungsgefühl und dem ganzen Schnickschnack den Karren für uns noch einmal aus dem Dreck ziehen könnten. Seit die Klimaerwärmung die schlimmstvorstellbare Entwicklung eingeschlagen hat und wir wissen, dass da nichts mehr zu retten ist, gibt es auch keinen Grund mehr, Frauen an der Macht teilhaben zu lassen. Gerechtigkeit? Gerechtigkeit ist etwas, von dem nur die Schwachen profitieren. Es wäre schön blöd von den Starken, das zuzulassen. Und die Starken, das werden in den nächsten Jahren die Skrupellosen sein, die Schlauen und Aggressiven, die, die sich in den Apotheken einfach vordrängeln und den anderen die letzten Ephebo-Reste vor der Nase weggrapschen. Und wenn ich eine Prognose wagen darf: Es werden nicht die mit dem Fahrradhelm sein, die am längsten überleben.

Nachdem ich mit Christine geschlafen habe, liege ich noch eine Weile neben ihr, meinen Körper an ihren Rücken gepresst, streichle und tröste sie. Sie macht sich steif in meinen Armen.

Ich küsse Christine hinters Ohr.

»Du dumme Kuh«, sage ich. »Du brauchst jetzt Trost, also nimm ihn auch. Du hast keine Wahl. Nur mich.«

Sie erstarrt noch mehr. Ich greife ihr von hinten zwischen die Beine, bewege meine Hand langsam vor und zurück, bis Christine wieder zu weinen anfängt. Ich mache weiter, erhöhe den Druck.

»Man muss auch verlieren können«, sage ich immer noch dicht an ihrem Ohr. »Du hast mich eben unterschätzt und jetzt bist du schlauer.«

Ich dringe noch einmal in sie ein, aber diesmal sehr sanft und vorsichtig.

»Sei doch froh, dass ich dich immer noch will. Vielleicht habe ich eines Tages einfach die Nase voll von dir. Das kannst du dir wohl gar nicht vorstellen, was?«

Diesmal dauert es fast eine viertel Stunde, bis ich komme, und meine Gedanken schweifen immer wieder ab zu Elli, sodass ich viel leidenschaftlicher und zärtlicher zu Christine bin, als sie es eigentlich verdient. Mir wird klar, dass ich den Prepper-Raum aufgeben muss. Nein, nicht muss – ich will ihn aufgeben. Den Prepper-Raum und Christine. Für Elli. Ich will einen Neuanfang. Das, was da zwischen uns entsteht, ist etwas Reines und Heiliges, etwas, das nicht beschmutzt werden darf.

11

An der Spitze einer zwanzigköpfigen Schülergruppe taucht Elli im Informationszentrum der Demokratiezentrale auf. Sie trägt wieder schwarze Jeans, dazu Motorradstiefel mit Beschlägen, fast wie mein Bruder, und einen Parka von einem metallischen und so unwahrscheinlich leuchtenden Grün, dass ich an die Deckflügel eines tropischen Käfers denken muss. So ein seltener, besonders großer und schöner Käfer, der zum Aussterben verurteilt ist. Allerdings sind wir das ja inzwischen alle. Johannes, der stellvertretende Leiter des Informationszentrums, nimmt ihr den Mantel ab. Er ist ein schlaksiger, weichlicher Typ mit melancholischen Bernhardineraugen und einem Schnauzbart, wie er jetzt gerade wieder modern wird. Johannes trägt seinen aber schon seit dreißig Jahren durchgehend. Bei der Gründung der Demokratiezentrale ist er kurzzeitig der Leiter des Informationszentrums gewesen, bis sich herausstellte, dass bei der Vergabe der Führungspositionen die 40-Prozent-Quote nicht erreicht worden war. Er hätte in die Verwaltung des Wahlkomitees wechseln können, aber obwohl er so übel fallen gelassen wurde, hat er es vorgezogen, im Umfeld seines demütigenden Machtverlustes zu bleiben.

Elli wirft mir einen langen, absichtsvoll neutralen Blick zu. Mit ihrer dicken Androidbrille sieht sie wahnsinnig sexy aus. Wie die Phantasie einer Buchhändlerin aus dem letzten Jahrhundert, der man die Brille wegnehmen und den Pferdeschwanz lösen möchte, um sie dann zwischen Regale voller echter, staubiger Bücher zu drücken und ihr die hochgeschlossene Bluse vom Leib zu reißen. Hinter ihr trottet muffelig eine Horde Teenager in den Vortragsraum. Obwohl Elli mir gesagt hat, dass sie Gymnasiallehrerin ist, habe ich mir irgendwie die ganze Zeit vorgestellt, dass sie mit viel kleineren Kindern hier auftauchen würde. Drollige Zwerge, allerhöchstens in Binjas Alter, die an ihren Lippen hängen und an ihrem Ärmel zupfen und die ganze Zeit »Frau Westphal, Frau Westphal« quäken.

Aber was sich hier auf die terrassenartig ansteigenden Bänke lümmelt, sind arrogante junge Frauen mit kleinen bösen Mündern, die nebenbei ihre Mails checken und davon träumen, eine Million Whobbs für ihren Modeblog zu bekommen. Und gereizte junge Männer mit bunten Wollmützen und dürftigen Ansätzen zu Patriarchenbärten, deren Blicke sofort meinen Hals auf geschwollene Lymphknoten abscannen. Obwohl es da allenfalls minimale Ausbuchtungen zu entdecken gibt, spielt ein verächtlich wissendes Zucken um ihre Lippen. Für sie bin ich ein Greis, nichts als ein Greis, der Jugend vortäuscht. Es versöhnt sie noch nicht einmal, dass meine Ephebo-Dosis so gering ist, dass ich immer noch doppelt so alt aussehe wie sie. Das macht mich höchstens zu einem doppelten Greis. Die Echt-Jungen hassen uns Bio-Junge, weil wir wie sie sind – bloß besser: Die gleiche straffe Haut, der gleiche fitte und belastbare Körper, aber mehr Grips im Schädel, mehr Kenntnisse und – dank der schwarzen Pädagogik des letzten Jahrhunderts – auch noch mehr Pflichtgefühl und mehr Leistungsbereitschaft. Seit Ephebo sind sie ja bloß noch die unbeholfene und finanziell minderbemittelte Version ihrer vor Jugendlichkeit strotzenden Eltern. Warum sollte eine Firma einen chrono-jungen unausgeglichenen Blödmann einstellen, wenn sie das Gleiche in gebildet, diszipliniert und erfahren haben kann? Unsere gerechtigkeitsfanatische Regierung hat deswegen natürlich gleich wieder eine Quote eingeführt – mindestens 50 Prozent der Arbeitnehmer jünger als chrono-dreißig bei den Neueinstellungen, mindestens 80 Prozent bei Ausbildungsberufen – aber die greift erst im nächsten Jahr. Bis dahin muss der Nachwuchs halt Gläser spülen.

Ich gehe langsam zu Elli hinüber, gebe ihr die Hand und begrüße sie im Ton geschäftlicher Höflichkeit, wie es der Pressereferent des Demokratiekomitees mit der Leiterin einer Besuchergruppe nun einmal tut. Nur beim Zurückziehen unserer Hände lasse ich den kleinen Finger über ihren Handrücken gleiten. Sie lässt sich nichts anmerken.

Den Vortrag wird Anja halten. Anja ist zwar schon dreißig, aber wenigstens chrono-dreißig, und findet darum eher Gnade vor den Augen der Schüler, auch wenn sie pummelig ist und eine schlechte Haut hat. Sie trägt eine weiße Animal-Mood-Mütze mit schwarzen Dalmatinerflecken und die Öhrchen sind zum Publikum hin gespitzt, so völlig übertrieben, wie es einem echten, schlappohrigen Dalmatiner niemals einfallen würde. Gleich kramen zwei Mädchen aus Ellis Klasse ebenfalls ihre Ohrenmützen aus den Taschen und setzen sie auf, zeigen Anja durch ihre gespitzten Tiger- beziehungsweise Schafsöhrchen, dass sie ihr aufmerksam zuhören. Anja lächelt erfreut und stemmt die molligen Unterarme auf das Stehpult.

»Es gibt Leute, die behaupten, die Kontrollierte Demokratie könne gar nicht mehr als richtige Demokratie bezeichnet werden«, fällt sie gleich mit der Tür ins Haus.

Ich persönlich halte das ja für einen Fehler, gleich mit der Kritik zu beginnen, wenn man unser neues Regierungssystem Schülern nahebringen will, aber auch das gehört schließlich zu unserem neuen System: Fehler zuzulassen, unterschiedliche Herangehensweisen zu tolerieren, Stümper ins Verderben rennen zu lassen.

»Weil es angeblich zu einer Demokratie gehört, dass jeder das Recht hat, sich zur Wahl zu stellen«, fährt sie fort. »Natürlich ist Freiheit ein wichtiger Aspekt in einer Demokratie – Freiheit, Mehrheitsprinzip, Opposition – alles zweifellos wichtig. Doch was eine Demokratie vor allem braucht, sind Regeln. Meinungsfreiheit?

Sicher, nur muss man ihr Grenzen setzen, wenn sie zur Volksverhetzung oder zur Beleidigung von Minderheiten wird. Auch die Ausübung politischer Herrschaft ist aus gutem Grund durch das Prinzip der Rechtsstaatlichkeit beschränkt. An die Grund-, Bürger- und Menschenrechte müssen sich die gewählten Regierungen schon halten – ganz gleich, wie groß die Mehrheit war, mit der sie den Wahlsieg errungen haben ...«

Die Gymnasiasten fläzen sich auf den Bänken und starren auf die Displays ihrer Ego-Smarts, ohne auch nur so zu tun, als würden sie Anja Aufmerksamkeit schenken. Selbst der Tiger und das Schaf lassen die Ohren gelangweilt hängen. Zuhören? Sie doch nicht! Alles, was auch nur ein Minimum an Konzentration erfordert, ist ihnen widerlich. Kenntnisse erlangen, Zusammenhänge begreifen ist etwas, das man nötig hatte, als man sich noch am Lagerfeuer Geschichten erzählte und mit einem Kugelschreiber Notizen machte. Wozu Wissen sammeln, wenn es nur eines Mouseclicks bedarf, um dieses Wissen viel ausführlicher, viel präziser abzurufen. Was heute zählt, ist, die neueste Technik draufzuhaben, wie man an Wissen kommt. Das Wissen selber ist jederzeit zugänglich, für jeden. Also ist es wertlos.

Da sitzen sie mit ihren verkümmerten Streichholzärmchen und ihren wischenden Riesendaumen und den dümmlichen halb geöffneten Mäulern dabei und halten sich für überlegen, weil sie besser mit dem Internet umgehen können als die Generationen vor ihnen, weil sie praktisch schon als Babys daran angeschlossen wurden.

Anja, an die vollkommene Missachtung ihres Vortrags gewöhnt, doziert unbeirrt weiter, hält Wort für Wort dieselbe Ansprache, die sie schon beim letzten und vorletzten Mal und was weiß ich wie oft gehalten hat.

»Vor diesem Hintergrund wird hoffentlich deutlich, dass die Beschränkung des passiven Wahlrechts keine Unterhöhlung der Demokratie gewesen ist, sondern eine Stärkung. Damit haben wir den größten Schwachpunkt entschärft – also ich meine natürlich den größten Schwachpunkt neben den institutionellen Mängeln ... den institutionellen Mängeln, mit langfristigen ökologischen Gefahren umzugehen ... das, das war natürlich das größte Problem an der Demokratie ...«

»Demokratie war überhaupt kein Problem, solange es noch kein Frauenwahlrecht gab«, tönt es aus der letzten Reihe. Sieh an, einer hat also doch zugehört. Der typische Schlingel von der letzten Bank: kurze Irokesenbürste auf schlecht rasierter Glatze, Militärklamotten in Tarnfarben, eine Kette aus Steinen, Knochen und Plastikstücken. Vorsichtiges Gelächter von einigen Jungen und Anja verliert für einen Moment den Faden. Ich berühre mit meinem Knie das von Elli, die unbeirrt zum Rednerpult schaut, wo Anja mit ihren Ausdrucken raschelt, sucht, blättert und errötet, bis sie die entscheidende Stelle gefunden hat.

»Naturgemäß sind es nun einmal leider die gierigsten und undemokratischsten Individuen, die zur Macht drängen«, fährt sie fort, »deswegen reicht es nicht aus, wenn Menschen, die sich zur Wahl stellen wollen, keine anderen Voraussetzungen mitbringen müssen als den richtigen Wohnsitz und ein bestimmtes Alter. Von unseren zukünftigen Politikern dürfen wir etwas mehr erwarten, zum Beispiel dass ihre sozialen Kompetenzen, ihr Sinn für Gerechtigkeit und ihr Verantwortungsbewusstsein nicht allzu tief unter dem Bundesdurchschnitt liegen. Wenn wir das passive Wahlrecht ausschließlich kompetenten Bürgern ...«

»Ökofaschismus«, ruft ein dürrer Wollmützenträger. Seine Kappe sieht aus wie die von Sherlock Holmes, nur dass sie gehäkelt ist und gelbe und grüne und weiße Rauten hat. Der Ansatz eines blonden Patriarchenbärtchens flaumt unter seinem Kinn. Seine Maties schauen von ihren Displays hoch und lachen zustimmend. Anja bleibt unbeirrt. Wie gesagt: Sie hält diesen Vortrag jetzt bereits seit vier Jahren. Und die Kritikpunkte sind eigentlich immer dieselben.

»Möglicherweise ist Ihnen nicht bekannt, dass es auch schon vor der Demokratie-Reform Ausschließungsgründe gegeben hat: etwa die angeordnete Unterbringung in einer psychiatrischen Klinik. Ich denke, es ist für jeden nachvollziehbar, warum Menschen, bei denen schwere psychische Beeinträchtigungen diagnostiziert wurden, nicht gerade als Politiker die Geschicke dieses Landes lenken sollten. Warum sollten dann aber Menschen, bei denen ganz ähnliche Beeinträchtigungen vorliegen, die aber bloß noch nicht diagnostiziert worden sind, sich zur Wahl stellen dürfen? Gebietet es nicht die Vernunft, jemanden, der in diesem Land Macht ausüben will, zuvor auf seine geistige Gesundheit zu überprüfen? Was hat es mit Ökofaschismus zu tun, wenn unsere zukünftigen Staatenlenker nicht mehr aus jenem ehrgeizigen, wenig sozialen und zur Kriminalität neigenden Personenkreis rekrutiert werden, der selbsttätig nach Machtpositionen drängt, sondern aus verschiedenen repräsentativen Bevölkerungsgruppen?«

»Weil die alle viel zu blöd sind und noch nicht einmal Lust dazu haben?«

Die bunte Rautenmütze sieht sich Beifall heischend um und erhält wieder zustimmendes Gekicher von seinen Maties. Keinen Respekt vor dem Argument, die Bälger. Bilden sich ein, sie wären die Schlauesten.

»Nun, wenn Ihnen dieses Auswahlsystem, das übrigens nicht ganz unähnlich demjenigen ist, mit dem seit jeher Schöffengerichte besetzt worden sind, nicht passt, bleibt Ihnen ja immer noch die Möglichkeit, Personen, von deren Kompetenz Sie eher überzeugt sind, vorzuschlagen. Ich nehme an, davon haben Sie schon ausgiebig Gebrauch gemacht, so engagiert, wie Sie hier auftreten?«

»Als wenn das Sinn machen würde«, sagt eines der schmallippigen Mädchen, »als wenn Sie irgendjemanden aufstellen würden, den ich vorschlage.« Auf ihrer Stirn wölben sich vier gerötete Buckel, dort, wo sie sich etwas unter die Haut hat setzen lassen. Vermutlich Halbedelsteine. Ich kenne das von Rackes Grundschullehrerin. Wenn die Entzündung abgeklungen ist, wird über den Steinen die Haut aufgeschlitzt und man kann es funkeln sehen. Was werden sich diese Kinder wohl als Nächstes antun?

»Sie dürfen sich nachher gern alle den Prospekt herunterladen, in dem Ihnen unser Wahlsystem noch einmal erläutert wird«, sagt Anja. »Und wenn Sie mir nicht glauben, dürfen Sie es dort gern nachlesen: 50 Prozent unserer Wahlkandidaten werden aus Vorschlägen, die aus der Bevölkerung kommen, ermittelt.«

Das ist jetzt allerdings nicht ganz wahr beziehungsweise glatt gelogen. Im Demokratiekomitee haben wir ziemlich schnell gemerkt, dass es ein Fehler war, die Bevölkerung einfach direkt Vorschläge machen zu lassen. Aber nachdem das einmal eingeführt worden war, konnten wir es schlecht wieder rückgängig machen. Es gibt den Leuten nun mal ein Gefühl von direktem Mitspracherecht und wirkt dadurch ungeheuer demokratisch. Aber natürlich handelt es sich bei den Vorschlägen, die bei uns reinkommen, fast ausschließlich um Quatschvorschläge. Oder Leute sind dafür bezahlt worden, jemanden vorzuschlagen. Wir nehmen alle Angebote, Empfehlungen und Zumutungen entgegen und legen sie auf einen großen Haufen und dann machen die Praktikanten eine Vorauswahl, bis nur noch zehn Prozent übrig sind, und die werden dann von den Volontären durchgesehen und am Ende bleiben von 100 000 Vorschlägen dreißig oder vierzig übrig, die wir tatsächlich einladen und durch den Test schicken. Und von denen schaffen es vielleicht zehn. Hauptsächlich verlassen wir uns auf die Anregungen des Nobelpreiskomitees und der großen Forschungseinrichtungen. Was wir suchen, sind ausreichend kompetente und intelligente Bürger mit einer gewissen Souveränität und einem hellen Gemüt, bei einigen wenigen Kandidaten, etwa wenn es um die Wahl zum Bundespräsidenten geht, achten wir auch auf Charisma.

»Ist es nicht ein Problem, dass das Verfahren, mit dem Sie Anwärter prüfen, doch von irgendjemandem entwickelt worden ist? Hat derjenige nicht dadurch unverhältnismäßig viel Einfluss darauf, wer Bundeskanzlerin wird? Und was sind das für Leute, die bestimmen dürfen, welches Testverfahren angewendet wird? Wer hat die legitimiert?«

Eine kleine Streberin. Farbloses Gesicht und ungefärbte Haare, Nasenpiercing und Marienkäfer-Tattoo auf dem nackten Unterarm. Zu meiner Zeit hätte sie einen Faltenrock und Brille getragen. Die anderen Mädchen schauen kurz von ihren Displays hoch, sehen einander an und verdrehen die Augen. Wie uncool, sich für das zu interessieren, was ihnen hier zwangsweise vorgesetzt wird.

»Sag ich doch: Ökofaschismus«, sagt der Rautenmützenträger und schon schauen die Mädchen interessierter und einige andere Jungen lachen anerkennend. Anja räuspert sich.

»Wenn Sie Ökofaschismus sagen, meinen Sie wahrscheinlich Epistokratie? Ich kann Sie beruhigen: Es handelt sich ausschließlich um das passive Wahlrecht, das heutzutage kompetenten Bürgern vorbehalten wird. Das aktive Wahlrecht ist nie angetastet worden. Außerdem ist es keine bildungsbezogene Kompetenz, die unsere Wahlkandidaten nachweisen müssen, sondern eine charakterliche. Die diagnostischen Instrumente dafür wurden bereits vor einiger Zeit in der

Wirtschaft entwickelt und sind seitdem immer weiter verbessert worden, PCL-R-R ist Standard für die Diagnose von Psychopathie und CCL ist das gängige Assessment Tool, um Personen mit ungünstigen Persönlichkeitsmerkmalen und wenig Integrität frühzeitig identifizieren zu können.«

Gut gemacht, Anja. Erst mal ein paar Fremdwörter über die Mütze, da sind die vorlauten Gegner dann die nächsten Minuten mit grumbeln und shammen beschäftigt.

»Aha«, ruft die Raute, »und was sollen das für schlimme Persönlichkeitsmerkmale sein? Ehrgeiz? Ist Ehrgeiz schon zu viel? Und jung sein? Darf man das – jung sein? Chrono-jung?«

»Ein wenig Ehrgeiz oder Gier sind völlig in Ordnung, aber wenn diese Eigenschaften Ihr ganzes Sein bestimmen, sind Sie raus. Das Gleiche gilt für Aggressivität, eine auffällige Risikobereitschaft, einen starken Hang zur Kungelei oder ein verkümmertes Sozialverhalten. Jugend und übersteigertes Selbstbewusstsein lassen wir übrigens unbegrenzt zu. Also nur keine Scheu, fragen Sie Ihre Freunde, ob sie Sie nicht vorschlagen wollen.« Sie erntet ein paar Lacher.

»Es geht nicht darum, das Vorhandensein bestimmter gewünschter Eigenschaften zu überprüfen oder die ideale Kanzlerin oder Ministerin zu finden. Aber wir wollen die ganze Vielfalt einer Gesellschaft ausschöpfen und das geht nur, wenn wir auch jene Menschen in Regierungsämter verpflichten, die politische Macht nicht als Gewinn, sondern eher als Last ansehen. Nur dann wird der von der Natur zur Lenkung des Ganzen befähigte Teil der Gesellschaft tatsächlich die Führung übernehmen, und die übrigen Teile werden sich ihm vertrauensvoll und gern unterordnen.«

»Und was die bildungsbezogene Kompetenz betrifft, so steht unserer Regierung schließlich ein Beirat aus Fachleuten zur Seite«, werfe ich ein, bevor die Raute wieder mit ihrem »Ökofaschismus« kommen kann.

»Außerdem steht die Regierung unter der Kontrolle unserer Gesetze«, übernimmt wieder Anja. »Es geht einzig darum, gesellschaftsschädigende Verhaltensweisen auszuschließen und jenen Menschentyp von Regierungsämtern fernzuhalten, der früher einmal Unglück und Zerstörung über die Menschheit gebracht hat.«

»Wie wollen Sie das denn herausbekommen?«

»Wir bekommen das heraus. Verlassen Sie sich ruhig darauf.«

»Ökofaschismus!«

Anja errötet und starrt auf ihre Papiere. Ich springe schnell ein.

»Das ist ja sehr löblich, dass Sie sich so um den Rechtsstaat sorgen«, wende ich mich an Sherlock Holmes, »aber wenn es etwas zu bereuen gibt, dann nicht, dass wir die Demokratie in ihren vermeintlich kostbaren Freiheiten beschränkt haben, sondern dass wir treudoof an die Selbstregulierung von Wirtschaft und Politik geglaubt haben. Zugegeben: Es sind nur einige wenige gewesen, deren Charakter darauf ausgelegt war, für kurzfristige eigene Gewinne den Lebensraum aller zu zerstören, oder die aus Dummheit oder

Leichtsinn an den komplexen Lebenserhaltungssystemen dieses Planeten herumgepfuscht haben. Aber diese Handvoll Skrupelloser hat genügt, um ernsthafte klimatische Veränderungen zu verursachen, die möglicherweise schon den Umkipppunkt erreicht haben, der Sie, meine Damen und Herren, um Ihre Zukunft bringen könnte. Die Demokratiebewegung, die Sie so lächerlich finden oder als Ökofaschismus bezeichnen, ist der Versuch, diesen Prozess eventuell noch aufzuhalten und Ihr Leben zu retten. Nicht alle Umweltprobleme lassen sich mithilfe des Marktes lösen, manchmal braucht es auch einen stärkeren Staat. Es wird Ihnen kaum glaubhaft erscheinen, aber vor wenigen Jahren gab es sogar in Deutschland noch Unternehmer, die Ressourcen statt für ihren praktischen Gebrauch und das Wohl der Menschheit lieber in Lobbyarbeit investiert haben.«

Nun schauen sie mich an, etwas skeptisch, aber sie schauen wenigstens nicht mehr auf ihre Displays.

»Wenn Sie glauben, dass selbstbewusster Machthunger und unregulierte Märkte tatsächlich so eine feine Sache sind, dann sollten Sie vielleicht einmal darüber nachdenken, warum so viele Führungskräfte nach der Verantwortungsübernahme durch die ›Kontrollierte Demokratie‹-Bewegung ausgerechnet in den Islamischen Staatenverbund ausgewandert sind.«

»Aber wenn einer Ihre Fragen durchschaut, dann kann er Sie doch anlügen. Da können Sie doch gar nichts machen.«

Das Marienkäfer-Tattoo.

Anja übernimmt wieder: »Personen, die gesellschaftsschädigendes Verhalten aufweisen, filtern wir mittels eines Instruments heraus, welches die Diagnosekriterien in Form eines semistrukturierten Interviews operationalisiert.«

Jetzt shammen sie alle wieder wie die Blöden. Bildungsbürgerkinder ließen sich schon seit jeher ganz wunderbar mit der Macht der komplizierten Ausdrucksweise dominieren.

»Wir achten auf oberflächlichen Charme, auf Abwesenheit von Nervosität, Testen das Vorhandensein von Reue- und Schuldgefühlen, die Wahrscheinlichkeit von Selbstmord und so weiter und so fort. Sicherlich hat sich inzwischen herumgesprochen, was und wie wir testen. Aber wir modifizieren unsere Gespräche immer wieder. Und viele Defizite lassen sich auch von schauspielerisch begabten Menschen nicht verheimlichen, etwa die Unfähigkeit, aus Erfahrungen zu lernen.«

»Aber das ist doch voll ungerecht. Da kann doch derjenige überhaupt nichts dafür, wenn er das nicht kann. Deswegen könnte er doch ein guter Politiker sein.«

»Ja genau ...«

Allgemeines Durcheinandergeschnatter. Anja sieht Hilfe suchend in ihre Unterlagen.

Später sitze ich mit Elli in der Kantine der Demokratiezentrale. Die Schüler sind wieder auf dem Heimweg. Elli isst einen Salat mit Polka-Dots-Champignons, die wie kleine runde Fliegenpilze aussehen, und ich habe mir einen Kreativ-Drink und einen Beasty-Burger aus Lupine bestellt.

»Ist was?«, fragt Elli. »Du siehst total verbittert aus.«

»Nein. Ach, nein. Aber in letzter Zeit kann ich die Islamische Wurzel immer besser verstehen. Es muss angenehm sein, in einer Gesellschaftsordnung zu leben, in der man jeden, der dumme Scheiße redet, sofort körperlich züchtigen darf. Gleich auf der Straße, vor Ort noch rechts und links was an die Ohren. Tief befriedigend muss das sein.«

Elli hebt die Augenbrauen, kann sich ein Lächeln aber nicht verbeißen.

»Du darfst nicht zu streng mit ihnen sein. Das, was da auf sie zukommt, ist zu groß und zu schlimm. Deswegen wollen sie es nicht wahrhaben und dann werden sie patzig.«

»Die sind zu weich«, sage ich, »die sind verwöhnt. Früher wussten die jungen Leute wenigstens, dass sie doof sind, aber dieses transusige Pack hält sich auch noch für überlegen. Die denken doch, sie sind die neuen Menschen, mit ihren Implantaten und Stöpseln im Ohr und ihren 3000 Facebookfreunden.«

Ich weiß, nichts lässt einen älter aussehen als Klagen über die Jugend von heute, aber die Minderwertigkeit dieser Generation ist so unübersehbar, dass es mich wundert, dass sie es nicht selber bemerken.

»Das heißt nicht mehr Facebook«, sagt Elli.

»Wenn diese Deppen denken, dass ich lächelnd für sie meinen Arbeitsplatz frei machen werde, haben sie sich geschnitten. Gott sei Dank gehören wir zu den geburtenstarken Jahrgängen, und solange die Demokratie noch halbwegs funktioniert, werden immer wir es sein, die bestimmen, wo es langgeht. Und wenn wir es uns auf Kosten ihrer Zukunft gut gehen lassen wollen, dann müssen sie das eben ertragen.«

»Das meinst du jetzt hoffentlich nicht ernst?«

»Ich sage ja nur, wie es ist – nicht, dass es gerecht wäre. Außerdem haben wir ja wohl lange genug für alle anderen geschuftet und gezahlt – erst die Rente für die Generation, die Europa in Schutt und Asche gelegt hat, und jetzt die Arbeitslosenunterstützung für die Chrono-Jungen, die angeblich unsere Altersversorgung sichern sollten. Und dann müssen wir uns von denen auch noch Vorträge anhören, wie ekelerregend unsere chemisch erworbene Jugend sei und dass wir ihnen die Arbeitsplätze wegnehmen, wenn wir nicht mehr in Rente gehen. Als könnte man die Almosen, die uns angeboten werden, überhaupt als Rente bezeichnen.«

»Kannst du die Wut der Echt-Jungen nicht verstehen? Was bleibt ihnen denn, wenn sie nicht mehr mit ihrer Jugend auftrumpfen können? Für die Mädchen ist es nicht ganz so schlimm. Die machen irgendwie ihren Weg. Aber die Jungen sind wirklich arm dran. Die sind völlig verunsichert. Für die verordnet uns das Bildungsministerium ein Förderprogramm nach dem anderen: Deeskalationstraining, Gefühlskompetenztraining ... nächste Woche geht es um ›Stolz und Höflichkeit‹. Die kriegen es ja inzwischen nicht mal mehr auf die Reihe, ›Guten Tag‹ zu sagen, wenn sie zu einem Bewerbungsgespräch gehen.«

»Hast du dich eigentlich mal gefragt, was passieren würde, wenn eure Förderprogramme tatsächlich Erfolg hätten und diese dreckigen kleinen Leistungsverweigerer es mit eurer Hilfe zu etwas bringen? Was würden diese Typen denn tun, wenn sie in der Regierung säßen? Die erste Amtshandlung wäre doch, die Frauen, die sie gefördert und überhaupt erst auf ihren Posten gebracht haben, aus den Ministerien zu werfen und zurück an den Herd zu schicken – falls sie ihnen nicht sogar gleich einen Schleier verpassen wollen. Also mich rührt das ja, eure Loyalität uns Männern gegenüber, ganz egal, wie unloyal wir sind. Ich weiß nur nicht, ob ich es besonders schlau finde.«

»Du, das ist ganz einfach. Ich habe da einen Bildungsauftrag, den nehme ich ernst und der schließt sämtliche Schülerinnen mit ein, auch die männlichen, selbst die, die unterm Tisch Islamisten-Sammelbilder tauschen.«

»Aber dir ist doch wohl klar, dass ihr genau die Typen fördert, die im umgekehrten Fall sagen würden: Wer's nicht bringt, hat auf dem Gymnasium eben nichts zu suchen. Die würden das eher als Begründung dafür nehmen, Mädchen ganz von der höheren Schulbildung auszuschließen. Wie früher!«

»Wenn wir ihnen einen guten Platz innerhalb der Gesellschaft verschaffen, haben sie es nicht mehr nötig, Frauen von irgendetwas auszuschließen.«

»Vielleicht haben wir Männer euch ja genau deswegen den Zugang zu den Hochschulen verboten, weil wir wussten, wie es kommen würde: Kaum lässt man euch studieren, strebert ihr, bis ihr alle Jungs hinter euch lasst und ihnen auch noch den letzten Rest Selbstbewusstsein raubt. Wenn wir tatsächlich geglaubt hätten, dass ihr es nicht bringt, hätten wir euch die Universitäten ja gar nicht erst verbieten brauchen. Das hätte sich dann von selber reguliert.«

Zugegeben, ich trage gerade ziemlich dick auf, aber das ist nun mal die todsichere Nummer, um eine feministisch geprägte Frau – und welche Frau ist das heute nicht – für sich einzunehmen: Selbstbezichtigung wie unter Mao.

»Aber du hast doch genau das Gleiche gemacht«, sagt Elli, »du hast dich mit deiner Arbeit für das feministische Demokratiekomitee doch auch für mehr Frauen in der Politik eingesetzt. Ich finde das übrigens bewundernswert, wie du da das Wohl der Allgemeinheit über deine eigenen Interessen gestellt und dich mit einem Platz in der zweiten Reihe begnügt hast. Das hätten nicht viele gekonnt.«

»Tja«, sage ich, »ehrlich gesagt, ist mir das damals gar nicht so richtig klar gewesen, dass die neue Regierungsform gegen meine eigenen Interessen sein könnte. Für mich gab es nicht *die* Frauen und *die* Männer. Wir waren einfach ein Haufen Menschen, die sich Sorgen um die Umwelt machten und wollten, dass die Lebensmittel und Reichtümer dieser Welt fair verteilt würden.«

»Wie meinst du das? Du willst doch nicht sagen, dass du es bereust?«

»Nein. Na ja ... Also die Idee selber finde ich immer noch in Ordnung. Aber mir war einfach nicht klar, was die feministische Demokratie mit der Zeit aus einem Mann macht. Ich wusste ja nicht, dass es darauf hinausläuft, mir Stück für Stück meine Männlichkeit abhandeln zu lassen. Dieses endlose Gequatsche. Ich hatte die Wahl, mich dem ununterbrochen auszusetzen oder einfach nachzugeben, und immer öfter habe ich einfach nachgegeben. Irgendwann war nicht mehr viel übrig von dem Mann, der ich einmal gewesen war. Deswegen arbeite ich inzwischen auch so oft es geht von zu Hause aus.«

Elli sieht mich ein wenig verwirrt und besorgt an. Ich habe schon Angst, zu viel von mir preisgegeben zu haben. Aber dann streicht sie mir über das Gesicht und lässt ihre Hand auf meiner Wange liegen und alles in mir wird ganz weich und sanft.

»Ich mag nicht mehr«, sage ich, »ich mag mich einfach nicht mehr streiten.«

»Was würdest du denn gern machen?«

»Ach, ich will überhaupt nichts mehr machen. Ich habe schon viel zu viel gemacht. Ich will vor dem Weltuntergang bloß noch einmal erleben, wie es ist, wenn jemand gut zu mir ist.«

»Keine Sorge«, sagt Elli. »Das erledige ich. Ich werde gut zu dir sein.«

12

Als ich die Augen öffne, blüht zehn Zentimeter vor meinem Gesicht eine fußballgroße, grellorange Mohnblüte. Zu dieser Tapete hat mich damals mein Vater gezwungen: »Orange. Das ist eine heitere Farbe.« Ich selber hatte mein Zimmer dunkelbraun streichen wollen, inklusive der Decke. Als ich mein Jugendzimmer vor vier Jahren rekonstruierte, habe ich kurz überlegt, ob ich es nicht der Abwechslung halber so gestalten sollte, wie ich es mir damals gewünscht hatte – mit dem Schuhkarton-von-innen-Flair –, um dadurch einen verspäteten Akt der Auflehnung zu zelebrieren. Aber letztlich bin ich halt doch Purist und habe mich wieder für historische Genauigkeit entschieden.

Über die Mohnblumentapete wabert ein Schattenmuster, dehnt sich aus, zerreißt und zieht sich wieder zusammen. Als ich mich auf die andere Seite wälze, sehe ich, wie der Regen in langen Schlieren an den

Fensterscheiben herunterläuft. Einen Moment ist es wie immer, wenn ich erwache: Ich bin ich, verschlafen, etwas mürrisch, vom Leben enttäuscht, aber alles in allem auch nicht vollkommen unzufrieden. Dann fällt es mir ein. Dann fällt mir ein, dass das Leben großartig ist, weil ich jetzt mit Elli zusammen bin. Deswegen liege ich jetzt auch in meinem alten Jugendzimmerbett – weil Elli gestern noch kurz hereingeschaut hat. Normalerweise schlafe ich im ehemaligen Schlafzimmer meiner Eltern, wo das Bett auch viel breiter ist, aber es wäre mir merkwürdig vorgekommen, dort mit Elli Sex zu haben. Elli! Es ist, als wollte sich das Schicksal endlich bei mir entschuldigen: Tut mir echt leid, Sebastian, dass dein Leben bisher nur Schrott gewesen ist, ein steiler, steiniger Weg durch das knochentrockene Tal von Verlust und Zermürbung, nur damit sich am Ende herausstellt, dass alle deine Bemühungen umsonst gewesen sind. Aber auch du sollst nicht völlig leer ausgehen. Eigentlich ist eine zweite Chance ja nicht vorgesehen, aber weißt du was – für dich, für dich mache ich mal eine Ausnahme. Verpatz es nicht wieder!

Falls es überhaupt eine Möglichkeit gibt, glücklich zu werden, dann die, dass man sich die Träume und Sehnsüchte seiner Jugend erfüllt. Mit Elli kann ich mir ein neues Leben aufbauen, ein anderer werden, ein besserer Mensch – nein, kein anderer, sondern der gute, hoffnungsvolle, idealistische Mann, der ich früher einmal gewesen bin. Mitten in der Nacht ist Elli wieder gegangen – wegen einer dementen Katze, die bei ihr zu Hause wartete. Ich könnte das Vieh erwürgen. Am liebsten würde ich Elli sofort anrufen, aber das könnte bedürftig wirken. Wenn sie mich vermisst, kann sie ja anrufen oder quenten. Gut, dass ich mein Ego-Smart noch nicht abgemeldet habe. Nur den langen Sonntag muss ich noch irgendwie rumkriegen.

Ich dusche lange und heiß, bis ich in Nebelschwaden gehüllt bin und selber dampfe und der weich gewordene Gummivorhang an meinem Hintern klebt. Dann putze ich mir gründlich die Zähne, nehme mir richtig Zeit dafür und spüre jedem Bürstenstrich auf dem Zahnfleisch nach. Ich schlucke die Zweidrittel-Dosis Ephebo und lege eine eingeschweißte Doppelreihe Tabletten für Christine auf den Waschbeckenrand. Ich muss ihr jetzt endlich wieder Ephebos geben, man sieht es ihr schon an, dass ich sie eine Woche lang habe aussetzen lassen. Das war mir nicht klar, dass das so schnell geht. Aber mir sieht man es natürlich auch schon an, dass ich die letzten sieben Tage die volle Dosis genommen habe. Anfang dreißig, ich sehe jetzt aus wie Anfang dreißig – oder höchstens wie Mitte dreißig. Um meiner inneren Hochstimmung auch äußerlich Ausdruck zu verleihen, ziehe ich mein liebstes Hemd an. Das liebste Hemd ist nicht mehr richtig dunkelblau, eher so gräulich und angeschrammelt. Der Manschettenrand ist abgestoßen und einen so kleinen Kragen trägt man jetzt auch nicht mehr. Ich muss mir ein paar neue Klamotten kaufen, Hemden und vor allem neue Unterhosen, die alten haben fast alle Löcher. Das wird mir die Zeit bis zum Abend vertreiben. Vielleicht kaufe ich mir auch eine neue Jeans. Kurz spiele ich sogar mit dem Gedanken, mir eine Animal-Mood-Pantalon zuzulegen, aber das würde bei einem Bio-Mittdreißiger lächerlich aussehen. Verdammt, selbst mein Gesicht sieht ein wenig angeschrammelt aus. Trotz der vollen Eph-Dosen in den letzten Tagen. Wie soll das erst werden, wenn ich jetzt wieder auf Zweidrittel runterfahre? Ich zögere kurz, dann gehe ich ins Bad zurück und schlucke eine der Tabletten, die ich für Christine zurückgelegt habe. Einen Tag mehr auszusetzen wird sie schon nicht umbringen. Und außer mir kriegt sie ja sowieso niemand zu Gesicht.

Draußen gießt es in Strömen. Ich ziehe die Kapuze meiner schwarzen Wachsjacke über den Kopf und renne zu meinem kleinen Wasserstoffflitzer. Flache Bäche mäandern durch den Vorgarten. Der Erdboden ist zwar völlig ausgedörrt, aber immer noch so festgebacken, dass er kaum Wasser aufnimmt. Die Bäche sind schmutzig gelb von dem ganzen Staub und Blütenstaub, der auf ihnen treibt. Das ist mal wieder eine neue Dimension von Dürre: so viel Staub, dass selbst das Regenwasser hinterher unfrisch aussieht. Die Menschheit verdient es nicht anders. Die Leute haben gewusst, was kommt, aber sie haben es »einen natürlichen Klima-Zyklus« genannt und sich entschieden, nichts zu tun.

Als ich den Ford erreiche, bin ich schon bis auf die Knochen durchgeweicht. Innen beschlagen sofort die Scheiben. Ich wische mir das Wasser aus dem Gesicht, stelle das Gebläse an und gebe den Selbstlenkmodus ein. Noch bin ich kein Pflegefall, der sich von seinem

Auto ins Alstertal-Einkaufszentrum chauffieren lassen muss. Der Scheibenwischer schiebt die Wassergardine zur Seite, aber gleich fällt ein neuer Vorhang. Im Schneckentempo biege ich in den knöcheltief überfluteten Redderkamp ein. Die braune Suppe fließt mir entgegen. Am Gulli hat sich ein Miniatur-Mahlstrom gebildet. Ich kann mir nicht helfen, aber irgendwie macht Weltuntergang auch Spaß. Jedenfalls zu diesem Zeitpunkt noch. Und hier in Wellingstedt. Wenn man in Bangladesch zu Hause ist, sieht das natürlich anders aus.

Das Einkaufszentrum ist wie jeden Sonntag rappelvoll. Den letzten Parkplatz schnappe ich einer transusigen Poppenbüttler Hausfrau in ihrem blöden, eiförmigen Elektro-Kleinwagen vor der Nase weg. Ich weiß noch, wie wir in der fünften Klasse im Kunstunterricht die Aufgabe bekamen, das Auto der Zukunft zu zeichnen, und ausnahmslos alle malten solche eiförmigen, windschlüpfrigen Kisten, wie sie heute überall herumfahren. Das war vor 58 Jahren! Wieso haben die Ingenieure 58 Jahre gebraucht, um Autoformen zu entwickeln, die jedem Fünftklässler innerhalb einer Kunst-Doppelstunde einfallen? Auf fast jedem Parkplatz steht nun so ein Ei. Ich frag mich, was die Leute hier alle wollen, zumal es im AEZ inzwischen kaum noch Geschäfte für den täglichen Bedarf gibt. Der einzige Supermarkt ist in den Keller verbannt, und der Gemüsehändler baut zwar prächtige Pyramiden aus gewachsten Apfelsinen auf und bietet polierte Kirschen in schwarzen Designer-Stiegen an, ist aber so teuer, dass man die Kirschen dort stückweise kauft. Drogerie und Schuster – Fehlanzeige. Stattdessen wird man von den allerhipsten Klamottengeschäften und allerdämlichsten Tinnef-Läden bedrängt, in denen sich die Fetische des besseren Lebens entweder kaum begreifbar billig – »Nanu-Nana« – oder absurd teuer – »Alstertal-Interior« – erstehen lassen. Blech- und Holzlaternen in jeglicher Größe und Form, Papierservietten, Eulen, Schweine, historisierende Garderobenhaken, Kerzenhalter mit Glitzersteinchen, die von asiatischen Kinderhänden ins Holz implantiert wurden. Ganze Familien, herausgeputzt wie zu einem Theaterbesuch, flanieren durch die Gänge und betreiben das, was in längst vergangenen Zeiten einmal eine lästige Pflicht war, als Freizeitbeschäftigung – kaufen. Die Kategorie des Genug ist ihnen nicht bekannt. Kaufen, kaufen, kaufen, solange dieser Planet noch über einen letzten Rest Ressourcen verfügt, der sich in geschmacklosen Deko-Dreck verwandeln lässt oder in eine Technikspielerei, die niemand braucht. Jedes Eichhörnchen, das im Herbst seine Nüsse vergräbt, damit es auch noch im Winter was zu essen gibt, betreibt bessere Vorsorge, als es die Menschheit auf die Reihe gekriegt hat. Andererseits ist es natürlich auch hochinteressant, sich wieder einmal Überblick zu verschaffen, an welchem Punkt der Degeneration wir inzwischen angekommen sind. Beim Bäcker hat die Größe der Kuchenstücke schon wieder eine neue Dimension erreicht. Um so eine Rumkugel zu essen, braucht man beide Hände. Als wenn es nicht genug fette Kinder gäbe. Und ganz normal große Spritzkuchen, also Spritzkuchen, wie sie noch vor zehn oder zwanzig Jahren normal waren, werden jetzt als »Minis« angeboten: drei Minis für einen Westos. Erstaunlicherweise existieren die beiden Buchhandlungen immer noch, allerdings ist die Auslage ihrer Schaufenster nahezu austauschbar. Nichts als Krimis: Frauenkrimis, Umweltkrimis, Fischkrimis und Sachbücher, die von Krebsschicksalen handeln – also nicht von dem Schicksal der Krebse wie in den Fischkrimis, sondern von Leuten mit Krebs. »Schwanengesang – wie Ephebo mein Leben zerstörte«. Fürchterlich, wer will denn so etwas lesen? Und das gleich neben der Alster-Apotheke, die mit Luftballongroßen Lettern auf dem Schaufenster für genau dieses Medikament wirbt: »MAN KANN DIE VERGANGENHEIT NICHT WIEDERHOLEN? DOCH! EPHEBO!«

Angesichts der Bedeutung, die dieser Slogan für mich bekommen hat, überschwemmt mich eine Woge tiefer Dankbarkeit für die Pharmaindustrie und ihre Wissenschaftler, die in Abertausenden, vermutlich grausamen, aber letztlich doch aufschlussreichen Tierversuchen dem Alterungsprozess auf die Schliche kamen. Was für schlaue Kerlchen doch wir Menschen sind!

Im Schaufenster ist ein Jungbrunnen-Diorama aufgebaut. Die Rückseite der Auslage besteht aus einer zweidimensionalen Sperrholz-Landschaft mit Felsen, Hügeln, Burgen und Schlössern, mit Bäumen und einer tafelnden Renaissancegesellschaft. Davor ist ein rechteckiges graues Bassin in den Schaufensterboden eingelassen, in das von allen Seiten zwei Stufen hineinführen und in dessen Mitte ein Springbrunnen sprudelt. Auf Schubkarren, Sänften und Pferderücken werden die alten Weiber angeschleppt. Alle Figuren haben ungefähr Barbie-Größe, tragen die Mode eines längst vergangenen Jahrhunderts – sofern sie nicht bereits nackt sind – und wirken erstaunlich lebensecht. Jede einzelne Falte, jeder Blähbauch und jeder Hängebusen wurde mit Liebe zum Detail gestaltet. Im Bassin selber planschen Thirty-Something-Bios und auf der rechten Seite entsteigen junge Mädchen dem Wasser. Ich bin nicht der einzige Mann, der sich vor dem Schaufenster die Nase platt drückt.

»Na, du Spanner!«

Himmel hilf, es ist Ingo Dresen. Unverkennbar Ingo Dresen. Die rote Rockermähne und das fette, brutale Gesicht, aus dem einen die Gemeinheit geradezu anspringt. Außerdem trägt er wieder die Jeanskutte. Ich gebe mir Mühe, nicht allzu erschrocken auszusehen.

»Ingo ... ach hallo ...«

»Was für 'n Quatsch, dass die hier auch noch Werbung für Eph machen. Die verdienen sich doch so oder so 'ne goldene Nase.«

Ich wünschte, Ephebo würde an Leute wie Ingo Dresen überhaupt nicht ausgegeben. Ohne dieses Zeug wäre er jetzt über siebzig, ein Opa, und durch sein ewiges Gesaufe wahrscheinlich ein Pflegefall, schwächlich, inkontinent und dement oder sogar schon tot. Schon tot wäre das Beste. Ingo Dresen wäre selbst als Pflegefall immer noch Furcht einflößend. Aber hier steht er nun in vollem Saft vor mir. Grässlich.

»Wahrscheinlich hat die Apotheke das Schaufenster

bloß aus lauter Dankbarkeit so gestaltet«, sage ich, »finde ich immer noch besser als grinsende Fliegenpilze, die an Fußpilz erinnern sollen.«

»Das beste Schaufenster, das ich je gesehen habe, war da irgendwo am Gänsemarkt«, sagt Ingo, »Fußpflege oder so was. Und im Schaufenster lagen nur so dicke braune Fußnägel, richtige Klopper. Hast du das mal gesehen? Das muss da noch bis in die Achtziger gewesen sein.«

Ich kenne es tatsächlich. »Von uns entfernte Holznägel« stand auf einem Schild und daneben lag das Grauen – fingerdicke, korkenzieherartige Gewächse. Aber man musste trotzdem jedes Mal stehen bleiben und hinschauen.

»Nee«, sage ich, »kenn ich nicht.«

»Doch«, beharrt Ingo, »am Gänsemarkt. Da finden übrigens auch unsere Kundgebungen statt.«

Ich nicke einfach und brumme zustimmend, ich will überhaupt nicht wissen, was das für Kundgebungen sind.

»Warum bist du nicht zu dem Treffen gekommen?« Seine Stimme ist auf einmal scharf und gereizt. »Ich habe mit dir gerechnet. Warum sagst du erst, dass du kommst, wenn du's dann doch nicht tust. Das ist kein Respekt, Mann!«

»Ich habe jemanden kennengelernt«, sage ich. Das rutscht mir so raus. Aus lauter Stress. Ich will eigentlich nicht von Elli erzählen. Und schon gar nicht Ingo Dresen.

»Ich hab eine Frau kennengelernt und darüber einfach alles vergessen.«

Ich hasse mich dafür, dass ich das sage. Ich hasse mich dafür, dass ich Ingo Dresen durch ein dümmliches Lächeln zu beschwichtigen suche. Aber wenigstens funktioniert es. Die Feigheit ist schändlich, aber gesund.

»Wir sind jetzt auch bei MASKULO«, brummt Ingo befriedet, »es bringt nichts, wenn jeder für sich allein wurschtelt. Da bahnt sich was richtig Großes an – Breitfront, verstehst du?«

Ich nicke und brummle ebenfalls zustimmend. »Ja, ja, Breitfront, alles klar.«

»Wie, alles klar? Du hast doch gar keine Ahnung! Das, was da jetzt kommt, wird größer als die Islamische Wurzel.«

Ich zucke die Schultern und lächle wieder dumm. Bloß nichts Falsches sagen. Von MASKULO habe ich bereits gehört, es aber immer für einen Verein frustrierter, männlicher Scheidungsopfer gehalten. Ich wusste nicht, dass Leute wie Ingo Dresen da mitmischen.

»Ich erklär dir das«, sagt Ingo gönnerhaft. »Wir gehen da jetzt rein, du gibst mir einen aus und ich erklär dir das.«

Er zeigt auf den Starbucks mit der Coffee-Lounge mitten auf dem Gang. Der zurückrutschende Ärmel legt eine Tätowierung frei, Blätter, Blüten und Schlinggewächse, die ihre Stängel durch die Augen eines Totenkopfs treiben, viel Grün. Ingo bemerkt meinen Blick und schiebt seinen Ärmel noch weiter hoch, legt einen ganzen Tattoo-Pullover frei, einen Dschungel mit Jane und Tarzan und Cheetah drin. Dann legt er mir den Arm um die Schulter und dirigiert mich zum Starbucks. Ich weigere mich lieber nicht. Was will er nur? Ich weiß nicht, für wen er mich hält. Für einen ehemaligen Freund? Ich war nie sein Freund. Es sei denn, er fühlt sich auch denjenigen freundschaftlich verbunden, die er früher tyrannisiert und zusammengeschlagen hat.

Wir holen uns Kaffee und einen Wein für Ingo. Bier haben sie nicht. Selbst den Wein schenken sie eigentlich erst nach 17 Uhr aus. »So weit ist das gekommen«, sagt Ingo Dresen kopfschüttelnd. »Früher hatten wir Sex, Drugs und Rock'n'Roll und heute wollen sie dich in 'ner Kneipe nicht mal mehr rauchen lassen.«

Er zündet sich eine Zigarette an. Niemand beschwert sich und wir steuern eine mit weißem Leder bezogene Sitzgruppe an. Obwohl der Laden gestopft voll ist und hier schon Leute sitzen, als wir uns hinhocken, haben wir innerhalb weniger Minuten eine Menge leeren Raum um uns herum. Ingo Dresen wirkt wie ein Tropfen Essig, den man in eine Schale Öl fallen lässt. Ich würde die Situation ja gern genießen – Teil eines Furcht und Schrecken verbreitenden Zentrums zu sein ist schon irgendwie schmeichelhaft –, wenn ich nur nicht selber so viel Angst vor Ingo Dresen hätte.

»Alles wird verboten«, mault er, »und Frauenquote und die Gewinnobergrenze beim Lotto, um stattdessen die kleinen Gewinne zu erhöhen. Zum Kotzen! Willst du dir das gefallen lassen?«

»Tja«, sage ich, »was soll man machen?«

»Soll ich dir mal was sagen«, sagt Ingo Dresen, »Männer akzeptieren Dinge, von denen sie glauben, dass sie sie verdienen!«

»Ah ...«

»Gesellschaft«, sagt Ingo Dresen, »Gesellschaft, was soll das sein? Ein paar Leute, die sich darauf geeinigt haben, was erlaubt ist und was nicht. Hundert Kilometer weiter sehen die Vereinbarungen schon wieder völlig anders aus.«

Auf der gegenüberliegenden Seite sitzen drei Männer an einem Bistrotisch, mittelständische Geschäftsleute und/oder Lokalpolitiker – irgend so etwas –, Typen, die niemanden gernhaben außer sich selbst und die auch ihren Teil zum Weltuntergang beitragen wollen. Ein Mittagessen. Die Aussicht auf eine Reise in ein piefiges Wellness-Hotel. Ein durchgestrichenes Gefahrengutachten und wieder ist der – sagen wir mal – Methanabbau in Hummelsbüttel für die nächsten zwei Jahre gebongt.

»Wer nicht genug Mumm besitzt, sich zu wehren, verdient es, als Zivilisation unterzugehen«, fährt Ingo fort. »Ich glaub nicht an Worte. Ich glaube an Gewalt. Die Islamische Wurzel – ich kann die auch nicht leiden, die Muftis, aber die wissen wenigstens, was sie wollen. Die geben sich nicht mit Pipikram ab. Die sprengen gleich die Cheops-Pyramiden und bringen Europa zum Kreischen.«

»Das war doch scheiße«, sage ich. »Die gibt es jetzt nicht mehr, die Pyramiden. Die haben da Jahrtausende gestanden und nun sind sie einfach weg.«

»Deswegen ja«, sagt Ingo Dresen, »dann gibt es eben mal was Neues. Und wie die Kulturidioten in der ganzen Welt rumgeheult haben wegen so 'ner Goldmaske.«

Verzweifelt suche ich nach einem überzeugenden Vorwand, um endlich abhauen zu können.

»Von der Islamischen Wurzel kann man Disziplin lernen. Rituale, Gebete und so. Wiederherstellung einer traditionellen Moral. Regeln! So was stärkt den Zusammenhalt einer Gruppe.«

Ingos Meinung nach sind die Femi-Nazis, das Feministinnenpack daran schuld, dass Männer nicht mehr als Männer wahrgenommen werden. Und anscheinend hält er mich für einen ganzen Kerl, jedenfalls sagt er das, wenngleich ich ihm das beim besten Willen nicht abkaufen kann. Ein ganzer Kerl, der Besseres verdient hat. Besseres verdient? Besser als was? Ingo Dresen erinnert mich daran, welches Potenzial ich immer noch in mir trage. Seit wann benutzt er Fremdwörter?

»Du bist nicht das Geld, das du auf irgendeiner weibergeleiteten Bank hast«, sagt Ingo Dresen, »und du bist auch nicht das weibische Auto, das du fährst, und erst recht bist du nicht der verdammte Job, der dich auswringt. Du bist du! Du musst nur die eigene Kraft und Wut wiederentdecken! Wusstest du, dass inzwischen fast zehn Prozent aller Aktien in Frauenhand sind?«

Wo soll das hinführen? Sind die Fat Rats womöglich auch eine religiöse Sekte geworden? Haben sie einen Glauben für Leute erfunden, die auf Gewalt stehen und sich dafür einen religiösen Überbau wünschen?

»Du hast die Macht, dein Leben zu beherrschen«, dringt Ingo in mich, »und der Geschichte einen anderen Lauf zu geben. Du musst nicht erst warten, bis du eine tödliche Krankheit bekommst, um endlich das zu tun, was du schon immer tun wolltest.«

Ich nicke nervös und beneide die Leute, die in einem Sicherheitsabstand von mindestens drei Metern an uns vorbeigehen. Hunderte von Menschen, die alle abhauen dürfen, und ausgerechnet ich bin derjenige, der hier mit Ingo Dresen sitzen muss.

»Man muss ein Bewusstsein für die eigene Geschichte und die eigenen Werte entwickeln. Und das hier, das ist ein radikal-feministischer Angriff auf unsere Werte. Dabei ist unsere Geschichte eine Geschichte der Männer. Wir haben das hier alles aufgebaut. Wir – verstehst du? Und jetzt lassen wir es uns nicht widerstandslos aus der Hand nehmen.«

Mir ist nicht ganz klar, worauf er hinauswill, aber im Großen und Ganzen scheint es ihm darum zu gehen, dass Männer das wichtigere Geschlecht sind und Frauen eigentlich überflüssig. Er folgt mit hasserfülltem Blick den Beinen einer Bio-Dreißigerin, die in einem Tulpenrock erstaunlich nah an unserem Tisch vorbeigeht, bevor er weitergrummelt.

»Das Erstarken des Feminismus hat den Zerfall der Nation eingeleitet. Die Fotzen ziehen doch jetzt alle Register. Hast du schon mal in GQ oder Men's Beauty reingeschaut? Was ist das für eine Welt, in der Zeitschriften von Männern verlangen, schön zu sein? Ich sag dir, das ist psychologische Kriegsführung gegen den Mann. Und wenn sie dich damit nicht fertigmachen können, hängen sie dir eine Anzeige wegen sexueller Belästigung an. Kein Mann in diesem Land glaubt noch an Gerechtigkeit.«

Ich verstehe Ingo Dresens Zorn. Es ist bezeichnend, dass selbst ein brutaler, Frauen verschleißender und krimineller Fettsack wie er sich in diesem durch und durch feminisierten Gesellschaftssystem unglücklich und gedemütigt fühlt. Aber muss man deswegen so eifern? Wenn ich ihm so zuhöre, werden mir meine eigenen Überzeugungen beinahe peinlich. Mit Ingo Dresen möchte man ja nicht einmal punktuell übereinstimmen.

»Der Feminismus hat die Wehrbereitschaft des christlich-europäischen Bollwerks von innen heraus zerstört. Seit die Emanzen selbst entscheiden dürfen, ob sie Kinder wollen, wird Europa zum Einfallstor für die muslimische Bevölkerungsoffensive.«

Kein Zweifel, ich werde agitiert und soll für irgendetwas angeworben werden. Wie sagt man zu jemandem wie Ingo Dresen möglichst höflich Nein?

»Wir planen was Großes und du kannst dabei sein. Wir brauchen solche Leute wie dich. Du bist doch noch in der Demokratiezentrale? Breitfront, verstehst du? Wir sind Krieger, aber wir haben sogar Leute in der Regierung sitzen. Deswegen weiß ich auch, dass Olaf Scholz noch in diesem Jahr zurücktreten will. Angeblich aus Altersgründen – aber seit wann tritt noch jemand aus Altersgründen zurück? In Wirklichkeit soll er das Amt natürlich bloß für eine Frau frei machen. Die wollen sich das Bundeskanzleramt wieder krallen und dann sind wir von Femi-Nazis umzingelt und Männer dienen nur noch als Fußabtreter.«

»Na, na«, sage ich.

Der Mann ist ein Fall für den Psychiater. Übel, wenn

Verschwörungstheorien auf ein so aggressives Gemüt treffen. Außerdem habe ich keine Lust auf Revolution. Ich bin völlig zufrieden damit, wie es jetzt ist. Ich will mich nicht mehr aufregen. Nicht über Femi-Nazis und nicht über die Klimakatastrophe. Ich will mich nicht einmal über die gigantischen Mini-Spritzkuchen aufregen. Ich finde, wir sollten so weitermachen. Ganz genauso weitermachen und dann in Glanz und Gloria untergehen. Es war eine schöne Zeit. Und die nächsten fünf Jahre werden meine allerbesten werden. Und dann ist eben Schluss. Fröhlich gelebt, selig gestorben.

»Und dann?«, frage ich höflichkeitshalber.

»Wie ... dann?«

»Na wie es weitergehen soll – nach dem Umsturz oder was immer ihr vorhabt?«

Ingo Dresen pult und zerrt eine Kette mit einem goldenen Kruzifix aus Hemd und Brusthaar und küsst den Gekreuzigten.

»Nationaler Katholizismus. Aber vorher müssen die Großstädte entwurzelt werden und die Männer zu ihrer natürlichen Lebensweise zurückkehren: Holz hacken, Kanu fahren, in einer Hütte schlafen und in den Wald kacken. Sagt dir Torau was?«

»Torau?«

»Torau! Der hat so gelebt und drüber ein Buch geschrieben. Musst du lesen! Und wenn wir dann in die Städte zurückkehren, wird es wieder Werte geben, Anstand. Keine Vermischung mit anderen Ethnien und Religionen und die Banken müssen aus den Händen der Frauen und Juden befreit werden. Wir werden die patriarchalen Strukturen wiederherstellen und die männliche Überlegenheit festschreiben lassen. Das Sorgerecht wird zum Beispiel automatisch an den Vater gehen. Das hört auf, dass die uns ausbluten lassen. Wir werden Grenzen für akzeptables und inakzeptables Verhalten festlegen, und dann werden die Weiber wieder wissen, wo ihr Platz ist.«

Er ist ganz rot geworden im Gesicht. Mit seiner fetten Wampe sieht er aus wie ein Klumpen Knete. Er gibt mir wieder eine postkartengroße Visitenkarte. Diesmal ist es ein Foto von einem Schaf mit aufgeschlitzter Kehle. »Tierschutz ist Heimatschutz«, steht darunter. »Gegen das grausame Schächten unbetäubter Tiere auf dem ehemaligen Hamburger Schlachthofgelände«.

»So«, sagt er, »ich muss jetzt dringend pissen. Mach's gut, Alter. Wenn du wieder nicht zum Treffen kommst, nehme ich dir das echt übel. Also reiß dich zusammen.«

Er stapft davon und ich kann mein Glück kaum fassen.

13

»Das ist doch nicht möglich«, sagt Elli. »Hast du die jetzt extra meinetwegen aufgemacht? Die Nüsse kann man doch gar nicht mehr essen. Wie alt ist das?«

Sie meint die mindestens vierzig Jahre alte Originalschachtel Tele-Bar, die ich auf den Couchtisch gestellt habe, um das Fernsehfeeling einer untergegangenen Epoche wieder aufkommen zu lassen.

»Keine Sorge«, beruhige ich, »die Nüsse sind frisch von Aldi und Zasko.«

»... Oh, das ist toll, das ist wirklich toll. Sind die vegan? Wenn das die von Zasko sind, sind sie vegan.«

Ich habe Elli zum Fernsehabend bei mir eingeladen, weil sie selber nach eigenen Angaben praktisch nie fernsieht. Ich will ein wenig missionieren und ihr den Charme des hoffnungslos veralteten Mediums wieder näherbringen.

»Tele-Bar«, doziere ich, »repräsentiert durch die geordnete Darbietung sechs verschiedener Nussspezialitäten

209

in sechs goldenen Fächern die Ordnung, Überschaubarkeit und Qualität des damaligen Fernsehprogramms,
wenn nicht sogar die Ordnung, Überschaubarkeit und
Qualität der ganzen damaligen Gesellschaft.«

Elli will sich eine Pariser Mandel hinter ihre brei-
ten, weißen, vom nächtlichen Zähneknirschen leider
schon ziemlich kurz geschliffenen Zähne schieben,
aber ich klopfe ihr auf die Finger.

»Erst wenn es losgeht.«

Folgsam legt Elli die grüne Mandel zurück, setzt
sich neben mich auf das Sofa und lehnt sich an meine
Schulter.

»Du willst jetzt allen Ernstes mit mir fernsehen,
ja?«

Ich nicke und programmiere die Fernbedienung,
die Sender 22 bis 288 zu ignorieren. Fernbedienung
und Bildschirm gehören zu den wenigen Dingen in
meinem Haus, die eindeutig nicht aus dem letzten
Jahrhundert stammen. Schon wegen der Compuni-
kator-Funktionen. Immerhin habe ich bei der Fernbedienung ein Retro-Modell gewählt, das sogar über
Knöpfe verfügt. Man kann sie theoretisch auch wie
eine alte Fernbedienung nutzen.

»Wir könnten stattdessen Sex haben oder uns den
neuen Film mit Birdy Russell herunterladen«, sagt
Elli. »Wir könnten *jeden* Film sehen – was immer wir
wollen. Wir könnten alles Mögliche machen ... Warum willst du ausgerechnet fernsehen?«

»Das ist ja gerade das Gute am Programm-Fernse-
hen: Du suchst dir eben nicht selber aus, was du sehen willst, sondern konsumierst bescheiden, was

dir vorgesetzt wird, zappst durch die überschaubare Auswahl und jammerst nicht dem hinterher, wozu du heute vielleicht gerade Lust gehabt hättest. Wenn du immer nur das anschaust, was du dir selber aussuchst, wird dein Horizont mit der Zeit immer begrenzter. Deswegen sind deine Schülerinnen ja auch so hoffnungslos ignorant. Theoretisch steht ihnen das gesamte Weltwissen zur Verfügung, aber praktisch wissen sie überhaupt nicht, wonach sie suchen sollen, weil sie immer nur das anklicken, was sie sowieso schon kennen.«

»Shammen«, sagt Elli, »das heißt inzwischen shammen.«

»Egal. Man braucht auch Informationen, die man sich nicht selber bestellt hat.«

»Und wenn jetzt nur Mist läuft?«

»Es kommt nicht nur darauf an, was im Fernsehen läuft, sondern auch, wer davorsitzt. Bei den übelsten Sendungen habe ich schon meine allerbesten Ideen gehabt.«

Ich shamme Elli die Fernbedienung auf ihr Watch-Smart, schalte Receiver und Compunikator-Bildschirm an.

»Das waren noch Zeiten, als der Fernseher einfach ansprang, wenn man auf einen einzigen Knopf drückte«, kann ich mir nicht verkneifen zu sagen.

»Ja, ja, und als es nur eine einzige Währung gab – goldene Zeiten«, zieht Elli mich auf und wühlt ihr rechtes Bein zwischen meinen Rücken und die Sofalehne.

»Leg los!«, sage ich und packe den Fuß hinter meinem Rücken, ziehe ihn an der anderen Seite wieder hervor und behalte ihn in der Hand.

»Was denn? Nachrichten?«

»Meinetwegen. Irgendetwas, und das schauen wir uns dann an und sehen, was es mit uns macht.«

Mit Elli könnte ich mir sogar den Zusammenbruch der Welt ansehen und hätte Spaß dabei. Leider erwischt sie ausgerechnet den Naturfilm-Sender von O-TV. Nichts gegen Tierfilme, aber Oligarcho-TV ist dieser Russensender, der zweitklassige Dokumentarfilme herstellt und sie mit Stripperinnen aufpeppt. Das kuckt man sich lieber alleine an.

»Okay«, sage ich, »das kannst du meinetwegen wegschalten.«

»Ne«, sagt Elli, schiebt die Oberlippe ein wenig vor und trotzt sehr süß, »ne, das schau ich mir jetzt an und kuck mal, was das mit mir macht. Darf ich jetzt endlich 'ne Nuss?«

»Klar. So viel du willst.«

Ich lege ihr meinen Arm um die Schulter und wir schauen zu, wie das Kamerateam von Oligarcho ein totes Känguru als Köder auslegt. Selbst die Kameramänner bei Oligarcho sehen aus wie Puff-Gänger.

Und da kommt auch schon die erste Stripperin aus dem Buschwerk.

»He, Candy, während wir hier auf die Beutelteufel warten, könntest du vielleicht für uns strippen?«

»Aber gern doch, Joe! Ich warte schon seit zwei Stunden, dass ich mich endlich zeigen darf.«

Candy fängt an, ihr Netzhemd aufzuknöpfen und

dabei die Brüste in Richtung Kamera kreisen zu lassen. Ich räuspere mich. Elli lacht.

»Und? Was lern ich jetzt daraus?«

»Nun schalt schon um«, sage ich und greife mir eine Handvoll Nüsse.

Elli tut so, als wäre sie von der Striptease-Show völlig gebannt. Candy hat inzwischen freigelegt und drückt ihre riesigen Brüste mit den hässlichen langen Nippeln gegen das Kameraglas. Gleichzeitig laufen am oberen und unteren Bildschirmrand Nachrichtentexte, oben Sport, unten Aktienkurse, unterbrochen von Werbetexten für Wasseraufbereitungspulver und chrono-junge Teilzeitarbeiter – The Future-Team. Elli sieht mich an und feixt.

»Ich sag dir, was du daraus lernst«, sage ich und drücke ihren Fuß, »du kannst daran das Prinzip erkennen, das zum Niedergang der Zivilisation geführt hat. Warum jetzt alles vor die Hunde geht.«

»Woran sehe ich das«, sagt Elli, »an der Stripperin oder an den Beutelteufeln?«

»An der Art, wie sich ganz normale Tierfilme im Laufe der Zeit verändert haben. In meiner Kindheit hat es noch gereicht, ein paar mottenzerfressene Löwen und Geparden aufzuscheuchen und zu zeigen, wie sie jagen und kämpfen und ihre Jungen aufziehen, um uns vor den Fernseher zu bannen. Aber das war den Leuten irgendwann nicht mehr genug. Es musste immer mehr sein, immer mehr, genau wie beim ständig steigenden Wirtschaftswachstum. Ständig mussten die Haie und Löwen und Krokodile irgendwelche Beutetiere vor laufender Kamera zerreißen oder Sex haben oder sich mit vergorenen Früchten besaufen. Und irgendwann reichte es dann auch nicht mehr, den Kronenkranich beim Balztanz zu zeigen, nein, das Ganze musste vor einem abartig bluttriefenden Sonnenuntergang geschehen und gleichzeitig musste im Hintergrund ein Vogelzug mit 200 000 Wildgänsen stattfinden. Und irgendwann reichte auch das nicht mehr und der Vogelzug wurde per Bildbearbeitung in eine herzförmige Formation gezwungen und jetzt muss irgend so ein blöder B-Promi das Ganze moderieren oder Candy muss ihren Bikini ausziehen, bevor die Beutelteufel auftauchen.«

Obwohl Elli mich gern ein wenig aufzieht wegen meines Klammerns an der Vergangenheit, wie sie das nennt, ist sie doch angemessen beeindruckt. Sie sieht mich mit diesem Ausdruck aufrichtiger Bewunderung an, der bei Frauen nur noch ganz selten zu finden ist.

Neulich hat sie mir erzählt, dass ihr Vater niemals Interesse an ihr hatte, sie völlig ignorierte. Das ist möglicherweise der Grund, warum sie so empfänglich für männliche Belehrung ist. Sie empfindet es als Aufmerksamkeit und ist entsprechend dankbar. Heute, wo die Mädchen in jeder Hinsicht gefördert und beachtet und für jeden Scheiß gelobt werden, wo auch die Allerschlechteste im Schulsport noch eine Ehrenurkunde bekommt und die Karriereweiber sich die guten Posten gegenseitig zuschanzen, stirbt weibliche Bewunderung für männliches Wissen natürlich aus. Die unausstehlichen Gören platzen inzwischen vor Selbstbewusstsein. Ich sehe das ja selbst an Binja-Bathseba. Oma Gerda hat ihr diesen Taffe-Teens-Sham geschenkt, in dem es einzig darum geht, Mädchen dazu zu bringen, sich selber zu mögen – egal, ob sie Grund dazu haben oder nicht. Wenn Binja noch mal zu einer angenehmen, zur Bewunderung fähigen jungen Frau heranwachsen soll, dann werde ich aktiv dagegenhalten müssen. Als Alleinerziehender habe ich es ja nun wirklich in der Hand. Wenig Beachtung, hier und da eine abfällige Bemerkung über ihr Aussehen oder ihr Gewicht ... Zurückweisung ist das Zauberwort. Damit sie eines Tages ... eines Tages? Was meine ich eigentlich mit eines Tages? Liebe geht offenbar aufs Hirn. Seit ich mit Elli zusammen bin, ertappe ich mich immer wieder bei dem Gedanken, dass es vielleicht doch etwas weniger schlimm kommen könnte, als die Klima-Forscher es vorhersagen. Oder dass wir wenigstens noch etwas mehr Zeit haben als die berechneten fünf Jahre, bevor hier alles zusammenbricht. Es ist einfach zu schön mit ihr, als dass ich es loslassen könnte. Hat sich die Wissenschaft nicht schon oft genug geirrt? Plötzlich habe ich Verständnis für die ganzen Trottel mit ihrer nicht totzukriegenden Hoffnung, es könne doch noch gut ausgehen, wir könnten uns aus dem ganzen Schlamassel irgendwie heraustechnologisieren, etwas würde erfunden werden, das die verlangsamten Meeresströmungen im allerletzten Moment wieder zum Fließen bringt. Um eine hoffnungslose Situation richtig einzuschätzen, darf man nicht allzu glücklich sein. Dafür braucht es offenbar eine solide Depression.

Stripperin Candy hat ihre khakifarbenen Hotpants

und das Netzhemd inzwischen schon wieder angezogen und die Beutelteufel haben das Känguru im Zeitraffer skelettiert. Nun ist Candy mit ihrer Freundin Natascha in einem Jeep unterwegs zu irgendwelchen Sumpfschildkröten. Und natürlich fahren sie sich in einem Schlammloch fest und Natascha muss raus und schieben, und dann übernimmt Natascha das Steuer und Candy schiebt. Weil es so heiß ist, ziehen beide wieder ihre Oberteile aus, und weil sie High Heels tragen, fallen sie ständig in den Schlamm. Elli kann sich vor Lachen kaum auf dem Sofa halten.

»Jappa, Fernsehen ist echt super!«

»Siehst du, was ich meine? Das Tier im Tierfilm interessiert überhaupt nicht mehr. Sie sind nicht mehr neugierig, die Echt-Jungen. Wenn man unter unendlich vielen Angeboten wählen kann, nimmt man immer das mit der stärksten Wirkung, und das wird am Ende immer Sex sein oder Gewalt. Sogar das Fernsehen hat sich dem angepasst. Was du hier siehst, ist nicht richtiges Fernsehen, sondern im Grunde eine Kopie des Internets.«

»Das Internet«, sagt Elli und wischt sich die Lachtränen weg, »ich mag das, dass du dich immer so verschroben und altertümlich ausdrückst. Du versuchst nicht, krampfhaft auf jung zu machen.«

Ich habe ihr nicht erzählt, dass ich die Ephebo-Dosis heraufgesetzt habe. Weder meine körperliche Veränderung noch die neuen Klamotten scheinen ihr aufgefallen zu sein. Eigentlich kränkend.

»Meine Jugend wurde von Kassettenrekordern, Fernsehern und Taschenrechnern bestimmt. Und wenn du mich fragst, hätte man es dabei belassen können.«

»Na, so alt brauchst du jetzt auch wieder nicht zu tun«, sagt Elli, hat aber endlich ein Einsehen und schaltet um. Eine Werbung für Prepper-Raumausstattung und ewig haltbares Knäckebrot, dann Nachrichten: 24 erschossene Flüchtlinge an der ungarischen Mauer, mindestens 600, die im Ärmelkanal ertrunken sind, Eröffnung des Pleistozän-Parks in Ostsibirien, in dem fünfzig rückgezüchtete Mammuts den Permafrostboden feststampfen sollen, um die Abgabe von Methan an die Atmosphäre zu verlangsamen, die Wirtschaftsministerin ruft die Woche der Genügsamkeit aus.

»Ich will nicht in dieser Zeit leben«, sage ich, »ich möchte in der Vergangenheit leben. In der fernen Vergangenheit. Ich hasse die Gegenwart.«

»Das ist nicht zu übersehen«, sagt Elli, »aber mit einem Wählscheibentelefon lässt sich die Vergangenheit auch nicht wieder heraufbeschwören.«

»Das Telefon ist mein Lackmustest«, antworte ich. »Ich bin der festen Überzeugung, dass man im Leben so viel Muße haben sollte, dass es möglich ist, mit einem Telefon mit Wählscheibe zu arbeiten. Wenn das nicht mehr funktioniert, wenn diese halbe Minute, die es dauert, eine Nummer zu wählen, nicht mehr drin ist, dann läuft etwas ganz furchtbar falsch im Leben.«

Elli zappt munter die Kanäle durch. Donald Duck, immer noch im Matrosenanzug, aber jetzt mit Manga-Augen, läuft mit einem Knüppel hinter Daisy her, Pa-

thologen schnipseln einer Leiche die Fingernägel ab
und sammeln sie in einer kleinen Tüte, ein glatt po-
liertes Liebespaar küsst sich vor einem Schwarzwälder
Wasserfall und dann noch ein Wasserfall, ein anderer Wasserfall, vor dem ein nackter Mann im Lotus-
sitz meditiert: »Haltlos? Verzweifelt? Voller Furcht,
was die Zukunft bringt? Noch ist es nicht zu spät. Erleben Sie Momente voller Einkehr und Spiritualität
im Fünf-Sterne-Yellow-Monk-Resort. Freuen Sie sich
schon jetzt auf eine Belohnung nach dem Tod.«

Schließlich bleiben wir bei dieser Talkshow mit der
unglaublich dummen, aber wirklich hübschen und vor
allem chrono-jungen Moderatorin hängen. Sie trägt
so einen Science-fiction-Haarschnitt, kinnlang, und
ihre Haare sind weiß mit dicken schwarzen Strähnen.
Drei der fünf eingeladenen Gäste habe ich noch nie
gesehen, aber natürlich ist mal wieder dieser Schauspieler dabei, nach dem sie jetzt alle verrückt sind. Ein
unappetitlicher Zeitgenosse, bio-dreißig, mit langen
verfilzten Haaren und einem irren Blick. Er ist vor allem dafür bekannt, dass er ständig jemanden anbrüllt.
Beim letzten Dreh hat er beinahe den Regisseur er-
würgt. Aber die Kulturjournalisten sind alle entzückt
und halten seine Ausfälle für ein entscheidendes Indiz, es mit einem Genie zu tun zu haben. Man fragt
sich wirklich, was in diesen kleinen androidbebrillten
Feuilletonköpfen vor sich geht. Vermutlich denken
sie, dass er ein Freigeist sei, unabhängig von der Meinung anderer, der sich Dinge traut, die sie niemals wagen würden. Die zweite mir bekannte Visage gehört
Johannes Bartenboom, einem von diversen Vizeprä-

sidenten des Deutschen Bauernverbandes und das absolute Hassobjekt von mir. Man muss sich die miese Fresse nur mal ansehen: Arroganz, blinde Gewissheit, Aggressivität und fast gar keine Lippen. Obwohl auch er sich eine Bio-Verjüngung geleistet hat (er muss weit über achtzig sein, geht aber für vierzig durch), haben sich die Entstellungen der Bosheit, des Eigennutzes und der Herrschsucht tief in sein Gesicht geprägt. Typen wie ihn sieht man eigentlich nur noch in den 50er-Jahre-Filmen des letzten Jahrhunderts, und zwar in denen, die inzwischen nur noch mit Distanzierungsvorspann laufen dürfen: »Die Meinungen, die in diesem Film vertreten werden, spiegeln nicht die Meinung des Anbieters wider und sollten als ein Produkt ihrer Zeit betrachtet werden, die eine Zeit voller Vorbehalte gegen Menschen anderer Ethnien, anderen Geschlechts oder anderer Einkommensklassen war.«

Bartenboom erklärt gerade mal wieder die Agrarwende für gescheitert, zumal sie seiner Meinung nach sowieso nur eine Kampagne zum Schüren von Unzufriedenheit und zur Positionierung weiblicher Politiker ist. Seiner Meinung nach ist es der Mangel an Vertrauen in die Landwirtschaft, der den größten Schaden anrichtet. Der Mann arbeitet seit jeher mit systematischer Desinformation des Verbrauchers.

»Können Sie mir eine einzige realistische Alternative zum Gen-Raps aufzeigen«, faucht er die Moderatorin an – »Ihre unspezifische Modernisierungskritik blendet doch vollkommen die Realität aus.«

»Der würde auch noch die letzte Nachtigall und

die letzte Sumpforchidee kleinhäckseln und an seine Schweine verfüttern, wenn dabei ein oder zwei Westos mehr für ihn rausspringen«, sagt Elli.

»Aber dass die letzten Überschwemmungen etwas mit dem Klimawandel durch den von der modernen Landwirtschaft mitverursachten CO_2-Ausstoß zu tun haben – das können Sie ja wohl nicht leugnen«, versucht es die jugenddumme Moderatorin noch einmal.

Na klar kann er das. Bartenboom ist ein Raubtier, das einem ohne zu blinzeln ins Gesicht lügt und weder Schuld noch Reue kennt. Durch das ständige Fixieren seiner Gegner hat sich eine unnatürlich glatte, faltenfreie Zone rund um die gletscherblauen Augen erhalten.

»Mensch, Kindchen, ist Ihnen eigentlich klar, was Sie mit solcher Panikmache für Schaden anrichten können? Sie müssen nicht alles glauben, was Ihnen die Grünen einreden wollen. Die Überschwemmungen sind eine Folge begradigter Flüsse und mit Asphalt versiegelter Flächen.«

Die Kamera hält auf den unappetitlichen Schauspieler, der sich mit der Zunge getrocknete Speichelreste aus den Mundwinkeln polkt.

»Landwirtschaft«, tönt Bartenboom, »sorgt für freie unversiegelte Flächen, auch für Ausweichflächen bei Hochwasser. Ich glaube, Sie machen sich zu viel Sorgen, ist ja modern heute, ständig Krisen herbeizureden. Aber wenn Sie sich die letzten Jahre anschauen, dann dürfen Sie feststellen, dass wir hier in Westeuropa von der Klimaerwärmung ganz enorm profitiert haben. Die längeren und heißeren Sommer dürften den meisten Menschen ganz gut gefallen und letztes Jahr konnten viele deutsche Bauern von einer zusätzlichen Erntephase profitieren und mit ihnen die Verbraucher.«

Er redet sich warm, erklärt, dass sämtliche Umweltprobleme mithilfe des Marktes oder neuer Technologien gelöst werden könnten, und suggeriert, dass es keinen Grund zur Sorge gibt, weil bei der gnadenlosen Ausbeutung der Natur doch auch bisher alles immer noch irgendwie gut gegangen sei, was ja wohl der Beweis dafür wäre, dass auch weiterhin alles gut gehen würde. Und das nach einem bitterkalten Winter, der nicht enden wollte, einem Frühjahr, das sämtliche unmanipulierten Pflanzen vertrocknen ließ, und den Wassermassen der letzten Wochen, die mindestens ein Drittel der von ihm angeblich vertretenen Bauern um ihre Ernte gebracht haben. Bartenboom erklärt, dass der CO_2-Ausstoß in der Landwirtschaft nicht weiter gesenkt werden könne, weil dann die Chinesen den Markt übernehmen würden. Deswegen müsse man warten, bis die Chinesen damit anfangen, dann könne man zunächst einmal deren Markt übernehmen und danach könne man ja immer noch weitersehen. So sagt er es natürlich nicht, aber es ist das, was er meint.

Währenddessen fängt die Kamera ein, wie der unappetitliche Schauspieler in der Nase bohrt, seine Beute ausgiebig betrachtet und dann die Popel frisst. Scham ist ein Begriff, der in seinem Universum nicht existiert.

»Wir als Sprachrohr der Bauernfamilien sind stolz

auf unsere Geschichte und unsere Traditionen auf der Grundlage christlich-männlicher Grundwerte und werden es nicht zulassen, dass irgendwelche grünen Spinner oder Suffizienz-Beauftragte ...«

»Der weiß doch ganz genau, dass unser Todesurteil längst unterschrieben ist. Und jetzt regt er sich auf, dass jemand ihn darin hindern will, es zu beschleunigen«, sagt Elli und schaltet zu meinem Bedauern um.

Nun, es ist ihr Fernsehtag. Ich rede ihr da nicht rein. Auf Show-Zwo läuft eine Wiederholung von Methusalix, einer Mischung aus Quiz und sportlichem Wettkampf, in dem chrono-junge gegen bio-junge Menschen antreten und so gut wie immer das Team Bio gewinnt. Weil sie es eben einfach draufhaben oder weil die Kandidaten entsprechend ausgesucht worden sind.

»Wo befindet sich die letzte noch frei lebende Elchpopulation«, fragt ein ewig vierzigjähriger Günther Jauch: »A in Norwegen, B in Schweden, C in Kanada oder D in Russland.«

Elli schaltet weiter, bevor ich überprüfen kann, ob meine Antwort (A) tatsächlich richtig gewesen wäre. Seltsamerweise geht es auch auf dem nächsten Kanal um Elche. Dabei ist es eigentlich ein Shoppingsender. Aber jetzt schlurfen Elche durchs Bild, schaufeln mit ihrem Geweih Grünzeug aus einem See und eine Männerstimme erklärt, warum sie aussterben. »Das wärmere Klima verhindert die Bildung von Fettreserven, schwächt das Immunsystem durch Stress und erhöht die Anfälligkeit für Parasiten. Wenn der nächste Winter wieder verregnet wird und Bodeneis die Futterpflanzen überdeckt, könnte es die letzten 300 Exemplare auf einen Schlag erwischen.« Die Stimme gehört einem vertrauenerweckenden Anzugträger, der jetzt in einem vornehmen Restaurant steht. Distinguierte Menschen plaudern über ihre Teller hinweg. »Ein gutes Stück Elch ist wie ein guter Wein«, sagt der sympathische Anzugträger, »ein Genuss, ein Zeichen von Kultur und eine Wertanlage. Sichern Sie sich jetzt ein, zwei oder gleich hundert Kilo tiefgefrorenes Elchfleisch. Sprechen Sie mit Ihrem Berater von der Hamburg-Mannheimer.«

»Die, die das machen«, sage ich, »die Leute, die jetzt noch Elchfleisch kaufen, das werden auch die sein, die nachher als Erste mit Kannibalismus anfangen. Die werden auch dann noch darauf pochen, dass sie einen Anspruch auf Fleisch haben, wenn alle anderen Tiere längst aufgefressen sind.«

»Wann bist du eigentlich Vegetarier geworden?«, will Elli wissen.

Sie denkt natürlich, ich wäre immer noch Vegetarier, weil ich ihr von meiner Zeit bei Greenpeace und Foodwatch erzählt habe und die Anstellung bei solchen Organisationen in ihren Augen feste unantastbare Prinzipien voraussetzt. Tatsächlich bin ich auch dreißig Jahre lang Vegetarier gewesen, davon elf Jahre sogar Veganer. Dann habe ich es von einem Tag auf den anderen aufgegeben. Alle anderen stopften sich wie die Beutelteufel mit Fleisch voll und es war abzusehen, dass ich durch meinen Verzicht kein einziges Schwein retten würde und erst recht nicht die Welt. Schließlich aß ich sogar mehr Fleisch als alle anderen, so viel, wie ich für meine Punkte nur kriegen konnte. Ich aß es nicht nur, weil es schmeckte, sondern auch, weil ich es gut fand, dass die verblödete Menschheit demnächst aussterben würde, weil ich es gar nicht abwarten konnte, sie in der kommenden Sintflut absaufen zu sehen. Ich fürchte nur, dass Elli dafür kein Verständnis haben wird.

»Da war ich schon über dreißig«, versuche ich um das Thema herumzulavieren.

»Was ich immer am schlimmsten finde«, sagt Elli, »sind Vegetarier, die plötzlich wieder anfangen, Fleisch zu essen. Die wissen schließlich genau, welche Höllenzustände in den Mastfabriken herrschen, deswegen sind sie ja auch mal Vegetarier geworden, und plötzlich beschließen sie einfach: Ist mir egal, ich will trotzdem Fleisch essen. Dann erzählen sie dir irgendetwas von ihrer Blutgruppe, dass sie so eine bestimmte Blutgruppe hätten, bei der man eben Fleisch essen müsse. Widerliche, verlogene ...«

»Weißt du, wen ich neulich im AEZ getroffen habe«, sage ich schnell, »Ingo Dresen! Weißt du noch, wer Ingo Dresen ist?«

Natürlich weiß Elli noch, wer Ingo Dresen ist. Wer einmal mit ihm auf dieselbe Schule gegangen ist, vergisst diesen Namen nicht.

»Nicht nur in der Schule, ich hatte auch noch mit ihm zu tun, als ich auf dem Tierrechtshof in Bargteheide gearbeitet habe. Das muss so um Zweinullzwanzig gewesen sein.«

Elli hat jahrelang einen Tierrechtshof in der Nähe von Hamburg geführt und bis zum Schluss die Stellung gehalten, während die anderen nach und nach abgesprungen sind, weil Neonazis sich im Dorf breitgemacht und die Tierrechtsaktivisten bedroht hatten.

»Schließlich hat mir Tom den Tipp mit dieser Tierschutz-Motorradgang aus Hamburg gegeben. Die haben sich total gefreut, endlich mal 'ne echte Herausforderung zu haben. Bisher waren die nämlich immer bloß gerufen worden, wenn irgendjemand seinen verwahrlosten Zwingerhund nicht herausrücken wollte. Dann sind die da aufgetaucht, zwölf breite Kerle auf Motorrädern, und haben einfach noch mal ganz freundlich gefragt. Dann konnten die den Hund eigentlich immer anstandslos mitnehmen. Dafür hatten die extra einen Beiwagen an einem der Motorräder.«

»Jetzt sag nicht, das waren die Fat Rats von Ingo Dresen.«

»Du kannst dir ja mein Gesicht vorstellen, als der bei uns plötzlich auf dem Hof stand. Aber der Erfolg war durchschlagend. Die haben den Nazis Bescheid gestoßen und von da an war Ruhe. Von uns haben die immer bloß als von ›unseren Veggies‹ gesprochen, als wenn wir ihre Maskottchen oder so was wären.«

Ingo Dresen als Tierschützer. Das Leben schlägt schon lustige Kapriolen.

Okay, und ab morgen bin ich eben wieder Veganer.

14

Ich habe nicht die allergeringste Lust, in den Prepperraum zu gehen, ich muss mich regelrecht dazu zwingen, aber irgendjemand muss ja den Kühlschrank auffüllen. Seit Christine keine Ephebos mehr nimmt, altert sie in bestürzender Geschwindigkeit. Viel schneller, als ich das erwartet hätte. Man kann beinahe zusehen. Da ich sie nur noch alle zwei, drei Wochen aufsuche, ist die Begegnung mit ihr jedes Mal ein Schock. Wie in einem Horrorfilm, in dem der Vampir einen Pflock ins Herz gerammt bekommt und daraufhin – eben noch blühende Jugend – im Zeitraffer zum Greis wird und dann zur Mumie und dann zu Staub. Nur, dass Christine mir nicht den Gefallen tut, endlich zu pulverisieren. Im Gegenteil. Sie bettelt mich an, sie öfter zu besuchen, und heult hysterisch, wenn ich sie wieder verlassen will. Bettelt sogar darum, dass ich mit ihr schlafe, bettelt um Ephebos.

Ich hätte das Ganze längst beenden sollen. Aber irgendwie hänge ich auch an diesem kleinen, aus der Zeit gefallenen Raum, in dem ich mich nie beweisen muss und nie abgewiesen werde und in dem ich alle Vorrechte besitze, die mir aufgrund meines Geschlechts zustehen. Okay, es gab schon mal Widerworte, es gab sogar tätliche Angriffe, nicht nur einmal, aber es endete jedes Mal damit, dass ich siegte und Christine das bekam, was sie verdiente.

Also räume ich wieder die Dosen mit den Erbsen und Wurzeln, den Königsberger Klopsen und den Tortenpfirsichen zur Seite und setze den Black & Decker an. Doch als ich die Sicherheitstür öffne, ist von Christine nichts zu sehen. Der Boden liegt voller grauer Schaumstofffetzen und in der Zimmerdecke klafft ein Loch. Unter dem Loch steht ein Stuhl. Der Schock ist so groß, dass ich mich beinahe übergeben muss. Da liegt die Kette, das Halseisen ist geöffnet. Ein verbogener Teelöffel liegt daneben. Sie hat es tatsächlich aufbekommen. Das war ein massives Halseisen, etwas Solides mit Vorhängeschloss, nicht irgend so eine Schlafzimmerspielerei. Mein Körper fühlt sich an, als würde ich mich gerade verflüssigen. Ich kann mich kaum noch auf den Beinen halten. Wann war ich zum letzten Mal hier? Es muss mindestens zwei Wochen her sein. Alles ist aus. Christine kann schon seit Tagen fort sein, ohne dass ich es mitbekommen hätte. Vielleicht ist sie einfach bloß zu verwirrt, um zur Polizei zu gehen, und irrt irgendwo durch einen Wald. Jetzt nur keinen Fehler machen. Zuerst einmal schließe ich die Sicherheitstür hinter mir und gebe den Zahlencode ein. Dann nähere ich mich vorsichtig dem Loch in der

Decke, stelle mich auf den Stuhl und spähe in die Finsternis. Nachdem meine Augen sich eine halbe Minute lang an die Dunkelheit gewöhnt haben, scheint es, als krümmte sich hinten in der Ecke etwas noch Schwärzeres vor dem ganzen Schwarz. Aber das könnte auch reines Wunschdenken sein.

»Komm da raus«, sage ich, »komm da sofort raus oder ich komme rein.«

Das werde ich natürlich schön bleiben lassen. Wer weiß, was mich da erwartet. Ich muss schon hier damit rechnen, jeden Moment angesprungen zu werden. Mit meinen Händen ertaste ich zerfetzte Schaumstoffplatten und ein loses Brett. Zur Schallabsorbierung habe ich eine elastisch aufgelagerte zweite Decke eingezogen und Pyramidenschaumstoff eingearbeitet. Das hier sind Teile davon. Dann ertaste ich etwas gruselig Weiches, ein kleiner, trockener elastischer Ball mit irgendetwas Fiesem darin. Als ich es ans Licht hole, entpuppt es sich als Mäusenest aus Schaumstoff, Kotsprenkeln und vier sauber mumifizierten Mäusebabys. Ein kleines Kunstwerk, wie es die Ägypter auch nicht besser hinbekommen hätten. Ich lege es wieder zurück und stochere mit dem losen Brett so weit wie möglich in die Finsternis hinein, schlage damit links und rechts gegen andere Bretter, senke es in Schaumstoff wie in einen lebendigen Körper. Kein Schrei, kein Laut. Aber wenn Christine sich nach oben durchgearbeitet hätte, hätte ich das ja wohl mitbekommen. Und um sich seitlich durch die Außenmauer zu graben, dafür wird die Zeit kaum gereicht haben. Hoffe ich jedenfalls. Einer plötzlichen Eingebung folgend, springe ich vom Stuhl und sehe in der Nasszelle nach. Dann unter dem Bett. Dann stelle ich mich wieder unter das Loch und rufe hinauf.

»Das willst du nicht, dass ich da reinkomme, glaub es mir. Also sieh zu, dass du deinen dicken Hintern hier runterschaffst.«

»Bitte, lieber Gott, bitte«, flehe ich innerlich, »mach, dass Christine noch da ist, und ich werde eine saubere Lösung finden.«

Ein leises tierhaftes Wimmern dringt aus dem Zwischenboden. Ich bin unendlich erleichtert.

»Na los! Wird's bald?«

Es raschelt und knackt. Dann erscheinen zwei schmutzige Beine und ein hochgerutschter Rock und Christines untere Hälfte lässt sich, begleitet von einer Wolke aus Staub, Sägespänen und Schaumstoffkonfetti, aus dem Loch gleiten. Die Füße angeln nach dem Stuhl, erwischen ihn aber nicht und ich muss Christine an der mageren Hüfte packen und an mich ziehen, damit sie nicht fällt.

»Du Mistweib«, brülle ich, wenn auch eher aus Erleichterung denn aus echter Wut, »du verdammtes Mistweib, ist dir eigentlich klar, wie scheißteuer die Deckendämmung gewesen ist?«

Von der Arbeit, die ich da hineingesteckt habe, mal ganz zu schweigen. Ich stelle Christine vor mich hin. Die Haare voller Spinnweben, Dreckschlieren im ausdruckslosen Gesicht, ein völlig zerknittertes, ehemals gelbes Kleid am Körper. Wieder kommt so ein leises, wenig menschliches Wimmern aus ihrer Kehle, ohne dass sich irgendeine Regung in ihrer Mimik zeigt. Oh

Gott, inzwischen sieht sie aus wie über vierzig, also fast so alt wie ihre Mutter. Jedenfalls deutlich älter als ich, denn ich gehe inzwischen als Mittzwanziger durch und meine Haut hat diese jugendliche, gummiartige Straffheit zurückgewonnen. Übrigens gibt es viel mehr Männer, die die volle Ephebo-Dosis nehmen, als mir klar war. Jetzt, da ich es selber tue und darauf achte, entdecke ich überall Bio-Zwanziger und täglich werden es mehr. Alt sein ist schlimmer als Krebs, ein Zeichen von Armut und Ungepflegtheit. Wer einfach altert, ohne etwas dagegen zu unternehmen, hat die Kontrolle über sein Leben verloren. Ich ekele mich ein wenig vor Christine – da ist so eine schlappe Falte an ihrem Hals, und dann die schrumpelige Haut auf ihren Ellenbogen.

»Wie läufst du eigentlich hier herum«, sage ich. »Schau dich mal an! Du bist total dreckig. Denkst du vielleicht, ich finde das schön?«

Christine flüstert heiser etwas, das wahrscheinlich eine Entschuldigung sein soll.

»Mensch, geh duschen«, sage ich. »Ich kann dich echt nicht mehr sehen.«

Wie ferngesteuert geht sie in die Nasszelle. Während ich den Kühlschrank mit Sojajoghurts und Margarine bestücke, höre ich sie unter der Dusche weinen. Ich packe auch den Küchentresen voll: Neben Zwieback und Nudeln auch Dänische Haferkekse und frische Optimal-Brötchen, Mangos und Polangas – lauter Sachen, die sie gerne isst und die ich extra für sie besorgt habe, während sie hinter meinem Rücken die Deckenverkleidung zerstört hat, um mich hereinzulegen. Ich nehme das Halseisen in die Hand, probiere, ob der Schlüssel noch geht. Das Schloss klemmt jetzt, aber mit etwas Gewalt kriege ich es zu und auch wieder auf. Ich warte noch, bis Christine wieder aus der Nasszelle kommt.

Sie ist jetzt nackt und ihr Körper ist immer noch gar nicht so übel.

»Du brauchst dich nicht anzuziehen. Ich mache dich hier gleich so wieder fest.«

»Willst du schon wieder gehen?«

Ihre Augen sind angstvoll aufgerissen.

»Allerdings«, sage ich. »Ich muss jetzt nämlich erst mal in den Baumarkt, um die Sauerei wieder in Ordnung zu bringen, die du hier angestellt hast.«

»Lass mich nicht allein. Nur eine Stunde. Bitte.«

»Du hast mich verärgert, du verdammtes Miststück. Warum sollte ich dir jetzt einen Gefallen tun? Wenn ich will, kann ich dich hier auch verrecken lassen. Also hör auf, mich wütend zu machen.«

»Bleib noch«, heult sie. »Ich tu alles, was du willst!«

»Alles?«, frage ich und befestige die Halsschelle an ihr, ziehe den Schlüssel ab und stecke ihn in meine Hosentasche.

»Alles«, heult sie, wirft sich auf den Boden und umklammert meine Schuhe. Die Kette schlängelt sich dekorativ über ihren Rücken.

Ich habe sie da, wo ich sie immer haben wollte. Aber es bedeutet mir nichts mehr. Schade eigentlich. Wäre ich nur früher auf die Idee gekommen, ihr die Ephs wegzunehmen. Dann hätte ich auch schon früher viel mehr erreichen können. Solange sie noch jung und attraktiv aussah, hatte sie auch noch einen letzten Rest Macht über mich. Es ist viel einfacher, jemanden zu beherrschen, den man nicht begehrt.

Sie hält meine Füße immer noch umklammert. Ihr Rotz durchweicht meine Socken.

»Bitte, lass mich hier nicht allein. Bitte! Oder sag mir wenigstens, wann du wiederkommst. Ich halt das nicht mehr aus. Gib mir eine Uhrzeit ... Damit ich auf etwas warten kann.«

Beim letzten Mal hat sie mich überredet, ihr meine Armbanduhr dazulassen, eine antike natürlich – ohne Smart-Funktionen. Eigentlich wollte sie einen Fernseher. Wenn die Nachrichten und Sendungen noch wie früher von Männermeinungen dominiert würden, hätte ich wahrscheinlich sogar ein Auge zugedrückt. Warum sollte sie nicht fernsehen, wenn ich sowieso kaum noch da war und eigentlich gar nichts mehr von ihr wollte? Aber gerade noch rechtzeitig fiel mir ein, dass selbst im Fernsehen heute das meiste nur noch Frauen-Sprech ist. Und das hätte fatale Auswirkungen auf Christine haben können. Da wäre sie bald wieder obenauf gewesen. Als Kompromiss habe ich ihr stattdessen die Armbanduhr gegeben.

»Na gut«, sage ich, »du willst einen festen Termin. Sollst du haben: In zwei Stunden bin ich aus dem Baumarkt zurück. Du wirst mich erwarten, nackt natürlich, in der Gebrauchshaltung.«

Die Gebrauchshaltung habe ich ewig nicht mehr von ihr verlangt. Ich hatte das mal ganz am Anfang ihrer Gefangenschaft einzuführen versucht, als sie noch aufsässig war. Um sie schneller zu brechen. Aber das ist beinahe schiefgegangen. Ich hatte Angst, dass sie verrückt wird. Deswegen hatte ich das bald wieder aufgegeben.

Kaum habe ich das Wort Gebrauchshaltung ausgesprochen, schon kriege ich eine Erektion. Auch in dieser Hinsicht habe ich wieder den Körper eines Zwanzigjährigen.

Christines Hände lösen sich von meinen Füßen. Sie sieht auf den Boden.

»Ja, Gebieter«, sagt sie heiser unter ihren Haarsträhnen hervor, und es ist nicht nur Verzweiflung, sondern auch echte Dankbarkeit in ihrer Stimme. Wie gefällig sie sein kann, wenn sie nur will. Auf einmal ist es mir völlig egal, wie schlaff ihr Hals ist.

»Na los«, sage ich und ziehe sie freundschaftlich an den Haaren zu mir hoch, damit ich ihr Gesicht sehen kann, »ich will dich schon jetzt. In der Gebrauchshaltung.«

Ihr Gesicht hat einen leicht wahnsinnigen Ausdruck, unheimlich, aber dabei laufen aus ihren Augen die ganze Zeit Tränen, was mich wieder beruhigt. Ich lasse sie los, und sie wendet mir den Rücken zu und kniet sich vor mich hin, beugt sich vornüber, streckt sich, bis die Unterarme flach auf dem Boden aufliegen, und nimmt den Kopf zwischen die Arme. Alles so beflissen, als hinge ihr Leben davon ab. Und wenn ich es recht bedenke, dann stimmt das natürlich auch irgendwie.

»Nimm die Schenkel weiter auseinander«, sage ich. »Höher mit dem Hintern!« Ich sage nicht *Arsch,* ich sage *Hintern.* Schließlich war sie mal meine Frau.

Ich betrachte und betaste sie eine Weile, wie sie da vor mir kniet und sich anbietet. Das Fleisch an den Innenseiten ihrer Schenkel ist weich, schon fast lappig. Falls in den nächsten Jahren plötzlich die Ephebos ausgehen, weil nicht mehr produziert oder geliefert werden kann, wird das kein schöner Anblick werden. Plötzlich laufen dann überall Zombies herum, Leute, die innerhalb weniger Monate um vierzig, fünfzig oder noch mehr Jahre altern, Mumien, denen man beim Verwesen zuschauen kann.

Ich greife ins Schenkelfleisch und rolle es melancholisch zwischen den Fingern, zupfe daran. Lasse Christine spüren, was aus ihr geworden ist. Dann öffne ich meine Hose und benutze sie, wie es mir gefällt. Mir gefällt es in den Arsch und hart. Sie wehrt sich nicht, versucht sogar ihr Wimmern zu unterdrücken, um nicht mein Missfallen zu erregen. Sie muss sich nicht lange zusammenreißen, ich komme fast sofort.

Hinterher lasse ich sie meine Füße massieren, während ich auf dem Sofa liege, mir eine Zigarette anzünde und ihr den Rauch ins Gesicht blase. Kaum zu glauben, dass dies dieselbe Frau ist, die mir früher über den Mund fuhr und meine Persönlichkeit auf Lächerlichkeit und Nachgiebigkeit reduzierte. Dann muss ich aus irgendeinem Grund plötzlich an Elli denken. Gestern lag ich noch neben Elli und jetzt das hier. Ich fühle mich sofort schrecklich. Ich frage mich, warum ich es eigentlich mache? Warum gehe ich überhaupt noch in den Prepper-Raum? Wenn Elli und ich uns lieben, dann ist das etwas Sauberes und Reines.

Nicht nur wegen der natürlichen Schönheit unserer jugendlichen Körper, sondern vor allem wegen dem, was wir füreinander empfinden. Wie kann ich jemanden wie Christine nur begehren? Ich verstehe nicht, wie diese alte Hexe es immer wieder schafft, mich rumzukriegen.

Christine knetet beflissen meine Füße, gibt sich wirklich Mühe, das muss man sagen. Sie rollt jeden Zeh einzeln zwischen Daumen und Zeigefinger, zieht und streckt ihn und greift dann mit beiden Händen den ganzen Fuß und wringt ihn aus wie ein nasses Handtuch. Ich seufze unwillkürlich.

»Gebieter ...«, sagt sie und streicht dabei mit den Daumen fest übers Fußgewölbe, »darf ich etwas fragen?«

So ist es jedes Mal. Nie macht sie etwas tatsächlich nur für mich. Immer verfolgt sie dabei irgendwelche Interessen. Aus einem plötzlichen Zorn heraus trete ich nach ihr und treffe ihren Kopf, was nicht meine Absicht war. Ich halte dieses alte Weib einfach nicht mehr aus, ihr ständiges Gebettel. Schon heult sie wieder, heult und umklammert meine Fußknöchel und schwört, dass sie sich bessern wird, dass sie alles tun wird, was ich sage.

»Bring mir mal die Kekse«, sage ich und sofort springt sie auf und läuft, um die Kekse zu holen. Ich muss sie irgendwie loswerden. Andererseits kann ich sie ja schlecht umbringen, auch wenn sie mir mit ihrem Ausbruchsversuch eigentlich einen schönen Anlass dazu gegeben hat. Ansonsten macht sie alles, was ich will. Geradezu beflissen. Wenn ich ihr befehlen würde, auf Hände und Knie zu gehen, um sich von mir als Hocker benutzen zu lassen, auf dem ich meine Füße ablegen kann, würde sie sogar das tun. Ich stelle mir vor, wie das wäre, und dann stelle ich mir vor, wie es wäre, anstelle von Turnschuhen dabei Stiefel und Sporen zu tragen, und gleich ist sie wieder da, die böse Lust am Leben.

15

»Wach auf, du Arschloch!«

Die Dunkelheit bekommt einen Riss und in diesem Riss steht Christine mit einem Eimer in der Hand. Sie ist immer noch nackt und ihr Gesicht ist hassverzerrt. Ich liege am Boden, Wasser läuft an mir herunter und die Dunkelheit schließt sich wieder und dann wird es allmählich heller um mich herum, ohne dass ich etwas erkennen könnte. Ich habe furchtbare Kopfschmerzen und will mich aufrichten, aber dann merke ich, dass meine Hände auf den Rücken gefesselt und meine Beine an den Fußgelenken zusammengebunden sind. Ein Albtraum, es ist ein Albtraum. Christine packt mich an der Schulter und schüttelt mich. Die Kopfschmerzen werden unerträglich und ich muss würgen.

»Ja, kotz dich ruhig voll«, sagt Christine, »aber sag mir vorher die Zahlenkombination von der Tür.«

Ich kann mich immer noch nicht richtig orientieren, geschweige denn denken, aber langsam sickert es in mich ein, dass etwas nicht in Ordnung ist. Etwas ist ganz und gar nicht in Ordnung. Mir wird wieder schlecht und ich schließe die Augen.

Sie schlägt mir mit der Hand gegen den Kopf, auf eine Stelle, die wahnsinnig wehtut. Als würde sie mir in den Kopf hineinschlagen.

»Bleib wach!«, sagt Christines Stimme, »Sebastian, wach bleiben! Sebastian!«

Sebastian, das ist doch dieser verrückte Heilige, diese Schwulen-Ikone, die nackt gefesselt an einem Pfahl steht und mit Pfeilen gespickt wird. Sie soll mich nicht Sebastian nennen. Ich muss eingeschlafen sein. Im Prepper-Raum. Das ist mir noch nie passiert. Und jetzt hat sie mich.

»Wach auf, du dummes Schwein, wach verdammt noch mal auf!«

Jedes Mal schlägt sie mir wieder auf dieselbe Stelle und jedes Mal explodiert ein Feuerwerk auf der Innenseite meiner Augenlider. Ist ja gut, denke ich. Ist ja gut. Warum kann sie es nicht einfach gut sein lassen? Ich halte die Augen weiter geschlossen, tue so, als würde ich immer noch schlafen. Die Kopfschmerzen sind so fürchterlich, dass ich ernsthaft verletzt sein muss. Ich bin nicht eingeschlafen. Natürlich bin ich nicht eingeschlafen. Christine hat mir irgendetwas über den Kopf geschlagen. Nur einen Augenblick wegdämmern, damit die Kopfschmerzen aufhören.

Es raschelt. Sie zieht sich an. Dann das Geräusch von Metall auf Metall. Ich versuche die Augen einen

Spalt zu öffnen, aber die Augenlider sind jetzt geschwollen, blinzeln geht nicht, ohne dass Christine etwas merken würde. Ich kann mir auch so denken, was sie gerade macht – sie versucht die Halsschelle mit dem Teelöffel zu öffnen. Das Wort Teelöffel erscheint in Druckbuchstaben vor meinem inneren Auge und voller Verzweiflung stelle ich fest, wie ähnlich sich die Wörter Löffel und öffnen sind, und das kommt mir vor wie der Beweis, dass es Christine gelingen wird, sich zu befreien – Löffel – öffnen, allein die vielen Effs. Dann fällt mir ein, dass sie sich ja längst den Schlüssel aus meiner Hosentasche geholt haben muss. Die Hände tun weh. Als würden sie gleich platzen. Mir wird schlecht.

Christine beugt sich über mich. Sie ist jetzt angezogen. Ein anderes Kleid. Das beige mit dem ellenlangen Kragenschal. Ein Oma-Kleid. Ein Fehlkauf von mir. Aber so verschimmelt, wie Christine jetzt aussieht, passt es natürlich. Sie kramt in meinen Taschen, stülpt das Futter nach außen, findet eine Vitamin-D-Tablette, die sie sofort trocken herunterschlingt. Wahrscheinlich hält sie sie für eine Ephebo.

»Bist du endlich wach? Wo hast du den Schlüssel? Sag mir einfach, wo du den Schlüssel hast. Ich finde ihn sowieso.«

Sie schiebt ihre Hände in meine Hosentaschen. Vorne, hinten. Die Hose ist nass. Ich habe mir anscheinend in die Hose gepinkelt. Oder nein, das kommt natürlich vom Wasser.

»Entweder sagst du mir jetzt, wo der Schlüssel ist, oder ich werde dir wehtun, bis du es sagst.«

»Meine Hände«, sage ich. »Der Kabelbinder sitzt viel zu fest. Meine Hände sterben gleich ab. Du musst das lockern.«

Sie antwortet nicht, sondern grabbelt weiter in meinen Hosentaschen. Ich verstehe nicht, warum sie den Schlüssel nicht findet. Vielleicht ist er herausgerutscht. Oder es war ein Loch im Futter.

»Den Schlüssel kannst du gar nicht finden«, sage ich, »den habe ich heruntergeschluckt.«

Christine richtet sich auf und tritt mir mit Schwung in die Rippen. Sie trägt die langen schwarzen Lackstiefel. Ein stechender Schmerz und meine Lunge entleert sich schlagartig. Ich schnappe nach Luft und gebe ein knarrendes Geräusch von mir.

»Erzähl keinen Quatsch! Du hast ihn doch vorhin erst eingesteckt.«

»Nein«, keuche ich triumphierend, »runtergeschluckt. Ich habe ihn runtergeschluckt, als du gedacht hast, dass ich ohnmächtig bin. Und jetzt kannst du mich wieder losmachen oder wir werden hier beide verhungern.«

Christine holt wieder aus und tritt mir die Stiefelspitze in die Rippen, zweimal, dreimal, es tut fürchterlich weh, aber es ist nicht so schlimm wie beim ersten Mal. Beim ersten Mal muss sie eine besonders fiese Stelle getroffen haben. Sie beugt sich über mich, packt mich am Kragen und hält mir den verbogenen Teelöffel vor die Nase.

»Sag mir, wo er ist, oder ich werde dir damit die Augäpfel herausreißen.«

Dies ist das wahre Gesicht meiner Frau. Die Öffentlichkeit kennt beziehungsweise kannte sie als engagierte, selbstlose Ministerin, als Weltretterin und liebevolle Mutter. Mir hat sie das arme, gebrochene Opfer vorgemacht, das alles tut, um mir zu gefallen. Aber in Wahrheit ist sie voller Hass und Verachtung für andere. In Wahrheit ist sie ein Mensch, der das Zufügen von Leid genießt. Ich hätte sie umbringen sollen. Ich hätte sie längst töten sollen. Aber sie hat mir leidgetan. Ich dämlicher Idiot hatte mit diesem Miststück auch noch Mitleid.

»Ich hab ihn geschluckt! Daran lässt sich jetzt nichts mehr ändern.«

Sie versucht, mir in die Eier zu treten. Aber ich krümme mich rechtzeitig weg. Dafür trifft sie den Magen. Wieder schnappe ich nach Luft. Einen Schrei kann ich gerade noch so eben unterdrücken. Christine zieht sich einen der Küchenstühle heran und setzt sich darauf. Direkt neben mich. Ich ringe immer noch nach Luft. Sie schlägt die Beine übereinander, wippt mit dem übergeschlagenen Unterschenkel.

»Dann warten wir eben, bis er wieder herauskommt«, sagt sie, steht plötzlich auf und tritt mir mit solcher Wucht auf die Kniescheibe, als wollte sie eine Kokosnuss knacken. Jetzt schreie ich. Laut und unkontrolliert.

»Die Zahlenkombination«, sagt Christine und steigt auf den Stuhl, sieht von ganz oben auf mich herab. Sie unterschätzt mich, sie hat mich schon immer unterschätzt. Das ist ihr größter Fehler.

»Du kommst hier nie raus«, knirsche ich zwischen den Zähnen hervor. »Der Keller ist meine Welt und ohne mich kommst du nicht raus. Hier bestimme ich, wie es läuft, und du hast eine Kette um den Hals.«

Christine springt vom Stuhl. Ich kann gerade noch die Bauchmuskeln anspannen. Trotzdem muss ich wieder gellend schreien. Bestimmt ist da irgendetwas gerissen.

»Die Zahlenkombi«, sagt Christine. »Mach mich nicht wütend!«

»Wenn du dich hinterher vor aller Welt als armes Opfer darstellen willst, das sich gerade noch aus den Klauen eines fiesen Perversen befreien konnte, solltest du mich nicht allzu schlimm zurichten«, erwidere ich. Sie tritt mir ins Gesicht, tritt mir einfach mitten ins Gesicht, trifft diesen empfindlichen Teil zwischen Oberlippe und Nase, tritt noch mal und noch einmal, beide Male auf die Nase, obwohl ich längst bereit bin, ihr die Zahlen zu sagen. Blut quillt mir aus den Nasenlöchern, kleckert auf den Boden, dunkles Blut.

»Siemundviersigelf«, nuschle ich, »vier, sieben, eins, eins.«

Das ist natürlich nicht die richtige Zahl, aber das kann sie ja nicht nachprüfen, solange sie noch die Halsschelle trägt.

»Das sieht dir ähnlich.«

Christine setzt sich auf den Küchenstuhl, nimmt wieder den verbogenen Teelöffel und versucht den Stiel in das Schloss einzufädeln.

»Ich hädde dich sowieso demnächst rausgelassen«, nuschle ich und versuche das Blut aus meiner Nase am Sofabezug abzuwischen.

Christine lässt den Teelöffel sinken.

»Halt die Fresse«, brüllt sie mit völlig verzerrtem Gesicht, »halt bloß die Fresse.«

»Ich habe mich nämlich verliebt. Ich will das hier gar nicht mehr.«

»Du sollst die Fresse halten oder ich bringe dich um.«

Ich zucke mit den Schultern und sehe in eine andere Richtung. Jetzt erst bemerke ich, dass überall im Raum Blut verschmiert wurde. Nicht nur hier am Küchentresen. Auch auf dem Bett ist ein riesiger Fleck und am Boden sind an zwei Stellen Schlieren. Es muss einen richtigen Kampf gegeben haben. Und Christine hat nicht mal einen Kratzer. Wahrscheinlich habe ich mich hier über den Boden geschleppt, während sie die ganze Zeit auf mich eingeprügelt hat. Ich würde gerne nach meiner Kopfwunde tasten, aber das geht schlecht mit den Händen auf dem Rücken. Inzwischen sind sie nahezu gefühllos. Ich möchte gar nicht wissen, wie die aussehen. Schwarz vermutlich. Ich teste so unauffällig wie möglich, ob ich in der Lage bin, mich aufzurichten, versuche abzuschätzen, wie schnell ich mich so zusammengeschnürt fortbewegen könnte. Es sind keine vier Meter, dann wäre ich außer Reichweite der Kette, an die Christine gefesselt ist. Vier Meter nur, und mir ist allmählich auch nicht mehr ganz so schwindlig. Der schwierigste Teil wird es sein, mich aufzurichten. Das Knie ist hinüber. Es besteht nur noch aus einem medizinballgroßen Knäuel dumpfen Schmerzes. Am besten, ich versuche gar nicht erst aufzustehen, sondern robbe, rutsche und schnelle wie eine Blindschleiche auf dem Boden Richtung Tür. Ich muss verhindern, dass Christine die Halsschelle aufbekommt. Wenn sie das geschafft hat, habe ich keine Chance mehr.

»Eigentlich ist es ja auch irgendwie versöhnlich, dass wir jetzt beide hier zusammen sterben werden«, sage ich. »Vielleicht sollte das einfach nicht sein, das mit der neuen Liebe. Vielleicht gehören wir nun einmal für immer zusammen. Ich glaube, dass wir eigentlich ein gutes Paar gewesen wären. Wir hätten glücklich sein können, wenn du in der Lage gewesen wärst, meine Männlichkeit zu respektieren. Ich weiß, für die Frauen in deinem Ministerium ist Männlichkeit bloß ein Problem, von dem ihr denkt, dass ihr das irgendwie in den Griff kriegen müsst, aber in Wahrheit ist Männlichkeit ein Wert, etwas richtig Gutes.«

Ich habe mich halb aufgerichtet, die Beine angezogen und die Fußsohle des unverletzten Beins gegen das Sofa gepresst, um die Startposition für den Blindschleichen-Sprint zur Tür zu verbessern, aber solange Christine direkt neben mir sitzt, schaffe ich das nie. Sie kratzt mit dem Teelöffel im Schloss herum. Ich sitze auf etwas Hartem. Der Schlüssel natürlich. Er steckt ganz normal in meiner hinteren Hosentasche. In dieser kleinen Tasche in der Tasche. Christine hat in ihrer Blödheit einfach drüber hinweggegriffen. Dummheit hat Konsequenzen. In Zeitlupentempo bringe ich meine zusammengeschnürten Hände in die Hosentasche und ziehe den Schlüssel mit zwei Fingern heraus. Christine sieht mich misstrauisch an, wie ich mich da winde und verrenke.

»Wenn du dich mit meiner Männlichkeit aussöhnen könntest, hätten wir beide vielleicht noch eine Chance«, sage ich, um sie wütend zu machen und dadurch abzulenken.

Christine springt auf und tritt mir mit aller Kraft in die Seite. Der Schlüssel fällt mir aus den Fingern, schliddert über den Boden. Doch obwohl ich mich vor Schmerzen krümme, gelingt es mir, meine verschnürten Beine wie einen Golfschläger zu benutzen und den Schlüssel einigermaßen präzise Richtung Nasszelle zu putten.

Christine starrt auf das kleine Stück Metall, begreift nicht, sieht dann auf mich, ich starre ebenfalls hin und krümme mich erneut, als wollte ich dem Schlüssel hinterherrutschen. Christine fällt darauf herein und springt Richtung Nasszelle, während ich mich vom Sofabein abstoße und in die entgegengesetzte Richtung robbe und schlängele. Wie gesagt, sie hat mich schon immer unterschätzt. Das ist ihr größter Fehler. Konzentriert arbeite ich mich vorwärts, verschwende keine Energie, um zurückzusehen. Ich weiß nicht, ob sie inzwischen gemerkt hat, was ich vorhabe, ob sie schon hinter mir ist, bis ich ihre Schritte direkt hinter mir höre und spüre, wie sie sich auf mich wirft und versucht, mich zu umklammern. Aber ich bin schon fast außer Reichweite der Kette und donnere ihr meine Füße entgegen, treffe sie am Kopf – hoffentlich war das der Kopf und hoffentlich eine Stelle, die besonders wehtut. Dann rutschen ihre Hände ruckartig von meinen Beinen – die Kette ist zu Ende. Ich habe es geschafft, ich habe es geschafft, ich bin außerhalb ihrer Reichweite! Sie heult auf vor Wut, vor Enttäuschung, muss erkennen, dass ich ihr wieder einmal über bin, dass sie gegen mich einfach keine Chance hat. Wir starren uns hasserfüllt an. Dann begreifen wir im selben Moment. Es ist noch nicht ausgestanden. Da ist immer noch der Schlüssel. Der Schlüssel! Christine stürzt wieder zurück, während ich mich gegen die Wand werfe, mich mit der Schulter dagegenstemme und dadurch immerhin auf die Knie komme. Mein linkes Kniegelenk ist ein matschiges Kissen aus Schmerz, das gleißende Blitze auf die Rückseite meines Augapfels schleudert. Weiter geht es erst mal nicht. Als ich mich ganz aufrichten will, zuckt ein entsetzlicher Krampf durch beide Oberschenkel. Höllisch – als wenn das zermatschte Kniegelenk sich ausbreiten würde. Oh Gott, ich werde es nicht schaffen. Ich kann hören, wie Christine mit dem Schlüssel an der Halsschelle kratzt und klackert und das Schlüsselloch nicht findet. Sie ist ja nicht weniger panisch als ich. Vielleicht habe ich doch noch eine Chance. Ich stemme die Stirn gegen die Wand und die verkrampften Beine gegen den Boden, stemme mich durch den Schmerz und das matschige Knie hindurch, werde ganz und gar zu Schmerz, rutsche schweißnass an der Tür hoch, bis ich die Tastatur der Sicherheitsverriegelung vor Augen habe. Ein schneller Blick zu Christine. Totenblass starrt sie mich an, ihre Hände zittern, aber der Schlüssel steckt bereits im Vorhängeschloss. Ich kann es unmöglich schaffen, vier Zahlen einzutippen, bevor sie sich befreit hat. So ruhig wie irgend möglich nähere ich meine Nasenspitze der ersten Zahl: sieben, drücke die Nasenspitze gegen die Taste. Hoffentlich ist es wirklich die Sieben, denn auf den letzten Zentimetern kann ich das natürlich nicht mehr erkennen. Christine hadert mit dem Vorhängeschloss, es klemmt – gelobt und gepriesen sei Allah –, es klemmt, es klemmt! Die zweite Zahl, vier: exakt mit der Nase drauf, nur nicht danebengeraten. Ein unheimliches Stöhnen kommt aus Christines Mund, sie reißt und dreht am verkeilten Schloss, das sie selber mit dem Teelöffel zerstört hat. Selber schuld, das hat sie sich alles selber eingebrockt. Dritte Zahl: sieben. Und dann noch die Null. Christine erstarrt. Es wird totenstill. Nichts passiert. Oh Gott, nichts tut sich, ich habe mich vertippt. Also noch einmal das Ganze, während Christine wie wild mit dem Schlüsselbart im Vorhängeschloss herumstochert. Sieben-vier-sieben-null. Das Schloss rattert wie ein mechanisches Spielzeug des neunzehnten Jahrhunderts, schnappt zurück und die schwere Tür springt auf. Ich stülpe meinen Mund über den Türknauf und ziehe sie weiter auf. Christine rennt trotz Kette auf mich zu, will das Unmögliche versuchen und mich anspringen, bevor ich aus der Tür komme, und wird natürlich einen Meter vor mir zurückgerissen und zu Boden geschleudert. Da liegt sie, gurgelnd, röchelnd, fasst sich mit beiden Händen an die Kehle. Ihre Finger tasten nach dem Schloss, dem Schlüssel, tasten ins Leere, denn der Schlüssel ist herausgerutscht und direkt vor meinen Füßen gelandet. Aufheben kann ich ihn jetzt nicht, aber Christine kann ihn auch nicht mehr erreichen. Das Schicksal ist heute eindeutig auf meiner

Seite. So soll es auch sein. Christine wimmert und greint wie ein Säugling. Ich verkneife mir jeden Hohn. Wenn sie jemals eine Chance gehabt hat, hier herauszukommen, dann war es diese – und sie hat sie vertan. Ich kann mir vorstellen, wie ihr zumute ist. Kommentarlos hopple und humple ich aus der Tür, ziehe sie in einer komplizierten Verrenkung mit dem Fuß wieder an mich heran. Die Hände sind kaum noch brauchbar, scheinen schon nicht mehr zu mir zu gehören.

Erst jetzt, als die Sicherheitstür einrastet, überfällt mich Erschöpfung und Erleichterung. Ich sinke zu Boden und lege mein Gesicht auf den Betonboden, spüre dem Schmerz in meinem Knie, in meinen Handgelenken und in meinen Rippen nach. Fast wäre alles vorbei gewesen. Fast hätte ich Elli nie wiedergesehen. Sie hätte mich gar nicht mehr sehen wollen. Aber ich bin noch einmal davongekommen, und nun weiß ich gar nicht, wohin vor lauter Dankbarkeit. Ganz entfernt scheint es mir auf einmal plausibel, warum mein Bruder so ekstatisch gläubig ist ... – oder nein, nein, gar nicht wahr, meinen Idioten von Bruder verstehe ich immer noch nicht. Aber ganz gleich wie das jetzt mit dem Universum zusammenhängt, ob es nun eine schöpferische Instanz geben mag oder auch nicht: ich bin dankbar, dankbar, dankbar, und das Leben ist herrlich.

16

Ich werde sie einmauern. In der Zwischendecke. Ich habe das eben mit ihr besprochen und sie hat es erstaunlich gefasst aufgenommen.

Während ich Bretter, Werkzeug und Mörtel zurechtlege, backt Christine mir Spitzbuben auf Vorrat. Meine Lieblingskekse. Ich muss innehalten und sie ansehen. Christine trägt das blau karierte Kleid mit der hellblauen Schürze, das ganz hervorragend zu dem gelben Krug auf dem Küchentresen passt. Sie hat einen zartrosa Lippenstift aufgelegt, und wenn man nicht zu genau hinsieht, sieht sie immer noch gut aus. Vor Ephebo hätte man wahrscheinlich gesagt, dass sie eine attraktive Enddreißigerin sei. In den letzten Tagen habe ich ihr aus Mitleid wieder Ephebos gegeben, aber so schnell wirken die nun auch wieder nicht, dass sich in einer Woche ein deutlicher Unterschied gezeigt hätte. Andersherum geht es eindeutig schneller. Christines Haare sind noch ganz verwuschelt von dem Sex, den wir eben miteinander hatten. Wilder Sex. Als wär's das letzte Mal.

Sie hat alle ihre Macken wieder abgelegt und wir sprechen ganz ruhig und normal miteinander. In den ersten Tagen nach ihrem letzten Überrumpelungsversuch hatte ich sie sicherheitshalber in der Nasszelle angekettet, mit neuem Schloss natürlich, 2,5 Meter Kettenlänge und alles, was auch nur im Entferntesten dazu geeignet wäre, ein Schloss zu knacken, hatte ich aus ihrer Nähe entfernt. Dadurch war es völlig ausreichend, einmal am Tag nach dem Rechten zu sehen. Ansonsten konnte ich im Bett bleiben, um meine Gehirnerschütterung auszukurieren. Aber bereits zu diesem Zeitpunkt sind wir sehr vorsichtig und höflich miteinander umgegangen. Ich habe einfach so getan, als wäre gar nichts vorgefallen, und sie ist sanft und dankbar gewesen und ich habe die Kette wieder auf vier Meter verlängern und am Küchenblock befestigen können. In der Demokratiezentrale habe ich mich krankgemeldet. Fahrradunfall. Elli habe ich etwas von einer plötzlichen Geschäftsreise erzählt. Da wir uns erst seit ein paar Wochen kennen, weiß sie noch nicht, dass ich nie Geschäftsreisen mache, und ist nicht misstrauisch geworden. So konnte ich täglich bei Christine sein und sie hatte weder Zeit noch Gelegenheit, etwas anzustellen, bis ich alle Vorbereitungen getroffen hatte. Irgendwann haben wir dann auch wieder angefangen, miteinander zu schlafen.

Das Loch in meinem Schädel sieht immer noch wüst aus. Der Notarzt, bei dem es sich zufällig um den chrono-vierzigjährigen Sohn meines Mumien-Klassenkameraden Reinhard Hell handelte, hat mir den Fahrradunfall nicht abgenommen, aber auch nicht weiter nachgefragt.

»Der Gang zur Polizei ist manchmal nicht die schlechteste Entscheidung«, hat er irgendwie kryptisch gesagt. Vielleicht hat er gedacht, dass ich in irgendwelche Schutzgelderpressungen verwickelt bin. Es ist ja auch kaum zu glauben, dass die Kopfwunde von einem einfachen Porzellanbecher stammt und die Fußtritte mir von einer zierlichen kleinen Frau verpasst wurden. Mit dem Knie werde ich noch länger zu tun haben. Der Hoffa-Fettkörper ist mit dem Schleimbeutel verklebt und die Kniescheibe ist mit Haarrissen wie bei einem Krakelee überzogen. Arthrose vorprogrammiert, sagt der Orthopäde. Als hätte noch irgendein Knie auf diesem Planeten genug Zeit, um eine Arthrose auszubilden.

Christine sieht von dem Backblech hoch, auf dem sie die dunkelbraunen Teigkugeln verteilt hat.

»Was schaust du mich so an?«

»Nichts. Gar nichts«, sage ich, »ich schaue nur, wie hübsch das ist: eine Frau beim Backen.«

Lächelnd beugt sie sich wieder über die Kekse.

»Weißt du, es hätte nicht so weit kommen müssen«, sage ich, »unsere Beziehung war ja schon ziemlich weit fortgeschritten. Irgendwann wäre der Punkt gekommen, ab dem ich alles mit dir hätte machen können, und dann hätte ich dich auch nach draußen gelassen.«

»Du musst mich nicht töten«, sagt Christine sehr ruhig und platziert die halbierten Walnusskerne, drückt sie behutsam auf die Teigkugeln.

»Doch«, sage ich, »und das weißt du auch selber. Mach es uns jetzt nicht noch schwerer, als es sowieso schon ist. Nachdem du es einmal beinahe geschafft hast, wirst du immer wieder versuchen, mich hereinzulegen. Du respektierst mich einfach nicht. Das ist auf die Dauer zu gefährlich.«

»Ich respektiere dich. Du bist mein Gebieter. Und wenn du mich töten willst, wirst du mich töten. Wie könnte ich dich nicht respektieren?«, sagt sie leise und ohne mich anzusehen.

»Für wie blöd hältst du mich eigentlich?«, antworte ich. »Denkst du wirklich, die Nummer kaufe ich dir ab?«

Sie schaut wieder hoch, wilde Verzweiflung in ihrem Gesicht. Es wird also doch nicht ganz so einfach, wie ich dachte.

»Gib mir einfach ein paar Bücher und Zeitschriften und such mich nur dann auf, wenn dir danach ist. Ich werde dir jedes Mal mit Respekt und Ehrerbietung begegnen und alles tun, was du willst. Du musst mich nicht töten.«

»Ehrerbietung? Du weißt doch gar nicht, was das ist – Ehrerbietung.«

Sie schiebt das Backblech in den Ofen. Als sie hinter dem Küchentresen wieder auftaucht, kann ich sehen, wie es in ihrem kleinen Kopf rattert, wie sie sich bemüht, alles richtig zu machen und mich auf den letzten Metern doch noch für sich einzunehmen.

»Ehrerbietung«, sagt sie mit niedergeschlagenen Augen, »besteht zwischen demjenigen, der die Macht hat, und derjenigen, die sich ihm freudig unterordnet. Du bist mein Gebieter. Ich werde mich nie wieder gegen dich auflehnen.«

Ich lache sie aus. Mein nettes jungenhaftes Lachen, das sie einmal so an mir geliebt hat und das jetzt noch jugendlicher daherkommt.

»Ehrerbietung heißt vor allem, dass eine Frau ihrem Mann den Vortritt bei der Einschätzung einer Situation lässt. Und ich sage dir, dass es leider unvermeidbar ist, dich zu töten.«

»Ich beuge mich jeder Entscheidung von dir, aber ich bin sicher, dass du klug genug bist, eine bessere Lösung zu finden.«

Ich muss wieder lachen.

»Versuchst du, mich zu manipulieren?«

Sofort wird sie wieder zickig, alle Sanftheit der letzten Tage ist auf einen Schlag verflogen.

»Ich versuche meiner Hinrichtung zu entgehen.«

»Wann müssen die Kekse aus dem Ofen?«

Sie sieht mich irritiert an.

»In fünfzehn bis zwanzig Minuten.«

»Dann trinke es jetzt!«

Ich schiebe ihr den gelben Krug mit den aufgelösten Schlaftabletten über den Tresen.

Mit zitternden Händen zieht sie den Krug zu sich heran.

»Gibt es gar keine Hoffnung für mich?«

»Es gibt keine Hoffnung für irgendwen oder irgendetwas auf diesem Planeten.«

»Dann trink du ihn doch!«

Sie schiebt den Krug mit Schwung wieder zurück.

Fast wäre er über die Tresenkante gerutscht. Ich kann ihn gerade noch abfangen.

»Wenn du mich loswerden willst, musst du dir schon selber die Hände schmutzig machen. So leicht mach ich es dir nicht.«

»Du solltest es vor allem dir leichtmachen«, sage ich, »aber wenn dir das lieber ist, kann ich dich auch totschlagen oder dir die Kehle durchschneiden.«

Ich schiebe ihr den Krug wieder hin. Dann stehe ich auf und drehe mich um, um ein Glas aus dem Küchenschrank zu nehmen. Ich bin ganz sicher, dass sie mich nicht angreifen wird, während ich ihr den Rücken zudrehe. Ich bin mir vollkommen sicher. Als ich mich umdrehe, hat Christine sich an den Tresen gesetzt und starrt auf den Krug. Ich gebe ihr das Glas.

»Warum hast du dir nicht einfach eine Frau aus dem Katalog bestellt, wenn du das unbedingt brauchst – jemanden zu beherrschen? Das hätte bestimmt geklappt, ohne dass du dir dafür gleich einen Folterkeller einrichten und kriminell werden musst. Die Islamische Wurzel liefert doch entsprechend zugerichtete Frauen. Die hättest du jetzt auch nicht töten müssen, sondern könntest dich einfach scheiden lassen. Oder du hättest gleich ganz nach Syrien ziehen können, dann müsstest du jetzt bloß sagen: Ich verstoße dich, ich verstoße dich, ich verstoße dich – und schon wärst du sie los.«

Anscheinend will Christine ein wenig Zeit herausschinden. Soll sie ruhig. Ich habe es nicht eilig.

»Ich wollte aber keine Sklavin vom Islamischen Staat. Und ich wollte auch keine unterwürfige Asiatin oder Osteuropäerin. Das passt nicht zu meiner Sozialisation. Ich wollte die Gesellschaft einer intelligenten, gebildeten und witzigen Frau, die unter ähnlichen Umständen aufgewachsen ist wie ich selbst. Das muss doch möglich sein, ohne dass man den Weibern deswegen gleich ausgeliefert ist.«

»Was heißt denn ausgeliefert? Wenn eine Frau keine Kette um den Hals hat, bist du ihr gleich ausgeliefert, oder was?«

Sie versucht zu streiten, ihr Ton ist unangenehm und keifig, aber ich sehe die nackte Angst in ihren Augen und den Schweißtropfen auf ihrer Oberlippe, deswegen bin ich nachsichtig.

»Ich wollte eine Frau, die sich ihrer Machtlosigkeit vollkommen bewusst ist«, sage ich sanft, »und die trotzdem nicht anders kann, als mit mir zu streiten, meine politischen Ansichten ins Lächerliche zu ziehen und ständig an mir herumzukritisieren. Und die am Ende dann doch genau das tun muss, was ich ihr sage. Ich wollte dich, verstehst du? Dich in dieser bestimmten Situation.«

»Das ist das Böseste, was ich je gehört habe.«

Christine nun wieder mit ihrem Pathos. Mir fallen auf Anhieb mindestens zehn Dinge ein, die deutlich übler sind, zum Beispiel das, was sich mein Bruder mit seinen Klofrauen geleistet hat, oder dieser Typ aus Poppenbüttel, der ein Tsunami-Hilfsprojekt gegründet und davon Geld abgezweigt hat, um die Finanzlöcher in seiner Reederei zu stopfen, und der die Hilfsschiffe nach Thailand benutzt hat, um gleichzeitig Panzer nach Myanmar zu schmuggeln. Das ist zwar schon etwas länger her, aber es ist ja wohl eindeutig übler.

»Immer nur gut zu sein ist eine geisttötende Art, sein Leben zu verbringen, und ohnehin sind wir Männer nicht dafür geschaffen«, sage ich und zeige auf den Krug.

Es ist ein wenig traurig, aber überraschenderweise ist es auch aufregend, Christine sterben zu lassen. Sie stirbt nicht aus Zufall und Gott hat dabei auch nichts zu melden, sondern sie stirbt einzig und allein deswegen, weil ich das so will. Ich. Ich treffe hier alle Entscheidungen.

»Du mieser kleiner Pisser, du Dreckschwein.«

»Na, wo ist sie denn jetzt hin, deine Ehrerbietung, die du mir vorhin so rührend geschworen hast? Vielleicht ist das hier ja bloß ein Test? Wenn du bis zum Schluss und unter allen Umständen respektvoll und ehrerbietig geblieben wärst, hätte ich dich ja vielleicht weiterleben lassen.«

»Fick dich, fick dich, du mieser kleiner Pisser, du feiges kleines Würstchen ...«

So geht es weiter, die Schimpfwörter wiederholen sich, und jedem zweiten ist das Adjektiv »klein« angehängt. Irgendwann reicht es mir. Ich gehe rüber, packe sie an der Kette und strecke sie mit einem Faustschlag nieder. Als sie auf dem Rücken liegt, schnappe ich mir den Krug, setze mich auf Christines Brust, drücke die Knie auf ihre Oberarme und trichtere ihr die Lösung aus Wasser und Schlaftabletten ein. Sie spuckt sie mir wieder entgegen und kneift die Lippen zusammen. Allmählich werde ich wütend. Ich

256

stelle den Krug zur Seite und verpasse ihr noch einen Kinnhaken.

»Du verdammtes Mistweib!«, brülle ich. »Du hast mich nie respektiert. Du hast nicht einmal an mich geglaubt.«

Sie wehrt sich nicht mehr. Ich nehme den Krug wieder in die eine Hand und halte ihr mit der anderen die Nase zu. Sie schluckt. Ich fülle nach und sie schluckt, muss husten und ein Teil der Flüssigkeit quillt aus ihrer Nase. Ich warte, bis sie aufgehört hat zu husten, dann fülle ich langsam wieder nach und sie schluckt jetzt brav. Zwei Drittel des Selbstmorddrinks finden so den Weg in ihren Magen. Wahrscheinlich würde schon die Hälfte ausreichen.

Ich setze den Krug ab und Christine hustet wieder, hustet und würgt, aber Dormiol-Sedata ist in den Sterbehilfezentren als besonders wohlschmeckend und gut verträglich beliebt und bleibt in ihrem Magen. Ich steige von ihren Armen herunter und helfe ihr hoch. Christine fängt an zu weinen.

»Nicht. Bitte nicht. Bitte, bitte, bitte!«

Das Weinen wird zum haltlosen Schluchzen. Sie fällt vor mir auf die Knie.

»Steh auf.«

Ich schnappe mir die Kette und ziehe sie daran hoch, obwohl sie sich an meine Beine zu klammern versucht. Dann hole ich den ersten Kabelbinder aus meiner Hosentasche und fessele ihr die Hände, aber diesmal vorn und auch nur eben so stramm, dass sie nicht herausschlüpfen kann. Nicht so stramm, dass es wehtut. Erst dann schließe ich das Halseisen auf und führe Christine zu der Trittleiter, die ich unter dem Deckenloch aufgeklappt habe.

»Nach dir bitte.«

Schon bei der zweiten Stufe stolpert sie, stürzt und fällt zusammen mit der Leiter um. Ich weiß, dass das noch nicht die Wirkung der Tabletten sein kann. Es handelt sich mal wieder um einen von Christines theatralischen Auftritten. Aber da es ihr letzter sein wird, lasse ich ihr den Spaß, stelle kommentarlos die Leiter wieder auf und führe sie die Stufen hoch, bis sie mit dem Oberkörper in die Zwischendecke ragt.

Ganz von selbst setzt sie sich auf den Deckenrand, ich muss nur noch ihre Beine greifen und hochheben. Dann klettere ich ebenfalls in den Zwischenraum und fessele Christines Füße mit dem zweiten Kabelbinder. Sie schaut neben sich, wo bereits die Plastiktüte und das Klebeband liegen.

»Rutsch durch«, sage ich. »Bis zu dem Balken dahinten.«

Ich knipse die Taschenlampe an, die ich gestern aufgehängt habe, und dann helfe ich Christine durchzurutschen, damit sie sich keinen Splitter zieht, obwohl mein Knie so wehtut, dass ich eigentlich selber Hilfe gebrauchen könnte. Unter dem Balken liegen ein Daunenbett und ein Kissen. Eine Matratze konnte ich nicht durch das Loch bekommen. Am Balken hängt ein Seil, dessen Schlinge ich Christine um den Hals lege. Wenn sie sich im Schlaf bewegt, wird sich die Schlinge ganz von selber zuziehen.

»Bleib bitte bei mir, bis ich eingeschlafen bin.«

»Na klar«, sage ich. »Ich muss nur noch einmal kurz runter, um den Backofen auszuschalten.«

Als ich wieder hochkomme, hat sie sich unter dem Balken auf der Decke ausgestreckt. Ich stopfe ihr das Kissen unter den Kopf, streiche ihr über die Haare. Sie streckt ihre gefesselten Hände zu mir herüber und ich nehme eine davon, streichle diese Hand, um deren Gelenk immer noch meine alte Armbanduhr gebunden ist, und warte gemeinsam mit Christine, dass die Schlafmittel ihre Wirkung entfalten. Wir reden nicht mehr. Es ist alles gesagt. Kurz bevor sie einschläft, entzieht sie mir ihre Hand und dreht mir den Rücken zu. Schon zieht sich die Schlinge ein kleines bisschen zu. Ich warte noch zehn Minuten, um sicherzugehen, dass sie wirklich schläft, betrachte die Schatten und Schaumstofffetzen in Christines Grabkammer und entdecke ein mumifiziertes Tagpfauenauge. Als ich es in die Hand nehme, zerfällt es zu Staub. Wann mag es hier eingemauert worden sein? Vielleicht schon vor achtzig Jahren, als mein Vater das Haus gebaut hat, damit es eines Tages von Generation zu Generation weitervererbt wird? Das Leben ist eine Brücke, gehe hinüber und baue kein Haus. Christine atmet regelmäßig. Ich nehme die Plastiktüte, eine der letzten, die für Supermärkte hergestellt wurden, und stülpe sie ihr über den Kopf, befestige sie rund um den Hals luftdicht mit Klebeband, ohne dass sie aufwacht. Ihr Mund zieht das Plastik zu sich heran, die Lippen prägen sich kurz durch eine Rewe-Reklame für vegane Wurst, dann füllt sich der Luftraum der Tüte wieder. Ich hoffe, dass Christine hier genauso sauber vertrocknet wie die Mäusebabys und der Schmetterling, dass sie zu nichts zerfällt. Trocken genug ist es ja und die ersten Körperflüssigkeiten kann die Bettdecke aufsaugen. Falls sie doch anfängt zu stinken, habe ich wieder ein Problem.

Ich nehme meine Armbanduhr wieder an mich und dann krieche ich auf Händen und dem einen, gesunden Knie zum Ausgang zurück, steige die Leiter herunter und mache mich sofort an die Arbeit, das Loch wieder zu verschließen und zu verputzen. Ich bin ein wenig melancholisch. Schließlich endet hier ein bedeutender Abschnitt in meinem Leben. Endgültig. Ich versuche mich abzulenken und an Elli zu denken. Übermorgen soll sie zum ersten Mal die Kinder kennenlernen. Erst jetzt, da Christine tot ist, wird mir bewusst, wie sehr meine Frau bisher zwischen uns gestanden hat. Aber nun bricht eine neue Zeit an. Eine bessere Zeit. Es ist nun einmal ein Naturgesetz, dass man keinen Spaß oder Genuss im Leben haben kann, ohne dass jemand dafür zahlen muss. Und je weniger man sich daran stört und je bedenkenloser man andere benachteiligt, desto schöner ist das Leben.

17

Ich stelle die Salatschüssel auf den Esstisch, den alten Original-Resopaltisch meiner Original-Kindheit mit den ausziehbaren Kopfseiten, die allerdings seit Ewigkeiten nicht mehr ausgezogen worden sind, weil der Platz auch so meist völlig ausreichend ist. Racke und Binja-Bathseba sitzen schon, Elli ist noch in der Küche. Sie gibt mir den veganen Dhal-Auflauf durch die Durchreiche, dann bindet sie sich die Schürze ab und kommt zu uns ins Wohnzimmer. Sie sieht wahnsinnig gut aus, die Haare hängen lang und glatt über ihren Rücken und sie trägt einen kurzen schwarz-weiß gestreiften Rock aus Loba.

»Das esse ich nicht«, schreit Racke.

»Oh«, sagt Elli. »Magst du keine Linsen? Soll ich dir Brot und Paprikastreich holen.«

»Nein, ich will Fleisch«, schreit Racke. Er ist schlecht gelaunt. Es macht ihm zu schaffen, dass ich mein Aussehen schon wieder verändert habe. Er denkt, die blauen Flecken und Schürfwunden in meinem Gesicht wären die Folge von irgendeiner Tablette. So wie meine Verjüngung, die ihn sowieso schon maßlos verunsichert hat. Außerdem möchte Racke ein neues pROJEkta-Programm, das seinen Krokodilroboter mit einer Kettensäge ausrüstet. Das kommt natürlich überhaupt nicht infrage. Croco-Chain2 zersägt auch Lebewesen, von denen dann rote Hologramm-Tropfen in alle Richtungen spritzen.

»Normalerweise essen wir nämlich immer Fleisch«, erklärt Binja hochmütig. Ich könnte die Bälger erwürgen.

»Stimmt leider«, sage ich wie nebenbei zu Elli, setze mich an die Breitseite des Tisches gegenüber von Racke und schaufle mir eine Riesenportion Dhal auf den Teller. »Also, ich meine, natürlich nicht immer ... aber manchmal essen wir tatsächlich noch Fleisch. Bis vor fünf Jahren war ich 100 Prozent Veganer, aber seit klar ist, dass da nichts mehr zu retten ist ... Ich meine, du und ich, also Leute wie du und ich, die sich ihr Leben lang Mühe gegeben haben, niemandem zu schaden und umweltbewusst zu leben, und alle Einschränkungen klaglos auf sich genommen haben, um zu retten, was vielleicht noch zu retten sein könnte ... Und jetzt müssen wir trotzdem mit den ganzen fetten, fleischfressenden Leuten zusammen krepieren, bloß weil die sich nicht beherrschen können und immer weiterfressen und konsumieren und Benzin verbraten ... Hast du dich niemals gefragt, warum du eigentlich die Einzige sein sollst, die beim großen Apokalypse-Buffet nicht zugreift?«

Herrje, was rede ich bloß für einen Scheiß. Elli wischt sich ein Stück Korianderblatt vom Ärmel ihrer weißen Fair-trade-Baumwollbluse, dann sieht sie mich an. Ihr Blick ist sanft und enttäuscht und distanziert.

»Wegen der Tiere, die deswegen getötet werden«, sagt sie ruhig. »Weil es eine alle Grenzen sprengende Verachtung ist, jemanden zu töten, um ihn aufzuessen.«

Ich möchte Elli am liebsten sagen, dass ich seit dem Klassentreffen nur noch zweimal Fleisch gegessen habe und dass ich in Zukunft überhaupt kein Fleisch mehr essen werde. Dass das Fleischessen einfach nur ein Teil meiner Enttäuschung war, dieses Gefühl, dass sowieso alles sinnlos geworden ist, vor allem aber ein Teil meines Hasses auf alles und jeden. Und dass sie mich von diesem Hass geheilt hat. Dass es mir seitdem nicht mehr gleich ist, ob jemand stirbt, damit es mir zehn Minuten lang schmeckt. Aber es kommt mir so jämmerlich vor, mich in Anwesenheit der Kinder zu rechtfertigen. Ich will mich nicht rechtfertigen. Deswegen nicke ich einfach bloß.

»Na und«, schreit Racke, »blutige Tiere. Blutige tote Tiere. Ganz blutige Fleischstücke. Lecker! Lecker, lecker, lecker!«

»Halt den Mund«, sage ich scharf, »oder du kannst auf dem Klo weiteressen. Hier gibt es kein Fleisch mehr.«

»Überhaupt nicht mehr?«, ruft Binja empört.

»Hast du mir nicht neulich erst deinen Aufsatz vorgelesen, was die Ziele einer Gesellschaft sind?«, frage ich. »Na – und was sind die Ziele einer zivilisierten Gesellschaft?«

263

»Gleichheit, Gerechtigkeit, Fairness ...«, sie stockt und kann sich an den Rest nicht mehr erinnern.

»Und«, sage ich, »passt das etwa zu einer gerechten Gesellschafft, wenn sie zu einem Individuum sagt: ›Für dich gilt das alles nicht, weil du viel mehr Haare hast als wir. Zu dir brauchen wir nicht fair zu sein, dich essen wir einfach auf!‹ Findest du das okay?«

Binja sieht auf ihren Teller und kommt ins Grübeln, durchdenkt tatsächlich die Argumente und vergisst darüber ihre eigentlichen Interessen. Ein leichter Fall. Nicht so Racke.

»Ich will Fleisch«, schreit er, springt vom Stuhl, läuft um den Tisch und baut sich vor Elli auf. »Wenn ich kein Fleisch kriege, lege ich dir ein totes Schwein ins Bett. Ein blutiges, totes Schwein! Ich hack dem den Kopf ab und dann ist überall Blut. Und das schmier ich dir ins Bett, bis alles voller Blut ist!«

Elli starrt fassungslos in Rackes hassverzerrtes kleines Gesicht. Sie streckt eine Hand nach ihm aus.

»Nicht anfassen!«, schreit Racke, krümmt sich und würgt, als müsste er sich vor lauter Ekel über ihre Berührung übergeben. Es reicht. Ich stehe auf. Mein Knie fühlt sich an, als würde ein Igel darin stecken. Aber als ich um Elli herumhumple, um ihn zu packen, wischt er mir unter den Händen weg und rennt vor mir her, bis wieder der Tisch zwischen uns steht. Binja lacht, als er an ihr vorbeiläuft.

»Ich schlitz das Schwein auf und hol die ganzen Eingeweide raus und die leg ich euch ins Bett«, schreit Racke und lacht. Elli wirft mir einen ratlosen Blick zu.

»Du bleibst da stehen«, sage ich drohend zu Racke, »du bleibst da jetzt sofort stehen, oder du kriegst das erste Arschvoll deines Lebens.«

Aber als ich zu ihm herumkomme – das Knie ein Hochofen des Schmerzes –, rennt er abermals auf die andere Tischseite und er und Binja lachen mich wieder aus. Vor Elli. Sie machen mich vor Elli zum Idioten. Ich spüre, wie das Blut in meinen Kopf schießt.

»Fleisch«, schreit Racke, »Fleisch, Fleisch, Fleisch!«

»Bassie, lass dich nicht ärgern ...«, sagt Elli.

Mit einem Tritt schmeiß ich den Tisch um, mein Teller mit dem roten Dhal segelt durch die Luft, Porzellan zerschmettert, Linsen klatschen auf den Boden. Jetzt lacht Racke nicht mehr. Mit weit aufgerissenen Augen sieht er mir entgegen, während ich einen großen Schritt über den Tisch auf ihn zu mache. Alle Schmerzen, die mir Einhalt gebieten könnten, sind fort. Ich packe Racke am Kragen und schüttle ihn. Er fängt an zu heulen.

»Ich will dich nicht mehr sehen«, brülle ich ihn an. »Ich will dich hier nie wieder sehen!«

Racke heult jetzt aus vollem Hals. Ich schüttle ihn weiter.

»Bassie«, sagt Elli gepresst, »Bassie, lass ihn los!«

»Papa, lass ihn los! Du tust Racke weh! Er ist doch noch ganz klein«, schreit Binja.

»Und dich will ich auch nicht mehr sehen«, brülle ich sie an, während ich Racke auf den Boden fallen lasse. Er bleibt als heulendes, zuckendes Bündel liegen. »Ich will euch beide nicht mehr sehen. Ihr könnt bei Oma Gerda bleiben.«

Jetzt heult auch Binja. Das heulende Bündel Racke richtet sich halb auf.

»Und wenn Mama nach Hause kommt«, plärrt er, »was ist, wenn Mama zurückkommt?«

»Pech gehabt«, brülle ich, »das wirst du dann wohl nicht mehr miterleben.«

Elli geht zu Racke und hockt sich neben ihn, hebt ihn hoch, stellt ihn auf die Beine und wischt ihm mit ihrem eigenen Ärmel das Gesicht ab.

»Ich fahre die Kinder nach Hause«, sagt sie, ohne mich anzusehen. »Ich glaube, es ist besser, wenn wir jetzt erst mal alle runterkommen. Später können wir dann vielleicht vernünftig miteinander reden.«

Sie spricht und agiert ganz entspannt, aber ich merke ihr an, dass sie in Wirklichkeit schockiert ist über mich. Dass sie die Idee, mit mir zusammen zu sein, jetzt infrage stellt. Selbst nach ihrem Tod schafft es Christine noch, mir mein Leben zu versauen, und sei es durch ihre widerlichen Bälger. Ich bin kurz davor zu heulen. Ich liebe Elli so. Sie ist mein Leben, mein Einziges, sie ist das, wovon ich nicht mehr glaubte, dass es mir noch einmal passieren würde. Und diese hässlichen, verzogenen kleinen Biester haben womöglich alles kaputt gemacht, bevor es noch richtig beginnen konnte.

Elli geht mit ihnen auf den Flur, zieht Racke seinen gelben Anorak mit den summenden Spiralfeldern an. Ich bin in Panik. Was, wenn sie mich jetzt überhaupt nicht mehr sehen will? Wenn sie mir einfach das Auto vor die Tür stellt und für immer verschwindet? Sich nicht mehr meldet? Nicht mehr ans Telefon geht?

»Es tut mir leid«, sage ich. »Ich weiß nicht, was in mich gefahren ist.«

»Lass uns nachher darüber reden«, sagt Elli. »Ich bringe erst mal die Kinder weg.«

Es ist vorbei. Elli hält mich für jemanden, vor dem man die Kinder in Sicherheit bringen muss. Was soll ich nur tun?

»Es tut mir leid, Racke«, sage ich, obwohl ich innerlich mit den Zähnen knirsche. Denn es tut mir überhaupt nicht leid, sondern ich würde ihn liebend gern mit einem Knüppel verprügeln. »Ich wollte dir keine Angst machen. Es liegt nur daran, dass ich Elli so liebe. Ich kann es nicht ertragen, wenn jemand Elli wehtut. Niemand darf Elli so beleidigen, wie du das getan hast – nicht einmal mein eigener Sohn.«

Racke hat sich die Anorakkapuze tief ins Gesicht gezogen – er sieht aus wie die Miniaturversion eines fanatischen Gelben Mönchs. Er rotzt und schnieft. Ich strecke ihm die Hand entgegen und hocke mich trotz der Schmerzen, die jetzt wieder im Knie toben, hin, damit ich ihm von schräg unten ins Gesicht sehen kann – von Mann zu Mann –, obwohl es mich eigentlich viel mehr interessieren würde, wie diese Entschuldigung bei Elli ankommt. Racke nimmt meine Hand – wahrscheinlich bloß aus Angst, was passieren könnte, wenn er es nicht tut.

»Kommt«, sagt Elli aufgesetzt munter, »jetzt zeigt ihr mir mal, wo eure Großmutter wohnt, ja? Oder wollen wir unterwegs erst noch ein Eis essen gehen?«

Binja und Racke antworten nicht. Stumm drücken sie sich neben Elli aus der Haustür. Ich rufe ihnen kein

»Auf Wiedersehen« hinterher. Ich weiß, dass sie mir nicht antworten würden.

»Drück auf dem Navi die 9«, sage ich Elli.

Ich stelle mich an die Haustür und hebe die Hand zum Abschied, als sie losfahren. Nur Elli grüßt zurück, und das vielleicht auch nur, weil sie mich vor den Kindern nicht bloßstellen will. Ob wir tatsächlich noch ein Paar sind, werde ich erst erfahren, wenn sie wieder zurückgekommen ist. Ich habe Angst, entsetzliche Angst, dass sie mich verlassen könnte. Ich will nicht ohne sie leben. Dadurch, dass ich sie getroffen habe, habe ich erst begriffen, wie elend und armselig mein Leben vorher gewesen ist. Ich will nicht dorthin zurück. Ich will nicht wieder so allein sein. Ich will nicht wieder so bösartig sein. Das ertrage ich nicht. Ich werde alles zugeben, was sie mir vorwirft. Wenn sie will, dass ich eine Therapie mache, werde ich auch das machen. Was immer sie verlangt, ich werde es tun. Und wenn sie mich trotzdem verlässt, werde ich mich erschießen.

Ich humple in den Keller, räume das Regal aus, die Dosen mit den Erbsen und Wurzeln, die Tortenpfirsiche. Elli wird mindestens eine Stunde brauchen, wahrscheinlich zwei. Das ist genug Zeit, um wenigstens einen der Ringe mit den Karabinerhaken aus der Wand zu holen und das Loch zu verspachteln, falls ich sehr schnell bin, kann ich vielleicht sogar noch die Kette im Garten vergraben. Oder nein, ich werde mich damit begnügen, einen Ring zu entfernen. Ich darf kein Risiko eingehen. Ich hole mir das Werkstattradio aus der

Garage und mache ein bisschen Musik, um mich von der Vorstellung abzulenken, dass in der Zwischendecke über mir Christines Leiche liegt und allmählich in Verwesung übergeht. Ich bin mir nicht sicher, aber möglicherweise nehme ich sogar einen leicht süßlichen Geruch war. Wahrscheinlich ist es nur die abgestandene Luft. Der Lüfter ist jetzt ausgeschaltet. Ich muss nur mal ein paar Minuten die Tür offen stehen lassen. Ein Oldie läuft, vermutlich sind schon vorher die ganze Zeit Oldies gelaufen, Oldies, die ich gar nicht mehr als Oldies wahrnehme, weil ich mich in den letzten zwanzig Jahren kaum noch dafür interessiert habe, was da an Neuem auf dem Musikmarkt passiert ist. Ich frage mich, wie das in hundert Jahren gewesen wäre, wenn die Welt jetzt nicht untergehen würde, sondern sich Jahrzehnt auf Jahrzent ein immer größerer Fundus von Populärmusik ansammeln würde. Eines Tages könnte kein Mensch mehr auseinanderhalten, ob er nun gerade etwas Brandneues oder Steinaltes hört. Und wie würde so ein armer, überforderter Radiomoderator dann noch entscheiden, was es wert sei, mal wieder angeklickt zu werden? Seit ich mit Elli zusammen bin, ertappe ich mich immer wieder dabei, so zu denken, als wenn es noch eine Zukunft gäbe. Doch das hier ist eindeutig ein Lied aus meiner Zeit, Saddle up and ride your Pony, ein Song, den ich als junger Mensch verachtet habe, der mir aber in meinem momentanen Zustand, meiner Angst, Ellie zu verlieren, erstaunlicherweise Trost bietet und mir seltsam schön und bedeutungsvoll vorkommt. Saddle up and ride your pony, sit around and you'll be lonely, saddle up and let the dust fly ... Es tut gut, den Ring aus der Wand zu entfernen, die Wand zu glätten, alte Wunden zu glätten, Beweise verschwinden zu lassen und mit ihnen das Grauen über das, was ich früher, in einem anderen Leben, einmal getan habe. Ich werde Elli erklären, dass ich mich gerade in einer Ausnahmesituation befinde, dass ich mich zwischen ihr und den Kindern hin- und hergerissen fühle. Dass ich Schuldgefühle den Kindern gegenüber habe. Aber auch ihr gegenüber. Und dass mich das aus irgendeinem Grund dazu gebracht hat, genau das Gegenteil von dem zu tun, was ich eigentlich wollte, die Kinder in den Arm nehmen und sie beruhigen. Elli wird mich verstehen. Sie wird mir verzeihen.

Und diese verdammten Scheißbälger werden hier keinen Schritt mehr über die Schwelle machen. Wenn überhaupt, dann werde ich sie von nun an nur noch bei Gerda treffen. CO_2-Punkte werden sie auch nicht mehr kriegen.

Ich habe keine Zeit, die Spachtelmasse trocknen zu lassen, bevor ich weiße Farbe darüberstreiche. Vielleicht hält es ja trotzdem. Am liebsten würde ich den ganzen Raum zuschütten lassen. Allerdings würde ich durch eine solche Aktion womöglich bloß schlafende Hunde wecken. Wenn ich auch noch die Ringe bei der Kücheninsel und in der Nasszelle aus der Wand geholt und die Kette rausgeschafft und vergraben habe, wird das hier aussehen wie ein ganz normaler Prepper-Raum – abgesehen höchstens davon, dass er deutlich schicker eingerichtet ist als üblich. Und abgesehen natürlich von den kleinen Blutflecken am Sofa, die ich einfach nicht herausbekommen habe. Tausende von Leuten besitzen Prepper-Räume. Es ist die Zeit dafür. Und es ist auch völlig normal, wenn jemand die Existenz eines solchen Raumes geheim zu halten versucht. Schließlich wird es in fünf, sechs Jahren einen ziemlichen Run auf sichere Plätze geben. Verdächtig macht man sich nicht, wenn man einen besitzt, sondern wenn man einen zuschütten lässt.

»Ach, hier bist du. Ich habe oben überall nach dir gesucht. Hast du nicht gehört, dass ich gerufen habe?«

Die Stimme trifft mich wie ein Stromschlag. Es kann nicht Elli sein, denn Elli ist doch mit den Kindern unterwegs zu Großmutter Gerda, nicht wahr? Vorbei an Bäckerei Reinhard, wo es die gute, wenn auch abartig teure Marzipantorte gibt, vorbei an der Betonburg von Einkaufszentrum, vorbei an der Jolli-Tankstelle, das dauert mindestens zwanzig Minuten. Und bis die Kinder ausgestiegen sind und Elli sich Gerda vorgestellt und eine Ausrede erfunden hat, warum die Kinder diesmal so früh kommen, das dauert mindestens noch einmal zwanzig Minuten. Und mit an Sicherheit grenzender Wahrscheinlichkeit wird Gerda sie auch noch hereinbitten und ihr einen Kaffee aufdrängen. Aber selbst wenn sie keinen Kaffee trinken, dauert allein die Rückfahrt noch einmal zwanzig Minuten.

Es ist Elli, sie steht im Keller und starrt auf die offen stehende halbmeterdicke Stahltür und kommt dann langsam und verwundert zu mir herein. Ich spüre, wie das Blut in meinen Kopf schießt. Nur das nicht! Bloß keinen roten Kopf bekommen, sondern lässig sein, einfach bloß lässig sein. Dies ist mein Prepper-Raum, von dem ich ihr bisher halt noch nicht erzählt habe. Was ist schon dabei.

»Na, jetzt hast du ihn also entdeckt, meinen Überlebensbunker« sage ich locker und merke, wie das Blut langsam wieder aus meinem Kopf herausläuft. »Da werde ich dir beim Weltuntergang wohl einen Platz anbieten müssen.«

Sie sieht sich um, betrachtet staunend das saubere kleine Verlies. Gottverdammt, wo liegt eigentlich die Kette? Sie liegt irgendwo auf dem Fußboden. Beim Kühlschrank? Ich trete Elli entgegen, um ihr Gesichtsfeld einzuschränken.

»Ist etwas passiert? Wo sind die Kinder? Du bist doch nicht schon bei Gerda gewesen?«

Elli hört auf, ihren Blick schweifen zu lassen, und wendet ihn mir zu. Gut so. Schau mir in die Augen, Liebes, dann wirst du auch nichts sehen, was dich erschrecken könnte.

»Totale Katastrophe«, sagt sie. »Sie sitzen oben immer noch im Auto. Kurz vor Reinhard ist Binja irgendwie auf die Idee gekommen, ich hätte deine Frau umgebracht und nun wolle ich auch sie und Racke entführen und entsorgen. Jedenfalls hat sie das zu mir gesagt, und da hat Racke sofort angefangen zu schreien und war so außer sich, dass ich Angst hatte, er springt mir bei voller Fahrt aus dem Auto. Also habe ich die Kindersicherung einrasten lassen und bin umgedreht. Sie sagen, *du* sollst sie fahren. Und sie haben solche Angst vor mir, dass sie nicht einmal mit mir zurück ins Haus kommen wollten.«

»Oh Gott«, sage ich, »tut mir leid, tut mir wirk-

lich leid. Das erste Treffen mit den Kindern hast du
dir wahrscheinlich anders vorgestellt. Es tut mir auch
wahnsinnig leid, dass ich vorhin so ausgerastet bin.
Ich fürchte, durch die Sache mit Christine haben wir
alle irgendwie einen Knacks weg.«

»Geh schnell hoch«, sagt Elli, »ich hab Angst, dass
die beiden irgendetwas anstellen, wenn sie so lange
allein sind. Die sind völlig außer sich. Wir können
nachher in Ruhe sprechen. Und sei nett zu ihnen. Sei
geduldig. Und sag ihnen vor allem, dass sie auch weiterhin kommen dürfen.«

»Okay«, sage ich und will Elli am Arm mit mir her-
ausziehen. »Was hältst du davon, wenn wir zusammen fahren.«

Mit einer geschmeidigen Seitwärtsbewegung befreit sie sich aus meinem Griff und beginnt, sich wieder umzusehen.

»Ich glaube, das ist keine so gute Idee. Das sollten
wir langsamer angehen. Sprich du erst einmal mit deinen Kindern. Ich schau mir so lange schon mal an, wo
wir während des Weltuntergangs vögeln können.«

Sie lächelt, sie hat mir verziehen. Sie hält mich gar
nicht für einen unberechenbaren Choleriker. Alles ist
wieder gut. Ich muss sie bloß noch aus diesem Raum
bekommen. Ganz ruhig und lässig, damit sie keinen
Verdacht schöpft. Aber Elli schlendert die Wand entlang und der Raum ist so verdammt klein, und wo
liegt die Kette, wo ist sie – da, vor dem Kühlschrank.
Und gerade in diesem Augenblick sieht Elli mich an
und sieht meinen Blick erstarren und natürlich sieht
sie ebenfalls sofort dorthin und sie sieht die Kette,

vier Meter fest ineinander verschlungene Eisenringe, etwas rostig, und die große gepolsterte Schelle daran, die einmal um Christines Hals gelegen hat und jetzt aufgesperrt ist wie ein hungriges Maul. Elli sieht wieder mich an, erstaunt und etwas alarmiert. Aber noch hat sie es nicht ganz begriffen.

»Das da?«, sage ich. »Das ist bloß für den Notfall. Wer weiß, mit wie viel Mann wir hier einmal sitzen werden. Und wenn dann jemand einen Lagerkoller bekommt ... um die anderen zu schützen.«

»Na, das ist aber ganz schön weit im Voraus gedacht«, sagt Elli und lacht, aber ihr Gesicht ist kalkweiß und in ihren Augen steht die blanke Panik und ihr Blick sucht den Ausgang.

Ich gehe ihr langsam entgegen, die Arme halb erhoben, die Hände besänftigend gespreizt, so, wie man ein angefahrenes Wildtier einzufangen versucht.

»Na ja, jetzt denk mal nach«, sage ich. »Wenn's richtig dicke kommt, müssen wir hier vielleicht Monate verbringen. Vielleicht müssen wir sogar ganz und gar nach unten ziehen, wenn oben Kannibalenhorden durch Wellingstedt streifen.«

Ich lache. Elli lacht. Aber ihre Augen sagen: Oh Gott, oh bitte, bitte lieber Gott, hilf mir, mach dass ich aus diesem Keller wieder herauskomme und nicht diesem irren Psychopathen in die Hände falle.

Ich könnte heulen. Heulen. Es ist vorbei. Alles ist aus. Ich kann doch Elli hier nicht einsperren. Doch nicht Elli, meine Elli! Das mit uns, das ist etwas Gutes und Reines. Mit ihr wäre ich ein anderer Mensch geworden.

»Ich mache mir Sorgen um die Kinder«, sagt sie. »Wir sollten schleunigst mal nach ihnen schauen.«

»Okay«, sage ich und lasse sie vorgehen. Sie versucht, sich zu beherrschen, nicht zu rennen, weil sie weiß, dass sie keine Chance hat, mir zu entkommen. Ich bin direkt hinter ihr. Während sie tapfer und aufrecht vor mir hergeht, knicken ihr plötzlich die Beine weg und ich muss sie auffangen und halte sie in den Armen.

»Oh Elli«, sage ich.

Ich sehe den Abgrund in ihren Augen, so schwarz, so tief. Ich helfe ihr wieder auf die Beine und sie geht durch die Tür. Ich fühle die Erleichterung, die sie verspürt, als sie wieder aus dem Raum heraus ist. Die Hoffnung, die in ihr aufkeimt, sie könnte mir vielleicht doch noch entkommen. Oh Elli, arme, liebste Elli! An der Treppe verliert sie die Nerven und sprintet los. Nimmt mit einem Satz gleich drei Stufen auf einmal. Sie hätte es schaffen können, wenn sie nicht so dumm gewesen wäre zu laufen. Wenn sie ruhig geblieben wäre, hätte ich es vermutlich nicht über mich gebracht, ihr etwas zu tun. Womöglich hätte ich tatenlos zugesehen, wie sie zum Telefon geht und die Polizei ruft, hätte mich festnehmen und abführen lassen, einfach, weil ich sie so sehr liebe. Aber ihre kopflose Flucht löst den Jagdinstinkt in mir aus, meine Wut kocht wieder hoch, die Wut, von allen reingelegt und betrogen zu werden, sogar von Elli. Adrenalin flutet meinen Körper, schaltet jedes Schmerzempfinden aus. Wie ein Torwart werfe ich mich nach vorn und schnappe mir ihre Beine, ziehe die Füße unter ihr weg und sie fällt schreiend auf die harten Stufen, schlägt mit den Unterarmen auf die Stufenkante und mit dem Kopf auf die grünen Steinfliesen. Blut quillt unter ihren Haaren hervor. Sie wehrt sich verzweifelt, tritt nach mir und versucht, sich wieder aufzurichten, und dabei schreit sie die ganze Zeit gellend. Plötzlich bekomme ich Angst, vielleicht hat sie oben die Haustür offen gelassen, weil ja die Kinder noch im Auto sind und ich gleich zu ihnen sollte. Also muss ich Elli daran hindern, weiterzuschreien. Es geht nicht anders. Ich muss ihren Widerstand brechen – so schnell wie möglich. Ich schlage ihr auf den Hinterkopf, mit der Hand bloß, mit der flachen Hand, lege mich auf sie, reiße ihr den rechten Arm auf den Rücken hoch, so weit wie es irgend geht. Sie schreit immer noch, aber bereits leiser, es ist mehr ein verzweifeltes Jammern. Vergeblich versucht sie, mich mit dem anderen, dem freien Arm zu kratzen. Ich stoße ihren Kopf mit der freien Hand gegen die Kante der Steinstufe, nicht allzu fest. Aber es genügt. Sie hört auf zu schreien, hört auf, sich zu wehren. Sie weint bloß, während ich sie wieder auf die Beine stelle, ihr auch den anderen Arm auf den Rücken drehe und sie im Polizeigriff zurück in den Schutzraum führe. Sie schluchzt laut, als ich sie dort auf den Boden lege, mein gesundes Knie auf den Punkt zwischen ihren Schulterblättern platziere und mich mit meinem ganzen Gewicht darauf stemme, während ich ihr die Halsschelle anlege. Das kleine Schloss rastet ein. Ich ziehe den winzigen Schlüssel ab. Elli wehrt sich nicht mehr, liegt bloß leise wimmernd auf dem Boden, die Augen geschlossen, die Ponyfransen schwimmen in einer matschigen Lache, die wie Schmieröl aussieht. Ich hole einen Kabelbinder aus der Küchenschublade und fessele ihr die Hände auf den Rücken. Dann taste ich sie nach ihrem Handy ab. Es ist in der Innentasche ihrer Jacke, zusammen mit dem Autoschlüssel. Ich stelle das Handy aus und stecke es ein, den Autoschlüssel auch, streichle Elli beruhigend über den Kopf. Das Ende der Kette hake ich in den Ring an der Kücheninsel.

»Es ist nicht so, wie du denkst«, sage ich. »Hab keine Angst. Ich bringe jetzt erst einmal die Kinder weg. Dann komme ich so schnell wie möglich zurück und wir reden über alles. Ich kann es dir erklären. Ich kann dir alles erklären. Hab keine Angst.«

Aber sie hat Angst. Sie hat sich zusammengerollt wie ein Igel. Wie ein Fötus. Wie der Fötus von einem Igel. Sie wimmert immer noch vor Angst. Ich mag sie gar nicht ansehen, während ich die Stahltür schließe.

18

In der Garage packe ich das Handy in eine Hunde-
kottüte, die einmal für Rusty, den Bernhardiner meiner Eltern, angeschafft worden ist und bis eben ein
schmieriges Fahrradritzel zu einem längst nicht mehr
existierenden Fahrrad beherbergte, und schlage mit
dem Hammer drauf. Dann gehe ich auf alles gefasst
die Treppe hoch. Die Haustür ist zum Glück geschlossen. Und als ich sie öffne, sehe ich, dass die Kinder immer noch brav hinten im Auto sitzen. Ganz still und
stumm mit kleinen weißen Gesichtern. Ich gehe kurz
zu ihnen hinaus.

»Okay«, sage ich, »ihr rührt euch hier nicht von der
Stelle. Ich zieh mir nur eben eine Jacke an und bin
gleich wieder da.«

Ich gehe ins Badezimmer, drehe den Wasserhahn
auf und kaum läuft das Wasser, läuft es auch mir aus
den Augen. Ganze Bäche. Es schüttelt mich richtig.
Ich stemme mich mit beiden Händen auf das Wasch-

becken und dabei brülle ich wie ein tödlich verwundetes Tier. Es ist nicht gerecht. Es ist einfach nicht gerecht! Ich muss mich zusammenreißen. Die Kinder warten da draußen. Ich versuche herunterzukommen, zähle langsam bis hundert, aber bei 22 schüttelt es mich wieder und ich jaule wie etwas, dem man die Haut abzieht. Ich hätte es haben können, das Glück. Es war zum Greifen nah. Diese letzten vier, fünf, vielleicht ja sogar acht Jahre, die uns noch bleiben, bevor auch in Europa die Zivilisation zusammenbricht – sie hätten die besten meines Lebens werden können. Ich hatte die Chance, mit der Frau, in die ich seit Jahrzehnten verliebt war, ein neues Leben anzufangen. Wir wären zusammen jung gewesen, gerade mal zwanzig wären wir gewesen, jedenfalls dem Aussehen und der Leistungsfähigkeit nach, aber natürlich nicht mehr so blöd wie mit zwanzig und deswegen wäre es mir diesmal auch gelungen, alles richtig zu machen.

Ich schwappe mir mit der hohlen Hand kaltes Wasser ins Gesicht, aber ich kann nicht aufhören zu heulen und zu heulen. Um Elli, um uns, um mich.

Wenn Racke nicht diese Nummer abgezogen hätte ... Ich stelle mir vor, wie er vor mir in einer Schlammpfütze liegt und wie ich immer wieder mit einem Holzknüppel auf ihn einschlage, bis er nicht mehr schreit und sein kleiner Kopf völlig zerschmettert in die trübe, braune Brühe sinkt.

Ich trockne mir das Gesicht ab und kämme meine Haare. Mein Gesicht ist ziemlich verquollen. Aber im Auto wird es dunkel genug sein, dass Binja und Racke es nicht mitbekommen. Und bis wir bei Gerda sind, werde ich hoffentlich wieder normal aussehen – oder ich steige gar nicht erst aus. Ich werfe mir schnell meine rot-schwarze Holzfällerjacke über und gehe zum Auto. Binja und Racke, die sich sonst ständig streiten, haben sich eng aneinandergeschmiegt und starren mich ängstlich an, als ich die Fahrertür öffne.

»Okay«, sage ich, während ich vom Grundstück zurück auf die Straße setze, »ihr habt also Angst, mit einem so grundguten Menschen wie Elli, die nicht einmal einen Fisch töten würde, weil sie es nämlich aus tiefster Überzeugung ablehnt, sich irgendwelche Fetzen von Tieren in den Mund zu stecken, bloß weil es schmeckt ... ganz im Gegensatz zu euch ... ihr habt also Angst, mit Elli in einem Auto zu sitzen. Aber vor mir habt ihr keine Angst, ja? Habe ich das richtig verstanden?«

Im Wageninneren breitet sich eine beklommene Stille aus. (Das haben die Ingenieure damals nicht bedacht, als sie die neuen Wasserstoffmotoren so leise gemacht haben, dass ein Schweigen, das ja nun mal gerade bei längeren Autofahrten immer wieder aufkommt, plötzlich unangenehm auffällt. Mercedes will deswegen im nächsten Jahr mit einem zuschaltbaren gefaketen Dieselmotoren-Geräusch auf den Markt kommen.) Binja und Racke wagen nicht, mir zu antworten, und das ist das Klügste, was sie tun können. Ich weiß nicht, ob ich noch an mich halten könnte, wenn einer von ihnen auch nur »Piep« sagen würde. Mein Körper wird mit Hass geflutet, Hass, der das Blut in meinen Adern in schwarzen Sirup verwandelt.

Ich will, dass diese Scheißbälger dafür zahlen, dass sie Elli in diese Lage gebracht haben. Sie haben ihr Leben zerstört und meines, und sie sollen eine Ahnung davon bekommen, was sie angerichtet haben.

»Was hast du dir dabei gedacht, Elli so zu beleidigen«, sage ich zu Racke. »Hast du gedacht, wenn es hart auf hart kommt, entscheide ich mich gegen Elli und für dich? Denkst du, ich habe dich lieber als Elli? Warum sollte ich? Was ist denn an dir so Besonderes, dass du es mit jemandem wie Elli aufnehmen könntest?«

Racke beginnt leise zu schluchzen und ich fühle mich schon etwas besser. Ja, ja, ich weiß, es sind Kinder, und Kinder genießen bei uns allen Schutz und alles Verständnis der Welt, auch wenn sie einem gerade das Leben zerstört haben. Warum eigentlich? Ist es ein Verdienst, wenn sie sich bei ihren Intrigen ungeschickt, doof und leicht durchschaubar anstellen? Sind ihre miesen Absichten deswegen weniger mies?

»Heul doch, du blöde Heulsuse«, fahre ich ihn an, »denkst du etwa, ich habe Mitleid mit dir? Denkst du, ich habe dich lieb? Ist dir eigentlich klar, wie langweilig du bist? Wie mich das anödet, einen ganzen Sonntag mit dir zu verbringen?«

Racke heult jetzt laut los.

»Halt die Fresse«, brülle ich. »Halt bloß die Fresse, du Stück Scheiße!«

Racke und Binja heulen jetzt beide gedämpft. Das grünliche Scheinwerferlicht meines Wasserstoffautos taucht die Straße und die rapsüberwucherten Gehwege in unheimliche und bedrückende Falschfarben, grünes Gelb und graues Grün, die Schatten schwärzer als schwarz. Als ich in den Rückspiegel schaue, sehe ich, dass Binja das eine Ende ihres Halstuchs in Rackes Mund geknüllt hat und das andere Ende in ihren eigenen Mund. Ich muss sehen, dass die Kinder wieder einigermaßen herunterkommen, bevor wir bei Oma Gerda eintreffen.

»Nimm den Schal aus dem Mund«, sage ich zu Binja. »Und zieh ihn auch deinem Bruder aus dem Mund oder willst du, dass er erstickt?«

Sie wimmern jetzt etwas lauter.

»Pass auf«, sage ich zu Binja, »du kannst mir nicht erzählen, dass du ernsthaft geglaubt hast, dass Elli euch etwas tun will. Dafür bist du zu alt. Es war ein mieser Trick von dir, um Racke in Panik zu versetzen. Ich sage euch jetzt was – euch beiden –, wir werden uns die nächsten acht Wochen nicht sehen. Habt ihr verstanden? Ihr dürft nicht mehr kommen. In acht Wochen werde ich euch dann vielleicht bei Oma Gerda besuchen. Aber nur, wenn Elli euch verzeiht. Sonst komme ich gar nicht mehr. So kannst du das dann auch Oma Gerda erklären. Und sag ihr, sie soll mich nicht mehr wegen der Punkte anrufen. Sag ihr, sie soll euch vegan ernähren. Wenn sie mich anruft, dann dürft ihr gar nicht mehr bei ihr wohnen, sag ihr das.«

Sie haben nicht aufgehört zu schluchzen. Ich lasse sie vor Oma Gerdas Haus aus dem Wagen steigen und warte bloß, bis die Tür aufgeht. Dann starte ich durch. Wenn ich den Kontakt zu Racke und Binja abbreche, kann ihnen auch nicht auffallen, dass Elli nicht mehr da ist.

Auf dem Rückweg biege ich bei der Bäckerbrücke zur Poppenbüttler Schleuse ab, parke den Wagen auf einem Frauenparkplatz und humple mit der kleinen Plastiktüte, in der sich die Einzelteile von Ellis geschrottetem Picture-Phone befinden, zur Schleuse und schütte alles in das tosende weiße Wasser. Ich wünschte, ich hätte mir angesehen, mit wem Elli heute und gestern noch telefoniert hat, bevor ich mit dem Hammer zuschlug, dann hätte ich eine Idee, von wem möglicherweise Gefahr droht. Aber vielleicht hat sie ja auch gar nicht telefoniert. Vielleicht bleibt uns viel mehr Zeit, als ich denke.

19

Elli steht hinter dem Küchentresen, sieht mir aus verquollenen Augen entgegen. Darüber hat sich ein Streifen gebildet, ein rot-violett-grüner Regenbogen, dort, wo ich ihre Stirn gegen die Stufenkante gedrückt habe. Das Blut ist eingetrocknet und hat ein paar Ponysträhnen mit eingebacken. Ich schließe die Tür, stelle die mitgebrachte Jutetasche auf den Boden und gebe mit vorgelegter Hand den Zahlencode ein. Dann nehme ich eine Schere und ein Vorhängeschloss aus der Tasche, gehe zu Elli, schneide den Kabelbinder durch, der ihre zitternden Hände auf dem Rücken fixiert, und ersetze den Karabinerhaken, mit dem die Kette an der Kücheninsel befestigt ist, durch das Schloss, ziehe den kleinen Schlüssel ab und lasse ihn in meiner Hosentasche verschwinden.

»Komm«, sage ich und nehme die Jutetasche wieder auf, »setz dich. Ich habe Pflaster dabei.«

Nicht nur Pflaster, ich habe auch einen Waschlappen und Verbandmull mitgebracht und ein Gel gegen Blutergüsse. Ich will ein wenig den Sanitäter spielen. Aber mit Elli ist nicht zu reden.

»Bitte«, heult sie, »bitte lass mich hier raus. Bitte!«

Sie ist völlig hysterisch. Es ist unmöglich, ein vernünftiges Gespräch mit ihr zu führen. Also das muss ich Christine lassen: Als sie mir das erste Mal im Prepper-Raum gegenüberstand, hat sie bedeutend mehr Haltung gezeigt. Elli ist einfach nur ein aufgelöstes Häufchen Panik. Ich muss sie schließlich anbrüllen, damit sie sich auf das gelbe Ikea-Sofa setzt und von mir verarzten lässt.

»Und hör auf zu heulen«, brülle ich. »Es gibt nämlich keinen Grund!«

Jetzt heult sie natürlich noch mehr. Heute ist der Tag der Tränen. Ich setze mich neben sie, nehme ihr Kinn in die Hand und rubbel mit dem Waschlappen vorsichtig die angetrockneten Blutkrusten von ihrer Schläfe. Die Wunde liegt zwischen den Haaren.

»Hör zu«, sage ich, als sie allmählich leiser heult, »es war nicht meine Absicht, dich hier unten einzusperren. Das war nicht geplant. Du hättest niemals erfahren sollen, dass es diesen Raum gibt. Aber nun ist es einmal passiert und jetzt müssen wir überlegen, wie wir damit umgehen wollen.«

»Ich sag nichts«, heult Elli mir ins Gesicht. »Ich schwöre, ich sag nichts. Bitte, lass mich raus. Bitte, ich sag bestimmt nichts!«

Sie heult wie ein Schwamm. Es gibt gar keine Verbindung mehr zwischen uns. Als hätten wir uns nie geliebt.

»Herrgott Elli, nun rede doch keinen Quatsch. Natürlich zeigst du mich an, wenn du hier erst mal rausgekommen bist. Du müsstest geisteskrank sein, wenn du es nicht tun würdest.«

»Nein, ich schwör's, ich schwör's! Ich sag nichts! Ganz bestimmt nicht.«

Langsam werde ich etwas ungeduldig. Elli fehlt einfach die Klasse, die Christine damals in dieser Situation gezeigt hat. Dafür wird mit ihr wahrscheinlich einfacher auszukommen sein. Diesmal werde ich es gar nicht erst zulassen, dass sie mir irgendwelche Szenen macht, sondern werde von Anfang an perfekten Gehorsam verlangen.

»Elli, jetzt reiß dich mal ein bisschen zusammen, ja? Ich liebe dich, ich habe dich immer geliebt, und ich werde nichts tun, was du nicht willst. Und ich werde dich hier auch wieder rauslassen, okay? Aber nicht sofort. Das kann ich nicht machen, weil du mich nämlich sofort anzeigen wirst. Jetzt widersprich nicht schon wieder, natürlich wirst du mich anzeigen. Und deshalb muss ich erst einmal gründlich meine Flucht vorbereiten, Geld abheben, mir einen Ort suchen, wo ich abtauchen kann, und so weiter. Das verstehst du doch wohl, oder? Und dann lasse ich dich raus beziehungsweise rufe jemanden an, der dich herauslassen wird.«

Langsam sickert etwas davon in ihr panisches, kleines Hirn.

»Du lässt mich raus? Wirklich?«

»Ja«, sage ich, »aber zuerst muss ich meine Flucht vorbereiten und ich will dir vorher auch noch erklären, was es mit dem Raum hier auf sich hat. Es ist nämlich anders, als du denkst.«

Die Geschichte habe ich mir auf dem Rückweg von Gerda ausgedacht.

»Also pass auf: Das hier ist der alte Kohlenkeller aus der Zeit, als es hier noch eine Kohlenheizung gab. Den hat sich mein Vater mal als Arbeitszimmer ausgebaut. Ich wollte daraus einen Überlebensbunker machen. Und vor zweieinhalb Jahren haben meine Exfrau und ich uns über die Kinder gestritten, sie wollte mir die Kinder wegnehmen und irgendwie habe ich die Nerven verloren und sie geschlagen und da hat sie geschrien, dass ich die Kinder nun nie wiedersehen würde. Da bin ich ausgerastet und habe sie in den Keller gesperrt, damit ich Zeit hätte, um mit den Kindern ins Ausland zu fliehen. Aber sie hat so randaliert, dass ich Angst hatte, sie befreit sich selber, bevor ich mit den Kindern eingecheckt habe, und deswegen habe ich die Kette besorgt und sie angebunden. Ich hätte jemanden angerufen, um sie herauszuholen, sobald ich mit den Kindern in Sicherheit gewesen wäre. Aber als ich ihr kurz vor unserem Abflug noch mal Proviant reingebracht habe, lag sie plötzlich tot auf dem Boden. Vielleicht ein Herzinfarkt oder ein Schlaganfall – ich weiß es bis heute nicht. Vielleicht hat sie es sogar irgendwie mit Absicht gemacht. Das wäre ihr zuzutrauen. Sie hat schon immer alles drangesetzt, mir das Leben schwerzumachen. Jedenfalls war sie plötzlich tot und da habe ich sie nachts im Garten vergraben und die Bunkertür seitdem nicht wieder aufgemacht – bis heute. Ich wollte alles in Ordnung bringen, bevor wir beide neu anfangen. Da sollten keine Altlasten mehr rumliegen. Deswegen dachte ich, ich räum da schnell auf. Und wenn du nicht früher zurückgekommen wärst, dann wären wir zusammen glücklich geworden und von diesem Raum wäre nie die Rede gewesen.«

Sie schaut mich an, als glaubte sie mir die Geschichte, aber das tut sie natürlich nicht. Ich selber würde mir die Geschichte nicht abnehmen. Alles hier, das abgesessene Sofa, das eingebrannte Fett im Backofen, die blanken Stellen an der Kette, dort wo Christine sie immer angehoben hat, wenn sie sich durch den Raum bewegte, deutet auf einen längeren Aufenthalt hin. Während ich die Kinder zu Oma Gerda gefahren habe, hat Elli bestimmt in die Einbauschränke gesehen und Christines Kleider und Schminksachen gefunden. Eigentlich ganz gut, dass ich sie noch nicht entsorgt habe. Da muss ich für Elli nichts neu kaufen. Außer einer Zahnbürste.

»Wann lässt du mich raus«, fragt sie. »Warum lässt du mich nicht gleich raus? Ich werde dich nicht verraten!«

»Elli!«, sage ich. »Also wirklich! Nun versuch doch nicht, mich für dumm zu verkaufen. Ich werde dich ja rauslassen. In einer Woche, vielleicht zehn Tagen. Kommt darauf an, wie lang ich brauche, um alles vorzubereiten.« Ich beuge mich zu ihr herüber, will ihre Wange streicheln und sie zuckt zurück. Na gut, ich habe sie geschlagen. Aber es ist schließlich bloß auf den Hinterkopf gewesen. Mit der flachen Hand. Ich habe sie nicht zusammengeschlagen. Ich habe sie nicht kräftiger geschlagen, als es auch ihr rein körperlich möglich gewesen wäre, mich zu schlagen. Ich finde, das ist immer die Grenze: Niemals jemanden stärker schlagen, als es demjenigen auch möglich wäre.

Plötzlich überkommt es mich, und ich fange an zu heulen.

»Die paar Tage wirst du ja wohl aushalten«, presse ich hervor. »Siehst du denn nicht, was das wirklich Schlimme ist: Dass jetzt alles zwischen uns aus ist. Das ist doch viel schlimmer! Ich liebe dich, Elli! Ich liebe dich so sehr, wie ich noch nie jemanden geliebt habe. Und ich würde dir nie etwas antun. Niemals! Deinetwegen werde ich mich von der Polizei hetzen lassen. Und irgendwann werden sie mich natürlich kriegen und dann verbringe ich die letzten paar Jahre, die der Menschheit noch bleiben, in einem Gefängnis. Und weswegen mache ich das? Damit es dir gut geht. So sehr liebe ich dich, Elli! Ich liebe dich mehr als mich selbst! Und du begreifst das nicht und zitterst und heulst, als wäre ich das letzte Schwein.«

Die letzten Sätze habe ich wieder gebrüllt. Aber wenigstens habe ich dabei aufgehört zu heulen.

»Entschuldige«, sagt Elli kaum hörbar, »entschuldige bitte.«

»Schon gut«, sage ich. »Möchtest du, dass ich heute Nacht bei dir bleibe? Oder möchtest du erst einmal zur Ruhe kommen?«

Sie antwortet nicht, starrt bloß vor sich hin. Auch gut. Es ist ihre eigene Schuld, wenn sie die erste Nacht allein im Prepper-Raum verbringen muss. Damit macht sie sich die Sache bloß zusätzlich schwer. Sie unterzieht sich damit freiwillig einer Prozedur, die überall auf der Welt für das Gefügigmachen von Gefangenen angewendet wird: auf eine plötzliche, unerwartete Entführung unmittelbar Isolation folgen zu lassen. Kann man in jedem Handbuch für Gehirnwäsche nachlesen. Ich müsste ihr nur noch die Kleider wegnehmen, um das Gefühl für Verwundbarkeit zu erhöhen. Aber ich könnte ihr so etwas nie antun. Es tut mir schon weh, sie hier allein zurückzulassen. Ich hätte diese schreckliche Nacht gern neben ihr gelegen, sie in den Arm genommen und beruhigt. Sie zu brechen ist das Letzte, was ich will. Immerhin wird sie morgen früh vermutlich erleichtert sein, mich zu sehen.

20

»Ich habe mir die Sache überlegt«, sagt Elli am nächsten Morgen und kratzt sich mit dem kleinen Finger der linken Hand nervös unter dem Halseisen. »Jetzt wo ich eine Nacht darüber schlafen konnte, kann ich auch wieder klar denken. Du musst nicht fliehen. Es ist nicht vorbei zwischen uns. Ganz egal, was mit deiner Frau passiert ist, wir beide gehören zusammen.«

Wenn es noch irgendetwas brauchte, um mir zu beweisen, dass ich Elli verloren habe, dann ist es dieser Satz. Sie hat die Nacht damit verbracht, sich zu überlegen, wie sie mich am besten manipulieren kann. Von nun an werde ich kein ehrliches Wort mehr von ihr hören, sondern es wird alles bloß Strategie sein.

»Bitte«, sage ich, »Elli, kannst du denn nicht diese ein oder zwei Wochen abwarten. Selbst wenn du mir nicht traust – denk doch einfach mal nach! In dem Moment, wo jemand dich als vermisst meldet, wird auch irgendjemand meinen Namen nennen. Das haben auf dem Klassentreffen doch alle mitbekommen, dass es zwischen uns gefunkt hat. Und dann wird sich auch ganz schnell jemand daran erinnern, dass meine Exfrau ebenfalls vermisst ist. Und in dem Moment haben sie mich. Zwei vermisste Frauen, mit denen ich zu tun hatte, damit komme ich nicht durch. Und diesmal werden sich ja wohl auch kaum die Gelben Mönche melden, um die Verantwortung für dein Verschwinden zu übernehmen. Selbst wenn ich vorhätte, dich für immer hierzubehalten. Ich hätte gar keine Chance, damit durchzukommen.«

»Aber ich meine es ernst«, sagt Elli. Sie sieht fürchterlich verknautscht aus, verknautschter Loba-Rock, verknautschte Bluse, verknautschte Haare und dunkle Ringe unter den Augen. Die Arme hat sich anscheinend die ganze Nacht auf der Matratze herumgeworfen. Immerhin ist der violette Streifen auf der Stirn schon etwas blasser geworden.

»Ich liebe dich doch auch«, sagt sie. »Ich liebe dich so sehr, dass ich dir alles verzeihen kann. Ich kann das. Warum traust du mir das nicht zu? Und warum sollte ich mir die Mühe machen, dich anzulügen? Wo uns doch alle zusammen gesehen haben und du mich sowieso nicht hierbehalten kannst.«

Da hat sie natürlich recht. Aber mein Instinkt sagt mir, dass sie lügt.

»Es könnte alles wieder wie vorher sein. Von mir hast du nichts zu befürchten. Aber wenn mich hier erst jemand aus dem Keller holen muss, dann ist die Sache aufgeflogen. Bitte – nimm uns nicht die Zeit, die wir miteinander verbringen könnten. Ich ertrage es nämlich nicht, je wieder ohne dich leben zu müssen. Ich will das nicht, verstehst du? Was hast du denn zu verlieren?«

Na was wohl? Meine Freiheit. Allerdings ist die Versuchung schon ziemlich groß. Was, wenn sie mich tatsächlich so sehr liebt und ich verpasse diese Chance, bloß weil ich so misstrauisch bin?

»Dann beweise es und schlaf mit mir«, sage ich. »Jetzt.«

»Was?«

Ihr fällt förmlich der Unterkiefer runter.

»Nun, wenn du mich tatsächlich immer noch so liebst, wie du behauptest, dann müsstest du doch geradezu darauf brennen, mit mir zu schlafen.«

»Es ist jetzt vielleicht nicht gerade die Situation, in der ... okay! Okay, ich schlaf mit dir.«

Sie nimmt mich am Kragen, als wäre ich derjenige, den man nach Belieben herumführen kann, und zieht mich zu dem Bett, in dem die zerwühlten Kissen und die zusammengeknüllte Decke eine Ahnung davon vermitteln, was letzte Nacht in ihr vorgegangen sein muss. Dort gibt sie mir einen freundlichen Stups vor die Brust und ich lasse mich folgsam hintenüber auf die Matratze fallen, auf der ich es schon Hunderte Male mit Christine getrieben habe. Elli stemmt ihre Hände und Knie links und rechts von mir und kriecht auf allen vieren über mich drüber, setzt sich auf meine Lenden und macht sich an meinem Reißverschluss zu schaffen. Sie gehört zu den Frauen, die gern oben sitzen, und zwar wirklich gern. Christine hat einmal behauptet, Frauen hätten daran überhaupt kein

Interesse. Dass Frauen beim Sex auch mal oben sein können, wäre bloß das Einzige, was alle Männer anstandslos von der Emanzipation übernommen hätten – stinkend faul, wie wir seien. Und jetzt würden wir die Frauen ständig dazu drängen und kämen uns dabei wahnsinnig emanzipiert vor, während die Frauen es wie üblich nur uns zuliebe täten. Es ist fatal, dass man die meisten Informationen darüber, was Frauen denken, von der eigenen Frau bekommt – das kann ganz schön subjektiv sein.

Elli knöpft ihre Bluse auf und schiebt dabei ganz lässig die Kette an ihrem Hals auf den Rücken. Was hätte sie wohl gemacht, wenn sie einen Pullover oder ein Sweatshirt oder etwas anderes Geschlossenes tragen würde? Sie lupft ihren kleinen Hintern und hilft mir, ihr die Unterhose auszuziehen, und als sie ihr an den Knien hängen bleibt und ich mit beiden Händen völlig übertrieben daran zerre und dazu wie ein Hund knurre, lacht sie sogar. Als ich in sie eindringe, zuckt sie kurz und verzieht den Mund, aber dann fällt sie regelrecht über mich her und saugt sich an meinen Lippen fest. Falls Elli mir tatsächlich bloß etwas vorspielt, macht sie das ziemlich gut. Ich streichle ihre fantastischen falschen Brüste und fühle, wie die Spitzen hart werden – also das kann sie ja nun wohl schlecht gespielt haben –, lasse meine Hände zu ihrer schmalen Taille hinuntergleiten, ziehe sie an mich. Elli schreit auf.

»Zu tief«, keucht sie, »das war zu tief.«

Sie rutscht von mir herunter und krümmt sich. Ich lege sie auf den Rücken, beschäftige mich ein we-

nig mit ihrem Busen, lasse die Außenseite der Hand
darübergleiten und solche Sachen und schließlich
dringe ich vorsichtig wieder in sie ein. Sie stöhnt,
stemmt sich mir entgegen und wirft den Kopf por-
nomäßig nach hinten. Jetzt reicht's! Das nehme ich
ihr nicht ab. Es ist ganz furchtbar, mit ihr zu schlafen und zu wissen, dass sie es eigentlich gar nicht
will. Aber ich habe schon diesen Punkt überschritten. Selbst wenn ich sofort alle Aktivitäten einstellen
würde oder jemand mir einen Eimer kalten Wassers
über den Kopf schüttete, die sexuelle Entladung ist
nicht mehr aufzuhalten. Elli kommt im selben Moment. Sie liegt unter mir, die Arme ergeben ausgebreitet und die Hände in die Matratze gekrallt. Ich
spüre den Schweiß auf ihrer Haut, das Zucken in ihrem Inneren und ich sehe die roten Flecken auf ihrer
Brust. Es ist echt, eindeutig echt. Elli liebt mich noch
immer, mein Leben ist noch nicht vorbei und mein
Glück nicht verloren. Ich rolle von ihr herunter, neben sie, und sie schmiegt ihr Gesicht an meinen Hals,
atmet dicht an meinem Ohr. Ich küsse sie, küsse sie
auf ihre Stirn und ihre Haare, küsse sie auf den Mund
und auf die Augen und über die Stelle, wo das Eisen
ihren Hals umschließt.

»Na gut«, sage ich, »na gut, ich muss dir wohl glauben. Aber lass mir noch Zeit bis morgen, bevor ich
dich rauslasse. Ich will wenigstens Geld abheben und
mir ein Versteck überlegen. Für den Fall der Fälle. Damit ich notfalls schnell verschwinden kann. So viel
Misstrauen musst du mir zugestehen.«

»Ist okay«, antwortet sie. »Ich bin heilfroh, dass du

mir endlich glaubst. Aber dann musst du heute noch zu mir nach Hause fahren und Murri füttern.«

Ich liebe Elli zu sehr, um sie darauf hinzuweisen, dass es Unsinn ist, in ihrer Situation mir gegenüber von »müssen« zu reden.

»Katzen sind zäh«, sage ich stattdessen, »die halten auch mal einen Tag ohne Futter aus. Notfalls fängt die sich 'ne Maus.«

»Murri kann das nicht. Die ist doch dement. Das Futter steht oben auf dem Küchenschrank. Trockenfutter und Dosen. Sie braucht beides – weil sie nie weiß, was sie will.«

Elli steht auf und geht halbnackt – nur mit dem Loba-Rock bekleidet (und der Halsschelle natürlich samt rasselnder Kette) – zu dem Stuhl, über dem ihr Anorak hängt, und kramt den Hausschlüssel aus der Tasche. Ich ziehe meinen Reißverschluss wieder zu und lasse mich noch einmal in die Kissen sinken.

Und da sehe ich es plötzlich: In der Decke ist ein Loch. Ein Loch, genau dort, wo ich den Eingang zur Zwischendecke zugespachtelt habe. Es ist ein ziemlich kleines Loch, gerade mal fünfmarkstückgroß und Elli hat Toilettenpapier hineingestopft, damit es nicht so auffällt, aber darum herum sieht man die Kratzspuren. Von einem Löffel wahrscheinlich. Sonst gibt es hier ja nichts. Elli muss die frisch verputzte Stelle bemerkt haben, und wenn die Kette am Küchenblock befestigt ist, reicht die Länge natürlich locker, um sich dort an der Zimmerdecke zu schaffen zu machen.

Ich kann gar nicht sagen, wie niedergeschmettert ich bin. Es gibt keine Wahrhaftigkeit und es gibt keine

Liebe zwischen den Menschen. Ich bin ein Einfalts-
pinsel, ein hoffnungsloser Narr, dass ich jemals auch
nur in Erwägung gezogen habe, Elli zu vertrauen. Sie
krabbelt gerade neben mir auf das Bett, schmiegt sich
wieder an mich, legt mir ihren Schlüsselbund auf die
Brust und küsst mich auf die Schulter, aufs Hemd,
lutscht an dem Stoff, bis er völlig durchnässt ist und
ich ihre Küsse spüre, als würde sie mich auf die Haut
küssen. Ich sollte ihr eine runterhauen. Mitten ins Gesicht. Aber das mache ich natürlich nicht. Verliebter
Trottel, der ich bin, fresse ich meinen Gram in mich
hinein und tue, als wenn nichts wäre. Ich streiche Elli
sogar noch über die Haare, bevor ich allen Ernstes den
Schlüssel nehme und aufstehe, damit diese gottver-
dammte Katze ihr widerliches, stinkendes Futter bekommt. Eigentlich müsste ich jetzt unter irgendeinem Vorwand die Kettenlänge drastisch einkürzen,
damit Elli die Zimmerdecke nicht noch weiter zerstören kann. Um in die Zwischendecke einzudringen und
auf Christines Leiche zu stoßen, reicht die Kette zum
Glück nicht. Allerdings hängt noch die Taschenlampe
gleich vorn am Balken. Wenn sie die findet und damit
in die Ecken leuchtet … Ich bin so wütend und enttäuscht, dass ich ihr diesen Schock eigentlich gönne.
Wenn sie auf die Leiche stößt, wird ihr klar werden,
dass es ein Fehler war, einen Ausbruch zu versuchen,
und dass sie es sich mit mir nun endgültig verdorben
hat. Es wird ihr bitter leidtun, mein Vertrauen so missbraucht zu haben, aber dann wird es bereits zu spät
sein und ich brauche mich ihr gegenüber nicht länger
verpflichtet zu fühlen. Ein abruptes Trauma gleich am

Anfang wird auch ihre Bereitschaft, sich zu unterwerfen, beschleunigen. Das ist der dritte Schritt bei einer professionellen Gehirnwäsche: das Opfer unter Schock setzen, um es gefügig zu machen. Nicht, dass ich das vorgehabt hätte, aber nun sorgt Elli ja schon von ganz allein dafür.

Ich hole den kleinen Schlüssel für das Vorhängeschloss des Halseisens von seinem Platz an der Tür und setze mich noch einmal neben Elli, nehme ihr die Kette ganz ab.

»Das«, sage ich, »ist jetzt ja wohl nicht mehr nötig.«

Ich küsse sie auf den Hals, ganz der vertrauensvolle Liebhaber, und damit sie auch ja genügend Zeit hat, sich in die Zwischendecke zu graben, füge ich hinzu: »Ich werde wohl über Nacht wegbleiben – um alles vorzubereiten.«

»Danke schön«, sagt sie und küsst mich scheinbar unbefangen auf die Wange, »grüß Murri von mir.«

Wenn Elli nicht mehr die Liebe meines Lebens sein kann, dann ja vielleicht etwas anderes. Auch wenn sie mich nicht mehr liebt, wird sie mir in den nächsten ein oder zwei Wochen zur Verfügung stehen. Sie wird ein unverbrauchter, hübscherer und viel liebenswerterer Ersatz für Christine sein, mit frischen, unvorhersehbaren Reaktionen. Natürlich werde ich sie gut behandeln. Ich liebe sie ja immer noch. Ich könnte ihr gar nicht wehtun, und in spätestens zwei Wochen lasse ich sie ja sowieso wieder frei. Aber noch gehört sie mir, wenn auch auf andere Weise, als ich mir das einmal vorgestellt habe.

21

Elli wohnt immer noch in Bargteheide, wenn auch nicht mehr auf dem Tierschutzhof, sondern in einem Wohnblock. Ich war erst einmal bei ihr, da durfte ich auch die demente Murri kennenlernen. Danach habe ich dafür plädiert, uns vorzugsweise bei mir zu treffen. Die Katzenaktion ist immerhin ein guter Anlass, Ellis Sharing-Egg aus meinem Vorgarten zu entfernen. Das hätte ich gleich machen sollen. Schon gestern. Auch wenn sie jetzt natürlich noch niemand vermissen wird. Auf dem Weg nach Bargteheide lege ich mir einen Plan zurecht, wie ich am besten mit Elli umgehe, um möglichst viel aus den letzten Tagen mit ihr herauszuholen. Ich will ja einfach nur eine schöne Zeit mit ihr verbringen, auch wenn sie mich nicht mehr liebt. Ich will gut zu ihr sein, aber die Rollenverteilung muss natürlich klar sein. Nicht, dass ich mir jetzt ständig von ihr Aufträge erteilen lasse. Die Katze noch, und das war's dann. Disziplin ist wichtig, von

Anfang an klare Regeln aufstellen und auf ihre Einhaltung bestehen. Es ist auch für einen Gefangenen viel angenehmer, wenn klare Vorgaben bestehen, an die er sich halten kann. Vor allem aber muss ich allmählich mal daran denken, meine Flucht vorzubereiten. Ausland? Wahrscheinlich werde ich nicht darum herumkommen, ins Ausland zu gehen. Oh Gott – und mir geht es hier so gut.

Ich parke das Sharing-Egg ziemlich zentral in der Nähe des Feuerlöschteiches, sodass sich in kürzester Zeit ein neuer Nutzer finden wird. Es hätte ja sein können, dass Elli hier geparkt hat, um noch ein paar Einkäufe zu erledigen, und dann die vier Straßen zu ihrer Wohnung zu Fuß zurückgelegt hat.

Es ist wieder grauenhaft heiß. Die Hitze flimmert über der bürgerlich gepflasterten Straße und im Teich plantschen acht Kinder und ihr pädophiler Kindergärtner rund um den Springbrunnen, der aus gleich drei lebensgroßen Frauenfiguren mit sprudelnden Handflächen besteht – eine allein hätte es wohl nicht getan.

Ellis Wohnung liegt in einer nagelneuen Sackgasse, die mitten durch eine großzügige Wohnanlage hindurchgetrieben wurde, um noch zwei weitere Wohnblocks dazwischenzuquetschen. Vor dem Hauseingang drücken sich zwei männliche Bio-Zwanziger in Animal-Mood-Pantalons und mit billigen uncoolen Winkie-Boards unter dem Arm herum, ein Leopard und eine Giraffe. Anfang zwanzig reicht ihnen nicht. Sie möchten wieder wie sechzehn aussehen, sind dafür aber viel zu massig. Würdelos.

Das Treppenhaus riecht immer noch so aseptisch wie das letzte Mal. An den Wänden sind immer noch keine Schmutzstreifen und auf den Fußmatten liegt nicht mal ein Fussel. Ein einziger Kaktus hat es auf ein Fensterbrett geschafft, ansonsten sieht es hier aus wie kurz nach der Bauabnahme. Elli wohnt natürlich im fünften Stock. E. Westphal. Das Namensschild macht mich ganz melancholisch. Hier wird Elli ihr Leben demnächst wiederaufnehmen, und ich werde keine Rolle mehr darin spielen. Hinter der Tür ertönt prompt ein impertinentes Miauen. So geht das nicht. Das Biest wird noch das ganze Haus auf sich aufmerksam machen. Ich werde es mitnehmen müssen. Dabei kann ich Katzen nicht ausstehen. In meinen Augen sind das miese Kriecher und Schleicher, die Psychopathen unter den Tieren.

Ich schließe die Tür auf und gleich streicht mir der rote Teufel um die Beine, presst sich an meine Waden und schnurrt, was das Zeug hält. Inzwischen weiß man ja, dass das Schnurren der Katzen kein Zeichen von Zuneigung oder Wohlbefinden ist, sondern eine hypnotische Niederfrequenz, mit der sie andere Lebewesen in einen Trance-Zustand versetzen, damit sie ihnen als lebende Kissen dienen. Das Angenehme an Ellis Wohnung ist, dass sie nicht so frauenmäßig eingerichtet ist, sondern eher sachlich. Weiße Wände und im Miniflur ist sogar eine echte 70er-Jahre-Garderobe – wabenförmig angeordnete Achtecke aus Holz, verteilt auf einem schwarz überzogenen Metallgestell. Heute kaum noch zu kriegen oder zu bezahlen. Es entspricht zwar nicht der Garderobe, die meine Eltern früher gehabt haben, aber wenn sich die Dinge anders entwickelt hätten, hätte ich trotzdem versucht, sie Elli abzuschwatzen. Außer der Garderobe hängt nur noch ein Greenpeace-Kalender an der Wand. Ein Flaschennasendelphin. Richtig nett könnte es hier sein, wenn es nur nicht so nach Katzenpisse und Katzenfutter stinken würde. Oh Gott, wie das stinkt! Ich stolpere mit der aufdringlichen Katze zwischen den Füßen in die Miniaturversion einer Landhausküche – aber natürlich eine besonders schlichte und geschmackvolle Version – und nehme eine der Katzenfutterdosen vom Schrank. Auf der Dose ist nicht das übliche stupide grinsende Gesicht irgendeines anderen Katzenviehs zu sehen, sondern allen Ernstes das Tier aufgedruckt, das gerade verfüttert wird – in diesem Fall ein Esel. Wenigstens weiß man dann, was man tut. Darüber hat sich Elli übrigens nicht weiter ausgelassen, als sie mir mit diesem Heiligenschein um den Kopf meine »alle Grenzen sprengende Verachtung« vorhielt, weil ich noch Tiere esse – dass sie selber Fleisch an ihre Katze verfüttert. Das Biest ist jetzt völlig außer Rand und Band, schnurrt wie ein Helikopter und stürzt sich abwechselnd auf den leeren, dreckigen Fressnapf auf dem Küchenboden und auf meine Beine, um sich daran zu reiben. Ich kann die Besteckschublade nicht finden, aber in der Spüle liegt ein Messer.

»Ja, ja«, sage ich und schaufle mit dem Messer den Dosen-Esel in den Napf. Das habe ich jedenfalls vor, aber die Katze stürzt sich dermaßen unbeherrscht auf die öligen Brocken, dass nur ein Drittel im Fressnapf landet. Ein weiteres Drittel verteilt sich auf der Katze und das letzte Drittel auf dem Fußboden. Schon der Geruch. Jetzt stinkt es hier noch schlimmer.

Während Murri alles wild in sich hineinschlingt, schnappe ich mir die Jutetasche, die am Heizköper hängt, und stopfe sie mit den übrigen Dosen und einem halben Sack Trockenfutter voll. Dann sehe ich mich nach einem Transportkäfig um, kann aber keinen finden. Ich konnte Elli ja schlecht danach fragen. Dann hätte sie gemerkt, dass ich durchaus nicht vorhabe, sie morgen schon wieder herauszulassen, sondern alles für einen längeren Aufenthalt vorbereite. Statt des Käfigs finde ich noch einen weiteren Grund für den infernalischen Gestank in der Wohnung: die Katze hat mehrfach auf den Boden geschissen. Das Katzenklo im Flur ist hingegen unberührt. Ich reiße mir ein wenig Toilettenpapier ab und sammle die schwarzen Würste ein, versenke sie im Menschenklo. Widerliches Vieh. Ich stelle das Toilettenfenster auf Kipp, ganz öffnen kann ich es ja nicht, damit sich die demente Katze nicht aus dem fünften Stock stürzt, dann packe ich Ellis Zahnbürste in einen gestreiften, laut Aufnäher in einem nepalesischen Frauenprojekt gewebten Kulturbeutel, tue noch eine Hautcreme und ein paar Schminksachen dazu und ihre Ephebo-Dose, die ich wegen der schwarzen Gummi-Noppen auf dem Deckel zuerst für ein Sex-Spielzeug gehalten habe. Während ich noch zwischen den kleinen coolen Frauensachen in ihrem Badezimmerschrank herumwühle, höre ich plötzlich, wie jemand von außen einen Schlüssel im Schloss zu drehen versucht. Was nicht geht, da von innen ja schon Ellis Schlüssel steckt.

Ich erstarre.

Jemand drückt auf die Klingel. Dann eine Frauenstimme: »Elli? Elli, bist du das?«

In Zeitlupe lege ich den Kulturbeutel auf der Waschmaschine ab. Dann fällt mir zum Glück noch ein, dass es völlig sinnlos ist, sich tot zu stellen. Wenn von innen der Schlüssel steckt, muss logischerweise auch jemand da sein. Und he – warum sollte Ellis Freund nicht ein paar Sachen für sie aus ihrer Wohnung holen?

Ich öffne die Wohnungstür. Ein hübsches Mädchen, so jung, wie die beiden Kerle, die vor dem Hauseingang gelungert haben, es gern sein würden, wie es aber nicht einmal Ephebo hinbekommt.

»Darf ich fragen, wer du bist«, sage ich mit leichter Strenge in der Stimme, und sofort wird sie unsicher.

»Entschuldigung. Ich bin Grit, eine Freundin von Elli. Ich soll die Katze füttern.«

»Ach«, erwidere ich mit hochgezogenen Augenbrauen, »du auch?«

»Bist du Ellis Freund? Ich dachte, Elli wäre bei dir. Deswegen soll ich doch Murri füttern und die Scheiße wegmachen.«

»Hab ich schon erledigt«, sage ich. »Ich bin Bassi.« Ich drücke Grits hübsche, schmale und etwas raue Hand.

»Elli und ich kennen uns aus ›Fell und Recht‹«, sagt sie. »Wir haben zusammen die Aktion mit den Menschenfleischdosen gemacht, ich habe die Etiketten entworfen, die wir dann im Supermarkt über die Gulaschdosen gestülpt haben.«

Ich lache mein nettes, einnehmendes Jungenlachen. Glückliche Tierrechtler, bei denen sich die Generationen so friedlich mischen, um für die gemeinsame Sache zu kämpfen. Das war früher auch immer eines meiner Nebenmotive, bei Umwelt- und Tierschutzorganisationen mitzumachen, die überproportional vielen jungen Mädchen, die es dort gibt.

»Sag mal«, kommt mir ein grandioser Gedanke, »könntest du vielleicht die Katze noch eine Woche lang weiterfüttern. Elli und ich wollen nämlich ...«

»Nee, geht nicht. Das weiß Elli doch, dass ich in vier Tagen ins Gefängnis muss.«

»Du musst ins Gefängnis? Das hat sie gar nicht erzählt.«

»Nur für einen Monat. Der Richter hätte sich natürlich gern mit einer Geldstrafe oder irgendwelchen Sozialstunden davongestohlen, aber ich habe darauf bestanden, ins Gefängnis zu gehen. Und jetzt muss ich noch organisieren, wer bei mir Blumen gießt und so weiter.«

»Was hast du denn gemacht?«

»Ein Ferkel befreit. War natürlich nicht das erste Mal. Und jetzt ging das eben nicht mehr mit Bewährung. Ich freue mich schon aufs Gefängnis. Die sind schließlich verpflichtet, mich vegan zu ernähren. Vegane Bettwäsche, vegane Matratze, die müssen jetzt schon ordentlich wirbeln. Ich habe denen eine Liste geschickt.«

»Gute Idee«, sage ich. »Am besten, du wiegelst die anderen Gefangenen auch noch auf, dann müssen die sich überlegen, ob sie nicht ihre ganze Gefängnisausstattung auf vegan umstellen.«

»Und was macht ihr jetzt mit der Katze?«

»Dann nehme ich die eben mit. Sag mal, hast du eine Ahnung, ob es hier eine Transportbox gibt?«

»Ich hab den ganzen Kofferraum voller Transportboxen. Kannst dir eine aussuchen.«

Und schon gehe ich mit Grit aus der Wohnung und das aseptische Treppenhaus hinunter. Sie geht vor mir her, und sie hat genauso einen süßen kleinen Hintern wie Elli. Nur, dass ihrer irgendwie authentischer ist. Da sie ein Auto hat, muss sie allerdings mindestens siebzehn sein.

»Bist du sicher, dass du die Katze mitnehmen willst? Du bist ja echt 'n Netter. Das würde nicht jeder tun.«

Die würdelosen Bio-fast-Jugendlichen lungern immer noch vor dem Haus herum und starren Grit hinterher. Die Sorte alter Säcke, die auch versucht, sich feuerzangenbowlenmäßig in eine Schulklasse einzuschmuggeln, um dann die echt-jungen Mädchen abzugreifen, die Sechzehn- und Siebzehnjährigen.

Grit steuert einen grün melierten Mercedes-Kombi an. Das allerneueste und größte Wasserstoffmodell, der H-560. Nicht gerade das, was ich mir unter dem Auto einer Tierrechtlerin vorgestellt habe. Sie öffnet die Heckklappe und ich darf mir eine Transportkiste aus einem Stapel ziehen.

»Bringt dir Elli in spätestens einer Woche zurück«, verspreche ich. Langsam fühle ich mich sicher und unangreifbar in meiner Rolle. Der Trick ist, sich einfach nur ganz normal zu benehmen. Entspannt sein und im selben Moment, in dem man etwas erzählt, auch selber daran glauben.

»Soll ich dich noch irgendwohin mitnehmen?«

Kurz bin ich in Versuchung, aber man soll sein Glück auch nicht überstrapazieren.

»Danke, aber ich bin selbst mit dem Auto hier.«

Von wegen. Ich werde mich stattdessen gleich mit Katze, Futter, Näpfen und Katzenklo per öffentlichem Nahverkehr wieder nach Hause durchschlagen. Immerhin ist das eines der wenigen Dinge, die unsere Ministerinnen mal auf die Reihe gekriegt haben: das kostenlose und wie geschmiert laufende Bus-und-Bahn-Netz.

Grit umarmt mich zum Abschied – wer eine demente, inkontinente Katze mit nach Hause nimmt, kann schließlich nur ein guter Mensch sein.

22

Ich wache davon auf, dass die Katze schreit. Es ist gerade mal sechs. Die Tür zum Jugendzimmer ist geschlossen, und sie sitzt davor und schreit. Ich hoffe, dass sie wieder aufgibt, starre auf die Mohnblumentapete. Orange ist eine fröhliche Farbe. Das Schreien der Katze geht in eine Art Meckern über, nicht wie eine Ziege meckert, sondern ein Geräusch, das von einem Vogel stammen könnte, einer Elster vielleicht. Ich werde dem nicht nachgeben. Wenn ich die Katze jetzt damit durchkommen lasse, wird sie es jeden Tag versuchen.

Inzwischen dürfte Elli Christines Leiche gefunden haben. Falls sie die Taschenlampe, die am Balken hängt, übersehen hat, wird sie sich auf allen vieren völlig blind durch den Hohlraum getastet haben, bis sie plötzlich an etwas Kaltes, gleichzeitig Weiches und Unnachgiebiges gestoßen ist. Sie wird zurückgeschreckt sein und dann hat sie vorsichtig erst zwei Finger und dann die ganze Hand ausgestreckt, noch einmal gefühlt, und als sie begriffen hat, was da vor ihr liegt, ist ihr das blanke Entsetzen den Nacken hochgekrochen. Vielleicht hat sie geschrien, ist schreiend rückwärtsgestolpert auf Händen und Füßen, mit dem Kopf gegen einen Balken gestoßen, hat beim Abstieg noch den Stuhl umgeworfen und sich den Fuß verstaucht. Dann wird sie sich in ihr Bett verkrochen und die Bettdecke über den Kopf gezogen haben. Wahrscheinlich weint sie gerade. Hat die ganze Nacht wach gelegen in dem Bewusstsein, dass in der Decke über ihr eine Leiche verwest. Sie wird mich hassen. Natürlich. Aber das hat sie auch vorher schon getan, hat eiskalt mit mir geschlafen, obwohl sie mich hasste, und das hat sie noch nicht einmal daran gehindert zu kommen. Ich hätte es viel schlimmer machen können. Ich hätte auch die Sicherung herausdrehen können, dann hätte sie die ganze Nacht mit der Leiche im Dunkeln gesessen.

Die Katze beginnt wie eine Irrsinnige an der Zimmertür zu kratzen. Sie wird sie ruinieren, wenn ich nichts dagegen unternehme. Leider lässt sich die Tür nicht nach außen öffnen, sonst könnte ich sie dem Biest an den Kopf knallen. Also stehe ich auf, um die Katze wenigstens anzubrüllen. Unbeeindruckt folgt sie mir in die Küche. Wie es aussieht, hat sie wenigstens nirgends hingeschissen. Zur Belohnung fülle ich ihren Napf mit einer doppelten Portion Dosenkänguru. Das rote Biest sieht auf den Napf und dann sieht es mich an, als wenn ich nicht ganz dicht wäre, und fängt wieder an zu schreien – so ein hoher, klagender, lang gezogener Ton. Demenz, die man hören kann. Es gibt keinen zweiten Napf, darum fülle ich eine Untertasse mit Trockenfutter. Das Spiel wiederholt sich: Untertasse auf den Boden, kurzes Schnuppern, dann der fragende Blick, ob ich nicht ganz dicht sei, erneutes Katzengeplärre.

»Friss das oder verreck meinetwegen.«

Ich lasse mich von dem Drecksvieh doch nicht tyrannisieren. Ein zweites Schnuppern, dann greift die Murri mit spitzen Zähnen einen Brocken. Gott sei Dank muss sich ab heute Nachmittag Elli darum kümmern. Was sie wohl gerade macht? Ich will sie nicht zu früh erlösen, aber inzwischen bin ich auch schon zu wach, um wieder ins Bett zu gehen. Deswegen mache ich mir erst mal ein ordentliches Frühstück, Toast und Rührei und Birchermüsli und dann räume ich die Sauerei im Wohnzimmer auf, die da noch von vorgestern liegt, stelle den umgestürzten Tisch wieder hin und wische den Dhal-Auflauf vom Teppich und von den Wänden. Dann setze ich mich noch einmal kurz vor den Compunikator und schaue bei eBay nach einem Kochtopf, wie meine Mutter ihn früher benutzt hat. Ein riesiger Trumm, hellblau mit einer Borte dunkelblauer Äpfel. Um einen Kochtopf aus den 70ern zu finden, muss man nicht nur Kochtopf und 70er, sondern auch 60er, 50er und 80er eingeben. Die meisten Verkäufer haben nicht den allergeringsten Schimmer, was der Unterschied zwischen einem 70er- und einem 60er-Jahre-Kochtopf sein könnte. Nachdem ich lange genug vergeblich gesucht habe, fällt mir ein, dass ich so einen Kochtopf ja wohl schlecht auf die

Flucht mitnehmen kann. Inzwischen ist es immerhin halb neun, und das scheint mir eine angemessene Zeit, um nach Ellis Verfassung zu sehen. Ich schnappe mir den Werkzeugkasten, den Topf mit der Spachtelmasse und die beiden Bretter, die ich mir gestern noch zurechtgesägt habe, um das Deckenloch wieder passgenau zu verschließen, und mache mich auf in den Keller, räume die Konservendosen aus dem Regal, die Erbsen und Wurzeln, die Königsberger Klopse und die Tortenpfirsiche, schiebe das Regal zur Seite, drehe mit meinem Black & Decker die Schrauben aus der Sperrholzplatte, löse sie von der Wand und drücke die Zahlenkombination, um die Stahltür zu öffnen. Voilà!

Elli sitzt auf dem Bett. Sie trägt immer noch ihren Loba-Rock und die Bluse, hat es offenbar nicht für nötig befunden, sich mal umzuziehen. Ich brauche einen Moment, bis ich die Situation begreife. Elli muss wahnsinnig geworden sein, verrückt vor Angst oder was auch immer. Jedenfalls hat sie Christines Leiche aus der Zwischendecke geholt und in ihr Bett gelegt, sitzt neben ihr und versucht, den toten Lippen Wasser einzuflößen.

Langsam komme ich mit dem Werkzeugkasten und den Brettern unter dem Arm herein. Elli springt auf.

»Schnell! Du musst einen Krankenwagen rufen!«

Ich bin immer noch wie vom Donner gerührt.

»Elli«, sage ich, schließe die Sicherheitstür und gebe den Zahlencode ein. »Elli, beruhige dich bitte. Sie ist tot. Siehst du nicht, dass sie tot ist? Was hast du nur gemacht?«

»Sie ist nicht tot.«

Elli geht auf mich zu und streckt die Hand nach mir aus. Ich greife diese kleine irre Hand und lasse mich zum Bett ziehen.

»Du musst einen Rettungswagen rufen!«

Ich beuge mich angeekelt über Christines starren Körper, über die eingefallene Grube an ihrem Hals und dann sehe ich es: eine Schluckbewegung. Großer Gott! Ich schaffe es gerade noch in die Nasszelle, in die Dusche hinein, bevor ich mich übergebe, mich krümme und würge, bis Schweißperlen auf meine Stirn treten. Einen Augenblick bleibe ich so gekrümmt stehen, starre apathisch auf Rührei und Bircher, bis ich in der Lage bin, die Brause anzustellen und meinen Kodder in den Abfluss zu spülen. Ich muss verflucht sein. Niemand hat so viel Pech wie ich. Ich halte auch meinen Kopf unter das kalte Wasser, streiche die nassen Haare aus dem Gesicht und gehe einigermaßen gefasst zu Elli zurück. Oder sollte ich sagen: zu Elli und Christine? Ich schaue auf meine Ehefrau herunter. Die Atmung ist kaum auszumachen.

»Wenn sie nicht tot ist, dann ist sie so gut wie tot. Ein Rettungswagen hilft da auch nicht mehr.«

»Du Schwein«, schreit Elli, »das könnte dir wohl so passen.«

Ich bin jetzt wieder ganz ruhig.

»Elli«, sage ich, »arme Elli. Es tut mir leid, dass du das mitgekriegt hast. Ich hätte es dir gern erspart. Aber wenn du genau hinschaust, siehst du es selbst. Sie wird heute noch sterben.«

»Quatsch, ich habe vorhin noch mit ihr geredet.«

Es wird immer schlimmer. Schon würgt es mich wieder. Ich schaue Christine noch einmal genauer an. So tot sieht sie nun auch wieder nicht aus, die Atmung ist kaum wahrzunehmen, aber ansonsten wirkt sie recht lebendig, nur eben ziemlich schlaff und geschafft – wie Menschen zwischen vierzig und fünfzig Jahren eben früher so aussahen. Anscheinend hat sie in den letzten drei Tagen noch mal einen Alterungsschub durchgemacht.

»Was hat sie gesagt?«

Elli sieht mich finster an.

»Sie hat gesagt: Sebastian. Mein Mann Sebastian hat mir das angetan. Das hat sie gesagt. Würdest du jetzt bitte endlich einen Rettungswagen rufen.«

Ich muss langsam mal aus der Defensive heraus.

»Wie kommst du darauf, dass du mir irgendetwas zu befehlen hast?«, antworte ich hart. »Ich werde keinen Rettungswagen rufen. Ganz im Gegenteil. Ich bringe das jetzt zu Ende.«

Ich mache einen Schritt auf das Bett zu, aber Elli wirft sich dazwischen.

»Nur über meine Leiche.«

Ich schiebe sie einfach zur Seite.

»Na und? Dann bringe ich dich eben auch um. Denkst du, meine Situation verschlechtert sich, wenn ich dich umbringe? Hierfür kriege ich sowieso lebenslänglich. Und wenn ich nur acht Jahre kriege, dann ist das auch lebenslänglich. Das weißt du doch ganz genau!«

Elli klammert sich an meinen Arm. Sie heult jetzt.

»Mach das nicht. Du brauchst sie doch gar nicht

umzubringen. Wenn du mich rauslässt, kannst du sie doch auch mit rauslassen. Du willst doch sowieso fliehen.«

Es ist schrecklich, Elli weinen zu sehen. Aber noch schrecklicher wäre es, wenn Christine tatsächlich wieder aufwacht und Elli gegen mich aufhetzt. Ich nehme Elli in den Arm, drücke sie an mich.

»Du tust weder ihr noch dir damit einen Gefallen«, sage ich. »Christine war echt fertig. Die wollte sterben. Ich habe ihr ja angeboten, dass sie demnächst rauskann. Ich wollte mich selber stellen und alles offenlegen, um mit dir ganz neu anzufangen. Und da hat sie sich umgebracht, oder es jedenfalls versucht. Die hat mir das nicht gegönnt. Du hast keine Ahnung, was für ein Mensch meine Frau ist.«

Elli drückt mich mit den Armen von sich weg. Ich sehe, wie sie mit sich ringt, wie sie sich beherrschen muss, um mich nicht zu beschimpfen. Zugegeben, die letzte Ausrede war nicht besonders überzeugend. Ich muss gleich mal in die Zwischendecke klettern, um mir überhaupt ein Bild zu machen, was Elli eigentlich vorgefunden hat. Sie holt tief Atem.

»Wenn du mich liebst, wenn du mich auch nur im Allergeringsten liebst, dann bringst du deine Frau nicht um. Wenn es auch nur die allergeringste Bedeutung für dich hat, was ich von dir halte ...«

Ich weiß, dass sie mich zu manipulieren versucht, aber leider wirkt es trotzdem.

»Ich überlege es mir«, sage ich. »Aber nur, wenn du dich jetzt vernünftig verhältst und hier kein Geschrei veranstaltest.«

»Ist okay«, sagt Elli sofort, »ich bleibe völlig ruhig.«

Ich nehme wieder die Kette mit der Halsschelle auf.

»Komm her.«

Elli zögert kurz und kommt dann, stellt sich mit dem Rücken zu mir. Ich lege ihr das Eisen um. Als ich abschließen will, merke ich erst, dass der Schlüssel nicht mehr steckt.

»Wo ist der Schlüssel?«

Elli senkt den Kopf und zeigt auf Christine.

»In ihrem Ärmel.«

Ich nehme ihr die Halsschelle wieder ab.

»Hol ihn.«

Elli holt den Schlüssel, der tatsächlich in Christines Ärmel versteckt war. Ich lege ihr die Halsschelle ein zweites Mal an, drehe den Schlüssel um und stecke ihn ein. Dann überlege ich es mir und gehe doch lieber zur Sicherheitstür, um den Schlüssel außer Reichweite von Elli zu deponieren.

»Es wird folgendermaßen laufen«, sage ich, »solange du alles machst, was ich dir sage, lasse ich Christine leben. Wenn du dich mir auch nur ein einziges Mal widersetzt oder versuchst, mich hereinzulegen, war's das. Du kannst sie meinetwegen hier pflegen, aber sie wird sowieso sterben, mach dir da keine Illusionen.«

»Du wolltest mich doch heute rauslassen? Du hast gesagt, dass du ...«

»Elli! Das ist doch wohl nicht dein Ernst? Du denkst, du kannst mich hintergehen und die Decke demolieren und anschließend nehme ich dich mit nach oben und verlass mich darauf, dass du mich nicht bei der Polizei anschwärzt? Also wirklich.«

Ich stelle den Stuhl unter das Loch in der Decke und bringe den Werkzeugkasten und die neuen Bretter in die Zwischendecke. Elli steht wie ein Kettenhund neben dem Küchenblock, sieht mir mit undurchsichtigem Gesicht hinterher, als ich mich hochstemme. Die Taschenlampe hängt immer noch an ihrem Balken. Ich binde sie los und knipse sie an, leuchte den Boden aus, während ich vorwärtskrieche. Die Bettdecke, das zerknüllte Kissen, die Plastiktüte mit den Klebestreifen, eine angetrocknete Lache Erbrochenes. Entweder Christine hat noch gar nicht geschlafen, als ich sie verlassen habe, oder sie muss unmittelbar danach aufgewacht sein. Vielleicht, weil sie sich erbrechen musste. Ich hebe die Plastiktüte auf. Sie ist vor dem Gesicht aufgerissen worden, das Bild der veganen Wurst wurde völlig zerfetzt. Erbrochenes klebt nicht an der Tüte. Warum bin ich nicht dageblieben, bis Christine tot war? Warum habe ich nicht eine halbe Stunde gewartet? Na ja, ich wollte es natürlich nicht wirklich sehen. Außerdem war sie ja so gut wie tot. Schlaftabletten, Plastiktüte, Schlinge ... Was hätte ich denn noch machen sollen? Es ist einfach Pech gewesen. Ich krieche zurück, lasse mich wieder aus der Decke auf den Stuhl gleiten und mache mich daran, die zerstörten Bretter auszutauschen. Leider hat Elli größeren Schaden angerichtet als Christine beim letzten Mal. Die neuen Bretter sind eindeutig zu kurz. Also noch mal zu OBI.

Elli sitzt wieder auf dem Bett, stützt Christines Oberkörper und flößt ihr einen Tropfen Wasser ein. Das Ganze in der Pose von Maria mit dem eben vom Kreuz genommenen Jesus.

»Ich hoffe, dir ist klar«, sage ich, während ich Christine die Fesseln mit einer Kneifzange durchtrenne, »dass ich das alles gar nicht tun müsste. Ich müsste keinen Brief schreiben, nur damit du gefunden und gerettet wirst. Ich könnte auch einfach so abhauen und abwarten, ob man mir überhaupt auf die Schliche kommt. Ob überhaupt jemand nach dir sucht. Ich könnte alles so arrangieren, als wären wir zusammen ins Ausland gegangen. Vielleicht würde ich ja auch diesmal davonkommen. Wenn ich das also mache, wenn ich jemanden benachrichtige, wo du zu finden bist, dann ist das die reine Freundlichkeit von mir. Ich selber habe davon gar nichts. Deswegen erwarte ich auch ein entsprechendes Entgegenkommen von dir. Die paar Tage, bis ich meine Flucht organisiert habe, will ich keinen Streit und keine Diskussionen und keine Fragen. Wir haben vielleicht noch sieben oder acht Tage zusammen, die sollten wir nutzen, findest du nicht auch?«

Ich sehe sie nicht an, während ich das sage, sondern packe meinen Werkzeugkasten wieder ein, aber das leichte Klirren der Kette verrät mir, dass Elli nickt.

23

Die Bretter habe ich längst gefunden und auf die Einkaufskarre geladen, aber ich drücke mich immer noch zwischen den Regalen herum, weil ich an der Baumarkt-Kasse die schwarze Wallewalle-Gestalt meines Bruders entdeckt habe sowie seine hochschwangere, chrono-junge Ehefrau sowie die hässliche Brut. Mit denen will ich jetzt nicht auch noch reden müssen. Ich habe bereits genug an der Hacke.

Zwei Frauen! Zwei! Das ist das Schlimmste, was überhaupt passieren konnte. Meine Herrschaft über Christine war nur deswegen absolut, weil sie komplett von der Außenwelt isoliert war. Weswegen macht man denn Frauen zu Hausfrauen und zieht mit ihnen in einen Vorort? Ich hoffe immer noch, dass Christine von selber sterben wird, aber falls sie das nicht tut, werde ich nicht viel von der letzten Woche im Prepper-Raum haben. Oder von Elli.

Eine Woche noch. Ich mag gar nicht daran denken,

dass ich alles aufgeben soll. Ich will nicht weg. Schließlich habe ich hier einen super Job. Wo soll ich denn auch hin? Nach Griechenland? Nach Syrien? China?

Ich mache einen Abstecher in die Gartenabteilung, um die neuesten exzentrischen Buchsbaumskulpturen und Regenfässer in Dinosaurier- oder Tresorform anzuschauen.

Eigentlich hätte Christine es verdient zu sterben. Sie hat mein Leben zerstört. Andererseits bin ich bei ihr schon ziemlich weit gekommen – vielleicht werde ich doch mit beiden fertig. Und das, was ich mit Elli eigentlich leben wollte, das ist sowieso verloren. Als Gefangene war sie bisher eher nervig.

Bei den Regentonnen gibt es nichts Neues. Ohnehin ist das Angebot stark reduziert. Stattdessen stehen jetzt überall wuchtige 10 000-Liter-Tanks, die sich die Hobbygärtner in ihren Gärten versenken lassen. Und ein oberirdischer 20 000-Liter-Tank in der Form eines kleinen Gebirges. Es ist gar nicht schlecht gemacht, erinnert mich ein wenig an die künstlichen Felsen bei Hagenbeck. Und dann entdecke ich etwas, das mich auf eine Idee bringt, wie ich zumindest einen Teil meiner Probleme mit Elli und Christine lösen könnte. Es handelt sich um den fertig aufgestellten Bausatz für ein Hochbeet, aber Form und Größe erinnern stark an eine Kiste – eine Kiste, in die man jemanden sperren könnte, während man mit jemand anderem beschäftigt ist. Leider ausverkauft, kommt erst nächste Woche wieder rein. Und dann entdecke ich noch etwas, etwas, nach dem ich seit Ewigkeiten fahnde und das nicht einmal im Internet zu finden war und das mir das Herz springen lässt. Es gibt ihn wieder, den schwarzen Gartenschlauch mit dem etwas dickeren und dem dünnen gelben Streifen, der sich einst wie eine gefährliche Schlange über den Rasen meiner Kindheit wälzte. Meterware, 21 Euro-Nord der Meter – der Preis ist Wahnsinn –, aber normalerweise hätte ich jetzt trotzdem die halbe Rolle mitgenommen. Leider hat sich der Kauf von Gartenzubehör für mich erledigt, das wäre genauso absurd wie nach Funkien für die Teichumrandung zu schauen. Und wenn morgen die Welt unterginge, ich würde heute noch eine Funkie pflanzen. Plötzlich erscheint mir die mutmaßliche Fünf-Jahres-Frist bis Weltende als eine riesige, gar nicht zu überschauende Zeitspanne. Eine Ewigkeit, in der sich ganze Funkien-Rondelle anlegen lassen. Das Problem ist, dass mein altes Leben nur noch Tage währt, dass ich demnächst ein Vertriebener bin.

»Da bist du ja«, sagt mein bescheuerter, frömmelnder Bruder. »Babro hat dich gesehen, wie du absichtlich abgedreht bist, um nicht mit uns zusammenzutreffen.«

Er strahlt, sein Gesicht glänzt. Selig sind die geistig Armen.

»Hallo«, sage ich so freundlich, dass mein Bruder ganz überrascht ist. Mir ist nämlich gerade eingefallen, dass ich ihn heute aller Wahrscheinlichkeit nach zum letzten Mal sehe. Es wäre auch völlig in Ordnung gewesen, ihm gar nicht mehr zu begegnen, aber wo er nun schon einmal vor mir steht, in schwarzen Springerstiefeln, eine Art Batman-Cape über den Schultern, den Gekreuzigten auf der Gürtelschnalle, schwitzend, grinsend, bin ich ganz versöhnlich gestimmt. Ich werfe einen Blick in seine Einkaufskarre. Ein Möbelstück liegt darin, dessen Funktion mir nicht klar ist und das wie ein Hocker mit Stahlbeinen und einem dicken viereckigen Holzklotz als Sitzfläche aussieht, außerdem drei verschiedene Teppichmesser.

Ich hatte überhaupt nicht die Absicht zu fragen – *ich* will schließlich keinen Streit –, aber mein Bruder nimmt meinen Blick zum Vorwand, um sich lang und breit über sein neuestes Vorhaben auszulassen. Der Hocker ist ein Hackklotz im Vintage-Design. Die Johannesjünger der sieben Posaunenplagen wollen ein religiöses Opferfest veranstalten und in aller Öffentlichkeit Tiere schlachten, passenderweise auf dem ehemaligen Schlachthofgelände an der Feldstraße.

»Herrgott noch mal, warum das denn? Ich dachte, ihr seid Christen – jedenfalls im weiteren Sinne. Ihr habt doch noch nie geopfert. Warum überlasst ihr das nicht den Muslimen?«

»Du sollst den Namen des Herrn nicht unnütz im Munde führen«, weist mich mein Bruder zurecht. »Natürlich sind wir Christen. Abraham gilt Christen, Juden und Muslimen gleichermaßen als Stammvater ihres Glaubens.«

»Na fein«, sage ich, »wenn es darum geht, auf Gottes Befehl hin den eigenen Sohn zu schlachten, seid ihr euch also ausnahmsweise alle mal einig.«

»Es war eine Gehorsamsprobe. Wir feiern, dass Gott einen Engel schickte, der Abraham aufhielt und ihn stattdessen einen Widder opfern ließ.«

»Ich würde das trotzdem lieber unterlassen«, sage ich höflich, »damit macht ihr euch keine Freunde. Zivilisierte Menschen mögen es nicht, wenn Tieren in aller Öffentlichkeit die Kehle durchgeschnitten wird.«

Ich gebe mir Mühe. Niemand kann sagen, dass ich mir keine Mühe gebe. Ich hätte jetzt auch fragen können, was eigentlich Sohn Isaak davon hielt, dass sein Vater ihm auf einen Wink des Herrn hin die Kehle durchschneiden wollte. Ob das die Beziehung zwischen Vater und Sohn nicht irgendwie belastet hat? Aber ich halte mich zurück. Weil es unser letztes Treffen ist.

Mein Bruder lächelt mich freundlich an.

»Es sind doch bloß Tiere«, sagt er sanft. »Du brauchst dich da nicht hineinzusteigern.«

Darauf läuft es bei den Religiösen immer hinaus, dass es bloß Tiere oder bloß Ungläubige sind, und schon ist es kein Verbrechen mehr, ist es nicht mehr die Riesensauerei, die es ganz offensichtlich ist, sondern *gottgefällig*.

»Warum schenkt ihr euch nicht stattdessen gegenseitig kleine Marzipan- und Schokoladenwidder«, sage ich. »Oder irgendein Gebäck?«

»Es ist wichtiger, den Regeln Gottes zu gehorchen als denen der Menschen«, sagt mein Bruder hoheitsvoll. »Eine Religion, die es allen recht machen will, verwandelt heilige Rituale in eine aufgedrehte, sich anbiedernde Show.«

Ich glaube ihm kein Wort. Wenn die Posaunenplagen plötzlich im großen Stil Lämmer killen und dabei gegen sämtliche Tierschutzgesetze, Hygienevorschriften und ethischen Standards verstoßen, dann geht es ihnen nicht um den Willen des Herrn, sondern darum, sich als Religion mit politischem Herrschaftsanspruch zu positionieren. Jeder Staatsapparat ist machtlos, wenn nur eine genügend große Zahl von Menschen beschlossen hat, sich über das Gesetz hinwegzusetzen. Deswegen geben religiöse Führer ja auch nie nach, sondern bringen ihre Anhänger gegen jede Vernunft und Menschlichkeit dazu, kleinen Jungen ein Stück vom Penis abzuschneiden oder ein lebendiges Tier aufzuschlitzen. Jeder Rechtsbruch, den ein Staat sich zu tolerieren gezwungen sieht, ist ein Sieg über diesen Staat. Ist uns egal, was in euren Gesetzbüchern steht, unser Gott will es so. Religionen sind totalitäre Systeme, und die Sehnsucht des Menschen nach Religion ist die Sehnsucht des Menschen nach totalitären Systemen.

Uwe reicht mir einen Flyer.

»Am Sonnabend. Es würde mich freuen, wenn du bei der heiligen Handlung zugegen wärst – vorausgesetzt natürlich, dass du deine lästerlichen Reden im Zaum halten kannst.«

Ich werfe wieder einen Blick auf seine Einkäufe.

»Du willst doch wohl nicht selber schlachten? Mit einem Teppichmesser?«

»Beim Opferfest werde ich selbstverständlich ein Ritualmessser benutzen. Die werden aber erst übermorgen geliefert und ich habe gedacht, es könnte nicht schaden, wenn ich vorher schon einmal übe. Damit es dann nachher auch gut aussieht.«

»Na fein«, sage ich und räuspere mich. »Ich sollte dann mal wieder los. Ich will noch zu Gerda.«

Will ich natürlich nicht. Aber wenn ich noch länger mit meinem Bruder rede, kann ich mich irgendwann nicht mehr beherrschen und hau ihm eine rein. Ich bin bloß froh, dass Elli jetzt nicht an meiner Seite ist. Die hätte das fix und fertig gemacht.

»Nimm noch einen Flyer für Gerda mit. Nimm überhaupt ein paar Flyer mit. Die kannst du dann auslegen – in einer Kneipe zum Beispiel oder in der Demokratiezentrale.«

»Genau«, sage ich und stopfe die Zettel in meine Jackentasche, »in der Demokratiezentrale. Die werden ganz begeistert sein.«

Auf dem Parkplatz werfe ich die Flyer in den Mülleimer eines Imbissstandes. Merkwürdigerweise kriege ich jedes Mal, wenn ich mich über Grausamkeiten an Tieren aufrege, wahnsinnig Appetit auf Fleisch. Dies ist allerdings ein veganer Imbiss. Aber nicht weit von hier gibt es noch eine Metzgerei. So ein echter kleiner Familienbetrieb, vor dessen Tür ein lachendes Schwein mit einer Schürze um den Bauch und einem Messer in der Pfote steht. Und ich habe seit Ewigkeiten kein Gulasch mehr gegessen. So deprimierend es auch wieder war, mit meinem Bruder und seinem heiligen Schwachsinn in Kontakt zu kommen – er hat mich immerhin auf eine Idee gebracht: Ich werde Elli einer Gehorsamsprobe unterziehen. Und zwar werde ich sie Gulasch für mich zubereiten lassen. Damit werde ich jeden Widerstand von vornherein im Keim ersticken. Leider bleibt mir ja nicht die Zeit, sie Schritt für Schritt an ihre neue Lebenswirklichkeit heranzuführen.

Allerdings werde ich sämtliche CO_2-Punkte auf meinem Konto für ein Flugticket brauchen. Wahrscheinlich werde ich sogar noch welche dazukaufen müssen. Wenn ich Fleisch essen will, muss ich tatsächlich bei Gerda vorbeischauen und sie um Punkte anbetteln. Sie hat sich noch nicht wieder gemeldet, seit ich Racke und Binja bei ihr abgesetzt habe. Keine Ahnung, was die Kinder ihr erzählt haben. Ich bin eigentlich davon ausgegangen, dass sie noch am gleichen Abend anrufen würde, aber vielleicht will sie den Kontakt zu mir auch vollkommen abbrechen und denkt, sie hat jetzt endlich einen Vorwand gefunden, um mir die Kinder zu entziehen. Sie weiß ja nicht, dass ich sowieso nächste Woche verschwunden sein werde.

Plötzlich habe ich eine geradezu schmerzhafte Sehnsucht nach Racke und Binja, nach Racke besonders. Niemand kann mir verbieten, meine Kinder zu sehen. Und bei der Gelegenheit kann ich Gerda auch gleich nach CO_2-Punkten fragen.

Es ist Racke selber, der die Tür öffnet.

»Papa, Papa!«

Er springt mich an, springt mir in die Arme, dass ich die beiden Plüschtiere, die ich noch schnell an einer Tankstelle besorgt habe, fallen lassen muss. Racke klammert sich an meinem Hals fest und merkwürdigerweise wiegt er beinahe nichts, schwebt geradezu in meinen Armen. Glühend heiß erinnere ich mich daran, dass unsere letzte Autofahrt nicht besonders nett verlaufen ist, dass ich gebrüllt habe und einmal sogar ungerecht gewesen bin. Ich werde ihn wahrscheinlich nie wiedersehen, den tapferen, kleinen Kerl, und er trägt mir nichts nach, trägt mir überhaupt nichts nach. Binja-Bathseba, die inzwischen auch angerannt gekommen ist, sagt gar nichts, klammert sich aber an meinen Arm, als wollte sie mich für alle Zeit festhalten. Plötzlich muss ich weinen. Über die Großherzigkeit meiner Kinder. Über ihre bedingungslose Liebe, die ich gar nicht verdient habe, und darüber, dass sie nicht wissen, dass es heute das letzte Mal ist. Gerda kommt hinzu. Sie trägt ein großmütterliches schwarzes Kleid, in dem sie wie eine griechische Witwe aussieht, und dazu eine Schürze, auf der »Hier kocht der Chef« steht.

»Was ist denn los mit euch? Warum steht ihr hier alle in der Tür herum?«, fragt sie überraschend freundlich, sammelt die beiden Stoffhunde mit den endlos langen Ohren auf und schließt die Haustür.

»Papa weint«, sagt Binja.

»Ja, so ist das«, sagt Gerda. »Auch Papas weinen manchmal. Jetzt kommt erst mal alle ins Wohnzimmer.«

Racke strampelt sich aus meinen Armen.

»Ich zeige dir die Meerschweinchen«, brüllt er und rennt vorweg.

»Alles gut«, fragt Gerda, und an der Art, wie sie fragt und dabei nach meinem Arm greift, merke ich, dass ihr die Kinder überhaupt nichts von dem erzählt haben, was im Auto vorgefallen ist. Sonst würde sie sich jetzt garantiert anders benehmen.

»Ja, alles gut«, sage ich, während mir schon wieder die Tränen kommen, diesmal wegen der unverdien-

ten Loyalität meiner Kinder und wegen der Mütter-
lichkeit, mit der Gerda mich behandelt, und wegen ihrer Schürze mit dem dämlichen Spruch, der mich aus
einem unerfindlichen Grund ebenfalls zum Heulen
bringt.

Im Wohnzimmer ist ein Gehege aufgebaut, das beinahe ein Viertel der Bodenfläche bedeckt und drei
hellblaue Meerschweinchenhäuser, eine rote Meer-
schweinchenkirche, diverse Röhren, Holzstücke, Was-
ser- und Futternäpfe mit Obst und Körnern und eine
Miniaturraufe umschließt. Dazwischen sitzen die
langweiligen Gesellen – anscheinend vier Stück –, machen Knopfaugen oder knabbern an einer Rübe. Das
Gehege ist mit mehreren Wachstuchdecken ausgelegt. Neben dem Fernseher steht der Destroyer, Rackes Hologramm-Krokodil, wie bestellt und nicht ab-
geholt. Shangri-La, das regenbogenfarbene Einhorn,
räkelt sich auf dem Sofa.

»Das sind Notmeerschweinchen«, schreit Racke
und hält mir ein zerzaustes Tier mit viel Schwarz im
braunen Fell entgegen. »Notmeerschweinchen! Die
waren in Not, verstehst du, in Not!«

»Ja, ja, in Not«, sage ich, das Meerschwein in Händen, streichle es und kämpfe immer noch mit den Tränen.

»Das hier heißt Schneeflocke«, sagt Binja und
bringt mir ein fast weißes Tier, und ich nehme das
auch noch, sodass ich jetzt in jeder Hand eines halte.
Ich setze mich neben das Einhorn aufs Sofa, damit die
Meerschweine es nicht so tief haben, falls sie mir run-
terfallen.

»Schneeflocke war auch in Not«, schreit Racke.

»Klopft die Not an, so tut die Liebe die Tür auf«, lispelt Shangri-La.

Gerda setzt sich auf die andere Seite des Einhorns und klärt mich auf, dass die Meerschweinchen aus einem Tierheim stammen, das »Meerschweinchen in Not« heißt. Gestern wurden sie gebracht, nachdem Gerda zuvor von den Tierschützern auf Herz und Nieren geprüft worden war, ob sie überhaupt würdig sei, die verfilzten Nager aufzunehmen.

Racke schiebt das Einhorn zur Seite – wirklich fabelhaft, wie das Hologramm vor seinen Händen zurückweicht, ich wünschte, ich hätte so etwas in meiner Kindheit gehabt – und setzt sich neben mich, legt seinen kleinen Arm hinter mich und streichelt meinen Rücken.

»Bist du noch jünger geworden?«, fragt Gerda ein wenig spitz. Die Lymphknoten an ihrem Hals stehen so wulstig hervor wie noch nie. Überhaupt sieht sie ziemlich krank aus. Die Unterlider haben sich nach außen gestülpt wie bei einem Bluthund und triefen und tropfen um die Wette.

Ich schüttle den Kopf.

»Na, das ist ja wahrscheinlich auch gar nicht mehr möglich.«

Ich nicke. Ich bin Gerda sogar dankbar, dass das Gespräch wieder in die vertrauten zickigen Gleise kommt, und vor allem bin ich ihr dankbar, dass sie sich um die Kinder kümmert. Ich möchte ihr etwas Gutes tun, etwas Nettes sagen, am liebsten würde ich sagen, dass Christine sich gemeldet hätte und demnächst wieder nach Hause kommt. Aber das würde viel zu viel Wirbel machen, und außerdem ist ja noch völlig ungewiss, ob sie überhaupt überlebt. Also lieber keine falschen Hoffnungen wecken.

»Was ist denn jetzt damit?«

Gerda hält die Schlappi-Schlappohr-Hunde aus der Tankstelle hoch und Racke nimmt sich den mit den karierten und Binja den mit den gepunkteten Ohren.

»Die langen Ohren können sie sich als Schal umwickeln«, erkläre ich.

Racke setzt seinen Schlappi-Schlappohr auf die Sofalehne hinter Shangri-La. Binja bringt ihren in ihr Kinderzimmer und kommt mit einem Schulheft zurück, um mir ihre letzte Hausarbeit zu zeigen, für die sie ein »Herausragend« bekommen hat. Ich denke mal, dass das einer »Eins« entspricht, obwohl man sich da heute, wo ja nur noch lobend formulierte Bewertungen vergeben werden dürfen, nie sicher sein kann. Ich übergebe die Meerschweine an Racke. Binja setzt sich auf meine andere Seite. Jetzt sitzen wir zu fünft auf dem Sofa, inklusive des Einhorns. Die Eins gab es für einen Aufsatz im »Freiwilligen Arbeitskurs Katastrophenmanagement«. Binja schlägt darin vor, Ruß und Asche in die Atmosphäre zu schießen, um eine weitere Erwärmung der Atmosphäre zu verhindern. Nicht dumm. Ich bin ein wenig stolz auf meine Tochter und das sage ich ihr auch, obwohl ich mir ja eigentlich vorgenommen hatte, das nicht mehr zu tun. Aber es rührt mich, wie sie jetzt schon daran arbeitet, alles wieder heil zu machen, was wir kaputt gemacht haben. Und ich bin der Schule dankbar, dass sie den Kindern weismacht, wir könnten den unabwendbaren

Untergang doch noch irgendwie austricksen, indem wir ruck, zuck neue Technologien entwickeln, die die Probleme unter Kontrolle bringen, die durch die alten Technologien entstanden sind. Wahrscheinlich glauben die Lehrerinnen es selbst. Unsere europäischen Frauenregierungen wollen ja immer noch retten, was zu retten ist, und das Weltende, wenn es denn schon nicht mehr zu verhindern ist, wenigstens mit aller Gewalt hinauszögern. Jede Woche ein neues Suffizienz-Gesetz – neue Besteuerungen, weitere Einfuhrbeschränkungen, zwangsverordnete Genügsamkeit –, und das alles nur, um im besten Fall noch ein halbes zusätzliches Jahr für die Menschheit herauszuholen. Lieber elend zäh dahinsiechen als in alter Herrlichkeit und mit Pauken und Trompeten untergehen. Frauen sind nun mal unfähig zu wahrer Größe. Das waren sie schon immer.

»Lass uns Rabatz machen«, schlägt das Krokodil neben dem Fernseher hoffnungsvoll vor.

»Nein«, sagt Racke knapp. Die beiden Meerschweine krabbeln ihm die Arme rauf und runter und er muss die Arme ständig drehen, damit keines abstürzt. Racke sieht noch einmal zum Destroyer und fügt freundlicher hinzu: »Das passt jetzt nicht so gut.«

Er macht einen Arm ganz gerade und legt die Hand auf meinen Oberschenkel, damit das weiße Meerschweinchen wie auf einer Brücke zu mir herüberlaufen kann. Rackes Fingernägel sind hellblau und mit kleinen silbernen Pickeln bedeckt.

»Sag mal, was ist das denn – hast du Nagellack drauf?«, frage ich und nehme das weiße Tier in Empfang.

Racke nickt, ohne sein anderes Meerschweinchen aus den Augen zu lassen. Gerda grinst.

»Racke schwärmt für Nagellack mit Glitzersteinen. Das tun übrigens noch zwei Jungen aus seiner Klasse. Nicht wahr, Racke? Olli und Pedro, nicht?«

Racke nickt wieder.

Es tut mir unendlich leid, dass ich ihn von nun an nicht mehr vor dem Feministinnenpack beschützen kann. Wer wird ihm helfen, sich eines Tages als Mann wahrzunehmen, ohne ihn dabei gleichzeitig für eine extremistische Organisation anzuwerben?

»Sag mal, hat es einen bestimmten Grund, dass du heute vorbeikommst?«, fragt Gerda.

»Hm ... ja«, sage ich und stupse das weiße Meerschwein gegen die Nase, damit es endlich mal aufhört rumzukrabbeln. »Es geht um die CO_2-Punkte. Ich wollte dir sagen, dass du ab nächsten Monat die Punkte von Binja und Racke automatisch auf dein Konto überwiesen bekommst.«

»Ach Sebastian, ist das wirklich dein Ernst?«

Sie ist fassungslos vor Freude. Dann schaut sie mich mit ihren Bluthundaugen plötzlich besorgt an.

»Ist irgendetwas vorgefallen? Geht es dir auch gut?«

»Ja klar«, sage ich. »Ich fand nur, dass es an der Zeit sei. Du kümmerst dich wirklich prima um die beiden. Außerdem will ich sowieso wieder Vegetarier werden.«

»Danke. Das ist nett. Das ist wirklich nett. Damit machst du uns das Leben so viel leichter. Du weißt gar nicht, was das für uns bedeutet.«

»Tja«, sage ich, »allerdings würde ich dich im Gegenzug auch gern um einen Gefallen bitten.«

»Es ist noch kein Meister vom Himmel gefallen«, sagt Shangri-La und klimpert mich mit seinen langen Wimpern an.

»Genau«, sage ich zu Gerda, »könntest du mir wohl für diesen Monat noch ein paar Punkte leihen? Ich muss tanken und habe keine mehr. Kriegst du spätestens in zwei Wochen wieder zurück.«

»Ich muss mal schauen«, sagt Gerda, »wir haben nämlich auch kaum noch welche.«

Sie wendet sich an die Kinder.

»Kommt mal her, ihr beiden.«

Binja drückt mir ihr Hausaufgabenheft und Racke drückt mir das zweite Meerschweinchen in die Hand. Jetzt habe ich in jeder Hand eins. Und das Hausaufgabenheft. Ich komme mir vor wie ein Jongleur.

»Wer gibt mir seinen Finger?«, sagt Gerda, drückt auf ihr Ego-Smart und eine kleine Lanzette schiebt sich vor.

»Wer will?«

»Ich, ich, ich«, schreit Racke. Binja hält sich bedeckt.

Gerda sticht in Rackes Finger, wobei Racke über beide Ohren strahlt. Ich frage sie, ob sie sich einen Mediziner-Smart angeschafft hat.

»Alle Werte ausgewogen. Weiter so. Essen Sie in den nächsten Tagen viel Obst und Gemüse und eine Handvoll Nüsse«, sagt Gerdas Smart mit überaus männlicher Stimme.

»Ernährungs-Smart«, antwortet Gerda. »Alles im grünen Bereich. Du kannst unsere letzten Punkte haben. Ich spiele sie dir rüber.«

Es sind sieben. Für sieben Punkte Fleisch.

24

Als ich mit den Brettern, dem Werkzeugkasten und der
Einkaufstasche in den Prepper-Raum komme, sitzen
Elli und Christine auf dem gelben Sofa und trinken Tee.
Ich bin auf alles vorbereitet und deswegen auch nur ein
bisschen geschockt. Die beiden schauen hoch, als hätten sie mich eben erst bemerkt. Christine hat Ringe
unter den Augen, aber ansonsten ist sie anscheinend
vollkommen fit. Sie trägt einen roséfarbenen Morgen-
rock. Die Ähnlichkeit mit ihrer Mutter, jetzt, da beide
nahezu das gleiche Bio-Alter haben, ist bestürzend. Elli
hat sich endlich umgezogen. Sie trägt eines von Christines Blumenkleidern, das ihr in der Taille etwas zu kurz
ist, und darunter offensichtlich keinen BH. Ich habe sie
noch nie in einem Kleid gesehen. Es steht ihr gut, sie
sieht darin sehr mädchenhaft aus, besonders mit ihren
groben Bikerstiefeln an den Füßen. Aber es ist auch ein
wenig fremd, weil ich weiß, dass Elli sich niemals freiwillig so ein Kleid angezogen hätte.

»Da ist er ja«, sagt Elli, stellt ihre Tasse hin und steht auf. Christine heftet ihre Augen auf die Teetasse und schlürft weiter. Es ist absurd. Wollen sie jetzt so tun, als wäre überhaupt nichts vorgefallen, als müsste Christine nicht tot sein und Elli nicht voller Angst und Panik? Und noch etwas stimmt nicht. Ich weiß nur noch nicht, was, und das verunsichert mich am meisten. Ich lasse die Bretter klappernd vor mir auf den Boden fallen, stelle den Werkzeugkasten ab und hebe die Papiertüte mit den Einkäufen auf den Küchenblock.

»Was soll das hier werden? Ein Kaffeekränzchen?«

Ich packe das Fleisch und die beiden Weinflaschen in den Kühlschrank. Den Wein habe ich für Elli und mich gekauft. Das konnte ja keiner ahnen, dass Christine so schnell wieder zu sich kommt.

»Ich habe Christine gerade erzählt, wie ich beim Krötenretten einmal beinahe überfahren worden bin, weil jemand absichtlich über die Kröte neben mir fahren wollte«, sagt Elli und kommt zu mir.

»Ah ja«, sage ich und drehe mich zu Christine um, »dann erzähl doch mal! Wie war das, als Elli beinahe überfahren wurde?«

Christine zittert und schaut schuldbewusst auf den Tisch. Sie haben tatsächlich Kekse dort stehen. Irgendwelche Waffelröllchen. Weiß der Teufel, wo sie die noch gefunden haben. Und natürlich haben sie die ganze Zeit über mich geredet. Während ich unterwegs war, Bretter zu kaufen, um ihr Zerstörungswerk wieder in Ordnung zu bringen, haben sie hier gesessen, Tee getrunken und über mich geredet.

Jetzt merke ich auch endlich, was hier nicht stimmt: Nicht mehr Elli hat das Halseisen um, sondern Christine.

»Sagt mal, wollt ihr mich verarschen«, brülle ich. »Soll das ein Witz sein. Denkt ihr, das ist hier irgendein Spiel? Ich will sofort wissen, warum jetzt Christine angekettet ist!«

»Natürlich«, sagt Elli und steht stramm wie ein Kadett des letzten Jahrhunderts.

»Wie du siehst, geht es Christine jetzt besser, und ...«

Sie verstummt.

»Ja«, sagt Christine. Ihre Stimme ist fürchterlich heiser und sie hat wieder diesen leichten Wahnsinn im Blick. »... und das Erste, was ich getan habe, war, zur Tür zu gehen, den Schlüssel zu holen und Elli loszuketten. Ich wollte dir auflauern, wenn du hereinkommst. Ich wollte, dass wir dich gemeinsam angreifen und überwältigen. Aber deine neue Veganer-Freundin ...«

»Ich will nicht, dass noch irgendjemand verletzt wird«, sagt Elli, und jetzt ist sie wieder meine Elli, so, wie ich sie auf dem Klassentreffen kennengelernt habe. In ihrer Stimme ist nichts mehr von Verzagtheit und Angst. »Ich will, dass wir alle hier heil wieder herauskommen. Es gibt keinen Grund, dass irgendjemand von uns auf der Strecke bleibt.«

»Außer dass das Arschloch es verdient hätte«, sagt Christine.

»Du hältst die Klappe, während Elli redet«, sage ich, »sonst bringe ich dich zum Schweigen.«

»Wie denn? Willst du mich noch mal umbringen?«

Es ist wieder der alte Hohn in ihrer Stimme wie früher.

Ich gehe zu ihr, will sie einfach nur an den Haaren packen, aber bevor ich das tun kann, schreit Elli schrill auf.

»Nicht!«

Christine sackt in sich zusammen und heult schlagartig los.

»Bitte nicht, bitte ... entschuldige bitte, entschuldige, entschuldige ...«, heult sie. Elli starrt mich entsetzt an, die Hand vor dem immer noch aufgerissenen Mund. Ganz klar: Ich bin hier wieder das miese und brutale Schwein. Da sind sich die beiden einig.

»Wir kommen hier alle heil raus«, sagt Elli hastig. »Bassi wird seine Flucht vorbereiten und wir werden herauskommen, weil Bassi sowieso gar nichts anderes übrig bleibt, als zu fliehen und uns herauszulassen. Außerdem hat er es mir versprochen, und ich vertraue ihm.«

Christine schaut vom Sofa zu mir hoch. Als sie meinen Blick fängt, schaut sie schnell wieder zu Boden.

»Im Moment sitzen wir also alle mehr oder weniger im selben Boot. Deswegen ist es das Beste, wenn wir kooperieren«, sagt Elli.

»Wir sitzen nicht im selben Boot«, sage ich, »und hier wird auch nicht kooperiert. Hier wird gehorcht! Und als Erstes will ich verdammt noch mal eine Antwort darauf haben, warum jetzt Christine die Kette trägt.«

»Die Kette ist der Beweis, dass wir dich hätten angreifen können, aber freiwillig darauf verzichtet haben. Sie ist der Beweis, dass du uns vertrauen kannst«, sagt Elli.

»Falsch«, sagt Christine. »Ich habe deiner verblödeten Freundin gesagt, dass ich dich notfalls allein angreifen werde, und da hat sie mir die Kette angelegt, um mich daran zu hindern, und damit die einzige Chance vertan, die wir noch gehabt hätten.«

»Deine Frau ist tatsächlich ziemlich schwierig«, sagt Elli. »Ich vertraue dir, und ich erwarte, dass du dieses Vertrauen nicht enttäuschst.«

Ich vertraue keiner von beiden. Wer weiß, was sie sich in meiner Abwesenheit für einen Plan zurechtgelegt haben. Vielleicht spielen sie die ganze Zeit Theater, spielen mir gute Frau, böse Frau vor und geben sich gegenseitig die Stichwörter, um mich einzuwickeln.

»Ihr gehorcht mir in allem, was ich sage, und dann kommt ihr hier auch wieder heraus – das ist der Deal«, antworte ich.

Christine wäre viel zu schwach, um mich anzugreifen. Sie war ja schon zu schwach, bevor sie drei Tage im Koma lag. Anscheinend war sie sogar zu schwach, sich gegen Elli zu wehren. Selbst zusammen wären Christine und Elli auf geradezu lächerliche Weise schwach verglichen mit mir. Wie sind Frauen nur jemals auf die Idee gekommen, dass sie in irgendeiner Gesellschaft mitbestimmen dürften?

»Das ist der Deal«, bestätigt Elli. Christine schlurft mit klirrender Kette zum Kühlschrank und holt sich eine der beiden Weinflaschen, die ich für Elli und mich gekauft habe. Ich will etwas sagen, aber dann sehe ich Ellis ängstliches Gesicht und lasse es bleiben. Christines Taktik ist leicht zu durchschauen. Sie will mich provozieren, damit ich sie schlage und vor Elli als mieser Typ dastehe. Ich ignoriere sie einfach, wie sie da an der Ikea-Kücheninsel steht, sich erst ein Glas aus dem Schrank nimmt und dann die Schublade durchwühlt.

»Falls du einen Korkenzieher suchst, so etwas gibt es hier schon längst nicht mehr«, sage ich. »Die Flaschen haben Schraubverschluss.«

Und zu Elli sage ich: »Ich will, dass du für mich kochst. Und zwar sollst du Gulasch machen. Hier sind die Zwiebeln, das Fleisch ist im Kühlschrank und Olivenöl müsste auch noch irgendwo herumstehen. Irgendwelche Probleme damit?«

»Nein, keine Sache. Ich mache dir Gulasch. Hast du vielleicht auch noch Paprika oder Pilze?«

Ich weiß nicht, was mit den Frauen los ist. Warum wollen sie in einem tadellosen Gulasch immer alles mögliche Vegetabile versenken, Paprika und Pilze und ähnliches schleimiges Zeug, von dem sie sich einbilden, dass es keine Kalorien hätte. Das war bei Christine auch schon immer so.

»Kein Gemüse! Nur Fleisch und Zwiebeln, Pfeffer und Salz.«

»So, wie seine Mutter das früher gemacht hat«, sagt Christine. Sie sitzt in der schlampigen Haltung einer Gewohnheitstrinkerin auf dem Sofa, kippt einen großen Schluck Wein und schenkt sich sofort wieder nach. Ihr Morgenmantel ist aufgegangen. Darunter trägt sie ein schwarzes Unterkleid mit Spitzenbesatz, das knapp über die Schenkel reicht. Wie eine alte Nutte. Ich ignoriere sie.

»Hör auf«, sagt Elli zu Christine. »Ich mache das Gulasch genau so, wie Bassi es will. Und deinen Kommentar dazu brauche ich nicht.«

»Weißt du«, sage ich zu Elli, »ich verlange das bloß von dir, weil ich sichergehen will, dass du tatsächlich alles, was ich befehle, widerspruchslos akzeptierst.«

»Was denkst du denn? Ich bin hier in einem Keller gefangen und weiß nicht, ob ich hier je wieder rauskomme. Denkst du, das schockiert mich, jetzt für dich Fleisch zu kochen? Natürlich mache ich dir dein Gulasch, wenn ich dadurch wieder hier rauskomme.«

»Dann ist ja gut.«

Elli packt die Fleischwürfel in den Topf und das Fett spritzt hoch. Angewidert verzieht sie die Nase.

»Übrigens ist es auch nicht besonders konsequent, wenn man seine Katze mit Fleisch füttert«, sage ich.

»Oh Murri, wie geht es ihr?«

»Bestens. Ich habe sie mitgebracht und sie fühlt sich schon wie zu Hause. Entweder schreit sie, weil die Küchentür geschlossen ist und sie nicht zu ihren Näpfen kann, oder sie schreit, weil die Tür aufsteht. Sie schreit nach Futter, nach mehr Futter, nach anderem Futter, Dosenfutter, nein doch lieber Trockenfutter, aber in einem anderen Napf. Eigentlich schreit sie ständig. Und sie scheißt überallhin. Ich bringe sie dir nachher runter.«

»Du hast sie mitgebracht? Aber hier unten ist es viel zu eng für Murri. Da fühlt sie sich nicht wohl. Du musst sie oben behalten.«

»Was heißt denn hier zu eng? Das sind 32 Quadratmeter. Meine Familie hat früher mit fünf Personen
auf 90 Quadratmetern gewohnt. Das ging auch, das
ging sogar ganz hervorragend.«

»Ich habe eine Katzenhaar-Allergie«, sagt Christine,
ohne von ihrem Glas aufzusehen. Das stimmt allerdings, hatte sie schon immer, das hatte ich vergessen.

»Na gut, meinetwegen, bleibt sie die paar Tage eben
oben.«

Einen Augenblick ist Stille. Nur das Rascheln der
Tüte, als Elli die Zwiebeln auspackt, und das Brutzeln
der Gulaschstücke. Ein wunderbarer Geruch.

»Du weißt, was ich von Fleisch halte«, sagt Elli, »weil
du nämlich der gleichen Meinung bist. Es ist schmutzig und nicht zu verantworten. Aber wenn du es ver-
langst, mache ich dir hier auch einen Eintopf aus Kinderhänden.«

»Bring ihn nicht auf Ideen«, sagt Christine. Ich gehe
zum Sofa hinüber und nehme ihr die Weinflasche weg,
aber sie ist bereits leer.

»Gibt es hier irgendwo ein Messer?«, fragt Elli. »Ich
weiß sonst nicht, wie ich die Zwiebeln schneiden soll.«

Also muss ich noch einmal hoch. Ein Messer holen.
Zahlencode eingeben, Sicherheitstür öffnen, Sicherheitstür wieder schließen, Zahlencode erneut eingeben.

Oben an der Treppe steht das demente Katzenvieh
und schreit. Wenn es schreit, sieht es besonders widerlich aus. Die Augen werden dann zu ganz schmalen Schlitzen und das Maul zieht sich so breit, dass
es den Kopf praktisch in zwei Hälften teilt. Ich frage

mich, was einen vernünftigen Menschen dazu veranlassen kann, sich so etwas wie eine Katze, dieses unangenehmste aller Tiere, zuzulegen. Die miesen Biester verachten, manipulieren und benutzen einen. Sie sind undankbar, verschlagen, grausam und unfähig zum allergeringsten Mitgefühl für irgendeine andere Kreatur. Nicht einmal für eine andere Katze. Außerdem poppen sie ständig irgendwo auf – wie unerwünschte Internet-Werbung. Und Murri hat wieder in den Flur geschissen. Einen Meter neben das Katzenklo. Ich sammle die Katzenscheiße mithilfe einer Katzenscheißeschaufel auf und werfe sie in die Toilette, spüle.

Es klingelt an der Tür. Eigentlich ist es meine eiserne Regel, niemals zu öffnen, wenn im Keller noch nicht wieder das Regal vor die Prepper-Raum-Tür geschoben und eingeräumt ist. Aber ich habe eben bei geöffneter Toilettentür gespült. Wenn ich nicht öffne, macht mich das verdächtig. Insbesondere wenn das jetzt schon die Polizei ist, die mich wegen Elli befragen will. Na und, ich bin schon verdächtig, ich lass keinen rein.

Die Katze streicht um meine Beine, dann hockt sie sich direkt vor mir hin und am Ende des gekrümmten Rückens unter dem steil aufgerichteten und rot geringelten Katzenschwanz schiebt sich eine schwarze Kotwurst in Richtung Linoleumboden. Ich gebe dem Biest einen Tritt. Es duckt sich und sieht mich verschlagen an. Wieder klingelt es und ich reiße die Tür auf. Ein Postbote. Ein echter Postbote. Er hat ein Einschreiben für mich. Ich nehme den Umschlag entgegen und quittiere den Empfang. Was für ein wundervoll altmodischer Vorgang, wenn auch die Unterschrift auf einem Display erfolgt. Es ist Post von der Postbank. Sie bieten mir Geld, wenn ich darauf verzichte, weiterhin Vordrucke für Überweisungen auszufüllen, und meine Bankgeschäfte zukünftig im Internet tätige. Ohne mich. Ohne uns. Dafür haben wir, die letzten 8000 Benutzer von deutschen Überweisungsvordrucken, nicht jahrelang vor Gericht gekämpft. Zuletzt hat die Postbank immer mehr Geld für ihre Vordrucke verlangt und schließlich wollte sie überhaupt keine mehr rausrücken. Nur damit auch die letzten drei Postangestellten ihren Job verlieren und auch mein Konto endlich von nigerianischen Hackern leer geräumt werden kann. Zum Glück hatte ich das vorausgesehen und bereits jahrelang gebunkert. Und nicht nur ich. Das ist ja das einzig Gute am Internet, dass man sich mit anderen Internet-Hassern vernetzen kann. Und jetzt ist die Postbank gerichtlich dazu verdonnert, alle Vordrucke, die noch im Umlauf sind, auch anzunehmen. Das kann noch Jahre dauern.

Ich entferne den Katzenkot, wasche mir die Hände, hole das kleine schwarze Kartoffelschälmesser aus der Besteckschublade, gehe wieder in den Keller zurück, gebe den Zahlencode ein, öffne die Sicherheitstür, schließe sie und gebe abermals den Zahlencode ein.

Elli hat den Topf vom Herd genommen und sich neben Christine auf das Sofa gesetzt. Kaum war ich aus dem Zimmer, haben sie über mich geredet. Worüber sonst? Das geht nicht mit zwei Gefangenen, erst recht nicht, wenn es Frauen sind. Das ist wie bei Wellensittichen – die lernen auch nur sprechen, wenn man sie allein hält. Sowie da ein zweiter mit im Käfig sitzt, finden die in ihrer Beziehung ein Gegengewicht zu den sprachlichen Normen, die der Mensch vorgibt.

»Ah, das Messer«, sagt Elli und steht auf, nimmt ihr Glas mit zum Herd. Jetzt erst sehe ich, dass die beiden sich auch noch die zweite Weinflasche aus dem Kühlschrank geholt haben.

»Wer hat gesagt, dass ihr euch den Wein nehmen dürft?«

Ich gebe ihr das Messer.

»Ich wusste nicht, dass wir fragen müssen, bevor wir uns etwas nehmen. Soll ich es das nächste Mal tun?«, fragt Elli unschuldig.

»Nein«, sage ich und bin auf einmal unsagbar müde. Ich würde mich jetzt gern ins Bett legen und Elli soll neben mir liegen. Ich will einfach nur liegen und sie spüren. Einen Wein trinken. So hatte ich mir das vorgestellt. Christine soll sich zum Teufel scheren.

»Übrigens ist der Ablauf der Dusche verstopft«, sagt Elli.

»Wie hast du das denn hingekriegt? Bei Christine war der Abfluss in zweieinhalb Jahren nicht einmal verstopft und du bist gerade mal zwei Tage hier.«

Elli antwortet nicht. Ich setze mich neben Christine auf das Sofa und trinke den letzten Rest Wein aus ihrem Glas. Sie sitzt steif neben mir und wendet den Kopf ab. Elli macht die Herdplatte an, stellt den Topf wieder darauf und fängt an, die Zwiebeln zu schälen und klein zu hacken. Eine Weile ist es still. Nur die Messergeräusche. Und das Zischen, als Elli die beiden klein gehackten Zwiebeln ins heiße Fett schaufelt.

»Darf ich etwas fragen?«, sagt sie.

»Nur zu.«

»Na ja, aber es geht schon um das hier« – sie beschreibt mit dem Messer in der Hand einen Bogen, der den Prepper-Raum meint – »und ich habe dir doch versprechen müssen, dass ich darüber keine Fragen stellen werde.«

»Egal«, sage ich. »Frag einfach.«

Der Duft von gebratenem Fleisch mit Zwiebeln zieht mir anheimelnd und vorwurfsvoll entgegen.

»Warum?«

»Warum ich das getan habe?«

»Ja.«

»Weil er ein Arschloch ist«, lallt Christine neben mir.

»Sch ...«, macht Elli ungeduldig.

»Na, weswegen denn sonst?«, sagt Christine.

»Große Menschen tun manchmal Dinge, die für andere schwierig nachzuvollziehen sind«, sagt Elli mehr zu mir als zu Christine, »und ich möchte es einfach bloß verstehen.«

Ich merke wieder, wie sehr ich Elli immer noch liebe. Mit einem Menschen wie ihr hätte ich mir selbst entkommen können. Sie holt das aus mir hervor, was gut an mir ist. Ich versuche mir vorzustellen, wie mein Leben verlaufen wäre, wenn ich den Prepper-Raum nie gebaut hätte, wenn ich alle Demütigungen einfach hinuntergeschluckt hätte und dann irgendwann auf

Elli gestoßen wäre. Ob wir dann auch ein Paar geworden wären und jetzt hätten glücklich sein können? Wahrscheinlich nicht. Christine hat damals mein Selbstvertrauen untergraben. Wenn du dein Selbstvertrauen verlierst, hast du es schwer. Dann lernst du keine neuen Frauen kennen. Mir blieb gar nichts übrig, als dafür zu sorgen, dass Christine ihr Selbstvertrauen verliert, um meines zurückzugewinnen.

»Ihr geht immer davon aus, dass Männer und Frauen das Gleiche wollen«, sage ich.

»Wer ist ›ihr‹?«, fragt Elli.

»Na ihr! Ihr alle, alle Frauen und ganz besonders natürlich unsere braven Ministerinnen. Ihr geht immer davon aus, dass Männer und Frauen ein gemeinsames Interesse daran haben, die Beziehungen zwischen den Geschlechtern zu verändern. Aber so ist es nicht. Die Geschlechter haben da völlig unterschiedliche Ansichten.«

»Aber du hast doch auch immer dafür gekämpft. Ich habe doch deinen Blog gelesen und deine Auftritte im Quent gesehen. Solidarität, Gleichberechtigung, Respekt! Das war es doch, wofür du eingetreten bist. Und das hast du doch damals auch so gemeint.«

»Verdammt, das habe ich doch bloß gesagt, weil man so etwas eben sagen muss. Und weil das bei euch Frauen gut ankommt. Weil ihr das hören wollt. Wenn ich die Wahrheit gesagt hätte, hätte ich meine Karriere doch knicken können. Wahrscheinlich hätte ich auch keine einzige Frau mehr ins Bett bekommen. Jedenfalls keine mit Hirn. Aber es ist eine Lüge, verstehst du, eine Lüge. Wir wollen keine gleichberechtigten Beziehungen. Kein Mann will das. Dass früher einigermaßen Friede zwischen den Geschlechtern herrschte, lag daran, dass Frauen sich mit ihren Männern identifiziert und deren Interessen vorrangig vor den eigenen behandelt haben. Aber jetzt steckt ihr in euren ach so wichtigen Jobs und denkt, dass ihr die Welt retten müsst, und wir können sehen, wo wir bleiben. Wenn du wissen willst, was Männer wirklich wollen, schau dir Pornos an. Pornos sind dafür da, männliche Wünsche zu erfüllen. Und wenn Männer auf Solidarität, Respekt und Beziehungen auf Augenhöhe stehen würden, wären Pornos voll davon. Sind sie aber nicht. Und? Was sagt dir das?«

»Aha«, sagt Elli ganz ruhig, rührt dabei aber unnötig heftig im Gulaschtopf, »dann ist Liebe also bloß so ein Frauenquatsch. Gut zu wissen. Was willst du eigentlich zu deinem Gulasch? Hast du Nudeln oder Kartoffeln mitgebracht?«

»Nudeln. Im Schrank müssen noch irgendwo Nudeln sein.«

Elli öffnet den Hängeschrank.

»Unten«, lallt Christine, »die sind ganz, ganz unten.«

»Natürlich liebe ich dich«, sage ich zu Elli. »Aber das bedeutet eben nicht automatisch, dass ich eine gleichberechtigte Beziehung will. Außerdem gibt es das gar nicht. Einer von beiden hat immer das Sagen. Und ich bin nicht der Typ, der sich gern unterordnet.«

»Außer im Bett«, lallt Christine, »da liegt er ja immer unheimlich gern unten.«

»Halt den Mund«, sagt Elli. Ich nehme den Schlüs-

346

sel für das Vorhängeschloss, das die Kette am Küchenblock befestigt, aus der Hemdtasche und schließe das Schloss auf. Mit der Kette über dem Unterarm gehe ich zu Christine und nehme sie am Ellbogen. Natürlich zuckt sie wieder zusammen und winselt, als würde ich ihr wehtun. Dabei führe ich ihre schlurfende, schlampige Gestalt bloß am Arm in die Nasszelle, um sie dort – deutlich kürzer – anzuketten. Dann schließe ich die Tür hinter ihr und gehe zu Elli zurück.

»Ich habe noch nie jemanden so geliebt wie dich«, sage ich. »Und was auch immer du tust und sagst, du kannst dich darauf verlassen, dass du hier wieder herauskommen wirst. Auch wenn du dir keine Mühe gibst und die ganze Zeit nervst. Und jetzt stell den Herd aus!«

Elli schiebt den Gulaschtopf von der heißen Platte und stellt den Herd aus.

»Du brauchst keine Nudeln mehr zu machen«, sage ich, »ich gebe das Fleisch nachher Murri.«

Ich nehme ihren Kopf in meine Hände und küsse sie auf den Mund. Meine Zunge kann ungehindert zwischen ihre Lippen, aber sie küsst kaum zurück. Ich streiche ihr die Haare aus dem Gesicht, streiche mit dem Daumen über den violetten Strich auf ihrer Stirn und küsse Elli auf die Augenlider. Sie weint.

»Ich habe dich so geliebt«, sagt Elli, »ich war wirklich wahnsinnig in dich verliebt. Ich habe dich so bewundert, für deinen Mut und dein Gerechtigkeitsgefühl und all die Opfer, die du bringst. Du warst der wichtigste Mensch auf der Welt für mich. Aber jetzt habe ich nur noch Angst vor dir. Ich glaube dir nicht einmal, dass du uns wieder herauslassen wirst.«

Ich bringe Elli zum Bett und beginne das Kleid aufzuknöpfen. Sie legt sich unaufgefordert hin und ich beuge mich zu ihr herunter und küsse ihre nackten Brüste. Sie rührt sich nicht, hat aber aufgehört zu weinen. Ich schlage ihr Kleid hoch, erwarte, auf einen von Christines raffinierten Slips zu stoßen, aber Elli hat es vorgezogen, überhaupt keine Unterhose zu tragen. Kurze Borsten, kaum wahrnehmbar, drücken sich durch die Haut ihres Schamhügels – politisch korrekt: Geschlechtshügels – und schaben über meine Handinnenfläche. Ich werde Elli morgen rasieren müssen. Ich schiebe zwei Finger zwischen ihre Schamlippen – politisch korrekt: Geschlechtslippen –, falte sie auseinander und betrachte Ellis Geheimnis. Geheimnis ist wahrscheinlich auch nicht politisch korrekt. Ich fahre mit den Fingern darin hin und her, kreise um den kleinen Knopf und streiche den Saum der Schamlippen entlang. Sie rührt sich nicht, liegt einfach nur da wie ein Opferlamm und sieht an mir vorbei. Ich bearbeite sie unbeirrt weiter, bis ich Feuchtigkeit spüre.

»Es macht dich an, ja?«, sage ich. »Ich weiß, dass dich das anmacht. Es gefällt dir, ausgeliefert zu sein, nicht wahr?«

Sie versucht sich wegzudrehen, hebt ihr Becken an und stopft sich die Arme unter den Rücken, aber ich halte sie an der Hüfte fest, ziehe ihre Arme wieder hervor und lege mich zwischen ihre Beine, um mit dem Mund weiterzumachen. Elli versucht, mich wegzuschieben. Sie tritt nach mir und zappelt stumm und schließlich schlägt sie mit Fäusten auf mich ein. Ich richte mich auf und packe sie an den Handgelenken, drücke sie auf die Matratze zurück, die nach Zwiebeln riechenden Hände über ihrem Kopf, und stelle ihren zappelnden Leib einfach durch mein Körpergewicht ruhig. Sie gibt auf, liegt schwer atmend unter mir. Ich lasse ihre Handgelenke los und küsse sie auf den Mund, streiche mit meiner Zunge über ihre Zähne und dabei öffne ich den Reißverschluss meiner Hose, hole meinen Schwanz raus und dringe vorsichtig, aber bestimmt in Elli ein. Es geht ganz leicht. Ich vögle sie freundlich und langsam, nur als sie sich die Arme wieder unter den Rücken stopfen will, packe ich sie abermals an den Handgelenken und fixiere ihre Hände neben dem Kissen.

»Du bist mein«, sage ich. »Du gehörst mir und ich mache mit dir, was ich will.«

Ich küsse sie wieder, tiefer und grober diesmal, und obwohl der Kuss nicht erwidert wird, spüre ich, wie Elli unter mir erschauert. Ich setze mich auf, öffne auch noch die letzten Knöpfe des Kleides und ziehe es ihr von den Armen. Dann drehe ich sie um. Elli hält die Augen dabei geschlossen, will mich nicht ansehen. Ich fasse ihre Haare am Hinterkopf zu einem Zopf zusammen und ziehe Ellis Kopf hoch. Mit der anderen Hand fahre ich ihren Rücken herunter, streiche über ihr Gesäß und stoße plötzlich gegen etwas Spitzes, einen Fremdkörper. Ich taste danach und kann es kaum fassen: Elli hat das Kartoffelschälmesser mit ins Bett geschmuggelt. In der Ritze ihres Hinterns. Jetzt verstehe ich auch, warum sie sich ständig die Arme unter den Rücken stopfen wollte. Ich muss lachen, ziehe es heraus und halte es Elli an den Hals. Dann lasse ich ihre Haare los und greife ihr zwischen die Beine, meine Finger bewegen sich diesmal schneller und steuern ihr Ziel direkt an. Elli stöhnt, versucht nicht mehr, vor mir zu verbergen, wie erregt sie ist, könnte es wahrscheinlich gar nicht. Sie windet sich in meinen Armen und ich muss aufpassen, dass ich sie nicht schneide. Ich nage ein wenig an ihrer Schulter, werfe das Messer aus dem Bett, greife mir stattdessen eine Brust und zupfe, drücke und rolle die Brustwarze, bis Elli schreiend kommt. Während sie noch in meinen Armen zuckt, packe ich sie wieder an Brust und Schamhügel und dringe von hinten in sie ein, vögle sie richtig durch und quetsche dabei weiterhin ihre Brust, presse den Warzenhof so fest wie ich kann, höre auch nicht auf, als sie »Nicht« schreit, »Nicht mehr« und »Bitte – du tust mir weh« und in ihrem Jammern keine Lust mehr ist, sondern nur noch Schmerz und Angst. Als ich komme, beiße ich sie fest in die Schulter und sie schreit laut, während ich mich entlade und meine Zähne langsam wieder aus ihrem Fleisch ziehe. Keuchend und verschwitzt bleiben wir liegen, ihr Rücken an meiner Brust, ihr kleiner Hintern an meinem klebrigen Schwanz. Sie liegt ganz ruhig und ich halte sie fest, halte sie in meinen Armen, und als ein unkontrolliertes Zittern durch ihren Körper läuft, drücke ich sie noch fester an mich und küsse sie auf den Hals.

»Es gilt immer noch«, sage ich. »Ganz egal, was du tust, ich werde dafür sorgen, dass du hier wieder herauskommst.«

Vielleicht stimmt es, was Elli gesagt hat, vielleicht war ich vorher der wichtigste Mensch in ihrem Leben. Sicher ist, dass ich es jetzt bin. Ich bin ihre einzige Bezugsperson, ihre einzige Möglichkeit, hier herauszukommen, ich liefere ihr Informationen und Schmerz.

Ein Niesen lässt meinen Kopf herumschnellen. Christine steht in der Badezimmertür und wischt sich mit dem Ärmel des Morgenrocks Rotz von der Nase. Nein, ich bin nicht Ellis einzige Bezugsperson, da ist noch dieses alte Weib, dieser Stein in meinem Schuh, die Person, die mit ihren unmaßgeblichen Meinungen alles kommentieren und ins Lächerliche ziehen wird, was ich zu Elli sage.

»Hat mal jemand ein Taschentuch?«

»Herrgott«, sage ich und lasse Elli los, »warum nimmst du nicht Klopapier?«

Christine verschwindet wieder in der Nasszelle, rollt klappernd Papier ab und schneuzt sich lautstark. Dann stellt sie sich wieder in die Tür und starrt uns an. Elli hat den Moment genutzt sich aufzusetzen und ist dabei, ihr Kleid anzuziehen. Ich mache den Reißverschluss meiner Hose zu und stehe ebenfalls auf, gebe Elli den Schlüssel für das Kettenschloss.

»Mach Christine nachher wieder am Küchenblock fest«, sage ich. Elli nickt. Sie weint. Aber ich kann nicht mit ihr sprechen, solange Christine da mit verschränkten Armen im Türrahmen steht. Also schnappe ich mir bloß das Messer und den Gulaschtopf, gehe zur Sicherheitstür und gebe die Geheimzahl ein. Ich merke zum ersten Mal, wie es mir auf die Nerven geht, dieses Zahleneingeben und dann die Tür öffnen und wieder schließen und dann wieder die Zahlen eingeben, die Spanplatte vorschrauben, das Regal davorstellen und die Dosen wieder einräumen. Bisher empfand ich das immer als meditative Tätigkeit, aber heute geht es mir einfach bloß auf den Senkel.

Im Wohnzimmer hat die Dreckskatze eine Pflanze aus dem ummauerten Torfbeet gerissen, das Feuerblatt. Ich ahne, dass sie in das dort entstandene Loch geschissen hat, habe aber nicht die allergeringste Lust nachzusehen, sondern lasse alles, wie es ist, und setze mich mit dem immer noch lauwarmen Gulasch aufs Sofa und lasse den Anrufbeantworter über den Compunikator-Bildschirm abspielen, während ich mir mit dem Kartoffelschälmesser Fleisch in den Mund stopfe.

Zwei Anrufe. Der erste kommt von Margitta Kleinwächter, ob ich die Smart-Nummer von Rolf hätte. Sie hat sich aufgedonnert für den Anruf, trägt irgendetwas rotes Flattriges und hat ein Sektglas in der Hand. Außerdem hat sie sich einen dieser grauenhaften Südseestrand-Hintergründe draufgeladen, latscht also im roten Flattrigen am Meer hin und her. Wieso hat sie meine Nummer, wenn sie die von Rolf nicht hat? Löschen.

Der zweite Anruf ist eine weibliche Stimme, während auf dem Bildschirm nur Fahnen mit dem Hamburger Wappen zu sehen sind.

Ich möchte bitte für eine Zeugenaussage zum Polizeipräsidium kommen. Wann es mir recht wäre? Oder ob ich es vorziehen würde, dass ein Beamter mich in meinem Zuhause aufsucht, das wäre auch möglich. Nun ist es also so weit. Ich hatte gehofft, es würde noch ein paar Tage länger dauern. Geistesabwesend schubse ich die Katze weg, die sich an meinen Beinen reibt. Ich schalte auf Rückruf und mache mit dem Callcenter-Girl einen Termin im Polizeipräsidium für nächsten Mittwoch aus. Dann shamme ich zu meinem Reisemanager und kaufe ein Flugticket für morgen Nachmittag.

25

Ich laufe, laufe mit den gleichmäßigen großen Schritten eines Mannes, der ein Ziel vor Augen hat. Ein Laufen, das wie Gehen aussieht, und in mir vibriert das Bewusstsein, dass nun etwas völlig Neues beginnt. In der Hand halte ich locker, ja geradezu lässig einen braunen, frankierten Briefumschlag, dessen Inhalt das Ende meines bisherigen Lebens besiegeln wird. Wenn ich mich richtig erinnere, leert mein Freund, die deutsche Bundespost, den Briefkasten am Gänsemarkt immer freitags, also erst in sechs Tagen. Das ist aber nicht der einzige Grund, warum ich noch einmal in die Innenstadt gefahren bin. Ich will mir auch noch einen Reiseführer und Landkarten besorgen, richtige Karten, die man falten und in die Jackentasche stecken kann und die einen informieren, ohne dabei dämliche Geräusche zu machen. Das widerliche Ego-Smart mit all seinen widerlichen Apps und Shamms werde ich am Flughafen in einem Klo versenken.

Je weiter ich mich dem Gänsemarkt nähere, desto voller wird es. Man kommt kaum noch durch. Okay, es ist Double-Shoppingday, aber erstaunlicherweise sind es vor allem Männer, haufenweise Männer, die aus allen Nebenstraßen quellen, und sie sehen nicht gerade aus, als wären sie in die Stadt gefahren, um neue T-Shirts zu kaufen. Einige von ihnen könnten Hooligans sein – fette Wampen, üble Haarschnitte, aggressive Fressen. Hooligans am frühen Morgen, sie brüllen herum, riechen nach Pommes frites und schwappen den Inhalt ihrer Bierflaschen über die Leute. Andere sehen aus wie Paketboten, es sind fünfzig – mindestens –, nein, eher wohl achtzig, ein ganzer Trupp, und sie tragen alle die gleiche Kleidung, dunkelblaue Stoffhosen und dunkelblaue Jacken, auf deren Rücken das Wort »stolz« gestickt ist. Aus dem gestickten »o« von »stolz« zieht sich ein Pfeil nach rechts oben und macht es so zum Männlichkeitszeichen. Langsam dämmert mir, wo ich hier hineingeraten bin. In eine MASKULO-Demonstration. Ich schaue mich genauer um. Tatsächlich ist weit und breit keine einzige Frau zu sehen. Laut einer BILD-Online-Umfrage von letzter Woche soll der durchschnittliche Demonstrant bei der Anti-Frauen-Bewegung MASKULO aus der Mittelschicht stammen und sowohl gebildet als auch berufstätig sein, was jetzt nicht ganz meinem persönlichen Eindruck entspricht. Man kann sich lebhaft vorstellen, wie die Umfrageergebnisse zustande gekommen sind. Neun von zehn Mal kriegte der Typ mit dem Fragebogen die Antwort: Verpiss dich oder ich hau dir aufs Maul!, und jedes zehnte Mal hieß es: Ja gern, ich bin Oberstudienrat und bloß deswegen dabei, weil ich ganz allgemein mit der derzeitigen Politik unzufrieden bin. Die Paketboten sind die Gruppe, die der Mittelstandstheorie noch am nächsten kommt. Vermutlich beleidigte Scheidungsopfer, übergangene Angestellte und sonstige Ewig-zu-kurz-Gekommene, die ihr Leben dem Kampf gegen die schamlose Bevorzugung von Frauen verschrieben haben. Jungs, eure Sorgen hätte ich gern.

Ich dränge mich zwischen ihnen hindurch, trete vom Gehsteig hinunter auf die Straße, aber hier ist es nur noch voller, noch mehr Männer, Anzugträger, Motorradtypen in Kutten und die irren Mönche, die gelben Kapuzenjacken tief ins Gesicht gezogen, sind natürlich auch dabei. Alles drängt zum Gänsemarkt. Dort ist eine Bühne aufgebaut, auf der zwei Typen in Jeans und Ringel-T-Shirts hantieren und ganz altmodisch Kabel ineinanderstöpseln. Der Briefkasten muss irgendwo dahinten, mitten in der wogenden Menge sein. Ich wühle mich hinein, den Brief nun fest an die Brust gepresst, wate durch Bierdosen, Pappbecher und Essensreste, bekomme Ellenbogen in die Seiten gerammt, trete jemandem auf den Springerstiefel und ernte dafür einen Schlag auf den Hinterkopf. Um mich herum lauter unbeteiligte Gesichter. Es ist eine Demütigung, diese plötzliche Gewalttätigkeit, die so ganz und gar nebenbei ausgeführt wurde – als wenn sich jemand eine Fliege aus dem Gesicht wischt. Die Menge staut sich, kommt zum Halten und jemand packt von hinten meine Schultern und benutzt mich als Rammbock, irgendein gewalttätiger Irrer schlägt sich mit mir eine Bresche. Wüste Beschimpfungen, Flüche und Knüffe treffen mich, doch als es mir endlich gelingt, mich umzudrehen, sind die Hände weg und hinter mir stehen fiese Typen, riesig, mit Tätowierungen die Arme hinauf und über den ganzen Hals. Mit denen will man sich nicht anlegen. Ich sollte wieder umkehren. Den Brief kann ich ja notfalls auch am Hauptbahnhof einstecken. Was soll's, wenn er ein, zwei oder vier Tage früher im Polizeipräsidium ankommt – ich werde trotzdem bereits in Paraguay sein. Aber aus der Menge zu entkommen ist praktisch unmöglich. Von allen Seiten strömt es zur Bühne und zu allem Überfluss ist jetzt auch noch ein Laster auf den Platz gerollt. »Nieder mit dem Staatsfeminismus«, verlangt ein Spruchband an der Ladefläche. Auf der Ladefläche stehen Kerle in Tarnanzügen und schwenken dunkelblaue Fahnen. Zwischen ihnen wächst ein Mast mit drei altertümlichen Lautsprechern hervor – sieht aus wie eine von diesen Blumen, die man zu Weihnachten verschenkt, bei denen drei große rote Blüten, alle auf derselben Höhe, aus dem Stängel wachsen.

»... deswegen müssen endlich wieder Profis ran ...«, knarzt es blechern und schwer verständlich aus den Lautsprechern, »Fachmänner statt Quotenweiber ... Frauen schwächen die Wirtschaft ...«

Fast ohne eigenes Dazutun bin ich inzwischen in die Nähe des Briefkastens geschwemmt worden. Da hängt er: gelb, solide, vertrauenerweckend dinghaft und substanziell. Neben einer Litfaßsäule. Davor haben sich Polizisten in voller Montur, in Weste,

Schlagstock und Helm, aufgebaut, als wollten sie ihn verteidigen. Ihre Visiere sind hochgeklappt und eine Polizistin – tatsächlich ein weiblicher Polizist, blond mit Stupsnase und Sommersprossen, aber davon abgesehen ein ganz schöner Brocken, mindestens 1,80 und mindestens achtzig Kilo – fixiert mich. Wahrscheinlich hat sie sich freiwillig zu diesem Einsatz gemeldet, hat geradezu gebettelt, dabei sein und einem der MASKULO-Demonstranten den Schlagstock über die Rübe ziehen zu dürfen. Ich zögere, bleibe stehen, starre abwechselnd auf den Briefkasten und die Polizistin. Wieder pufft mich jemand in den Rücken und ich stolpere vorwärts, stehe nun direkt davor. Vor dem Briefkasten. Und vor der Polizistin. Ich bräuchte nur noch den Arm auszustrecken, zwischen ihr und ihrem Kollegen hindurchzugreifen und den inzwischen schon ziemlich zerknüllten Brief einzuwerfen. Danach könnte ich mich bis zur nächsten S-Bahn durchpflügen, zum Hauptbahnhof fahren und von dort aus zum Flughafen. Wie geplant. Stattdessen stehe ich jetzt hier wie festgefroren und mache ein schuldbewusstes Gesicht. Das war schon früher so. Kaum sehe ich einen Polizisten, schon benehme ich mich verdächtig. Was soll die uniformierte Tante schon machen, wenn ich den Brief jetzt einwerfe? Ihn mir aus der Hand reißen, auf der Stelle öffnen, ihn durchlesen und mir Handschellen anlegen? Ganz offensichtlich hat sie ja wohl gerade anderes zu tun. Trotzdem bekomme ich es einfach nicht fertig, direkt vor ihren Augen einen Brief einzuwerfen, dessen Inhalt, wenn er zu früh gelesen würde, mich für

Jahre ins Gefängnis bringen könnte. Es geht einfach nicht. Ich presse den braunen Umschlag wieder an mich und wühle mich zurück, mache mich schmal, schiebe eine Schulter vor und versuche wie ein Stück Seife zwischen den Körpern hindurchzugleiten, es wenigstens bis zum Propaganda-Laster zu schaffen. Ein grelles Rückkopplungsgeräusch lässt mich aufblicken. Auf der Tribüne steht jetzt ein kleiner Kerl in silbernem Astronautenanzug, sein Kopf samt der flammenartigen Frisur steckt in einer Art Goldfischglas. Er tippt auf sein Ego-Smart – wieder kreischt das täuschend echte Rückkopplungsgeräusch auf. Der Astronaut grinst, seine rote Tolle leckt von innen am Helm, er tippt noch einmal und das Gitarrensolo von »We will rock you« jault über den Gänsemarkt. Jetzt hat er die volle Aufmerksamkeit, aber statt sie zu nutzen, tritt er zur Seite. Ein glatzköpfiger, stiernackiger Anzugträger erklimmt die Bühne, schwerfällig, bedrohlich – ein Skinhead, der wie ein Politiker auszusehen versucht. Hinter ihm werden Spruchbänder hochgehalten: MOTIVATION DURCH ENTSETZEN und KLAGT NICHT, KÄMPFT.

Der Skinhead-Politiker geht steifbeinig nach vorn und unter dem Gelächter und Gejohle seines Publikums krempelt er sich in aller Ruhe die Ärmel seiner Anzugjacke hoch und legt schwarz-weiß-rote Tattoos mit reichlich Hakenkreuzen frei. Dann stützt er sich schwer auf das Rednerpult. Die Muskeln an seinem historisierenden Tattoo-Pullover treten hervor.

»Männer!«, sagt er, nur das, und macht eine Pause. Die Menge stutzt einen Moment irritiert, dann kommt einzelnes Lachen und dann sickert es langsam in die Hirne ein und Jubel brandet auf.

»Männer!«

Noch größerer Jubel. Der Glatzkopf scheint kein Freund vieler Worte zu sein, aber sein Publikum liebt ihn womöglich gerade dafür.

»Männer, die Femi-Schlampen haben sich nicht nur eure Jobs gekrallt, sondern auch euren Stolz. Habe ich recht?«

Hat er offenbar, jedenfalls dem Gebrüll nach zu urteilen.

»Sie haben uns den Stolz auf uns selbst genommen, auf den jeder Mann ein Anrecht hat. Und jetzt wollen sie uns endgültig fertigmachen. Aber das lassen wir uns nicht bieten! Nicht mit uns, Ladys!«

Gejohle.

»Wenn wir gleich zum CCH rübergehen, werden wir Ordnung halten, ist das klar? Ordnung – ich will, dass sich jeder benimmt. Die haben ihre Parolen, wir haben unsere! Und wir werden herrschen!«

Gejohle.

»Die haben ihre Meinung, wir haben unsere!«

Gejohle.

»Und wir werden herrschen!«

Gejohle.

»Die haben Fotzen und wir haben Schwänze!«

Er will noch irgendetwas hinzufügen, vielleicht, dass wir herrschen werden, aber das Gejohle ebbt gar nicht wieder ab. Der kleine weiße Astronaut klettert wieder auf die Bühne, den Kopf im Goldfischglas. Er hüpft wie Rumpelstilzchen um den Glatzkopf herum, der ungefähr die doppelte Bio-Masse von ihm besitzt, und hackt dabei auf sein Ego-Smart ein. Aus den drei Lautsprechern des Propaganda-Lasters plärrt eine sehr merkwürdige Version von Grönemeyers altem Hit »Wann ist ein Mann ein Mann?« Eigentlich besteht sie bloß aus dieser Zeile, immer wieder dieser Zeile, unterbrochen bloß von Brian Mays Gitarrensolo aus »We will rock you«. Es passt von der Silbenzahl überhaupt nicht, aber sie machen trotzdem alle mit, tausend Springerstiefel, Anzugschuhe und Sneakers trampeln auf den Boden, tausend Pratzen schlagen zusammen: Stampf-stampf-klatsch, stampf-stampf-klatsch, tausend – mathematisch gesehen wären es natürlich bloß 500 – Kehlen grölen: »Wann ist ein Mann ein Mann?«, stampf-stampf-klatsch, stampf-stampf-klatsch, Gitarrensolo von Brian May – stampf-stampf-klatsch, stampf-stampf-klatsch, »Wann ist ein Mann ein Mann?«, stampf-stampf-klatsch, stampf-stampf-klatsch. Der Skinhead-Politiker hebt seinen rechten Arm – nein, nicht zum Hitlergruß, kurz bevor es dazu kommt, klappt er alle Finger bis auf den Zeigefinger ein – und brüllt mit überschnappender Stimme: »Zum Congress-Zentrum!«

Die Männer setzen sich trampelnd und klatschend in Bewegung. Der Rhythmus erschafft eine Masse, die unterschiedlichen Männergruppen vergessen ihre Unterschiede, werden zu einer stampfenden Maschine, zu einer einzigen unaufhaltsamen Gewalt, mit dem einen Ziel, es den Weibern heimzuzahlen. Es klappt so gut, als hätten sie es tagelang geübt. Stampf-stampf-klatsch, stampf-stampf-klatsch, »Wann ist ein Mann ein Mann?«. Ich habe immer noch nicht die geringste Chance, aus diesem Mahlstrom zu entkommen. Inzwischen bin ich allerdings auch ziemlich neugierig darauf, was das für eine Veranstaltung ist, welche die MASKULO-Marschierer im CCH stören wollen, und – nun ja – natürlich auch, wie weit sie dabei gehen werden. Der zerknitterte Brief steckt in der Brusttasche meines Mantels.

Das Polizeiaufgebot ist inzwischen riesig. Die Cops stehen in Doppelreihen rechts und links die Dammtorstraße entlang, die Visiere immer noch nicht heruntergeklappt, obwohl bereits Bierflaschen fliegen. Ich kann schlecht schätzen, aber viel mehr als fünf- oder siebenhundert Demonstranten dürften wir nicht sein. Und dafür sind das echt absurd viele Polizisten. Wahrscheinlich hat jeder von uns seinen eigenen. Andere Passanten, weibliche zumal, sind vorsorglich aus dem Weg geschafft worden. Die Straße gehört uns, uns ganz allein, und die Fenster der Juweliergeschäfte sind jetzt mit braunen Kunststoffmatten abgedeckt. Eine Ladentür öffnet sich und eine Frau in einem Trenchcoat, das Gesicht hinterm hochgeschlagenen Kragen verborgen, lugt heraus. Sogleich wird sie mit Bierflaschen und einer Flut von Beschimpfungen bombardiert. Hummerfotze, Kackschlampe, Pissmatratze ... So viel Wortgewandtheit hätte ich der Horde Glatzköpfe, in der ich mitgerempelt, gestoßen und getreten werde – stampf-stampf-klatsch, stampf-stampf-klatsch –, gar nicht zugetraut. Hastig zieht die Kackschlampe sich wieder zurück, was für die Glatzköpfe Anlass ist, in jubelnde Sieg-Heil-Rufe auszubrechen.

Ich nehme einen neuen Anlauf, mich seitlich aus dieser besonders unangenehmen und gewaltbereiten Fraktion herauszuarbeiten. Ich will mich den dunkelblauen Paketboten anschließen, die ein Stück weiter links marschieren und statt »Wann ist ein Mann ein Mann« »Scholz muss weg, Frauen weg« skandieren oder »Biester raus aus der Politik«. Aber als ich sie schon fast erreicht habe, schiebt sich ein Keil Motorradfreunde in Jeanskutten zwischen mich und die Dunkelblauen. Da ist absolut nichts zu machen. Und zu spät, viel zu spät lese ich, was auf den Kutten steht, ändere panisch die Bewegungsrichtung und versuche, mich von der zäh treibenden Masse wieder in die Gruppe der biersaufenden Rechtsradikalen einmassieren zu lassen. Aber es ist, als ob der Herr mich besonders liebt und deswegen besonders schwer prüfen will – wie mein bescheuerter Bruder es formulieren würde.

»Basti«, schreit eine Stimme hinter mir – oh Gott, lass diesen Kelch an mir vorübergehen –, »Basti, du Kretin!«

Ich kneife die Augen zusammen und werfe mich mit aller Kraft in die Neonazis, aber ich pralle an ihren fetten Rücken ab wie ein Gummiball und taumle zurück, direkt in die Arme von Ingo Dresen.

Er packt mich – ich weiß, ohne hinzuschauen, dass es sein Arm sein muss, der sich wie ein Joch um meine Schultern legt und mich vorwärtsschiebt, gegen fremde Rücken, Schultern und Hintern drückt.

»Auch hier? Guter Mann!«

Da ist es wieder, das gedunsene Gesicht, die Gemeinheit, die sich in jede Falte eingeprägt hat.

»Ingo«, sage ich bemüht erfreut und sehe mich um nach jemandem, etwas, irgendetwas, irgendjemandem, der mich retten könnte.

»Du kommst mit uns«, sagt Ingo und folglich laufe ich nun bei den Fat Rats mit, Ingos Arm um die Schulter. Es sind wirklich erstaunlich dicke Kerle in seiner Gang, aber es sind nicht die typischen Übergewichtigen, keine depressiven Seelenkrüppel, die sich in ihrem Fett verstecken, sondern gesunde, massige 130-Kilo-Kerle in Jeanswesten. Darunter tragen sie trotz der niedrigen Temperaturen nur T-Shirts, aus denen ihre nackten tätowierten Arme schauen. Muskulöse Arme. Da schwabbelt nichts. Klar, sie schwitzen und schnaufen ziemlich, das Stampf-stampf-klatsch macht ihnen schon zu schaffen, aber ihre Körper sind ihnen weniger Last als vielmehr ein Mittel, ihrer grenzenlosen Zerstörungswut Nachdruck zu verleihen.

»Wo geht das hin?«, frage ich atemlos, stolpere neben Ingo Dresen her, diesem Subjekt, das meinen Schneemann zerstört, den Inhalt meines Ränzels ausgeschüttet und mir mit den Kufen meines Schlittens einen Milchzahn ausgeschlagen hat.

»Kluger Mann«, antwortet Ingo Dresen kryptisch und da biegen wir auch schon vor dem Dammtorbahnhof links ab. Die Straße gabelt sich und die Masse stampft nach rechts auf das Hochhaus, das ehemalige Plaza-Hotel zu. Nur die Fat Rats, jedenfalls der größte Teil der Fat Rats, etwa dreißig dieser massigen Kerle und meine Wenigkeit, dieser Teil bricht nach links aus. Im Gegensatz zu mir vorhin haben die Fat Rats nicht die allergeringsten Schwie-

rigkeiten, sich ihren Weg aus dem Demonstrations-
zug hinaus zu bahnen. Sie trampeln einfach los und
die Masse teilt sich vor ihnen wie das Meer vor Mo-
ses. Links führt eine gekrümmte, von meterhohen
Betonmauern gesäumte Straße in die Tiefgarage
hinab. Vor der rechten Mauer schweben violette Ha-
logen-Buchstaben: »Mehr Frauen in Spitzenpositio-
nen – Wir fordern die 50-Prozent-Quote – Saal 2«.

Es sind also die Karriereweiber, denen die mar-
schierende Masse dort oben mal gehörig die Meinung
geigen will – inzwischen zu einem neuen Rhythmus
und Text: »Wir sind viele, wir sind stark! Männer an
die Macht!« Aber warum sind der größte Teil der Fat
Rats und ich nicht bei ihnen. Was wollen wir in der
Tiefgarage?

»Breitfront, Baby, das nennt sich Breitfront«, sagt
Ingo und grinst mich an und ich begreife immer noch
nicht, was los ist. Vier Polizisten in schusssicheren
Westen bewachen den unteren Eingang zum CCH.
Auf ihren Gesichtern wetteifert Angst mit Ratlosig-
keit, sie greifen ihre Science-Fiction-Gewehre fester,
aber es ist jetzt schon klar, dass sie es nicht wagen werden, den Fetten Ratten Einhalt zu gebieten, jedenfalls
rühren sie sich nicht von der Stelle. Nun sehe ich auch
die Motorräder. Ingos Rockerbande will gar nicht ins
CCH eindringen und alles kurz und klein schlagen. Sie
haben bloß ihre chromblitzenden Harley-Davidsons
hier unten geparkt.

»Nicht fragen! Geheimsache«, sagt Ingo, um es mir
zwei Sekunden später dann trotzdem zu erklären:
»Wir mischen jetzt die Neger im Volkspark auf. Breit-

front, verstehst du? Die Bullen können nicht überall zur gleichen Zeit sein.«

Ich verstehe nicht, womit sich die Afrikaner, die im Volkspark unter Lkw-Planen hausen, den Hass der Fetten Ratten zugezogen haben. Gewiss, die Fat Rats sind der größte Abschaum der Menschheit, missgünstig und gewalttätig, und die wachsende Perspektivlosigkeit der Menschheit setzt vermutlich sogar ihnen zu – aber warum sehen sie ihre vornehmste Aufgabe ausgerechnet darin, diese armen, sowieso schon vom Schicksal geprügelten Kerle noch zusätzlich zu misshandeln? Missgönnen sie ihnen tatsächlich, dass sie die Überquerung des Mittelmeeres auf irgendeinem rostigen Seelenverkäufer überlebt und es im elften oder zwölften Anlauf über die Grenze geschafft haben? Wollen die Fetten Ratten gern selber für 3,50 Westos die Stunde in einem Asia-Restaurant Geschirr spülen oder in einem Schlachthof Puten ausnehmen? Missgönnen sie ihnen die feuchten Erdlöcher, die sich die Flüchtlinge als Behausung im Volkspark gegraben haben und wo sie sich diesen Winter zweifellos die Araucana-Grippe aufsacken werden, wenn nicht Schlimmeres?

»Einer muss da aufräumen. Der Park ist kein Ghetto, sondern für Kinder, Hunde und Rentner da«, sagt Ingo. »Deutsche Kinder.«

Ende der Diskussion. Ich muss hinter ihm aufsitzen, er lässt den Motor aufröhren, die Harley knattert untertourig los, beschleunigt dann und während wir auf der anderen Seite der Tiefgarage ans Tageslicht kommen, werden die Vibrationen so stark, dass meine Zähne aufeinanderschlagen. Für eine Sekunde vergesse ich, was wir vorhaben, und empfinde beinahe Spaß an dem Ritt, zumal wir alle ohne Helme fahren. Es ist warm, meine Haare flattern und knallgelber Raps – die dritte Blüte – säumt die Stresemannstraße und verströmt einen betörenden Duft. Dann aber konzentriere ich mich wieder auf den Gedanken, wann und wo und vor allem wie ich mich von den Fat Rats absetzen kann, ohne von Ingo Dresen zusammengeschlagen zu werden.

An einem Waldweg in der Nähe des Franz-von-Assisi-Stadions stellen die Fat Rats ihre Motorräder ab. Die Bäume sind jetzt schon fast kahl, das Laub ist dieses Jahr einfach vertrocknet und schon im Sommer heruntergefallen. Eine Fette Ratte klettert ins gelb durchwucherte Gebüsch, kommt mit einem großen Jutesack wieder heraus und schüttet ihn aus: Baseballschläger, mit Gummischläuchen ummantelte Stahlrohre und Doppeläxte. Doppeläxte! Herrje! Wie bei den Berserkern. Erst einmal sind die Fat Rats allerdings mit Pinkeln beschäftigt. Jeder steht da, wo er eben gerade steht, hat den Reißverschluss seiner Motorradhose heruntergezogen und hält seinen kleinen Schwanz in der Hand. In Wirklichkeit sind die vermutlich gar nicht so klein, das wirkt bloß so wegen der riesigen Wampen. Ich beeile mich, es ihnen nachzutun, ziehe ebenfalls blank und strulle ins Laub. Bloß nicht als Außenseiter auffallen. Ingo hebt eine Doppelaxt auf, das ist ja klar, dass sich Ingo Dresen die schlimmstmögliche Waffe greift. Die anderen bewaffnen sich ebenfalls. Ich kriege einen Baseballschläger in die Hand gedrückt. Sie wollen sich ungesehen von verschiedenen Seiten anschleichen »und dann den Sack zumachen, damit keiner entwischt.«

»Wir gehen hin, machen alles dem Erdboden gleich und sind in spätestens einer Stunde wieder hier. Keine Minute später.«

Alle ziehen ihre Ego-Smarts aus den Taschen und schauen auf die Uhrzeit. Ingo Dresens Ego-Smart steckt in einer Metallhülle, in die in schnörkeligen Buchstaben FAT RATS eingraviert ist. Seine Hand legt sich wieder auf meine Schulter und drückt unangenehm kalt zu.

»Danach fahren wir zur Feldstraße und mischen die Ketzer auf. Breitfront – du verstehst?«

Er grinst stolz, dass die Fat Rats an einem einzigen Tag gleich dreimal Schaden anrichten können. Grundgütiger, das hatte ich völlig vergessen. Heute findet ja auch das Opferfest der Johannesjünger statt, das Tierquäler-Event, an dem mein Bruder und die anderen Posaunenplagen einem Haufen Schafbabys den Hals durchschneiden wollen. Das können die tierliebenden Fat Rats natürlich nicht zulassen. Ich muss meinen Bruder warnen. Auch wenn er ein selbstgerechter Schwachkopf ist, so ist er doch immer noch mein Bruder.

Die Fat Rats drängen sich dicht im Kreis, heben die Baseballschläger, Stahlrohre und Doppeläxte über ihre Köpfe und schlagen sie leicht aneinander. Um nicht aufzufallen, kuschel ich mit und klopfe ebenfalls meinen Baseballschläger gegen die Waffen der anderen.

»Wir sind die Guten«, rufen wir gedämpft, und

dann traben wir los, in dem behäbigen Trott, der das
Äußerste ist, was eine zu Fuß gehende Fette Ratte an
Geschwindigkeit entwickeln kann, verteilen uns im
Wald – Breitfront eben – und Ingo verschwindet endlich von meiner Seite. Hinter dem nächsten Gebüsch
reiße ich mein Handy aus der Hosentasche und wähle
die Nummer der Polizei.

»Revierwache Eimsbüttel, Sie sprechen mit Polizei-
hauptmeister Quast.«

Ich erläutere kurz und präzise den Sachverhalt und
bitte um Eile. Genervtes Aufstöhnen am andern Ende
der Leitung. Dann (beiseite): »Jetzt auch noch im
Volkspark.«

Er will wissen, wo genau.

»Wo? Na da, wo das Lager ist. Da rennen die jetzt
hin. Und wenn Sie sich nicht sofort auf den Weg machen, gibt es Tote!«

Er will meinen Namen und dass ich »vor Ort« bleibe.
Von wegen. Ich bin doch nicht verrückt und sage als
Zeuge gegen Ingo Dresen aus. Herr Quast insistiert.

»Ich fahre jetzt zum Opferfest in der Feldstraße«,
sage ich, »da wollen die nämlich hinterher hin. Da
kann ich dann ja warten.«

Ich lege auf und drücke den Namen meines Bruders. Uwe geht nicht ran, ist zurzeit nicht erreichbar.
Wahrscheinlich hat er sein Ego-Smart ausgestellt, damit die Würde seiner heiligen Handlungen nicht gestört wird. Als ich vom Handy wieder aufschaue, steht
Ingo Dresen vor mir. Keine Ahnung, ob er von dem
ersten Gespräch etwas mitgekriegt hat. Falls ja: Adieu
du schnöde Welt.

»Wo bleibst du? Mit wem quatschst du da?«

»Mit niemandem«, sage ich, »ich hab es bloß ausgestellt, damit es nicht im unpassenden Moment klingelt.«

»Ich trau dir nicht! Sag nicht, du willst kneifen.«

»Was heißt hier kneifen«, antworte ich mit dem Mut des Verzweifelten. »Ich mach da nicht mit. Das ist doch Scheiße, was ihr vorhabt. Es gibt überhaupt keinen Grund, die Flüchtlinge fertigzumachen. Das sind Flüchtlinge, Mensch! Hast du überhaupt eine Ahnung, was die vielleicht durchgemacht haben? So etwas tut man einfach nicht.«

»So etwas tut man einfach nicht«, äfft Ingo Dresen mich nach. »Wie alt willst du noch werden, bis du aufhörst, um Erlaubnis zu fragen? Bis du tust, was du willst, und nicht, was dir Mutti erlaubt? Alles ist erlaubt, wenn du dich nicht erwischen lässt. Während du dir hier in die Hosen machst, sind Leute von mir dabei, den Bundestag zu stürmen. Die riskieren Kopf und Kragen und du kriegst es nicht mal auf die Reihe, hier ein paar Neger aufzumischen, um die Bullen abzulenken.« Ingos Putsch-Angebereien kommen mir so blödsinnig vor, dass ich unwillkürlich kichern muss. Vielleicht bin ich aber auch einfach bloß nervös.

»Bist du ein Mann oder 'ne Mickymaus?«, sagt Ingo Dresen voller Abscheu und Verachtung. »Gib den Baseballschläger wieder her.«

Ganz ruhig sagt er das. Als hätte ich diese Ehre eben einfach nicht verdient, einen Baseballschläger der Fat Rats zu tragen und mit ihnen kämpfen zu dürfen. Ich zucke die Schultern und reiche ihm den Prügel so lässig, wie es mir möglich ist. Ingo lässt die Doppelaxt zu Boden sinken und nimmt den Schläger entgegen, die rechte Hand schnappt sich den Griff, die linke legt sich kurz darunter um den Hals. Und eh ich noch blinzeln kann, stößt er mir das untere Ende ins Gesicht. Ganz kurz: zack. Ein weißer Blitz. Der Blitz ist zuerst da. Dann erst kommt der Schmerz. Ich schreie wie ein Mädchen. Blut läuft mir aus den Nasenlöchern.

»Hau ab!«, sagt Ingo Dresen immer noch ruhig. Er hält den Baseballschläger so, dass er mir gleich den nächsten Nasenstoß verpassen kann. »Hau lieber ab! Verpiss dich oder ich mach dich kalt.«

Ich hau lieber ab. Merkwürdigerweise humple ich dabei. Ich weiß selbst nicht, wieso. Vielleicht um Ingo Dresen zu beschwichtigen. Humpelnd und meine Nase mit beiden Händen bedeckend mache ich mich davon. Erst langsam, als hätte ich noch einen Fetzen Würde, den es zu bewahren gilt, und dann schneller, immer schneller. Ich nehme die Hände von der Nase und höre auf zu humpeln und schließlich wetze ich richtig los, meine Arme arbeiten wie Pumpenschwengel, weiter, immer weiter. Das Adrenalin in meinem Blut macht, dass ich überhaupt keine Anstrengung spüre. Es fühlt sich an, als könnte ich in diesem Affenzahn bis zum Pferdemarkt, bis zum Opferfest der Posaunenplagen laufen. Das Sommerlaub – teilweise noch grün, teilweise schon rostfarben wie im Oktober – raschelt und splittert unter meinen Füßen. Blut matscht über meine Oberlippe, ich habe die ganze Nase davon voll und schnaube es im Laufen sprühend aus.

Trotz des veritablen Sprints, den ich hinlege, ertönt

hinter mir plötzlich eine Fahrradklingel, so eine Ding-Dong-ich-komme-gerade-vom-Wochenmarkt-und-habe-Blumen-in-meinem-Korb-Klingel. Ich schnelle herum, bleibe stehen und die Frau auf ihrem schwarzen Hollandrad kann gerade noch bremsen. Sie sieht nicht schlecht aus, schwarze, lange Haare und eine eng anliegende ebenfalls schwarze Jacke, große Brüste und so weiter, und sie will gerade loskeifen, da zerre ich sie schon vom Sattel herunter. Mein blutverschmiertes Gesicht sieht wahrscheinlich so bedrohlich aus, dass sie sofort verstummt. Ich schubse sie in ein Rapsdickicht und schwinge mich auf ihr Rad. Dann strample ich los, was das Zeug hält. Ohne mich umzusehen.

26

Kaum eine halbe Stunde später habe ich die Feldstraße erreicht. Inzwischen ist die Wolkendecke aufgerissen und die Sonne strahlt. Das Wetter ist überhaupt toll, geradezu phantastisch – wenn es nur nicht jeden Tag so wäre. Das ist einfach zu viel. In Paraguay wird das allerdings kaum besser werden. Ich lehne das Fahrrad an den Fahrradständer des Rohkost-Supermarktes, der früher einmal Woolworth war und in dessen Schatten lethargische Ägypter sitzen und Holzplättchen auf einem Spielbrett verschieben. Neben ihnen ein echt-alter Türke, der trotz der Hitze eine grüne Wolljacke und eine braune Pudelmütze trägt und ein Messer an einem rotierenden Schleifstein wetzt.

Weiße Zelte überziehen das Gelände des ehemaligen Schlachthofs, ein kleines Zelt neben dem anderen, dreißig, vierzig – wenn nicht noch mehr. Rechts und links bilden sie Gassen, als würde hier ein Flohmarkt veranstaltet. Gleich am Eingang steht ein pummeliges Ehepaar – sie groß geblümt und stark geschminkt, er im schwarzen Anzug mit schwarzem Hemd – und streichelt an seinem persönlichen Opfertier herum. Es ist ein besonders großes, schönes Lamm, das sie sich da gekauft haben. Ein weißer Schafbock mit schwarzen Flecken um die Augen – wie eine Zorro-Maske. Die Frau schießt Bilder mit ihrem Ego-Smart und der Mann stellt sich neben dem verängstigten Lamm in Positur und hält mit einer Hand den Strick und mit der anderen dem Lamm den Kopf hoch, damit das Opfer auch gut mit aufs Bild kommt. Offenbar nutzen nicht nur die heavy-metal-mäßig gekleideten Bunburyaner die Gelegenheit, in aller Öffentlichkeit zu schlachten, sondern auch ganz zivile Durchschnitts-Sektenmitglieder. Lauter nette Leute, die sich nicht für Tierquäler halten, sondern bloß alles mitmachen, was die Religionsgemeinschaft vorgibt, und ansonsten mit ihrem Privatkram beschäftigt sind.

Das Ganze hat etwas von einem Volksfest: Musik, Geschrei, das Blöken verängstigter Schafe, die mit einem Strick um den Hals oder um ein Bein an das nächste Geländer gefesselt sind, kleine Mädchen, die in ihren rosa Tüllkleidern aussehen wie etwas, das man an einer Jahrmarktsbude gewinnen kann, kahl rasierte bio-junge Männer, die die Schafe und Ziegen ungeschickt an einem Bein, an der Wolle oder an den Hörnern zu den Schlachtzelten zerren, und echt-alte Türken, die Süßigkeiten lutschend zuschauen und erklären, wie man das viel besser machen könnte. Alle sind froh gestimmt, niemand ist durch die verängstigten Tiere irritiert. Nur ein ganz kleiner Junge weint untröstlich auf dem Arm seines Vaters.

»Bassi! He, Bassi! Ist Elli auch hier?«

Grit. Sie trägt einen sackartigen grünen Tierrechts-aktivisten-Overall, auf dessen Rücken »Nein, meinen Bruder esse ich nicht« steht, und hat einen Stapel Flugblätter in der Hand.

»Hey«, sage ich. »Was machst du denn hier? Du willst dich doch wohl nicht mit den Johannesjüngern der sieben Posaunenplagen anlegen?«

Jetzt sieht sie meine gebrochene und inzwischen zugeschwollene Nase.

»Oh Gott! Wer hat das gemacht? Ist das hier passiert? Du solltest zur Polizei gehen.«

»Ne, ne«, sage ich. »Woanders. Das waren eure tollen Kumpels, die Fat Rats.«

»Die Ratten? Was hast du mit den Fat Rats zu tun? Wir arbeiten schon längst nicht mehr mit denen zusammen.«

»Genauer gesagt Ingo Dresen.«

»Ist der etwa hier?«

Grit sieht genauso erschrocken aus wie jeder, wenn der Name Ingo Dresen fällt.

»Noch nicht, aber in der nächsten halben Stunde dürfte die ganze Bande hier auftauchen. Ist denn noch keine Polizei da? Ich hab die angerufen.«

Grit schüttelt den Kopf.

»Zwei habe ich bisher getroffen. Und die sahen nicht so aus, als wären sie auf die Fat Rats vorbereitet. Vielleicht ist es ja gar nicht so schlecht, wenn die kommen. Das ist ja nicht gesagt, dass sie gewalttätig

375

werden. Vielleicht sammeln sie einfach nur die Schafe ein.«

»Vergiss es«, sage ich. »Ingo Dresen glaubt an einem historischen Vorgang teilzunehmen, und die anderen machen es auch nicht wegen der Lämmer, die wollen sich prügeln. Das macht ihnen Spaß.«

»Wo ist denn Elli? Ist Elli nicht bei dir?«

»Irgendwo dahinten.« Ich mache eine vage Handbewegung in die Menge hinein. »Wir haben uns vorhin verloren.«

Grit zieht ihr Ego-Smart aus der Tasche und tippt sofort los. Ich bleibe gelassen. Grit kann heute meinetwegen so viel Verdacht schöpfen, wie sie will. In sieben Stunden sitze ich im Flugzeug.

»Komisch, da kommt immer: Diese Nummer ist nicht mehr existent.«

»Ehrlich gesagt, haben wir uns vorhin gestritten und sie ist ziemlich sauer auf mich. Wahrscheinlich hat sie ihr Handy absichtlich ausgeschaltet. Wenn du sie sehen willst, dann komm doch einfach mit mir mit. Wir treffen sie garantiert am Schlachtzelt der Bunburyaner.«

Ich weiß selber nicht genau, warum ich das sage. Irgendwie juckt es mich einfach. Grit trottet auch sogleich neben mir her. Ich greife mir im Gehen eines von ihren Flugblättern, um nicht erklären zu müssen, worüber Elli und ich uns angeblich gestritten haben.

»Liebe Johannesjünger der sieben Posaunenplagen, in dem großen Zelt an der Sternstraße Höhe ehemaliges HELA-Werk können Sie Ihre Opfertiere kostenlos von ausgebildetem Fachpersonal schächten lassen. Bitte nutzen Sie dieses Angebot.«

»Ich verstehe euch nicht«, sage ich, »jetzt helft ihr den Irren auch noch dabei, Tiere zu killen. Wieso?«

»Wir machen das, was möglich ist«, sagt Grit. »Ist ja wohl immer noch besser, als wenn Informatiker, Versicherungsangestellte und Friseure, die noch nie in ihrem Leben geschlachtet haben, hier mit halb stumpfen Messern versuchen, völlig verängstigte Tiere zu töten. Außerdem haben wir vorher natürlich Anträge gestellt, das Opferfest zu verbieten. Aber wenn's um Religionen geht, beißen wir bei den Behörden immer auf Granit.«

Das glaube ich sofort. Unsere liebenswerte weibliche Regierung tut sich ja überhaupt schwer, mal auf den Tisch zu hauen. Regulieren: ja. Helmpflicht: ja. Aber etwas richtig verbieten? Dafür haben sie viel zu viel Verständnis. Tiere schützen: ja – aber wenn es irgendwelche Religiösen sind, die Tiere oder Kinder quälen wollen, um ein überirdisches Wesen zu besänftigen, dann ist das eine prima Sache. Bloß nicht in den Verdacht kommen, intolerant oder rassistisch oder antisemitisch zu sein. Und haben nicht schon die Nazis das Schächten als Vorwand benutzt, um gegen die jüdische Bevölkerung zu hetzen? Die dicken Rabbis, Imame und Johannes-Bischöfe sitzen dann bräsig in den Talkshows, lächeln von einem erleuchteten Ohr zum anderen und sagen: *Das machen wir bereits seit Jahrhunderten so, seit Jahrtausenden, und wir werden es ewig so weitermachen und ihr könnt gar nichts dagegen tun, denn wir sind zu viele und gegen große Zahlen gibt es keine Gesetze. Wenn ihr uns unsere grausamen Rituale verbietet, gibt es einen Aufstand, oder die Leute werden in großem Stil auswandern, oder sie tun es heimlich und ihr habt auf einen Schlag Tausende von braven, ansonsten unauffälligen Staatsbürgern kriminalisiert. Also ändert gefälligst eure Gesetze.* Demokratie ist eine Schönwetter-Regierungsform. Sie verträgt es nicht, auf den Prüfstand gestellt zu werden.

Direkt vor uns schert ein zehnjähriger Junge ein, der mit beiden Händen die strampelnden Hinterbeine eines schmutzig grauen Ziegenbocks hochhält und das jämmerlich blökende Tier wie eine Schubkarre vor sich her in ein Schlachtzelt dirigiert. Der Junge ist ein kleiner dürrer Kerl mit abstehenden Ohren und einem grün-orange gestreiften T-Shirt, und er platzt beinahe vor Stolz, dass er bei einer so wichtigen und angesehenen Handlung wie der Opferung eines Tieres eine Rolle spielen und einem so wehrhaften Tier wie einem Ziegenbock seinen Willen aufzwingen darf. Er lacht und sieht sich Beifall heischend nach seinem Freund um, und der kleine dicke Junge, der im Zelt auf ihn gewartet hat, lacht nervös mit, weil es nun einmal zum Jungssein dazugehört, zu lachen, wenn andere Angst haben.

Ich werfe Grit einen Blick zu.

Einer der bio-jungen Glatzköpfe nimmt das Tier entgegen, ringt es zu Boden, kniet sich auf die Schulter und ein weiterer packt drei Beine knapp oberhalb der Klauen und umwickelt sie sehr fest mit einem dünnen schwarzen Kunststoffseil. Der Ziegenbock hat eine wollige breite Stirn und Entsetzen

in den hellblauen Augen. Zusammengeschnürt wird
er an die Zeltwand geschleift, wo bereits mehrere
gefesselte Schafe auf der Seite liegen. Ihre Augen
sind weit aufgerissen, die großen Körper pumpen
schwer, die Wolle hebt und senkt sich. Das Böckchen reckt den Kopf und schreit. Es meckert nicht,
es schreit jetzt. Unglaublich laut. Wie ein Mensch,
der in einen Abgrund fällt: Aaaaaaaaaaaahhh!!!!!!
Der Angstschrei hallt über den ganzen Schlachthof.
Aaaaaaaahhh!!!!

Vermutlich ist es der Vokal A, der den Schrei so
menschenähnlich macht. Was ihn so schwer erträg-
lich macht, ist das Wissen, dass der Ziegenbock allen
Grund hat, so zu schreien. Was auch immer er sich gerade ausmalt, es wird noch schlimmer kommen.

Der Zehnjährige mit den abstehenden Ohren beugt
sich zu ihm herunter und macht es höhnisch nach:
Bäääähhhhhhh, blökt er ihm direkt ins Gesicht. Da
will sein dicker Freund nicht zurückstehen, stellt
sich ebenfalls vor das Tier, und als das Böckchen das
nächste Mal seinen Kopf reckt, um zu schreien, gibt er
ihm eine Ohrfeige. Es zuckt mir in der Hand. Grit versucht, mich wegzuziehen, aber ich schüttle sie ab.

»Passt mal auf, ihr zwei«, sage ich zu den beiden.
»Dieser Ziegenbock muss gleich den Kopf dafür hin-
halten, dass Rotzlöffel wie ihr verschont werden
könnt. Ist euch das eigentlich klar?«

Aber das scheinen die beiden religiösen Früchtchen
gerade nicht parat zu haben.

»Was willst du, du Opfer«, kräht der Dicke, zwin-
kert dabei aber nervös mit den Augen. Oh Mann, den

379

Ausdruck habe ich echt lange nicht mehr gehört. Aber hier ist er ja nun auch wirklich mal am Platz.

»Irrtum«, sage ich. »Wenn hier einer Opfer ist, dann seid ihr das! Sowie hier die Schafe und Ziegenböcke ausgehen, nimmt euer Gott nämlich auch kleine Jungen. Eigentlich findet er kleine Jungen sogar viel besser als Schafe.«

»Bassi! Echt jetzt!« Grit zieht dringlich an meinem Ärmel. »Das sind Kinder!«

Die Jungs werfen mir einen schiefen Blick zu und verkrümeln sich zur anderen Seite des Zeltes, von der unaufhörlich eine rote Soße aus Wasser und Blut auf uns zurinnt.

»Na und«, sage ich. »Das sind vor allem Arschlöcher. Oder denkst du, die werden netter, wenn sie älter werden?«

Zwei auf den ersten Blick zum Verwechseln ähnliche bio-junge Kahlköpfe in grauen Overalls und schwarzen Gummistiefeln schauen aggressiv zu mir herüber, haben aber gerade damit zu tun, eines der Opfertiere, ein Schaf, an der Wolle zum Schlachtplatz zu schleifen, wo der Priester in einem braunen Umhang wartet. Vor sich auf einem Hauklotz ein nagelneues Messer.

»Mensch, hau ab, wenn's dir hier nicht passt«, sagt einer der grauen Overalls. Seine Ohren laufen ganz schön spitz zu, was ihm zusammen mit der Glatze das Aussehen einer extraterrestrischen Spezies verleiht. Jetzt bleibe ich natürlich erst recht. Wenn ich meinen Bruder und die anderen Sektierer noch warnen will, darf ich eigentlich keine Zeit verlieren, aber ich bin mir auf einmal gar nicht mehr sicher, ob ich das überhaupt noch will.

Der Priester, ein dürrer Kerl mit spärlichem Patriarchenbart, reckt beide Arme gegen den Himmel, in der rechten Hand das Messer, schließt die Augen und macht einen Gesichtsausdruck, als würde er gerade eine Botschaft von ganz oben empfangen. Dann schlägt er die Augen wieder auf, kniet sich hinter den Widder und biegt dessen Kopf nach hinten, während einer der grauen Overalls die schwarzen Schnüre löst, mit denen die Beine des Widders zusammengebunden sind. Der Johannes-Priester führt den Schnitt mit erstaunlich ruhiger Hand und so tief, dass sofort eine riesige Wunde am Hals klafft, aus der es hellrot heraussprudelt. Aber offenbar hat er trotzdem nicht die entscheidenden Blutgefäße durchtrennt, denn nach Grits Einschätzung fließt nicht genug Blut.

»Es sieht leichter aus, als es ist«, erklärt sie. »Man muss mit einem einzigen schnellen Schnitt Speiseröhre, Luftröhre, Vagusnerv und die großen Blutgefäße durchtrennen, damit das Tier schnell ausblutet. Deswegen ist es auch so schlimm, dass die Männer hier keine ausgebildeten Schlachter sind.«

Der Widder zappelt und wehrt sich, kommt auf die Beine und versucht zu blöken, aber es wird nur die Pantomime eines Blökens. Aus der klaffenden Halswunde ragt wie das Ende eines bleichen Gartenschlauchs die zuckende Luftröhre heraus, die jetzt statt Luft einen Schwall Blut einsaugt, während weiter oben das Maul des Widders sinnlos nach Luft schnappt.

Neben mir bleibt ein bio-junger Polizist stehen. Sofort steigt mein Puls und ich fühle mich wieder schuldig, aber der Hüter des Gesetzes schaut nur auf das langsam erstickende Schaf, das endlich zusammenbricht und sich in seine eigene Blutlache legt. Der Polizist ist ziemlich weiß im Gesicht.

Einer der grauen Overalls schleift das Schaf am Hinterbein zu einem Gulli mit Wasseranschluss. Plötzlich richtet das Schaf sich zum zweiten Mal auf und wendet uns die blutverschmierte Seite seines Kopfes zu. Es öffnet noch einmal das Maul zu einem stummen Blöken, Blut kleckert in zähen Tropfen von seinem Kinn herunter, dann wirft sich das Zombie-Schaf wieder auf die Seite und beginnt mit den Füßen in der Luft zu galoppieren. Es hört gar nicht wieder auf.

»Das sind jetzt nur noch Zuckungen, das Schaf ist tot«, sagt Grit.

»Hören Sie«, sage ich zu dem inzwischen aschfahlen Polizisten, »ich habe vorhin eine Anzeige gemacht. Eine gewaltbereite Motorradgang will ...«

In diesem Moment steckt einer der Schlachter dem immer noch zappelnden Widder einen sprudelnden Wasserschlauch in den Hals, spült Luftröhre und Speiseröhre schön sauber aus und der Polizist kotzt direkt vor mir auf den Boden.

»Herrgott«, sage ich und trete einen Schritt zurück, »können die nicht zwei oder drei Minuten warten, bis das Schaf sich nicht mehr bewegt?«

»Es ist tot«, versichert Grit.

Ich räuspere mich und wende mich wieder an den Polizisten.

»Sind Sie in der Lage, eine Anzeige aufzunehmen?«

Er nickt immer noch sehr bleich und lässt sich den Wasserschlauch geben, spült sich den Mund damit aus und spritzt dann auch sein Erbrochenes ordentlich in Richtung Gulli.

Ich erkläre ihm den Sachverhalt und gebe sogar kaltblütig meine Personalien an.

»Okay«, sagt Grit und zerrt an meinem Ärmel. »Ich denke, wir sollten jetzt langsam mal Elli suchen.«

Also gehen wir. Sehr zupackend und direkt, diese Tierschützerinnen. Ich mag das. Kurz phantasiere ich von einer schnellen Nummer mit Grit in irgendeinem Lagerraum, in den wir uns vor den randalierenden Fat Rats in Sicherheit gebracht haben und wo wir es kuschelig und bequem haben, während um uns herum das Inferno tobt. Oder in einem öffentlichen Klo. Aber zunächst heißt es, meinen wertlosen Bruder zu finden. Wir bewegen uns durch eine widerwärtige, schändliche Hölle: Männer, Frauen, echte Greise und Kinder wuseln durch Blutlachen und legen beim Häuten und Zerlegen von Schafen und Ziegen mit Hand an. Besonders die kleinen und etwas größeren Jungen drängen sich immer genau dort, wo gerade einem Schaf- oder Ziegenbock der Hals durchschnitten wird. Einmal sehe ich, wie eine Mutter von hinten an ihren siebenjährigen Sohn herantritt, ihm den Arm um die Schulter legt und leise auf ihn einredet. Ich verstehe kein einziges Wort, aber ihre Gesten, ihre Haltung, ihr besorgter und sanfter Gesichtsausdruck verraten mir, was sie sagt, etwas in der Art wie: »Du solltest dir das nicht ansehen. Nachher kannst du wieder nicht schlafen. Im Fernsehen läuft jetzt ›Biene Maja‹. Willst du nicht lieber mit mir heimgehen?«

Aber der Siebenjährige reagiert natürlich, wie alle kleinen Jungen an seiner Stelle reagieren würden.

»Neiiiiiiiiiin!!!!«, heult er empört auf und entwindet sich dem mütterlichen Griff, drängt dorthin, wo gerade wieder ein Tier in Todesangst zappelt.

Endlich, ganz am anderen Ende des Schlachthofgeländes, entdecke ich meinen Bruder. Er kniet auf dem Boden und trägt eine braune Djellaba, ein knöchellanges marokkanisches Gewand mit spitzer Kapuze, aber ich habe ihn trotzdem sofort erkannt, mit seinem massigen Körper fällt er einfach überall auf. Es sei denn, er würde sich irgendwann entschließen, den Fat Rats beizutreten. Dann würde er natürlich nicht mehr auffallen. Neben ihm steht ein deutlich schmächtigerer Mann, dessen Anzug wie der eines Konfirmanden aussieht und der eine kreisrunde Brille trägt. Er hält ein schwarzes Buch in der Hand – zu dick, als dass es das Buch der unanfechtbaren Erkenntnisse sein könnte. Dem Goldschnitt nach ist es wohl eher die gute alte Bibel. Um die beiden herum stehen andächtig diverse Johannesjünger, vier schwarz gekleidete Bunburyaner in Capes, Nietenhosen und schweren Stiefeln und etwa zehn Brüder niederen Ranges in schlichten schwarzen Anzügen. Hinter ihnen stehen die Frauen und Kinder. Die Frauen der Johannesjünger niederen Ranges haben einen seltsamen Hang zum Großgeblümten und zu glänzenden roten Hackenschuhen mit runden Kappen und einem Riemen um das Fußgelenk. Einige tragen sogar Stoffblüten in den Haaren. Die Bunburyaner-Frauen drücken ihre Verbundenheit mit Gott durch das Tragen historisierender Kleider in Braun und Grau aus, deren Säume durch den Dreck schleifen. Barbro hat ihren hochschwangeren Leib in stumpfes Schwarz gekleidet und dazu noch eine Haube aufgesetzt wie bei den Amischen. Auf ihrer kleinen Schweinenase stehen Schweißperlen. Zum Ausgleich für so viel persönliche Demut hat sie bei den Kleidern ihrer Kinder aus dem Vollen geschöpft. Die Töchter wurden mit rosa Rüschen ausstaffiert, die Jungen tragen hellblaue Samtanzüge. Das tragen die anderen Kinder zwar auch, aber bei Barbaras Brut sind die Festgewänder noch mit Hunderten von Glitzersteinen bestickt.

Vor meinem Bruder liegt ein gefesseltes Lamm, ein ganz Kleines, bei dem man nur mit sehr viel Wohlwollen von einem Widder sprechen kann. Die Show geht gerade los.

»Abraham!«, ruft der Hänfling im Konfirmandenanzug beziehungsweise liest es ab.

»Hier bin ich, Herr«, ruft mein Bruder, ganz in seiner Rolle aufgehend.

Jetzt wieder der Konfirmand: »Nimm Isaak, deinen einzigen Sohn, den du lieb hast, und geh hin in das Land Morija und opfere ihn dort zum Brandopfer auf einem Berge, den ich dir zeigen werde.«

»Uwe«, schreie ich, »Uwe!«

Mein Bruder klemmt sich das gefesselte Lamm unter den Arm und steht verärgert auf. Das Lamm starrt mit weit aufgerissenen Augen ins Leere.

»Du wagst es ...«, donnert mein Bruder, immer noch mit seiner Abraham-Stimme.

»Ihr müsst weg ...«, sage ich. »Jeden Moment kommt hier eine Rockerbande um die Ecke. Die Fat Rats – so was wie die Hells Angels. Die wollen die Schafe retten.«

»Wir sind auf radikale Tierschützer vorbereitet«, sagt mein Bruder und weist auf zwei breitärschige Wachmänner im Hintergrund des Schlachtzeltes, die Schlagstöcke und Handschellen an den Gürteln ihrer dunkelblauen Uniformen tragen.

»Keine Tierschützer – Ingo Dresen!«, sage ich.

»Ingo Dresen?«

Mein Bruder lässt das arme Lamm fallen. Grit hebt es auf und bindet ihm die Beine los.

»Warum sagst du das nicht gleich? Lass uns schnell abhauen.«

Er winkt seinen Hofstaat inklusive der abscheulichen Bälger in Rosa und Himmelblau zu sich und befiehlt den geordneten Rückzug. Nur die Wachleute bleiben zurück.

»Ihr könnt mit uns mitkommen«, sagt mein Bruder gnädig zu mir, »unser Bus steht in der Lagerstraße, kurz hinterm Fernsehturm.«

Grit drückt mir das Lamm in die Arme. So klein es ist, wiegt es doch mindestens fünfzehn Kilogramm. Außerdem hält es nicht still.

»Wir müssen erst Elli finden und sie warnen«, sagt Grit.

»Elli weiß, was los ist«, behaupte ich, »die hat das Gelände wahrscheinlich längst verlassen.«

»Was hat Ingo Dresen eigentlich gegen uns?«, fragt Uwe, während er seiner fast fünfzigköpfigen Herde mit großen Schritten voraneilt, direkt hinter ihm seine eigene pastellfarbene Brut und das dicke Tintenfass Babro. »Im letzten Jahr wollte er noch bei uns mitmachen. Hat irgendetwas von christlicher Breitfront erzählt und dass er jetzt auch Christ sei. Wir konnten ihn aber abwimmeln.«

Ich versuche mit dem traumatisierten Lamm auf dem Arm auf seiner Höhe zu bleiben, Grit an meiner Seite.

»Jetzt verfolgt er euch als Ketzer.«

»Ketzer? Sogar der Papst hat gesagt, dass das Abrahamitische Opfer nicht im Widerspruch zu den Lehren der katholischen Kirche steht.«

»Erzähl das Ingo Dresen!«

»Was ist eigentlich mit deiner Nase passiert?«

»Da kommt die Polizei«, sagt Babro unter ihrer Haube hervor. Sie zeigt Richtung Feldstraße und Heiligengeistfeld, wo sieben Blaulichter aufgetaucht sind. »Warum gehen wir nicht einfach zu unserem Zelt zurück?«

Weiblicher Eigensinn selbst bei den Religiösen. Aber bevor mein Bruder sie zurechtweisen kann, kommt uns aus der Sternstraße ein infernalisches Motorradknattern und -dröhnen entgegen. Es müssen viele sein, richtig viele, und sie haben ihre Motor-Sounder so koordiniert, dass sie den Hummelflug von Rimski-Korsakow zum Besten geben – ein gewalttätiger und überaus lauter Hummelflug, der sich eher wie das boshafte Brummen stählerner Hornissen anhört.

Aber das heißt natürlich auch, dass es nicht die Fat Rats sein können. Die Fat Rats fahren Harleys, und ein Wasserstoffmotor mit Drum-and-Melody-Sounder entspricht nun einmal nicht dem Retro-Spirit einer Harley-Davidson. Außerdem hätte Ingo Dresen natürlich den Walkürenritt eingestellt.

Da sind sie, und es sind viele. In Viererreihen fahren sie langsam auf uns zu. Auf den ersten Blick wirken sie gepflegt und sauber, ja geradezu kultiviert. Das genaue Gegenteil von den Fat Rats. Aber trotz ihrer nagelneuen weiß-roten Motorradanzüge, ihrer blütenweißen Stulpenhandschuhe und ihrer schimmernden silberweißen Helme haben sie etwas Bedrohliches und Grausames, ja etwas Perverses an sich und trotz des gemäßigten Tempos etwas beunruhigend Zielstrebiges. Ihre Maschinen sind hypermoderne Renner, die fast nur aus Reifen bestehen. Auf die Helme sind oberhalb des verspiegelten Visiers ein großes Kreuz, ein Schwert und ein Laubzweig gemalt.

»Was bedeutet das – das Schwert und dieser Zweig auf dem Helm«, frage ich meinen Bruder.

»Der Olivenzweig ist das christliche Symbol des Friedens«, sagt Uwe, sieht aber keineswegs beruhigt aus. Sie sind nur noch zwanzig Meter von uns entfernt, als sie mit ihren Maschinen zum Halten kommen und jeder für sich den rechten Arm zur Seite streckt, woraufhin jeweils eine halbmeterlange Eisenkette aus dem Stulpenhandschuh fällt. Dann beginnen sie allen Ernstes zu beten. Bei laufenden Motoren. Mit gefalteten Händen – in Handschuhen, aus denen Eisenketten hängen.

»Das sind keine Friedensengel«, sage ich. »Das sind blutrünstige Eiferer.«

Uwes kleine Herde dreht synchron um und rennt auf das Schlachthofgelände zurück. Mein Bruder und seine Familie jetzt ganz am Ende und Grit und ich noch hinter ihnen. Ich immer noch mit dem Lamm in den Armen. Um uns herum stürzen die aufgescheuchten Frömmler aus den Zelten, denn jetzt lässt sich von der anderen, der gegenüberliegenden Seite des Geländes auch noch das überhebliche Blubbern der Harley-Motoren vernehmen. Als ich über einen umgestürzten Schlachtblock klettern muss, kann ich die Fat Rats für eine Sekunde sogar sehen. Offenbar teilen sie sich gerade auf und beginnen den ehemaligen Schlachthof von links und rechts einzukreisen. »Den Sack zuzumachen«, würde Ingo Dresen sagen. Die Johannesjünger rennen durcheinander, ohne zu wissen, wohin sie fliehen sollen. Sie sitzen in der Falle. Wir sitzen in der Falle. Zusammengetrieben wie eine Herde Vieh drängen wir uns schließlich im Zentrum des Schlachthofgeländes zusammen, während von drei Seiten die Fetten Ratten und von einer Seite die kettenschwingenden Rot-Weißen mit ihren Motorrädern auf uns zuhalten. Mütter umklammern ihre Kinder und hocken sich mit ihnen auf den Boden, Männer halten sich den Kopf und rennen panisch hin und her, einige weinen und einige rennen zu den Zelten zurück und versuchen die Angreifer zu beschwichtigen, indem sie die noch lebenden Opferlämmer losbinden. Die Angst der Johannesjünger erreicht eine Stufe, die in ihrer unmittelbaren Verzweiflung und Unterwerfungsbereitschaft selbst etwas Religiöses hat. Denn was vermag schon eine Religion, die sich bereits wagemutig vorkommt, wenn sie den einen oder anderen Tierschutzparagraphen missachtet, gegen die Religion der Gewalt, die sich über jede, aber auch wirklich jede Regel hinwegsetzt?

Das habe ich jetzt davon, dass ich unbedingt meinen bekloppten Bruder warnen wollte. Er steht immer noch in meiner Nähe, die Arme schützend um seine Großfamilie gebreitet, das Kinn entschlossen vorgereckt. Auch Grit ist noch da. Ich drücke ihr das Lamm in die Arme.

»Verschwinde schnell. Jetzt! Dich meinen die doch gar nicht. Wenn die deinen Tierschutzoverall und das Lamm sehen, lassen sie dich wahrscheinlich einfach durch.«

Grit nickt, atmet tief ein und geht schräg auf die Motorradfahrer zu. Unbehelligt kann sie zwischen ihnen hindurchgehen.

»Wo ist eigentlich die Polizei?«, fragt mein Bruder.

Die sieben Blaulichter rotieren immer noch einsam in der Feldstraße. Von Polizisten weit und breit nichts zu sehen. Vermutlich komplett überfordert. Kein Beamter, der alle Tassen im Schrank hat, wird sich auf eine Konfrontation mit diesen berittenen Berserkern einlassen. Das ist eine Aufgabe fürs Militär.

Und dann geht es los. Motoren werden hochgequält, der Lärm ist ohrenbetäubend, und die Fat Rats – beseelt von der Sehnsucht nach früherer Größe und Männlichkeit und abgestumpft durch jahrzehntelanges Gewalttraining am Computer und im echten Leben – rasen auf uns zu. Ohne noch einmal nach meinem Bruder und seiner Familie zu schauen, renne ich los. Jetzt muss jeder für sich allein sorgen. Ich bin schnell und leicht, meine bio-zwanzigjährigen Füße berühren kaum den Boden. Einmal muss ich einem kettenschwingenden Rot-Weißen ausweichen, ducke mich weg und springe anschließend fast direkt aus der Hocke über ein Geländer, nehme fünf Treppenstufen auf einmal, als wäre ich schwerelos. Um mich her brechen Zelte zusammen, rennen Menschen, stürzen Kinder und werden von den Nachfolgenden getreten, aber bei mir sitzt jeder Schritt. Als vor mir eine großgeblümte Frau ausrutscht und sich am Boden windet, setze ich einfach über sie hinweg, ohne sie auch nur zu streifen. Das erledigt dann die nachpolternde Menge. Die Rot-Weißen fahren die Gassen zwischen den Schlachtzelten rauf und runter, lassen ihre Eisenketten auf Zeltplanen krachen und sich um Zeltstangen wickeln und fahren jeden über den Haufen, der sich ihnen in den Weg stellen will. Einige Bunburyaner haben sich nämlich inzwischen berappelt und mit Stühlen und Zeltstangen bewaffnet, um die Angreifer von ihren Maschinen zu holen. Ihre düster gekleideten Frauen werfen unter der Führung der bemerkenswert furchtlosen Barbro mit allem, was sie in die Finger bekommen, mit Opfergefäßen, Tupperware und Schafsköpfen. Aber die Rot-Weißen sind durch ihre Helme wie Ritter geschützt. Und nirgends ist ein einziger Polizist zu sehen.

Dafür entdecke ich Ingo Dresen. Ohne Helm auf dem Kopf fährt er im Schritttempo an den Zelten vor-

bei. Ich bleibe wie hypnotisiert stehen. Noch hat er
mich nicht gesehen. Im Arm hält er vorsichtig – man
möchte fast sagen, zart – den schmutzig grauen Ziegenbock, der bereits wieder ziemlich frech in die Gegend kuckt. Hinter ihm laufen Fat Rats im schwer-
fälligen Ratten-Trab. Sie haben Kanister dabei und
schütten Benzin über die Trümmer und Zeltplanen.
Barbro schreit einen niederrangigen Johannesjünger an, dass er etwas tun solle. Es ist ein chrono-jun-
ges Kerlchen in einem auffallend eleganten, ganz auf
Figur geschnittenen Anzug, mit nach hinten gegel-
ten Haaren und einer Bibel unter dem Arm, der gerade an uns vorbeiflüchten will. Auf Barbros Gekeife
hin stellt er sich allen Ernstes den Fat Rats in den Weg
und streckt ihnen die Bibel entgegen. Ingo Dresen
fährt einfach an ihm vorbei. Die nachfolgende Fuß-
gänger-Ratte schleudert ihn mit einer Armbewegung
zu Boden. Als der junge Märtyrer sich hochrappeln
will, stößt ihm die nächste Ratte die flache Hand ins
Gesicht. Der Jünger fällt rückwärts. Die Ratte packt
ihn an der glitschigen Frisur und drückt ihm den Kopf
in die nächste Blutlache. Zwei weitere Fette Ratten
mit Benzinkanistern bleiben stehen, um dem Jungen
mehrmals in die Rippen zu treten. Immer abwechselnd: rechter Fuß, linker Fuß. Es sind unangenehme
dumpfe Geräusche, aber vielleicht bilde ich mir auch
nur ein, sie zu hören, denn eigentlich ist es dafür ja
viel zu laut.

Ingo Dresen hält direkt vor mir, stemmt die ge-
spreizten Beine in den Sand und stabilisiert seine
Harley allein mit der Kraft seiner säulenartigen Ober-

schenkel, während er den Lenker loslässt, um dem Ziegenbock über den Kopf zu streicheln.

»Du hier? Guter Mann! Ich wusste doch, dass ich mich auf dich verlassen kann.«

»Ich ... äh ...«, sage ich.

»Die meisten haben mal 'nen schwachen Punkt. Ich nicht. Aber die meisten. Schwamm drüber.«

Ein widerliches Knirschen – ganz deutlich. Diesmal habe ich es wirklich gehört. Eine der Fetten Ratten hat dem echt-jungen Jünger ins Gesicht getreten. Er wischt sich den Schuh am Anzugstoff seines Opfers ab. Die Posaunenplage versucht erneut auf die Beine zu kommen, wird aber wieder zu Boden gestoßen. Vier Ratten treten inzwischen auf ihn ein – Gesicht, Rippen, Gesicht, Rücken. Er kauert sich zusammen, versucht sich klein zu machen, seinen Kopf irgendwie mit den Armen zu schützen, aber die vier fetten Kerle legen jetzt erst richtig los. Es ist wie ein Tanz. Sie schleudern die Arme in die Luft, während sie Schwung holen und zutreten, und sie sehen dabei glücklich aus, richtig glücklich. Nicht weit davon treten andere Fat-Rat-Fußgänger auf einen ebenfalls am Boden liegenden Wachmann ein. Auch aus ihren Gesichtern leuchtet dieser entfesselte Enthusiasmus.

»Böse Männer machen das, wovon gute Männer bloß träumen«, sagt Ingo Dresen. Anscheinend kann er mir mein Entsetzen ansehen.

»Hauptsache, du bist wieder dabei.«

Die vier Ratten weiter vorn haben endlich aufgehört, auf ihr Opfer einzutreten. Der Johannesjünger liegt regungslos am Boden. Einer der Ratten kniet sich neben ihn und beugt sich über sein Gesicht. Ich denke schon, er will ihn reanimieren, dann begreife ich, was er vorhat. Er beißt ihn ins Ohr. Er reißt ihm mit den Zähnen das halbe Ohr ab, der Fetzen hängt zwischen seinen Zähnen, das Blut läuft ihm übers Kinn und er verdreht vor Verzücken die Augen. Die anderen drei johlen.

Plötzlich ein Schrei: »Die Bullen!«

Tatsächlich: eine Hundertschaft Polizisten stürmt das Gelände. Am Rand sind Wasserwerfer aufgefahren und schießen Wasser in die Menge und daneben stehen drei riesige Fahrzeuge, wie ich sie noch nie gesehen habe. Sie sehen aus wie diese gigantischen Mähdrescher – nur in Schwarz. Aufreizend langsam rollen sie auf den Platz, walzen Zelte und Motorräder über den Haufen und sehen dabei so Furcht einflößend aus, dass einem die Haare zu Berge stehen.

»Spring auf«, brüllt Ingo mich an, aber ich stehe wie erstarrt. Die vier Fat Rats, die den Jungen verprügelt haben, traben davon. Rechts und links von mir lodert Feuer auf. In wenigen Sekunden stehen die Zeltbahnen und Trümmer, stehen beide Seiten der Gasse in Flammen. Die Luft wird unerträglich heiß, scheint selber kurz davor, sich zu entzünden. Die tapfere junge Posaunenplage liegt direkt neben einem brennenden Fass und rührt sich immer noch nicht.

»Komm endlich«, brüllt Ingo und drückt mit der linken Hand das Opfertier fest an sich, dann lässt er seine Harley aufröhren und ist weg. Mitsamt dem Ziegenbock. Inzwischen brennt der ganze Platz. Durch die vor Hitze wabernde Luft nähern sich Polizisten, die in ihren plumpen, dunklen Monturen gar nicht wie Menschen aussehen, sondern wie Kampfroboter, geschickt von einem feindlichen Planeten. In ihren Helmen und Schilden spiegeln sich die Flammen. Ich laufe zu der ohnmächtigen Posaunenplage und ziehe seinen Oberkörper mit dem zermatschten Kopf vom Feuer weg. Als ich hochschaue, sehe ich einen der Polizisten direkt über mir. Er hebt seinen Schlagstock und ich versuche ihm in die Augen zu schauen, ihm durch meinen treudoofen Gesichtsausdruck zu verstehen zu geben, dass ich einer von den Guten bin, aber ich sehe nur das flammende Inferno, das sich auf seinem heruntergeklappten Visier spiegelt, und auch er scheint etwas anderes zu sehen als meine harmlose Miene, denn im nächsten Augenblick saust der Schlagstock auf meinen Kopf herunter.

Als ich wieder zu mir komme, befinde ich mich weder in einem Krankenhaus noch auf einer Polizeiwache, sondern liege auf einem Rasenstück. Ein Sanitäter leuchtet mir mit einer Lakritzstange in die Augen. Nein, es ist eine Taschenlampe.

»Sieht gut aus«, sagt er, steht auf und geht einfach weiter. Wieso geht der einfach weiter? Mir ist übel, ich zittere und ich habe Kopfschmerzen. Ich sehe garantiert nicht gut aus. Grit ist bei mir. Sie gibt mir zu trinken. Aus einer Untertasse. Das Wasser läuft mir über Kinn und Hals. Ich bin immer noch auf dem Gelände des ehemaligen Hamburger Schlachthofes. Es tut weh, wenn ich schlucke.

»Grit«, sage ich, »Grit, wo ist das Lamm?«

Ich näsle lächerlich. Meine Nase ist komplett zugeschwollen.

Grit zeigt mit dem Finger nach links und nach zwei vergeblichen Versuchen bekommen meine Augen das Kunststück fertig, von Naheinstellung auf Ferneinstellung zu switchen und ich sehe Ingo Dresen inmitten von mehreren – sieben, neun, was auch immer – Fat Rats posieren. Sie sitzen auf ihren Motorrädern, jedenfalls die vorderen, und Ingo Dresen natürlich im Zentrum. Dahinter steht noch eine zweite Reihe. Allesamt halten sie Lämmer auf dem Arm. Irgendeines davon muss das sein, das ich Grit in die Hand gedrückt habe. Ingo posiert als Einziger mit Ziege. Sie grinsen wie die Honigkuchenpferde. Und die idiotischen Pressefotografen machen da auch noch mit, fotografieren dieses rührende Bild von den ungeschlachten Kerlen auf den martialischen Harleys, die so behutsam die zerbrechlichen Tiere auf den Armen halten. Na gut, soll die Betrachterin der Bilder später denken, möglicherweise sind sie gewalttätig, es ist sogar ziemlich wahrscheinlich, dass sie gerade eben gewalttätig gewesen sind. Aber sie haben es ja nicht einfach so zum Vergnügen gemacht, sondern für eine Sache, die größer ist als sie selber – und für die armen Tiere. Ich stütze mich auf die Ellenbogen und schaue mich weiter um. Immer noch zitternd. Vier Rettungswagen stehen herum, einer fährt gerade mit Blaulicht ab und zwei weitere kommen gerade an. Etwas rinnt mir hinten in den Kragen. Ich fasse hin und betrachte meine Finger: Blut. Ich taste höher. Am Hinterkopf habe ich eine Platzwunde. Die hat der Sanitäter wahrscheinlich gar nicht bemerkt.

»Wo ist die Polizei?«, frage ich Grit.

Sie tupft mir mit einem angefeuchteten Tempo über die Beule auf meiner Stirn und meine Nase. Die Nase tut ungeheuer weh.

»Schon lange weg. Es soll mehr als zwanzig Einsätze gleichzeitig gegeben haben – nur hier in Hamburg. Überall sonst scheint es noch schlimmer gewesen zu sein.«

Da die Fat Rats immer noch gemütlich herumstehen, bedeutet das wohl, dass sie für das, was sie der armen Posaunenplage angetan haben, nicht werden zahlen müssen. Ich will auf meine alte, über keinerlei Smart-Funktionen verfügende Armbanduhr schauen, aber jemand hat sie mir abgenommen. Es ist doch niemand so arm, dass er nicht irgendetwas hätte, wofür ihn ein anderer totschlagen würde.

»Wie spät ist es?«

Ich taste nach meiner Brieftasche. Sie ist noch da. Ich ziehe sie heraus. Jemand hat die Geldscheine gestohlen, aber die Papiere sind alle noch da. Und das meiste Geld habe ich eh in das Futter meiner Jacke eingenäht.

»Kurz nach fünf«, sagt Grit.

Ingo Dresen immer noch mit dem Ziegenbock auf dem Arm kommt an und stellt sich neben sie.

»Basti Bastard hat 'ne harte Birne, hab ich doch gesagt. Na, wie geht es dir?«

»Verdammt, ich muss zum Flughafen«, sage ich mit verstopfter Nase, »sofort. Sonst bin ich erledigt.«

Grit sieht mich erstaunt an, aber Ingo Dresen ist kein Mann vieler Fragen. Anscheinend bin ich inzwischen bedingungslos ein Teil seines Freundeskreises geworden. Irgendwie erschreckend, wie schnell das ging. Er stellt den Ziegenbock auf den Boden und holt sein Motorrad.

»Ich hoffe, du fliegst vor halb acht«, brüllt Ingo gegen den Motor an. »Ich habe nämlich so 'ne Ahnung, dass um halb acht der Flughafenrechner zusammenbricht.«

Ich setze mich hinter ihn, versuche ein wenig Abstand zwischen meine und seine Beine zu bringen und halte mich an der Rückseite des Sattels fest, so gut meine zitternden Hände das zulassen. Schade, dass es mit Grit nichts mehr geworden ist.

27

Wolken, endlich mal Wolken! Ich starre aus dem Flugzeugfenster auf die seifenschaum-weiße Matratze unter mir, immer noch zitternd, immer noch von Kopfschmerzen gepeinigt, immer noch blutend, sodass ich mir ein großes Knäuel Verbandsmull zwischen Hinterkopf und Rückenlehne stopfen musste. Nachdem das Flugzeug fast zwei Stunden in der Warteschlange zur Rollbahn stand, bin ich froh, es immerhin bis in die CO_2-übersättigte Atmosphäre geschafft zu haben, bevor die Schnüffeltrojaner der Breitfront-Hacker den Flughafenrechner außer Betrieb setzen.

Fast hätte man mich der Kopfwunde wegen nicht mitgenommen. Das Weib am Check-in-Schalter von German Buzzard wollte mich erst noch zum Flughafenarzt schicken – zwanzig Minuten vor dem Start! Als ich etwas lauter wurde, rief sie sofort zwei Bodyguards, die dann zum Glück meiner Meinung waren –

dass die Platzwunde tatsächlich nicht der Rede wert sei. Ich müsse halt aufpassen, dass ich den Flugzeugsitz nicht verunreinige, und es wäre besser, mich einzeln zu setzen.

Es sind nicht nur die Folgen des Polizeiknüppels, die mir Schmerzen bereiten, es ist vor allem die Erkenntnis, dass die Zivilisation, wie ich sie einmal kannte und schätzte, dabei ist, sich aufzulösen. Die Gesellschaft ist gewalttätig geworden, hat sich in lauter kleine Splittergruppen geteilt, die vor nichts zurückschrecken, und wenn sich einer beschwert, ruft man gleich die Bodyguards. Jetzt sieht man, wie stabilisierend einst die Unterdrückung der Frauen gewirkt haben muss und wie wichtig es wäre, diese Ungleichheit wieder einzuführen. Zivilisation lässt sich nur aufrechterhalten, wenn jeder Mann, und sei er noch so dumm, arm und unfähig, eine Frau zugeteilt bekommt, der er sagen kann, was sie zu tun hat. Ansonsten: Gewalt und Chaos.

So widerlich ich Ingo Dresen auch finde – ich kann gar nicht sagen, wie sehr ich ihn verabscheue, diesen Abschaum, diesen Auswurf, dieses fette Stück Scheiße –, sympathisiere ich doch mit seiner Sehnsucht, die alten Zustände wiederherzustellen. Natürlich wünsche ich mir keinen Staat nach den kruden und menschenverachtenden Phantasien eines Ingo Dresen. Aber es wäre nicht schlecht, wenn der entfesselte Feminismus mit seinem grenzenlosen Egoismus und der Vorstellung von einem Mann als einem Wesen, das umerzogen gehört, mal einen Dämpfer bekäme. Es würde mir aber auch schon genügen, wenn

Ingos Breitfront diesen Staat noch etwas destabilisiert – etwa so viel, dass der Umstand, dass ich meine Frau und meine Freundin im Keller eingesperrt habe, als Belanglosigkeit unter den Tisch fällt. Damit ich zurückkann. Damit ich nicht in Paraguay bleiben muss. Was soll ich denn in Paraguay?

Der schwule Steward mit dem Magnum-Bart verteilt kleine Aluminiumtüten mit asiatischen Schriftzeichen darauf und völlig übersalzenen Nüssen darin. Ich ziehe den Klapptisch aus der Rückenlehne vor mir und durchwühle meine Convenience-Tasche nach dem Mengenlehreheft und dem Spielzeug-Cowboy, die ich zu meiner Beruhigung und Selbstvergewisserung eingepackt habe. Außer Schulheften lag in einem der Kartons auf dem Dachboden nämlich auch noch ein kleiner Lasso-schwingender Plastik-Cowboy, der auf einem etwas lieblos gefertigten und ziemlich schmalen und ausgeblichenen Pferd sitzt. Es muss einmal braun gewesen sein, das Pferd. Wenn ich es in der Hand halte, sehe ich sofort die dazugehörige Wundertüte vor mir, blau und rot war sie, allerdings kann ich mich nicht mehr an die Beschriftung erinnern. Dafür an den süßlichen Geruch des gefärbten Puffreises, der sich in jeder Tüte befand. Ein abscheuliches Zeug, das selbst der abgehärtete Gaumen des Vorschulkindes, das ich einmal war, verschmähte. Überhaupt: Mit was für einem Schrott man uns damals noch abspeisen konnte. Ich bin gerührt über die Genügsamkeit, die meine Generation an den Tag legte – zumindest in der Kindheit. Ja, klar, auch der Wundertüteninhalt war bereits aus Plastik, aber hätte sich die Menschheit seitdem nicht vermehrt und wären wir weiterhin so bescheiden geblieben, die Welt würde jetzt wahrscheinlich nicht untergehen.

Ich lege Pferd und Cowboy und Mengenlehreheft auf den Klapptisch neben die versalzenen Nüsse und schalte den Compunikator-Bildschirm in der Rückenlehne vor mir ein. Er bietet vier verschiedene Geschicklichkeitsspiele an, zwei gewaltverherrlichende Filme und eine Romanze, einen Musiksender und die Reiseinformationen über unseren Flug. Nachrichtensender – Fehlanzeige. Gut, dass ich noch nicht dazu gekommen bin, mein Ego-Smart zu entsorgen. Jetzt kann ich es einstöpseln und – vorausgesetzt, die Breitfront-Hacker haben das Kommunikationssystem noch nicht lahmgelegt – herausbekommen, was im Bundestag vorgefallen ist. Ob Olaf Scholz und seine Frauenbande noch an der Regierung sind oder ob es tatsächlich einen Putsch gegeben hat.

Ich setze die Kopfhörer auf und hole mir »Top News«, um erst einmal auf den neusten Stand zu kommen, den ich dann mit der »Tagesschau« zu vertiefen gedenke. Ein junger Kerl in Jeans und einem Schlangenprint-Shirt, einem Animal-Mood-Teil, das sich die ganze Zeit zusammenzieht und wieder entspannt, zusammenzieht und entspannt, sitzt auf der abgerundeten Kante eines rosa Schreibtisches.

»Ahoi Maities! Wir beginnen unsere Nachrichten mit einer sensationellen Meldung: Vor einer halben Stunde ist die vor zwei Jahren entführte Christine Semmelrogge, die damalige Ministerin für Umwelt, Naturschutz, Kraftwerkstilllegung und Atommüllentsorgung, wieder aufgetaucht. Bei ihr soll sich noch eine zweite Frau aufgehalten haben, deren Identität bislang noch nicht bekannt ist. Na, das ist ja ein Ding! Wir bleiben dran. Jappa. Im Nordeuroparat in Brüssel wurde das Sun-Cop-Abkommen ...«

Ich reiße den Verbindungsstöpsel des Ego-Smart aus dem Compunikator-Bildschirm und starre auf meine Knie, wage nicht, mich auch nur umzudrehen. Wahrscheinlich bin ich puterrot im Gesicht. Wie sind sie da herausgekommen? Ich habe beide angekettet, Christine am Küchenblock, Elli in der Nasszelle. Ich habe jeden Löffel und überhaupt jedes Kleinteil, das ihnen als Werkzeug hätte dienen können, aus dem Weg geräumt. Selbst den Kühlschrank habe ich ausgebaut, damit sie ihn nicht auseinandernehmen, um sich irgendein Metallteil als Schlüssel zurechtzubiegen. Ich habe an alles gedacht. An alles! Mir ist schlecht, ich schwitze und friere und wage nicht, meine Mitreisenden anzusehen. Gott sei Dank sitze ich allein. Ich muss wieder runterkommen. Ich muss sofort wieder runterkommen. Jetzt die Nerven behalten.

Ich ziehe das Mengenlehreheft zu mir heran und schlage die mit Kinderschrift gefüllten Seiten auf, um in den überschaubaren Wahrheiten der Mathematik zu verschwinden.

Jede natürliche Zahl hat einen Vorgänger und einen Nachfolger. Ausnahme: 1.

Wählen wir auf dem Zahlenstrahl einen beliebigen Punkt (z. B. 5) so gilt: Alle Zahlen links davon sind kleiner, alle Zahlen rechts davon größer (als 5).

Ich schlage das Mengenlehreheft wieder zu und hole mir die »Tagesschau« auf mein Ego-Smart, lasse die Nachrichten aber diesmal nicht über den Compunikator-Bildschirm laufen, sondern betrachte das Ganze auf dem Mini-Display des Smarts selber, benutze aber auch dabei die Wegwerf-Kopfhörer von German Buzzard. Gute alte Tagesschau, und immer noch mit Hanno Petry.

»Guten Abend, meine Damen und Herren. In den frühen Abendstunden ist die 2028 verschollene Ministerin für Umwelt, Naturschutz, Kraftwerkstilllegung und Atommüllentsorgung, Dr. Christine Semmelrogge, wieder aufgetaucht. Offenbar ist sie jahrelang im Haus ihres geschiedenen Ehemannes, Sebastian Bürger, gefangen gehalten worden. Bürger ist Pressesprecher der Demokratiezentrale und vermutlich flüchtig. Wir schalten nach Hamburg zu Inga Wenzel. Inga, gibt es schon weitere Informationen?«

Inga Wenzel steht vor dem Gartenzaun meines Elternhauses. Es ist mein Haus und doch nicht mein Haus. Sie haben daraus einen Tatort gemacht. Rotweißes Absperrband, die Typen in den weißen Overalls, Kameraleute und Übertragungswagen, ein weißes Zelt im Vorgarten und irgendwelche riesigen Lampen, die die Tür und die Glasbausteine beleuchten à la: Das Grauen lauert hinter der Normalität.

»Guten Abend. Ja, Hanno Petry, viel Neues können wir noch nicht berichten. Die Polizei hält sich aus ermittlungstechnischen Gründen bedeckt. Ministerin Semmelrogge, die zum Zeitpunkt ihrer Entführung als Kandidatin für das Bundeskanzlerinnenamt gehandelt wurde, befindet sich zurzeit im Eppendorfer Krankenhaus. Ihr soll es den Umständen entsprechend gut gehen. Als Täter soll sie ihren geschiedenen Ehemann, Sebastian Bürger, benannt haben. Rätselraten gibt es noch um eine zweite weibliche Person, die mit ihr in dem Kellerverlies eingesperrt war und deren Identität noch nicht bekannt ist. Ebenfalls nicht geklärt ist, ob es sich bei dieser Person um eine weitere Gefangene oder um eine Mittäterin handelt. Sebastian Bürger ist inzwischen zur Fahndung ausgeschrieben.«

Sie haben mich. Einen Blick in die Computer, und sie werden feststellen, dass ich unterwegs nach Paraguay bin. Es sei denn, Ingo Dresens Hacker kommen langsam mal in die Puschen und zerstören endlich den Flughafenrechner. Wieso ist eigentlich meine Frau die erste Meldung in den Nachrichten? Was ist mit dem Putsch im Bundestag. Ich schaue die »Tagesschau« zu Ende: Sun-Cop-Abkommen, Unruhen bei den Opferfesten der Johannesjünger der sieben Posaunenplagen in Berlin, Hamburg, Dortmund und Wiesbaden. 48 Verletzte in Hamburg, noch mehr in Berlin. Antrag der CSU, ein Betreuungsgeld für Kinder einzuführen, die nicht in einem Kindergarten, sondern zu Hause betreut werden, doppelte Prämie, wenn es die Mütter sind, die diese Aufgabe übernehmen, Massenansturm von Flüchtlingen auf die Ungarische Mauer, mindestens 400 Flüchtlinge an der Indischen Mauer erschossen, zwanzig an der Französischen. Wieder achtzehn Flüchtlinge im Ärmelkanal ertrunken, 150 vor Italiens Küste, Rekordhitze in Südamerika, Waldbrände in

Portugal und Griechenland, Überschwemmungen in Indien, Sport, Wetter. Es wird sonnig und heiter. Das war's. Keine Rede von einem Angriff auf den Bundestag oder auch nur dem Versuch, die Regierung zu stürzen. Keine Rede von irgendeinem Hacker-Angriff aufs Internet.

Ich muss niesen und kann gar nicht wieder aufhören. Wahrscheinlich habe ich mich bei Christine angesteckt. Jetzt RTL-Info:

Auch hier keine Nachrichten über irgendeinen Putsch. Das Gemetzel auf dem Schlachthofgelände wird immerhin etwas ausgiebiger gewürdigt. Nach dem Bericht der »Tagesschau« hätte man den Eindruck gewinnen können, es hätte dort bloß kleine maskuline Rangeleien gegeben. Der ganze Albtraum aus Schreien, Schlägen, Blut, weinenden Kindern, Motorengedröhn, Flammen und zersplitternden Tischen wurde völlig bagatellisiert.

Bei RTL dürfen sich immerhin einige blutüberströmte Opfer (sic!) äußern, bevor das Bild von den liebevollen Fat Rats mit den Schäfchen im Arm gezeigt wird. Der Rest der Sendung besteht voll und ganz aus der Berichterstattung über Christine. Es gibt Bilder, wie sie mit Racke und Binja vor dem Eppendorfer Krankenhaus steht und winkt. Zu guter Letzt wird auch noch ein Fahndungsfoto von mir gezeigt. Es ist ein Foto, das auf dem Klassentreffen aufgenommen wurde, als ich neben Reinhard Hell, einer der beiden Mumien, stand. Reinhards Gesicht wurde zu seinem Vorteil verpixelt. Irgendein denunziatorischer Wichtigtuer unter meinen ehemaligen Klassenkameraden muss sich an die Polizei gewandt haben. Ich versuche mich zu erinnern, wer dieses Foto gemacht hat, und habe Rolf in Verdacht, bin mir aber nicht sicher und kann es mir eigentlich auch nicht vorstellen. Auf dem Foto sehe ich noch wie Ende dreißig aus, aber man kann mich trotzdem wiedererkennen. Der Haarschnitt hat sich schließlich nicht geändert.

Ich verdecke meine untere Gesichtshälfte mit einem Papiertaschentuch, tue so, als ob ich mich schneuzen müsste, und sehe mich dabei rechts und links und hinter mir um, ob mich schon irgendein Passagier anstarrt. Bisher noch keiner.

»Sehr geehrte Damen und Herren«, meldet sich der Bordlautsprecher, »hier ist Ihr Kopilot. Wir haben eine kleine technische Unregelmäßigkeit an der Klimaanlage feststellen müssen. Nichts Besorgniserregendes, aber laut Vorschrift sind wir in einem solchen Fall dazu angehalten, eine Sicherheitslandung auf dem nächstgelegenen Flughafen vorzunehmen. Käpitän Engelke wird deswegen in Paris zwischenlanden, sobald wir die Freigabe vom Tower bekommen. Falls Sie den Gurt bereits abgelegt haben, schnallen Sie sich bitte wieder an. Wir hoffen, dass sich das Problem schnell lösen lässt und wir unseren Flug so bald wie möglich fortsetzen können. Über den weiteren Verlauf werden wir Sie informieren.«

Verärgertes Murren und vereinzeltes Stöhnen in den Reihen vor und hinter mir. Auf einmal bin ich ganz entspannt. Man muss wissen, wann man verloren hat. Der schwule Steward und eine Kollegin haben sich an den Anfang der Sitzreihen gestellt und schauen so unauffällig wie möglich zu den hinteren Reihen herüber, also zu mir. Dann reden sie kurz miteinander und die Stewardess verschwindet hinter dem Vorhang zur Businessclass. Der schwule Steward soll mich wohl im Auge behalten. Ich tue so, als würde ich das missverstehen und dächte, er wolle mit mir flirten, schlage die Augen nieder und schaue ihn dann plötzlich intensiv an. Der Steward errötet. In seinen Augen bin ich wahrscheinlich ein ziemlich süßer Typ. Und gerade mal bio-zwanzig.

Ich schalte noch einmal Top News ein. Nach den bereits bekannten Bildern von Christine ist plötzlich Ingo Dresen zu sehen. Tatsächlich, Ingo Dresen, aber nicht weil er das Militär unter seine Kontrolle gebracht hat, sondern weil ihn eine Medientante zum Entführungsfall Semmelrogge befragen will. Die Medientante ist eine dicke Matrone mit kurzen orangeroten Haaren und einer Kette aus porösem Lavagestein. Wie bei den Flintstones. Ingo Dresen steht vor meinem Haus, dem Haus mit den Absperrbändern, und er redet mit der Medientante, streicht sich eine fettige Haarsträhne aus dem Gesicht und grinst dabei so dämlich in die Kamera, als würde er immer noch ein Lamm auf dem Arm halten. Es ist das erste Mal, dass ich bei ihm so etwas wie Verlegenheit wahrnehme, und es dauert eine Weile, bis ich begreife.

Es war ein Fehler, ihm den Brief zu geben. Aber es war in der allerletzten Sekunde vor dem Check-in. Da habe ich ihm das völlig zerknitterte Ding in die Hand gedrückt. Es gab keine andere Möglichkeit. Kurz vorm

Check-in. Sonst hätte ich den Brief natürlich selber eingesteckt.

»Es ist wichtig«, habe ich zu ihm gesagt. »Der muss unbedingt in den Kasten.«

»Klaro«, hat Ingo geantwortet und mich kumpelhaft beklopft. Ich habe keine Sekunde daran gezweifelt, dass er den Brief einstecken würde. Offenbar hat er das nicht getan. Noch auf dem Flughafen muss er ihn aufgerissen und durchgelesen haben wie ein neugieriges altes Fischweib. Und dann hatte er nichts Besseres zu tun, als die Revolution des geknechteten Mannes mal kurz zu unterbrechen, um eine Frau aus ihrem Verlies zu befreien. Ein Romantiker. Tief in seinem Herzen ist Ingo Dresen ein echter Romantiker. Reitet auf seiner treuen Harley im Redderkamp vor, rennt die Kellerstufen herunter, reißt das Regal zur Seite und gibt mit fliegenden Fingern die Zahlenkombination ein, die er meinem Brief entnommen hat.

Ich mag gar nicht hinsehen, wie er sich vor der Kamera in Positur wirft, wie sehr es ihm gefällt, von der Medienbande abgefeiert zu werden. Er strahlt wie eine Glühbirne, der edle Retter, wie besoffen von all dem Wohlwollen und Lob. Das ist er nicht gewohnt. Und es gefällt ihm, es gefällt ihm, gemocht zu werden. Selbst einer wie Ingo Dresen braucht mehr Liebe, als er verdient. Und wen lieben die Leute mehr als einen Helden, der eine Frau aus der Not errettet hat? Irgendwie Bedeutung erlangen – darum geht es immer! Auch wenn man dafür das Gegenteil von dem tun muss, an das man glaubt. Auch wenn man dafür seine eigenen Leute verraten muss.

»Bin ich sofort los ...«, sagt Ingo, »...bestimmt kein Feminist, aber irgendwo gibt es Grenzen ...«, sagt er. »... nach Paraguay ...«, sagt er, und: »... dem muss man das Handwerk legen.«

Es gibt keine Solidarität unter den Schwachen. Was ist schon eine Männerfreundschaft gegen ein Lob aus dem Mund der wirklich Mächtigen, der Frauen? Mit Ingo Dresen ist die letzte Bastion der Männer gefallen.

Ich shamme zur »Tagesschau«. Im CCH haben sie eine Pressekonferenz einberufen. Christine sitzt zwischen Günther Grothe, dem leitenden Polizeidirektor der Kripo Hamburg, und Bundeskanzler Scholz, der extra aus Berlin angereist ist. Bestürzend alt sieht sie aus, aber alle tun so, als würden sie das überhaupt nicht bemerken. Und Christine selbst scheint sich dessen überhaupt nicht bewusst zu sein. Völlig aufgekratzt genießt sie es, im Mittelpunkt zu stehen. Was auch immer sie versuchen wird, mir anzuhängen, diese Bilder beweisen, dass das Leben im Prepper-Raum bei ihr ganz offensichtlich keine bleibenden Schäden hinterlassen hat.

Eine maskuline Journalistin – Oberlippenbart, raspelkurze, schwarz gefärbte Haare, grüner Hotpants-Tweedanzug – fragt mit vor Betroffenheit triefender Stimme, wie es Christine gehe und was das Erste gewesen sei, das sie in Freiheit gemacht habe. Christine hat immer noch nicht dazugelernt, sondern tritt wieder in ihrer altgewohnten großspurigen Art auf.

»Ich habe geduscht. Ich habe sehr lange geduscht und jetzt geht es mir phantastisch.«

Es gibt einen Riesenapplaus, als wäre das eine Leistung. Niemand scheint sich daran zu stören, dass sie weder ihre Kinder noch ihren neuen Lebensgefährten erwähnt hat. Ich versuche Elli zu entdecken, aber sie ist nicht dabei. Wo ist Elli?

»Wer ist diese zweite Frau, die bei Ihnen gewesen sein soll«, fragt ein dünner Kerl mit Künstlerschal. »Was hat es damit auf sich?«

Der Polizeidirektor bittet um Verständnis, dass diese Frau anonym bleiben möchte. »Aller Wahrscheinlichkeit nach handelt es sich ebenfalls um ein Opfer von Sebastian Bürger. Wir stehen aber noch ganz am Anfang unserer Ermittlungen und es geht dieser Frau psychisch so schlecht, dass es möglicherweise noch Wochen dauert, bis wir sie vernehmen können.«

Er räuspert sich. Ich glaube dem Kerl kein Wort.

Jemand will wissen, ob Christine sich vorstellen könne, wieder in ihrem alten Beruf als Ministerin zu arbeiten.

Aber ja.

Olaf Scholz wirft ein, dass er die Hoffnung nie aufgegeben habe und dass von Anfang an mit den jetzigen Ministern und Ministerinnen abgesprochen gewesen sei, dass Christine selbstverständlich wieder in ihr altes Amt zurückkehren werde, sowie sie wieder da ist. Bis Frau Dr. Semmelrogge sich in die Materie eingearbeitet habe, werde das Ministerium für Umwelt, Atomquatsch und so weiter mit einer Doppelspitze geführt werden. Woraufhin der zugeschaltete Minister Göttrich, das arme Schwein, versichert, wie froh er sei, dass Frau Ministerin Semmelrogge wohlbehalten wieder aufgetaucht ist, und wie sehr er sich auf die Zusammenarbeit mit ihr freue.

Anscheinend sind fast die Hälfte aller Frauenpartei-SPD-Koalitionsmitglieder anwesend, all die tätowierten und gepiercten bio-jungen Ministerinnen und die paar Minister, die sie zähneknirschend noch dulden. Sie klatschen und flennen, die Weiber, und umarmen sich gegenseitig, denn Klatschen und Heulen ist natürlich viel wichtiger, als die Regierungsgeschäfte zu führen. Das erledigen wahrscheinlich gerade ihre männlichen Sekretäre. Mitten in dem ganzen Geheule und Geschniefe stellt ein Journalist die Frage, was eigentlich an dem Gerücht dran sei, dass Olaf Scholz sich nicht zur Wiederwahl stellen, sondern zugunsten einer Frau verzichten wolle.

Gesundheitsministerin Kahl keift ihn sofort an, dass das jetzt ja wohl kaum der Moment sei, um sich mit abwegigen Gerüchten zu beschäftigen. Der ganze Weiberhaufen murrt unwillig, weil sie sich durch eine Sachfrage nicht aus ihrer Emotionssuhle vertreiben lassen wollen.

»Ein solches Gerücht, bei dem jeder nicht nur ahnt, sondern spürt, dass es nicht stimmen kann ...«, beginnt Olaf Scholz, als er endlich zu Wort kommt.

»Könnten Sie sich vorstellen, die nächste Bundeskanzlerin zu werden«, brüllt die maskuline Journalistin Christine zu.

Nicht mal den Bundeskanzler lässt man inzwischen noch ausreden.

Christine lächelt.

»Im Moment fühle ich mich zu allem fähig.«

Ein ungeheurer Beifall brandet auf. Scholz klatscht eifrig mit. Was bleibt ihm übrig.

Ich stöpsel mein Ego-Smart aus, atme tief durch und lehne mich zurück. Was für ein Witz, das Ganze.

Ich frage mich, wie es sein wird, Christine vor Gericht gegenüberzutreten. Wie viel sie wohl preisgeben wird, nur um mich in die Scheiße zu reiten? Wenn sie tatsächlich an eine Bundeskanzlerinnenkandidatur denkt, darf sie nicht allzu sehr den Opferstatus betonen und sollte das ein oder andere Detail lieber verschweigen.

Eine junge Frau steht plötzlich neben mir, möglicherweise sogar chrono-jung.

»Entschuldigung. Darf ich mir vielleicht Ihr Smart ausborgen? Ganz kurz nur. Nur falls Sie jetzt nicht mehr selber kucken wollen. Christine Semmelrogge soll wieder aufgetaucht sein.«

Der Steward schaut besorgt zu uns rüber und strafft seinen Körper. Ich drücke dem Mädel das Ego-Smart in die Hand – mit all seinen widerlichen Apps und Anschlüssen und Kabeln und Kopfhörer.

»Behalten Sie es. Ich schenke es Ihnen.«

»Im Ernst? Das ist nicht Ihr Ernst!«

»Aber ja doch«, sage ich sanft. »Warum soll ich mich mit einer Technik beschäftigen, die im nächsten Krieg das vorrangige Angriffsziel sein wird? Außerdem darf man im Gefängnis sowieso keine Smarts benutzen.«

»Jappa.«

Sie geht auf ihren Platz, zwei Reihen hinter mir, zurück. Ihre Platznachbarn beugen sich dermaßen begeistert über das Smart, dass es sich um echt-junge Kinder einer frömmelnden Familie handeln muss, deren Sekte keine Smarts erlaubt. Noch ungeschickt, aber mit der instinktiven Schlauheit der Jugend wischen sie zu dritt auf dem Gerät herum. Sie sollten auf ihre Sektenbosse hören und lieber Fähigkeiten trainieren, die sie benötigen werden, wenn Strom- und Wasserversorgung, Zahlungsverkehr und Transportwesen zusammengebrochen sind. Dann, wenn ich mit Elli durch die Wälder streifen und Tankstellen überfallen wollte. Wo ist nur Elli? Ich brauche sie jetzt so sehr.

Wo ist Elli?

DANK

Da immer noch die Ansicht weit verbreitet ist, Bücher sollten aus dem Nichts erschaffen werden, möchte ich der Redlichkeit halber darauf hinweisen, dass es in diesem Exemplar von Fremdeinflüssen und mehr oder weniger stark veränderten Zitaten nur so wimmelt. Sie stammen unter anderem aus Zeitschrifteninterviews, Filmen, Romanen, Sachbüchern, Fernsehdokumentationen und dem Manifest eines Amokläufers. Wenn ich die Quellen nicht einzeln aufführe, dann auch deshalb, weil ich davon ausgehe, dass einige meiner Ideengeber nicht gerade begeistert wären, hier genannt zu werden.

Bedanken möchte ich mich aber wenigstens bei Christa Blanke, Julia Havenstein und Alberto Diez von den Tierschutzorganisationen Animals Angels und Anda, die so freundlich waren, mich in die spanische Exklave Ceuta auf dem afrikanischen Kontinent mitzunehmen, wo ich auf dem dortigen islamischen Opferfest einen Eindruck davon gewinnen konnte, wie es zugeht, wenn Amateure sich am Schächten versuchen

Autorin

Karen Duve, 1961 in Hamburg geboren, lebt in der Märkischen Schweiz. Bereits ihr Debüt »Regenroman« war ein sensationeller Erfolg. Auch ihre folgenden Romane »Dies ist kein Liebeslied«, »Die entführte Prinzessin« und »Taxi« waren Bestseller und sind in 14 Sprachen übersetzt. Zudem veröffentlichte sie zwei erfolgreiche Sachbücher zu aktuellen Themen. Für ihre Arbeit ist Karen Duve bereits mehrfach ausgezeichnet worden, die Presse feiert sie als »Ausnahmetalent unter den Autoren ihrer Generation« (Stuttgarter Zeitung).

Karen Duve im Goldmann Verlag:

Taxi. Roman

Dies ist kein Liebeslied. Roman

Grrrimm

Warum die Sache schiefgeht. Wie Egoisten, Hohlköpfe und Psychopathen uns um die Zukunft bringen

Anständig essen. Ein Selbstversuch